U0120933

中国先秦往事

纵横捭阖说战国

周树山 著

中国文史出版社

图书在版编目（CIP）数据

中国先秦往事．纵横捭阖说战国／周树山著．－－北
京：中国文史出版社，2023.7
ISBN 978－7－5205－4082－7

Ⅰ.①中… Ⅱ.①周… Ⅲ.①历史故事－作品集－中
国－当代 Ⅳ.①I247.81

中国国家版本馆 CIP 数据核字（2023）第 083885 号

责任编辑：胡福星

出版发行：中国文史出版社
社　　　址：北京市海淀区西八里庄路 69 号　　　邮编：100142
电　　　话：010－81136606　81136602　81136603　81136642（发行部）
传　　　真：010－81136655
印　　　装：廊坊市海涛印刷有限公司
经　　　销：全国新华书店
开　　　本：787×1092　1/16
印　　　张：22.5
字　　　数：311 千字
版　　　次：2024 年 2 月北京第 1 版
印　　　次：2024 年 2 月第 1 次印刷
定　　　价：68.00 元

一夫作难而七庙隳，身死人手，为天下笑
者，何也？仁义不施而攻守之势异也。

——贾谊

前　言

　　战国的历史，各国间征战杀伐，战争的风云笼罩整个历史时段。其间除了战场的厮杀外，还有各国间的合纵和连横，结盟和背盟，朝秦暮楚，星散云驰，离散只在覆掌之间；铁血刺客和复仇剑侠，异国客卿和民间策士，企望在庙堂上以求一逞，无论是隐身草野还是散处市井，皆四方奔走，择主而事，纵论天下，献策高论，一时风云际会，异彩纷呈，所以谓之"纵横捭阖"。

　　战国的历史，最终的结局是秦灭六国，统一天下。所以，归根结底，它是秦统一的历史。秦的统一，乃是中国历史之大变，两千余年，其大一统的皇权制度一以贯之，"历代都行秦政治"也。然秦灭六国，强权乎？公理乎？历史大势乎？后人总结六国之灭云："灭六国者，六国也，非秦也。"斯言固为至理。但历史从来没有一个主宰的大势和向善的规律，它是力的较量，强悍的暴力始终是历史的主角。秦，西隅落后的小国，自称夷狄，文明程度低下，商鞅变法，使之雄强而起，以人头计功，被称为虎狼之国，如张仪所言，秦卒在战场上"左提人头，右挟生虏"，老弱妇孺尽为请功之具，屠灭无遗，凶残之甚也！其六国，除楚在南方，文明和开化程度稍弱外，中原诸国的文明程度皆超越秦国，然"秦王扫六合，虎视何雄哉！"六国尽为其所灭，这就是暴力和强权的胜利。揆诸历史，文明低下的族群征服文明高尚的族群几为历史的常态，无论是蒙古灭南宋，还是爱新觉罗的满族灭明皆是如此。暴力和强权始终是历史的主角，从来没有一个所谓向善的规律主导历史的走向。所谓"一时强弱在于力，千古胜负在于理"完全是妄说。一时强弱已定，千古胜负何言？人寿几何？千古之后，又何言胜负！

人类几千年的历史，都是强者为王的丛林法则在主导世界，只有在现代国家产生之后，人们才尝试着坐下来说理。然而，强权和暴力始终蠢蠢欲动，把人类重新拉回强者称霸的丛林世界。这就是当代世界矛盾的焦点。

孔子生于春秋末期，他是承上启下的人物，所以把他放在战国卷中叙述。

春秋战国时代是百家争鸣的时代。他们开创式的原典学说照亮了人类文明的进程，他们何以会产生于战国时代呢？没有别的原因，只因当时大一统的皇权统治者还没有产生，焚书坑儒、统一国家意识形态的事还无人去做。在刀光剑影、征尘蔽日中，思想之花灿然开放。所以，春秋战国时代才有幸列入世界文明的轴心时代。等到秦统一中国，六国皆灭后，秦始皇焚书坑儒，焚毁了各国的历史和典籍，只留种树和算命的书，秦火余烬处，后人得窥诸子典籍，幸甚之哉！"孔鲋藏书，陈余危之，鲋曰：'吾为无用之学，知吾者为友。秦非吾友，吾何危哉？'呜呼，能为无用之学，以广其心而游于乱世，非圣人之徒而能若是乎？"（王夫之《读通鉴论》）此书亦无用之学，唯明者识之。

周树山

2023 年 4 月 1 日于威海

目　录

一 孔子生平

孔子生于春秋末世，即鲁襄公二十一年，中经鲁国襄、昭、定、哀四代君主，卒于鲁哀公十六年夏四月己丑（十一日），享年七十二岁。他的思想是保守主义的，生前颠沛流离于鲁、卫、陈、蔡等国，除在鲁国短时间从政外，一生没有得到诸侯国君主的重用。他死前曾哀叹道："吾道不行矣，吾何以自见于后世哉？"但他的思想却流传下来，他被称为圣人，他的思想被发展成儒学。

孔子的祖先来自宋国。宋是殷商后人微子的封国，其最早的祖先名弗父何，是宋闵公的长子，依礼当立，但他把权力让给了弟弟，其弟即位后为宋厉公。至孔子六世祖孔父嘉，为宋大司马，因其妻子美艳，被太宰华督所杀。其后人畏华氏之逼，逃奔鲁国。到了孔子的父亲叔梁纥，仅为鲁国昌平乡邹邑之长。叔梁纥年老，与少女颜氏女野合而生孔子。孔子生三岁而其父死，他是在寡母的抚养下长大的。

孔子所在的鲁国，当时是季孙、孟孙、叔孙三桓当权，公室失权久矣。孔子年少时，季孙氏设宴招待国中之士，孔子前往，被季孙的家臣阳虎斥退。可见，作为宋国没落贵族之后裔，在鲁国没有什么社会地位。稍长，曾在季氏家中谋求了一个管理仓库的小吏。

四十五岁之前，孔子声名不显，司马迁虽记载一些孔子此时的言行，但多难以证实。如说他十七岁，鲁公曾让他出使周王朝，给他一辆车，两匹马，一个跟从的仆从。在周，他见到了老聃。等他辞周归鲁前，老聃送他，说：我听说富人送给人以财宝，仁人送给人以嘉言。我不是富人，但窃有仁者之名，我送给你几句话吧。老聃送给孔子的话是："聪明深察而近于死者，好议人者也。博辩广大危其身者，发人之恶者也。为人子者毋以有己，为人臣者毋以有己。"这是告诉孔子见到恶人恶事皆要缄口不言，以求明哲保身。无论为人子，为人臣（这是生而为人在社会上的两种角色）都要屏绝自我。若老聃临别赠孔子此言，实乃卑之无甚高论。据《庄子》云："孔子年五十一，南见老聃。"且孔子见到老聃后，说："甚矣道之难行也。"此话岂是十七岁少年说得出的？"道之难行"乃是孔子经过了诸侯国是非历练之后的感悟之言，五十一岁时，孔子见到老聃有此感叹是可信的。孔子三十岁时，齐景公偕大臣晏婴来访鲁国，景公问孔子："从前秦穆公据小国之秦，处西域偏僻之地，何以称霸？"孔子回答说："秦，国虽小，其志大，处虽僻，行中正。见到百里奚后，以五张羊皮赎他于缧绁之中，与语三日，授之以政。有这样的明君，即使称王，也理所当然，称霸，已经是小看他了。"对秦穆公的这种评价，乃后世之公论，借孔子之口说出，亦不见其奇。况三十岁的孔子，在鲁国宫廷并无显位，乃季氏门下之小吏，景公何以问他这样一个无聊的问题呢！

孔子三十五岁那年，鲁昭公率师击季平子（季孙意如），三桓（孟氏、叔孙氏、季孙氏）同攻昭公，昭公师败，奔于齐，齐侯处昭公于乾侯。鲁国无君，孔子前往齐国。他托身于齐国上卿高昭子，为其家臣，想通过高昭子得见齐景公。这时的孔子有机会出入齐国的宫廷，与齐国的乐师讨论音乐，听到乐师演奏《韶》乐，三月不知肉味。道："想不到欣赏音乐以至于此。"齐人为此很称赞他。后来他谈到《韶》时，称其为"尽美矣，又尽善也。"

齐景公曾询问孔子为政之道，孔子回答："君君，臣臣，父父，子子。"意思是说："为君就要像个为君的样子；为臣就要像个为臣的样子；

做父亲的就要像个父亲的，做儿子的就要像个儿子的。各守其道。"齐景公闻听，深有所感，他说："说得太好了！假若君不君，臣不臣，父不父，子不子，仓廪里即使有万石粮食，那是我能享用的吗？"当时齐国公室权力将移，陈（田）氏总揽国政，凌君之上，故齐景公有如此的感慨。过了几天，景公又问政孔子，孔子回答说："政在节财。"这可能是针对当时齐国贵族奢靡铺张的生活而言。此言大约很得齐景公之心，想把尼谿田封赐给孔子。晏婴进言说："儒者都是一些言辞夸诞，难以为天下之法的人，他们傲视天下，自视甚高，不能居人之下。人死主张厚葬，难以为天下之俗，到处游说，乞食四方，难以为国尽力。自古圣人渐息，礼乐缺失，如今孔子盛装出游，宣传烦琐的登降之礼，趋从晋见之节，这些礼节，恐怕终其一生也难以学会，当年更不能了然。国君想用它转移齐国风俗，不是方便老百姓的做法。"晏婴非议孔子的儒学及礼乐制度，打消了齐景公重用孔子的想法。自此，景公不再问孔子礼乐之事。后来，齐景公说："你想在齐国做鲁国季孙那样的人，握齐国之政，怕是难以做到的，我只能让你做季孙和孟氏之间的人。"齐国的大夫们对孔子也不礼敬，甚至想加害于他。孔子言于齐景公，齐景公说："我已经老了，恐怕不能用你了。"孔子于是离开齐国返回了鲁国。

孔子在齐国的政治实践是失败的，他没有得到重用，也没有跻身齐国的高层政治。

这一年，孔子已经四十二岁。鲁国的政局发生了一些变化，鲁昭公死在乾侯，自他被三桓逐出国，没有返回国内，一直在齐、晋两国间游荡。他死之后，鲁定公立。五年后，季平子（季孙意如）死去了，鲁国由嗣立的季桓子（季孙斯）当权。

季桓子有一个宠爱的家臣名叫仲梁怀，与季孙家的家丞阳虎有矛盾。阳虎虽为季孙家丞，然而权力甚大，飞扬跋扈，也不把主人季桓子放在眼里。阳虎想驱逐仲梁怀，季孙的家宰公山不狃袒护仲梁怀，没有允许。到了秋天，仲梁怀因得到季桓子和公山不狃的袒护，愈加骄横，于是，阳虎就把他拘捕起来。这惹怒了季桓子，阳虎一不做二不休，把季桓子也拘禁了。后来，季桓子服了软，与阳虎订立盟约，阳虎才把他放了。从此，阳虎愈加轻视季氏，而季氏也凌驾于公室之上，把公室不放在眼里。阳虎作为大夫家的家臣，竟参与鲁国的军国大事，"陪臣执国政"，上下失序，君不君，臣不臣，鲁国一片乌烟瘴气。在这种情况下，孔子屏绝了做官从政的念头，开始修诗书礼乐，弟子从四方而至。这是他收揽弟子，开塾教学，从事教育的开始。

此时，鲁国的政局持续混乱。鲁定公八年，季孙家宰公山不狃和季孙产生矛盾，勾结阳虎作乱，想废三桓的嫡亲继承人而立阳虎看中的旁支庶子，于是把季桓子抓了起来。季桓子假意答应他们，因此得以脱身。定公九年，阳虎作乱失败，逃到了齐国。

这时孔子五十岁。

公山不狃以季孙的封邑费叛季氏，召孔子前去。孔子自以为有治国之道，但没有诸侯把权力交给他，让他尝试。听说公山不狃有召，就想前往，他说："当年周文王和周武王以丰镐那样的弹丸之地而成天下之王，如今费邑虽小，大约也可以有所为也！"就想应召前往。他的弟子子路不悦，阻止他前去。他说："想召我去的人难道是白召我吗？如果他能用我，费邑说不定会成为东周呢！"尽管他这样说了，但他并没有应召前往。从孔子的家语和孔子留下的典籍看，里面并没有记述这件事，所以有人认为这是诬蔑孔子。但是，孔子一直自视甚高，认为有从事实际政治的本事，一直谋求在诸侯国中的权力，想从事治国和治理天下的实践，所以这件事未必不可能。

孔子一直想参与实际的政治活动，终于等来了机会，鲁定公时代，孔子终于厕身于鲁国的政治实践，做了官。开始，鲁定公让他做中都宰，接着，升为司空，由司空又升为大司寇，成为鲁国的司法部部长。齐国大夫认为鲁国用孔丘，对齐国是一种威胁，因此想和鲁国结好。两国君主定在夹谷相会。鲁定公想乘车前往，孔子偕往，并摄相事。他说："臣闻有文事者必有武备，有武事者必有文备。古者诸侯出疆，必具官以从，请具左右司马。"于是，定公此行，配备了左右司马等武装人员。到了夹谷，齐鲁两国君主相见后，登坛坐定，各有献酬之礼。齐国典礼官请求奏乐，于是各种乐器、刀戟、旗帜、鼓吹混乱登场，一时喧天舞地，万乐齐奏。孔子登阶，举起衣袖，厉声喝道："齐鲁两国君主相会，为什么在此奏夷狄之乐？请有司下令阻止！"有司命令停止，但乐队不去，台上的人都看着齐景公和随从的晏婴。景公挥手让乐队退下。不一会儿，齐国有司再请示景公："请奏宫中之乐。"景公说："好的。"于是，宫中的倡优、侏儒等作戏于台上。孔子再次登阶，喝道："匹夫作戏，荧惑诸侯，罪当诛！请命有司！"齐国有司面面相觑，只好草草收场。齐景公回国后，说："鲁国以君子之道辅佐其君，而你们独以夷狄之道教寡人，使我们得罪鲁国，为之奈何？"齐国有司说："小人道歉只用甜言蜜语，君子道歉则以实际行动。君如向鲁道歉，请用实际行动。"于是，齐国归还了侵鲁所占的三地田产。春秋时代，倡行雅乐，礼乐之事，关乎国体，孔子或有其事；但说孔子斥夷狄之乐和倡优侏儒使齐国归还鲁国土地却令人不可置信！

鲁定公十三年夏，孔子向定公进言说："臣子不能家藏甲士，大夫的城池不得超过百雉。"城墙高一丈，长一丈为一堵，三堵为一雉。按照周王朝的规制，大夫不应该拥有百雉之城。孔子在政治上是保守主义，"郁郁乎文哉，吾从周。"他是主张坚决按照周王朝的礼乐制度行事的，任何僭越行为在孔子看来都是不能容忍的。当时的鲁国，三桓专权，公室衰微，到了后期，乃至"陪臣执国命"，三桓执政既久，所在封邑的城池皆已过制。所以，孔子要他的学生仲由（子路）为季氏宰，将毁三桓之都。三桓执鲁政，之所以同意毁城，是因为其家臣皆跋扈，居于其主人之上。孔子因势利导，达成毁三都的协议。先是叔孙氏毁封邑郈城，顺利完成，接着由季孙氏毁封邑费，季氏在费的家臣公山不狃，叔孙辄竟率领费城人袭击鲁国。鲁定公与季孙、孟孙、叔孙入于季氏的宫邸，登季武子所筑的高台。费人攻而不克，费人已进入到定公的台侧。孔子命令鲁国两大夫申句须和乐颀率兵从台上冲下伐费人。费人败逃，鲁国宫廷大夫们率兵追击，在故蔑把他们击败，公山不狃和叔孙辄逃往齐国，于是，把季孙氏的费也毁了。最后，将要毁孟孙氏的封邑成，为孟氏守成的公敛处父对孟孙说："如果成被毁，齐国军队必然攻到鲁国都城的北门。况且，成邑，是孟孙氏的保障，没有成，也就等于没有孟氏。我不同意将成毁掉。"这年十二月，鲁定公率军围成，但是没有攻下。

这时候的孔子年已五十六岁，在鲁国由大司寇摄行相事，大权在握，整日喜气洋洋，眼角眉梢都是笑。他的门人弟子们说："都说君子祸至不惧，福至不喜。大人您当了官，怎么总是喜气洋洋的呢？"孔子说："是有这句话，但没听说以贵人之尊以临下吗？"在大司寇任上，孔子诛杀了一个叫少正卯的人，据说他是"鲁大夫乱政者。"可见，少正卯也是在宫廷里为官的人，他如何乱政？史书不载，关于他的资料也一并阙如。

孔子在大司寇的位置上仅仅干了三个月，据说鲁国被治理得路不拾遗。这当然是一种溢美之词。但无论如何，此时的孔子自认为已达到了人生的巅峰，而从政为官，治理国家和百姓，一直是他梦寐以求的理想。"以贵下人"，这种居高临下的姿态也是他所向往的。

孔子治理鲁国大见成效，引起了邻国齐国的不安，认为如果鲁国强大起来，必将吞并齐国。齐国为此想削弱鲁国，他们的办法是使鲁国的统治者腐败，因此选择齐国八十名美女，衣锦绣，能歌舞，又选好马一百二十匹，送给鲁君。齐国将美女和好马陈于鲁国都城南门外，以引诱鲁侯。执政的季桓子微服前往，观之再三，心为之动，将接受齐国的赠予。于是说动鲁定公，前往观看，终日不倦，荒怠政事。孔子弟子子路说："如此下去，鲁国将败坏，夫子您应辞官离鲁。"孔子说："鲁国马上就要举行郊祀，如果鲁侯将郊祀的祭肉分给诸大夫，证明鲁国还在守礼，没离开先王的正道，事情还可补救。我们再等一等吧！"季桓子接受了齐国赠送的女乐，并且三日不朝，耽于淫乐。鲁国郊祀，也没有分祭肉给大夫们。孔子这才和弟子们动身离鲁。孔子在鲁国为仕参政，至此结束，其时间一年左右。这是他的治国理论唯一一次用于政治实践。

孔子一行离鲁后，先居于鲁南郊一个叫屯的地方。鲁国乐师相送至屯，乐师说："夫子并没有获罪啊，为何要走呢？"孔子说："我可以为你唱一支歌吗？"于是唱道："女人有谗言之口，所以我要出走，女人的谗言可以带来灾祸啊，我怎能继续淹留？自此畅游天下，优哉游哉，以度日月。"鲁国乐师返回都城，季桓子问："孔子临行说了什么？"乐师便把孔子所唱之歌重复了一遍。季桓子说："孔夫子是因为我接受齐国的女乐因而怪罪于我啊！"

孔子首先来到卫国，住在他的学生子路的连襟颜浊邹家。卫灵公问孔子："你在鲁国的俸禄是多少？"孔子回答说："大约是二千石吧。"卫灵公下令给孔子同样的俸禄。住了一段时间，有人在卫灵公面前说孔子的坏话，于是卫灵公命手下的一个臣子以兵仗出入孔子之宅以胁迫孔子。孔子怕获罪，就离开了卫国。

孔子想到陈国去，经过匡城。匡城城墙败坏，有一大豁口，孔子学生颜渊指着那个豁口说："当年我和阳虎就是从那里进入匡城的。"当年，阳虎曾带兵蹂躏过匡人，而孔子高大威武，长相类于阳虎，匡人以为阳虎复来，就把孔子一行围起来，拘囿五日，孔子不得行。孔子与颜渊走失，后来他见到颜渊，说："我以为你死了呢！"颜渊说："有夫子在，我怎么敢死呢！"匡人攻之愈急，孔子的弟子们都害怕了，孔子说："周文王既已没，天下之文难道不在我这里吗？若天将丧斯文，我死之后，后代的人将不闻斯文，若天不丧斯文，匡人又能把我怎么样呢？"子路弹剑而歌，孔子和之，又对匡人说："我们是卫国宁武子的人。"匡人释围，孔子得去。

离开匡地之后，孔子一行过蒲地。在外面游荡了一个月，又返回了卫国。这时，孔子住在卫国的遽伯玉家里。卫灵公有个姬妾名叫南子，派人对孔子说："四方君子前来卫国想与寡君做兄弟，必见寡小君（南子自指），我倒想见见你。"孔子开头谦辞，后不得已而见之。南子坐于帷帐之中，孔子进门后，向南子稽首下拜，南子还礼，闻环佩叮咚之声。孔子后来说："我当初不想见，见了之后，都是以礼应答的。"子路对孔子去见南子很不以为然，孔子发誓说："如果我有不良的企图，老天会惩罚我的！老天会惩罚我的！"在卫国待了月余，卫灵公与南子同车而乘，让孔子坐在第二辆车上招摇过市。孔子说："我没见过向往德行胜过向往女色的人！"对于自己跟从卫灵公和南子的车仗很感羞耻，于是，离开卫国，过曹国。这一年，鲁定公死去了。

孔子过曹国，来到宋国，与弟子在林中树下演习礼仪。宋司马桓魋（tuī）想杀孔子，命人毁树，孔子只好整装上路。孔子的弟子们说："快走，桓魋要追上来了！"孔子说："天生德于予，桓魋其如予何！"（老天赋于我德行和拯救天下的大任，桓魋能把我怎么样呢！）

孔子来到郑国，与众弟子相失，孔子一个人站在东门下。郑国人对子贡说："东门那里有一个人，额头像尧，脖子像皋陶，肩头像子产，然而自腰以下和大禹差了三寸，累累若丧家之犬。"子贡见了孔子，把郑人的话说给孔子。孔子笑了，说："他说我的形貌未必如此，而说我似丧家之犬，太对了！太对了！"

孔子一行离开郑国前往陈国，此时，诸侯国的形势发生了一些变化。吴王夫差伐陈，取陈三邑而去，晋赵鞅伐朝歌，出国围蔡，蔡迁于吴，托庇于吴国，吴国在会稽打败了越王勾践，成为南方强大之国。诸侯国间征伐不休，南方和中原一带都很不太平。孔子住在陈国司城贞子家，与弟子讲学论礼。有一天，有一只鹰隼掉在陈国宫廷死去，身上带着箭矢。陈愍公派人来问孔子，孔子看了鹰隼身上的箭矢，为楛矢，箭镞是石做的，一尺有余。孔子说："这只鹰隼是从很远的地方飞来的，它身上所中之箭乃肃慎之箭。当年周武王克商，下令天下九夷百蛮，贡献方物，肃慎贡的是楛矢，石弩，长尺余。武王将肃慎所贡楛矢颁赐给元女大姬，许配给虞胡公而封在陈地。当时，分给同姓诸侯的是珍玉，分给异姓诸侯的是远方九夷百蛮之贡物，而陈所得到的是肃慎之矢。"孔子就鹰隼身上的箭矢侃侃而谈，讲了周王朝远古的历史，众人无不敬服。后来，陈愍公命令在保存王国旧物的故府中寻找，果然找到了当年周武王颁赐的肃慎之矢。

孔子在陈国待了三年，过着比较平静的日子。当时晋楚相争，吴国也屡次侵陈，陈国平静的生活被打破。孔子说："应该回去了，我这些弟子们狂放疏简，应不忘初心才是！"

孔子离陈，过蒲城。蒲人攻打并试图拘捕孔子。孔子有一弟子名叫公良孺，他以自己的私车五乘追随孔子，其人高大强壮，有勇力，且贤而知礼。他说："当年我追随夫子遇难于匡，如今又遇难于此，此乃命乎？如果再遇蒲人无礼，我宁可与他们搏斗而死！"于是，驱车与蒲人斗，甚为勇猛。蒲人惧，对孔子说："我们可以放你们过去，但你们不可去卫国。"孔子与蒲人订了盟，于是一行人出蒲东门而去。孔子一行奔卫国，子贡说："不是和蒲人定盟不去卫国吗？"孔子说，在逼迫下订的盟约不算数。

孔子已经两次去卫，这是第三次来卫国。卫灵公听说孔子来了，到郊外去迎接他。见了面，卫灵公问："蒲城可以攻伐吗？"孔子说："可以。"灵公说："可卫国的大夫们却认为不可以。如今蒲、卫都等待晋楚决一胜负，如果卫国伐蒲，不也是可以的吗？"但卫灵公并没有伐蒲。卫灵公年龄大了，荒怠于政事，并不重用孔子。孔子叹道："如果用我治国理政，三年就能见成效。可是他们都不肯用我。"

赵简子手下有一个叫佛肸的人，是中牟之邑的长官。赵简子攻打范氏和中行氏，兵伐中牟。佛肸以中牟之地背叛了赵简子，派人召孔子去中牟。孔子想到中牟去，他的弟子子路说："我听到夫子亲口说过，被人亲近重用却背叛了主人，君子不入其国。如今佛肸被赵简子信任却以中牟背叛，夫子您应召前往，请问去干什么？"孔子说："我是说过这样的话，但至坚之物磨而不薄，至白之物染而不黑。我怕什么呢？我难道是一个葫芦瓜吗？只能悬在藤上，却不能吃？"这话可以看出孔子因不得重用，其才能不能施展的焦虑心情。

孔子在卫国既得不到重用，就想西行晋国，到赵简子那里去碰碰运气。到了黄河边上欲渡河时，听到了窦鸣犊、舜华两个晋国大夫被杀的消息。孔子望着滔滔的河水，叹道："河水滔滔，一望无涯，我孔丘不渡此河，难道是命吗？"子贡问道："夫子的话是什么意思呢？"孔子说："窦鸣犊和舜华是晋国的贤大夫，赵简子未得志时，靠这两个人的辅佐而从政，到了赵简子得志时却把这两个人杀掉了。我听说，刳胎杀夭则麒麟不至郊，竭泽涸鱼则蛟龙不出水，覆巢毁卵则凤凰不翔集，为什么呢？物伤其类，君子伤之。鸟兽尚知躲避不义之事，况孔丘乎！"于是，孔子不渡河，绝了去晋国之念。他回到家乡陬，作乐曲《陬操》而哀之。居不久，他又再次去了卫国。

有一天，卫灵公问孔子排兵布阵之事，孔子说："俎豆之事（祭祀）我倒是经常听闻，军事上的事我没有研习过。"第二天，卫灵公又与孔子坐而闲话，仰视天上的飞雁，并不看孔子。孔子知道已遭到主人的厌弃，于是离开卫国，又到陈国去。

这年秋天，鲁国的季桓子病了，他坐着车子巡行鲁国都城，叹道："从前鲁国马上就兴盛起来了，因为我得罪了孔子，所以没有兴盛。"他对季康子说："我死之后，你必将执鲁政，执政后，必须召孔子。"几天后，季桓子死，季康子代立，欲召孔子。鲁大夫公之鱼说："从前鲁国用孔丘而不终，为诸侯所笑，如果再用不终，是再为诸侯所笑也。"季康子说："既然这样，那么召谁为好？"对曰："应先召他的弟子冉求。"于是派人召冉求入鲁。冉求将行，孔子说："鲁人召求。不是小用，将大用之也。"当天，孔子说："应该回去了！应该回去了！我的弟子们狂简，虽然能斐然成章，但不知剪裁也！"弟子子赣知道孔子有归意，送冉求的时候，对他说："假如鲁国要用你为仕，你一定要推荐咱们的老师啊！"

冉求应鲁之召走了后，没有消息。第二年，孔子一行由陈国迁到蔡国去。应吴国之召，蔡昭公要到吴国去。因蔡昭公欺骗臣子将国都迁到州来，这次蔡国大夫们害怕蔡国再迁，于是大夫公孙翩射杀了蔡昭公。楚国又侵犯蔡国。孔子在蔡没有一个安宁的环境，于是自蔡往叶。叶公问政于孔子，孔子回答说："为政者要安抚附近的人，招徕远方的人。"后来有一天，叶公又问子路孔子的事，子路不知如何回答。孔子听后，对子路说："你为什么不这样回答：孔丘这个人，学道不倦，诲人不厌，发愤忘食，乐以忘忧，不知老之将至。"云云。

孔子一行离开叶邑复往蔡国，走到路上，遇见两个人在用一副犁杖耕地，孔子让子路前去问路。耕地的两个人一个叫长沮，一个叫桀溺。长沮问："那个坐在车上牵着缰绳的人是谁啊？"子路说："是孔丘。"又问："是鲁国的那个孔丘吗？"子路说："是的。"长沮说："如果是孔丘，那他是知道路的。"桀溺问："你是谁呢？"子路说："我是仲由。""那你是孔丘的弟子了？"子路说："是的。"桀溺说："天下悠悠，治乱相同，由此适彼，到底有什么意义呢？天下之士，有避世的，有避人的。我认为，避人者不如避世！"子路把两个人的话告诉孔子，孔子叹道："鸟兽不可与同群，如果天下有道，我孔丘又何必东奔西走呢！"长沮和桀溺这两个人似乎是两个避世的隐者，他们的谈话也有些隐晦不明。

有一天，子路与孔子走失，遇到一个背着草捆拄着杖的老人，子路问他："你见到夫子了吗？"老人说："四体不勤，五谷不分，算什么夫子啊！"说完，就继续锄草。子路归而告孔子，孔子说："那一定是个隐者。"两人再去寻找，老人却已不见了。

孔子耽留在蔡国三年，这时，吴国讨伐陈国，楚国出兵救陈，军队驻扎在城父。楚国派人来聘请孔子，孔子将前往。陈、蔡两国大夫们计议道："孔丘乃当代贤人，他所议论指斥的都切中诸侯之病。他久留陈、蔡之间，陈蔡大夫们所作所为都不合孔丘之意。楚国是大国，如今来聘孔丘，如果孔丘之道行于楚，陈蔡两国大夫们可就危险了！"于是，陈蔡两国发兵把孔子一行包围在野外，孔子一行走不了，又绝了粮，跟从他的弟子有人生病了，起不来，形势很危急。但孔子仍然每日召集弟子弦歌讲诵，子路很不高兴，见到孔子说："君子也有穷途末路的时候吗？"孔子说："君子固然也有穷困之时，但他决不像小人那样，一旦穷困，就偏离正道，胡作非为。"

子贡色不悦，孔子问道："你是否认为我博学而识人间之道呢？"子贡说："我是这样认为，现在难道不是了吗？"孔子说："不，我是一以贯之，从未动摇的。"

孔子知道弟子们处此危难之时，众皆有嫌怨之心，孔子召子路而问道："诗曰：'匪兕匪虎，率彼旷野。'我们既非兕虎，却被困在旷野之中，难道我们所主张的道是错误的吗？为何落到这个下场？"子路说："或许我们的仁还没有达到极致，所以人们不相信我们，或许我们不够聪明智慧，所以才被困在这里。"孔子说："你说得有一定道理，仲由啊，如果认为我们仁义，别人就会相信我们，那么世上为何还有饿死的伯夷叔齐呢？如果认为聪明智慧就可以通行无阻，世上为何会有被纣王剖心的王子比干呢！"

子路走后，子贡入见，孔子又问子贡同样的话，子贡回答说："那或许是因为老师的道太大，所以不为天下所容。老师遭受的贬辱难道还少吗？"孔子说："赐啊，优秀的农人能够播种而未必懂得收成，良好的工匠有精巧的技艺却未必使人认可。君子能修其道，把天下治理之道论述得头头是道，而不能为人所容。如今你不修道而求为别人所容，我想你的目的是会达到的。"

子贡出，颜回入见，孔子再问同样的问题。颜回回答道："老师的道涵容天下，所以天下不容老师之道。尽管如此，老师推行您的道，即使不见容，又有什么了不起呢？道不为容然后见君子！如果我们的道不修，是我们的耻辱，既以修道而不见用，是那些有国有家的诸侯大夫们的耻辱，不见容于世，又有什么可奇怪的？道不为容然后得见君子！"孔子欣然而笑，说："说得好啊颜回，倘若你发了财，我可以为你管理家政啊！"

孔子命子贡前往楚国求救，楚昭王派出军队迎接孔子，孔子一行得免于难。

孔子来到楚国，楚昭王想以方圆七百里封孔子。楚国令尹子西道："辅助大王治国之相有像颜回那样的人吗？"昭王曰："没有。""那么，大王统兵的将帅有像子路那样的人吗？"昭王曰："没有。""大王的地方官有像宰予那样的人吗？"昭王回答："没有。""当年楚之先王受封于周，爵位为子男，周遭之地不过五十里。如今孔子绍述周王朝的功业，宣扬从周之制，那么，楚国安得地广千里之疆域？当年文王在丰，武王在镐，皆不足百里之君，以王天下。若使孔丘据地数百里，他的众多弟子为辅佐，恐怕不是楚国的福分吧！"楚昭王于是不封孔丘。这年秋天，楚昭王死于城父。

楚有狂人，傍孔子之车而歌："汝为凤凰兮，不见圣德之君，何以周行天下乎？枉费劳神！从前的事情已过，不可劝谏，以后日子还长，应抱德归隐。世乱已甚兮不可复治，天下何人兮识汝之明君？"（"凤兮凤兮，何德之衰！往者不可谏兮，来者犹可追也！已而已而，今之从政者殆而。"）孔子赶忙下车，想和他攀谈，楚狂人却飘然而去，不可与语。

孔子在楚仍不得用，于是，离开楚国返回卫国。这一年，孔子已六十三岁。

当年的卫国，卫出公辄被原太子蒯聩逼迫流亡在外，诸侯数次让他返国。而孔子的很多弟子都在卫国从政，卫君想聘请孔子为政。孔子多次说：鲁国和卫国乃兄弟之国，两国之政应该是一样的。他的学生子路问他："假若卫君请你为政，何事为先？"孔子说："应该首先正名。"子路说："夫子未尝太迂远不切实际了，正什么名啊！"孔子说："仲由啊，你也太不晓事了！夫名不正则言不顺，言不顺则事不成，事不成则礼乐不兴，礼乐不兴则刑罚滥，刑罚滥则百姓不知何所遵从。君子为政必名正言顺，说出的话必须实行，政令言行不可随意。"

第二年，孔子的学生冉有为季氏带兵，与齐国战于郎地，打败了齐师。季康子问冉有："汝于军旅征战之事，是后天学习的，还是先天习性使然呢？"冉有回答说："我是从老师孔子那里学来的。"季康子问："孔子是个什么样的人呢？"冉有说："如果聘用他来从政，治理百姓，即使让鬼神来评价，也决无什么差失遗憾。我从他那里学习了治国理政的本领，给夫子千社之地去治理，他也会治理得很好。"季康子说："我想召他来，怎么样？"冉求说："想召他来，不能用小人之道局限他，是可以的。"孔子在卫国，卫卿孔文子想攻击太叔疾，问策于孔子，孔子说不知道。回去后，立刻整备车马，想离开卫国。他说："鸟能择木而栖，没听说树能选择鸟！"孔文了用尽办法想阻止孔子离开。这时，止巧鲁国的李康子备办了很多礼物来迎接孔子，于是孔子返回了鲁国。

从孔子离开鲁国始，在各国间周游了十四年才回到鲁国。

孔子在鲁闲居，鲁哀公曾向孔子讨教为政的道理，孔子说："为政首要在于选择官员。"季康子也问过孔子，孔子说："选择正直的人做官，把邪妄的人弃置不用，那些邪妄的人也会学好的。"季康子很忧虑那些国中的强盗，孔子说："如果使百姓不生邪欲贪心，他们是不会盗窃的。"尽管鲁国的为政者时常来征询孔子的见解，但鲁国终于没用孔子，孔子也断了当官出仕的念想。

孔子一生，在鲁国有过短暂的从政经历，之后，和弟子们周游列国，在诸侯国之间游历十四年，返回鲁国时，年已老，他已失去了参与政治实践的可能。孔子的一生，一直认可周王朝的礼乐政治，推许周王朝都城不过百里而王天下的分封制度，认为诸侯只要守礼，不僭越，天下就可安定，百姓率礼而为，社会就会和谐。这或许也是古代乌托邦的政治理想。他一生有强烈的从政情结，但诸侯国的王公们并不用他。终其一生，他教育了众多的弟子，留下了记述他思想的《论语》，删定了《春秋》和《诗经》，注释了《易经》，成为春秋战国时代伟大的思想家和教育家，并在后世衍生了儒家学说。

孔子卒于鲁哀公十六年（前479年）四月十一日，终年七十二岁。

二　孔门弟子

后世民间云，孔子弟子三千，贤人七十二。然据孔子自己云："受业身通者七十有七人。"《孔子家语》亦说七十七人。《史记·仲尼弟子列传》所列计七十七人，三十五人有零星的事迹，余四十二人仅列名而已。

颜回，鲁国人，字子渊，少孔子三十岁。

颜回问孔子何为仁。孔子回答说："克己复礼，天下归仁焉。"孔子的意思是，所谓仁，就是恢复周礼那一套。如果诸侯、卿大夫和士都能克制自己的欲望，恢复周礼，天子至尊，诸侯守度，等级分明，社会有序，这就是仁。可是，到了孔子的时代，礼崩乐坏，礼不可复，仁不可得矣。

颜回是个安贫乐道的人，因此孔子称赞他："贤哉回也！一箪食，一瓢饮，在陋巷，人不堪其忧，回也不改其乐。"颜回克制自己的物质欲望，追求高雅的精神生活，并不看重物质享乐，他的快乐来于精神的愉悦。

孔子赞赏颜回的还有一句话："回也如愚，退而省其私，亦足以发，回也不愚，用之则行，舍之则藏，唯我与尔有是夫！"颜回这个人看似有点愚，退去后认真琢磨，和人议论道之大旨，多能发扬大义。看来他并非真愚也。言可行则行，用之于世；可止则止，藏之心中。也只有我和颜回能做到这一点。

颜回早衰，年二十九，发尽白，三十二岁而死。孔子为之痛哭，说：

"自我有颜回，我的门人弟子们日益亲近。"鲁哀公曾问孔子："你的弟子谁最爱学习？"孔子回答："颜回最好学，从不迁怒于人，也不推诿过错。不幸短命而亡矣。"

孔子有儿子名鲤，字伯鱼，五十而亡。颜回是死在伯鱼之前的。但据《论语》，颜回死后，他的父亲颜路家贫（父子二人俱孔子学生），曾向孔子借车下葬，这里的借车，据孔安国注释，是把孔子车卖掉，为死者置椁。孔子拒绝了。他说："因为棺椁不齐备，也各为其子而已。当年鲤（伯鱼）死时，有棺而无椁。我不能步行把车卖掉为他置办椁。因为我名在大夫之列，不可以无车而步行。"这实际是拒绝了颜路。但这是说颜回死在了孔鲤之后。但其实颜回是死在孔鲤之前的。所以说这段话是"设词"，非实有。

后来讲到孔门弟子颜路（颜无由，字路。路者，颜回父。父子尝各异时事孔子。）时，也说到这件借车葬子之事，现录于此。

闵损，字子骞。少孔子十五岁。

孔子评价闵子骞："孝哉闵子骞，人不间于其父母昆弟之言。"是说闵子骞上事父母，下顺兄弟，动静尽善，故人不得有非间之言。是说闵子骞是个孝子。

当时鲁国三桓当政，君主虚有其位。三桓中的季孙氏，鲁之上卿也。曾想让闵子骞做季孙封邑费邑的长官（费宰），子骞说："请用好言为我辞掉这个差事。"这是他"不仕大夫，不食汙君之禄"的节操。并说，如果季氏再来召我，那我就在汶水之上了，意思是说，我将北渡汶水去齐国（也不接受这个职位）。

冉耕，字伯牛。孔子以为有德行。

冉伯牛很不幸，患了很不好的恶病，康复无望。孔子去问病，伯牛因恶疾，不想见人，孔子自窗外抓住他的手，叹道："这难道是命吗？斯人也而有斯疾，这难道是命吗！"可见痛之甚也。

冉雍，字仲弓。据《孔子家语》，他是冉耕的同族人，少孔子二十九岁。

仲弓问政于孔子，孔子说，为政者要心存诚敬，"出门如见大宾，使民如承大祭。"出门时，时刻如见重要宾客，役使百姓时，心存敬畏，如临大祭一样。在邦国，为诸侯；在家，则为卿大夫。兢兢业业，不存私念。

孔子认为仲弓有德行，认为其可为诸侯之治。

仲弓的父亲是个卑贱的人，孔子说："好比杂色的牛生了一头红色的牛，两角周正，正好做祭神的牺牲，即使不用，山川宁肯舍之乎？"意思是其父虽卑贱，不影响他的儿子是一个出类拔萃的君子。

冉求，字子有，少孔子二十九岁，为鲁国季氏宰。

季康子曾经问孔子："冉求这个人合于仁道吗？"孔子回答说："千乘之邑，百乘之家，冉求可以为之治理兵赋之事，他是否仁，我说不清。"又问："子路如何？他可以说仁吗？"孔子说："他和冉求一样。"

仲由，字子路，少孔子九岁。

子路是卞邑一带山野之人，野蛮而好勇力，性格豪放直爽。他曾经戴雄鸡冠，配野猪尾而行于市中，以示勇力无敌。曾陵暴孔子，孔子后以礼待之，子路遂降伏，穿上儒服，拜于孔子门下，请为弟子。

子路问为政，孔子答："先之，劳之。"先导民以德，使民信之，然后劳之。就是易所讲的，让百姓高高兴兴去做，他们会忘记疲劳。子路认为孔子说得太简单了，请详加解释。孔子说："无倦。"意思是不知疲倦地去做就可以了。

子路又问："君子是否都崇尚勇敢呢？"孔子答："首先把义放在第一

位。君子好勇而无义则容易造成动乱，小人好勇而无义则容易沦为强盗。"

孔子对子路还有很多评价，如认为子路只要听一方的说法，就可以断狱。又说，子路的勇敢超过我，所以无所取。认为子路的性格，恐怕难以善终。又说，穿寻常的衣服和穿高贵服装站在一起而神色自若，不觉为耻，只有子由可以做到。子由已升我堂，但尚未入室也。意思是他虽然已了解了一些儒学的知识，但还没有深入我思想和学问的深处。

季康子问："仲由仁乎？"孔子回答说："千乘之国可使治其赋，不知其仁。"意思是他可以管理卿大夫之封邑，是否仁，我也不知道。

子路喜欢跟从孔子出游，有一次遇到两个耕田的隐者——长沮和桀溺，孔子让子路去问渡口在哪里，长沮问："赶车那人是谁啊？"子路回答"是孔丘。""是那位鲁国的孔丘吗？""是的。""那他已经知道渡口在哪儿了！"子路又去问桀溺，桀溺问："你是谁？""我是仲由。""是孔丘的弟子吗？""是的。""滔滔者天下皆是也，而谁又能改变？与其跟从逃避坏人的人到处游荡，不如跟从我们这些逃避社会的人。"说罢，继续锄草。子路回去把两人的话说给孔子。孔子叹息说："他们不与鸟兽为伍，我又不是和他们一样的人，与谁为伍呢？若天下有道，我孔丘为什么到处奔波以求改变呢！"又有一次，子路落在后面，遇到一个以杖担着锄草工具的老人，子路问："是否见夫子？"老人回答说："四体不勤，五谷不分，算什么夫子啊！"于是只顾锄草。后来，老人邀子路回家，杀鸡备米饭招待子路，并把他的两个儿子叫出来和子路相见。第二天，子路见到孔子，告诉了他的遭遇。孔子说：那是个隐者啊！让子路再去见老人。到了老人的家，老人不在。子路为此感叹一番，认为君子要出仕，应行之以义；从这个老人身上，见大道不行于天下，已知之矣。以上皆见《论语》所载。

子路出而为仕，曾为鲁国季氏的家宰，季孙问："子路算得是大臣吗？"孔子回答："可列臣子之数。"

子路出任卫国蒲邑大夫，来向孔子辞行。孔子嘱咐说："蒲地多壮士，又难治理，然而我要告诉你，只要你恭敬待人，即使有勇猛的人也不能害你，只要你待人宽仁，众人必归近之。"

当年，卫灵公有宠姬名叫南子，美艳。灵公太子名蒯聩得过南子，疑有不伦之情，害怕被诛，逃奔国外。及灵公卒，夫人欲立公子郢，郢不肯，说："现有逃亡在外的太子的儿子辄在，可立为君。"于是立蒯聩之子辄为君，史称卫出公。出公立十二年，其父蒯聩居外，不得入。当时子路为卫大夫孔悝的邑宰，蒯聩与孔悝勾结作乱，秘入孔悝家，遂与其徒攻打出公，而蒯聩入立，称为卫庄公。出公逃奔鲁国。孔悝参与作乱时，子路在外，不在都中，闻而飞驰归都。遇卫大夫子羔出城门，对子路说："出公已逃亡鲁国，城门已闭，你就不要进去了，省得空受其祸。"子路说："既然食人俸禄，关键时刻，岂可避难而去！"子羔即离去。恰有使者入门，子路随之而入，去见蒯聩，正当蒯聩与孔悝登台，子路对蒯聩说："你怎么能用孔悝这种人呢？乱国悖义，言而无信，让我把他杀掉。"蒯聩不听，于是子路欲放火焚台。蒯聩害怕，下令卫国两大夫起兵攻子路，子路冠上缨被击断，身陷重围，子路知身不免，道："君子死而冠不免。"于是戴冠结缨而死。蒯聩与辄之争，是诸侯国君主家的父子之争，无所谓义与不义，孔悝参与其事，是政治利益衡量的结果，至于子路，贸然返都而自蹈死地，是不值得的。至于南子，这里补叙一句：孔子入卫，曾去见南子，子路很不高兴，认为像孔子这样的人，不该去见诸侯国君主的宠姬，孔子听了，就发誓说："我若有不良的心思，做了不当的事，天不容我！天不容我！"南子是当时风云美色，故很招风吧！孔子听说卫国发生内乱，叹道："完了，这下子路肯定是死了。"后来果然。孔子叹道："自我得仲由（子路），恶言不入于耳。"

宰予，字子我。是一个有见地，能说，善于与人激辩的人。他入孔子之门受业后，对儒家三年之丧的重丧规定很不理解，他对孔子说："为父母守三年丧不是太久了吗？君子三年不为礼，礼必坏；三年不为乐，乐必崩。礼乐崩坏而不顾，只为父母守丧，这难道是君子所为吗？我认为，旧谷吃没了，新谷下来了，值钻燧改火之时，这样长的时间就可以了。"钻燧改火，有一个注解，古人钻木取火而保存火种，四时钻木不同："春取榆柳之火，夏取枣杏之火，季夏取桑柘之火，秋取柞楸之火，冬取槐檀之火。一年之中，钻火各异木，故曰改火。"宰予的意思，是为父母守丧，一季或一年可矣，三年时间太长。孔子问："如果这样，你的心安吗？"宰予说："安。""你要认为心安你就这样去做。君子为父母守丧，吃好东西也不觉得香，听到音乐也不感到快乐，所以不缩短守丧之期。"等到宰予走出屋子，孔子评价他说："宰予不是一个仁义的人，人生下三年才离开父母的怀抱，三年之丧，天下通行的做法，他却认为长。"

宰予白天睡午觉，孔子见了，厌弃地说："朽木不可雕也，粪土之墙不可杇也。"宰予曾向孔子请教"五帝之德。"孔子不愿意回答他，说："我又不是五帝，我怎么会知道呢！"看来，宰予因为对儒家三年之丧表示了疑问，已引起孔子的极端不满，因此，孔子十分厌恶他。

端木赐，卫人，字子贡，少孔子三十一岁。

子贡算得上孔子得意的学生，但他"利口巧辞"，言辞丰富，尖锐，善于与人辩论，孔子因此常折挫之。一次孔子问他，你和颜回两人谁最强呢？子贡回答说："我怎么敢与颜回相比呢？颜回闻一而知十，我也就是闻一知二而已。"

子贡成为孔子弟子后，曾问孔子："您看我是个什么样的人呢？"孔子回答："你也就是个成用之器。""我是什么器呢？""瑚琏也。"这里要对"瑚琏"做个解释：它指的是古代盛谷物的祭器，夏朝称为瑚，殷朝称为琏，周朝称为簠簋，皆指宗庙之贵器。孔子称子贡为"瑚琏之器"，即认为他能在宗庙上做官的意思。有人曾问子贡，你既为孔子弟子，那么孔子到底搞的什么学问呢？子贡回答说："在孔子那里，文武之道并未坠落于地，求教于孔子，贤与不贤皆各有所识。世上万事万物皆有文武之道，所以人无所不从学，故无常师。"又有人问："孔子周游列国，每到一国，必参与政事。是他求而得之，还是君主自愿请他参与国事呢？"子贡说："夫子有温良恭俭让之德，以此求之，与常人求之不同。"

子贡问孔子："一个人做到富而不骄人，贫而不谄媚别人，这样如何？"孔子说："可以。但还不如贫而乐道，富而好礼。"

当时齐国想攻打鲁国，孔子认为鲁国乃父母之邦，祖先庐墓所在，应保护鲁国免受侵伐。子路请出，孔子止之，子张、子石请行，孔子亦不许。最后子贡请行，孔子许之。子贡前往齐国，说服齐国放弃攻打鲁国，转而攻吴；又说服吴国救鲁攻齐，以与齐交战，说服越国出兵助吴，说服晋国防备吴国取胜后加兵晋国。于是，春秋末年的诸侯混战先以吴国胜，又以晋败吴，终于使越灭吴而称霸。所谓"故子贡一出，存鲁、乱齐、破吴、强晋而霸越。子贡一使，使势相破，十年之中，五国各有变。"《史记》记载了子贡游说之言，各国君主皆如白痴，一听子贡游说，无不照办。其实各国的战争，乃时势所然，并非说客一言，即成敌国，刀兵相见。战争旷日持久，非一朝一夕可了。所以，《史记》是夸大了子贡的游说之功，游说之言，当非实有。

但子贡也是一个难得的人才，能经商，喜欢说人的好话，但也喜言人过。在鲁卫两国皆做过高官，家累千金，死于齐国。

言偃，吴人，字子游。少孔子四十五岁。

子游受业于孔子后，做过武城宰。孔子过武城，闻弦歌之声，不禁莞尔而笑，说："割鸡焉用牛刀。"意思是子游大才，治理武城乃牛刀小试。子游说："从前我听夫子说过，君子学道则爱人，小人学道则易使（服从领导）。"孔子说："你们听着，子游说得对。我前面说的割鸡焉用牛刀的话乃是戏言。"孔子认为子游有文学之才。

卜商，字子夏，少孔子四十四岁。

子夏问孔子《卫风·硕人》一诗："巧笑倩兮，美目盼兮，素以为绚兮。"是什么意思。孔子回答说：好比画画，先布色，然后以素分布其间以成像。子夏领悟，道："后教之以礼乎？"孔子认为子夏理解了他的意思，美女虽有顾盼之美质，也须以礼成之。所以孔子说：卜商是可以和他谈诗的。他有领悟力。

子贡曾问孔子："子张与子夏二人谁更优秀？"孔子说："子张聪明过头，子夏稍有不及。"子贡说："既如此，子张是否更优秀呢？"孔子回答说："过犹不及。"言二人谁也没有得中。

孔子告诫子夏说："汝为君子儒，无为小人儒。"

孔子死后，子夏居于西河郡，在那里教学授徒，魏文侯经常向他请示国事。他的儿子早死，因痛哭而失明。注解说，子夏是孔子的好学生，受孔子教导，曾序诗，传易，孔子还曾将《春秋》传给子夏，还传给他《周礼》。诗、易、礼、春秋俱受之于孔子。

颛孙师，陈人，字子张，少孔子四十八岁。

子张曾问孔子如何求禄位，孔子回答说：多听，对有疑问的事情搁置一边，对知道的事情也要慎言，这就不会有太大的过失；见到有危险的事情不要去做，就不会悔之不及。言语谨慎，行为少悔，禄就在其中了。这就是孔子讲的为官的品行，概括地说，就是谨言慎行。

孔子困于陈蔡间，子张问行期，孔子回答说："言语忠信，行为恭敬，就是在蛮夷之国也会通行无阻；言不忠信，行为不恭敬，就是在州里的文明之地，恐怕也寸步难行。站立如同参见长者，在车上则依于衡木前，然后可行。"子张把孔子的话写于长带上。

子张问孔子："士怎样才能做到达呢？"孔子问："你所说的达指的是什么？"子张说："一国之人都知道他，一邦之人也知道他。"孔子说："此谓之闻，非达也。所谓达者，品德正直而好义，察言观色，甘居人下，看似卑下，其实难以超越，这是真正的达者。而闻者，表面看似很重仁义，可做起事来常悖仁义而行，并居之不疑。这就是所谓闻者。"

曾参，字子舆，少孔子四十六岁。

《韩诗外传》云："曾子曰：'吾尝做过小吏，所得俸禄不过钟釜之盛，但我很高兴，不认为少，俸禄虽少，也可乐道而养父母；父母去世之后，我南游至越，做过高官，堂高九仞，禄谷百乘，然而我还是常常北向而泣，不是感到官小禄薄，所悲者，再不见父母双亲，想供养而不能了。'"

孔子认为曾参能通孝道，故授之以业。曾参后作《孝经》，死在鲁国。

澹台灭明，字子羽，少孔子三十九岁。

从前读张岱《夜航船》，序中讲了这样一个故事：昔日有一僧人与一士子同宿夜航船，士子高谈阔论，僧畏惧，蜷足而寝，僧人听其语有破绽，乃曰："请问相公，澹台灭明是一个人，两个人？"士子曰："是两个人"。僧曰："那么尧舜是一个人，两个人？"士子曰："自然是一个人！"僧乃笑曰："这等说来，且容小僧伸伸脚。"读后莞尔。

澹台灭明长相很丑，"状貌甚恶"。他投孔子门下，孔子认为他才薄，不堪造就。受业之后，退而修行。不循规蹈矩，不是公事不见卿大夫。后南游至江南，有弟子三百人，名闻于诸侯。孔子闻之，道："我以言语取人，失之宰予；以貌取人，失之子羽。"

宓不齐，字子贱，少孔子三十岁。（孔子家语云：鲁人，字子贱，少孔子四十九岁，与《史记》异。）

孔子称赞子贱是君子。子贱曾为单父宰（地方长官），弹琴而身不下堂，单父得到治理；另一个单父宰叫巫马期，披星戴月地劳苦，单父也得到治理。巫马期问其故，宓子贱说："我是让别人去做，你是亲力亲为，亲力亲为当然劳苦，而任人者就闲逸多了。"（我之谓任人，子之谓任力。任力者劳，任人者逸。）

原宪，字子思。

子思问何为耻，孔子答："国有道，可以为官享禄；国无道，为官享禄，就是可耻的。"

孔子死后，原宪隐居于草泽中，不欲见人。子贡在卫为相，"结驷连骑"，浩浩荡荡的队伍来访原宪，队伍穿越草莽，见原宪穿着破衣来见子贡。子贡很不高兴，问道："你是不是病了？"原宪回答说："我听说，无财者谓之贫，学道却不能身体力行谓之病。我只是贫，并不是病。"子贡很羞惭，不怿而去。每思原宪之言，深以为耻，并以为过。

以上所记十五人，《史记·仲尼弟子列传》中所列孔门弟子七十七人，有的仅存只言片语，有的只列名姓，无足记。

《论语》中，有孔子对弟子的评价，所列才能优秀者："德行：颜渊，闵子骞，冉伯牛，仲弓。言语：宰我，子贡。政事：冉有，季路。文学：子游，子夏。"司马迁曰："学者多称七十七子之徒，誉者或过其实，毁者或损其真，钧之未睹厥容貌。"孔子是儒家的思想先知，弟子虽众多，有德行、言语、政事、文学之才俊，其所问道，皆于《论语》中有见，然继续其思想大统者无人。孔子的思想也只等百余年后的孟子阐发其大义，发扬其真髓。思想家的传续还是要靠其后的思想家和著作家，这是无疑的。

三　三家分晋

春秋末期的晋定公时代，晋国六卿为智氏（智伯荀瑶）、赵氏（赵简子赵鞅）、魏氏（魏襄子魏曼多）、韩氏（韩简子韩不信）、范氏（范昭子范吉射）、中行氏（中行文子荀寅）。由于六卿相攻，范氏和中行氏败逃，四家共分其地，六卿仅余四卿。

晋国六卿矛盾的激化，来于晋定公十五年赵简子（赵鞅）与邯郸赵午的矛盾。赵简子与赵午从远祖上来说，应该是一家人。当年赵氏兄弟二人，赵夙为兄，赵衰为弟。赵夙之孙赵穿，穿生㫍，㫍生胜，胜生午，至赵午为第六代，封地在邯郸，其家为耿氏；赵衰生盾，盾生朔，朔生武，武生成，成生鞅，至赵鞅也是六代。赵鞅两年前伐卫，卫人惧，贡五百家，赵鞅将这五百家置于邯郸赵午的封邑，如今，他向赵午索要这五百家，欲置于自己的封地晋阳。赵午答应了，告知族中的父兄。父兄们说：这不行，邯郸原是卫地，所以把这五百家放在邯郸，卫国放心。如今把这五百家迁到晋阳去，等于绝了卫国的路。不如发兵侵齐，齐国来报复，我们再迁这五百家于晋阳，就说怕齐国来伐，才迁徙他们。这样对卫国有个交代。赵午依计而行，邯郸迁往晋阳的五百家就迁延了一段时间。赵鞅因此大怒，召赵午，把他囚禁在晋阳。赵午前往晋阳时，带着一个心腹随从名叫涉宾，赵鞅命他们把身上的佩剑解下来，再进去。涉宾认为赵鞅无

理，不从。于是赵鞅派人告诉邯郸方面说："我要杀掉赵午，你们可以商量另立别人为邯郸之长。"赵鞅果然杀掉了赵午。

赵鞅此事做得实在冒失无理，赵午的儿子赵稷和涉宾等人以邯郸叛赵鞅。这年夏六月，赵鞅派出上军司马籍秦兵围邯郸，晋国发生了内部的战乱。但赵午并非孤立无援，他是中行文子荀寅的外甥，荀寅的儿子又娶范昭子范吉射的女儿，中行氏和范氏乃儿女亲家。所以六卿之中有两家不参与围攻邯郸，并且起兵作乱，攻打赵鞅。赵鞅逃奔到晋阳，晋国派兵攻围晋阳。

晋国六卿，矛盾甚深。魏襄子与范昭子仇怨甚深，韩简子和中行文子亦积不相能，范吉射的家族中，有一个侧室子名叫范皋夷，一直想作乱取代范吉射，晋国大夫梁婴父一直巴结智文子荀跞（荀瑶的祖父），荀跞想提拔他为卿。于是，魏襄子、韩简子、范皋夷、梁婴父和赵简子就在一起商议，想废掉中行文子荀寅，以梁婴父代而为卿，废掉范吉射而以范皋夷代之。如此，范氏和中行氏就成了被围猎的目标。荀跞言于晋侯曰："晋国有法，首乱者死，今三臣乱，独逐赵氏，不公。请将范氏和中行氏一并逐之。"十一月，荀跞、魏襄子、韩简子奉晋侯之命攻打范氏和中行氏。不克。范与中行两大家族反而攻打晋侯的部队，晋侯发兵平叛，范与中行两家败走，不久，两人逃奔朝歌。

在晋阳的赵简子（赵鞅）因罪轻，魏襄子、韩简子共同为他在晋侯面前说情，赵简子被赦免，入绛，与晋侯盟，得到了赦免，恢复了爵位。

赵简子有一个谋臣名叫董安于，梁婴父与董不能相容，于是他在荀跞面前进言说："不杀董安于，他必将帮助赵氏窃夺晋国，此人乃首获之人，不可留！"荀跞就对赵简子说："范氏和中行氏为乱，是董安于参与谋划，晋国有法，始祸者死，请公处之。"赵简子为此很忧虑。董安于闻听后："如果我死后晋国安宁，赵氏得定，我何必顾惜生命呢！人，哪有不死的，我的死已经晚了！"于是自缢而死。赵简子将他的尸体展示出来，告诉荀跞说："您告诉我安于有罪，他如今已经伏法，特此告知。"于是，荀跞与赵简子结盟。赵氏后来安定下来后，把董安于配享于赵氏祖庙中。

晋定公十八年（前494年），赵简子围范氏和中行氏于朝歌，中行文子荀寅逃奔邯郸。晋定公二十一年（前491年），赵简子拔邯郸，荀寅又逃奔柏人，赵简子又挥兵攻围柏人，中行文子和范昭子逃奔至齐国。于是赵氏拥有邯郸，柏人之地，范氏和中行氏的其他封邑皆入于晋。至此，六卿中范氏和中行氏两家在晋的势力被彻底铲除。

当时晋国仅余四卿，即智氏、赵氏、魏氏和韩氏。

智氏的智文子荀跞已老去，其子智宣子荀申欲嗣立荀瑶。其族人智果曰："不如立荀宵为后，荀瑶有五点超出常人，身材高大，美须髯，一也；射箭准，有力气，二也；爱好多，有技艺，三也；能言善辩，四也；强毅果敢，五也。有此五能，当在常人之上，但有一点，其德行不好，甚为不仁，若以其五种才能行之却不行仁道，谁能与之共事？如果必立荀瑶，则智氏危矣！"

智宣子听不进智果的话，仍立荀瑶为智氏之后，这就是智襄子，亦称智伯。

赵简子（赵鞅）也老了，也到了立嗣的年龄。他有两个儿子，长曰伯鲁，次为无恤。他将他的规训写到两片竹简上，交给他的两个儿子，要他们熟记并能暗诵之。三年后，问老大伯鲁，张口结舌，一句不能答，问简之所在，已丢失了。问无恤，背诵其辞甚流利，问简之所在，于袖中出之，并持简上奏，侃侃而言。赵简子遂有心立无恤为后。

后来，魏襄子魏曼多之位亦由其子魏驹继承，后称魏桓子；韩氏亦由韩虎代立，称韩康子。

智伯荀瑶傲慢刚戾，爱辱人，其即位初，即与赵襄子无恤结下嫌怨。晋出公七年，荀瑶率兵伐郑，此时赵简子病，令无恤带兵与荀瑶同伐郑。兵至郑国都城门前，荀瑶命赵无恤率军入门，赵无恤说："有主帅在此，我不敢入。"意思让荀瑶先入。荀瑶骂道："你长得貌不出众，又无阵前之勇，何以为赵氏之后！"赵无恤回答说："我这个人能含垢忍辱，不使赵氏招祸，所以忝居其位。"荀瑶冷笑，赵无恤自此与荀瑶结下梁子。晋出公十一年，智伯荀瑶再伐郑，赵无恤跟从，智伯喝醉了，用酒灌赵无恤，赵之从臣怒，要杀智伯，被赵无恤拦阻，道："父亲立我为赵氏之宗，就是因为我能忍受屈辱，小不忍则乱大谋，不可造次！"智伯荀瑶回去后，见赵简子，提出要废掉无恤，赵简子没有听从他。但赵无恤自此愈恨智伯荀瑶。

晋出公十七年，赵简子去世，赵无恤被立为后，是为赵襄子。

赵襄子也并非只是一个仅能含垢忍辱的草包，他做起事来同样心狠手辣。他是代他的哥哥伯鲁即位赵氏之主的。不久他的哥哥伯鲁死去，他就思虑如何报答伯鲁。他有一个姐姐，嫁给代王，赵简子刚刚下葬，尚未除服，他就召代王前来。招待代王的宴会上，他暗中命令几个厨师以青铜炊具袭击代王，连同他的几个随官全部杀死。然后出兵剿平代地。他姐姐闻听后，呼天抢地，拔下头上的簪子自杀而死，其自杀之地为"摩笄山"。于是，赵无恤封伯鲁的儿子赵周为代成君，管理代地。

这年，赵国四卿智、赵、韩、魏尽分范氏和中行氏之地，晋出公很愤怒，于是联合齐、鲁两国，要讨伐四卿。四卿恐，转攻出公。晋出公欲逃奔齐国，死在路上。于是，智伯就立晋昭公的曾孙名叫骄的为君，后称哀公（亦称懿公）。哀公的祖父叫雍，他是晋昭公的小儿子，号为戴子。戴子的儿子名叫忌，和智伯相善。但忌早死，智伯就立他的儿子骄为晋侯。当时，晋国之政尽决于智伯，晋哀公只是一个傀儡。智氏尽有范氏和中行氏原来的封地，成为晋国势压公室的大族。

智伯在蓝台宴请韩康子与魏桓子，席间，戏辱韩康子和他的相段规。智果闻听后，就规劝智伯，说："如果主上不防备，恐怕灾难将要到来。"智伯道："今日之晋国，敢问是谁的晋国？我不为难，谁敢作妖为难？"智果说："此言差矣，古人说：一个人有三次差失，吃了亏，陷害他的人都不在明处，来的都是看不见的祸患。君子能善待小人，做事谨慎，才不会被人所图。如今主上一次宴请，就侮辱别人的君相，又不防备别人，还说别人不敢发难，这怎么可以呢？蜂子和毒虫乃至小之物也，尚能害人，况君相乎！"智伯不听。

智伯荀瑶愈发骄横，视其余三卿为属下，以晋国为智氏之国。他先是让韩康子向他呈献土地和封邑，韩康子很恼怒，想拒绝。他的相段规劝谏他说："智伯好利而刚愎自用，如果不给，势必兴兵伐我，以韩之弱，难敌智氏。不如割地与他，他得了韩氏的地，必向其他两家索地，其他两家不给，势必起刀兵之争，韩氏得免于难以静观其变也。"韩康子于是将万家的封邑之地割给智伯。

智伯得了韩氏之地，愈骄横，再向魏氏索地。魏桓子欲不给，他的相任章问："为什么不给呢？"魏桓子说："无缘无故前来索地，我又不欠他的，所以不能给！"任章说："智氏无故索地，朝中诸大夫必惧，魏氏与之地，使其愈加骄横。智氏骄横而轻敌，朝中诸大夫因畏惧而团结一心，以相亲抱团之兵对抗骄狂轻敌之人，智伯的命怕是不长了吧！古人云：将欲取之，必先与之。主公可先与之，以骄智伯，然后可以联合他人以图智氏。奈何以魏当智伯之锋乎！"

魏桓子说："好！就这么办！"于是也划出了万家之邑呈给了智伯。

智伯得韩、魏两家封邑之地，封土扩大，绵延千里，且在朝中一言九鼎，无人敢拂逆之。于是，再请蔡和皋狼之地于赵。赵襄子怒道："智伯无理之甚也！赵之封邑，得之公室祖先，岂可无端索之？"断然拒绝。智伯碰了钉子，大怒，联合韩、魏两家，起兵攻打赵氏。赵襄子欲退出宫室，走保赵氏之邑，问左右曰："应该去哪里呢？"有人说："先去长子城，那里离得近，刚刚修完厚实的城墙，易守难攻。"赵襄子说："老百姓出苦力修好了城墙，又拼死去保卫它，谁会和我站在一起呢？"有人提议去邯郸，说那里府库充实。赵襄子说："把百姓的血汗储存起来，又让他们拼命去保护它，恐怕邯郸的百姓也不会跟从我。我看，我们不如去晋阳防守。"

当年，赵简子命手下尹铎去守护晋阳。尹铎问："主公想以晋阳为一处马马虎虎的封邑，还是想用它做赵氏的保障呢？"赵简子说："当然，派你去，就是想让晋阳成为未来赵氏之保障。"于是，尹铎上任伊始，整顿户口，修缮城墙，使晋阳成为一座巍然耸立的严城大邑。赵简子对赵无恤说："将来晋国有难，我赵氏万不要以为尹铎年轻，以为晋阳路途遥远，必走保晋阳，以为后图。"

赵襄子说："晋阳乃先主托付之地，有尹铎在那里驻守，政兴民和，可为赵氏最后之屏障。"于是带领兵马，前往晋阳。

智伯与韩、魏三家共围晋阳，以汾水灌其城，水浸城墙高至三版（八尺为一版），城中悬釜而炊，沉灶产蛙，断粮后竟至易子而食，人心浮动，群臣皆有外心，下不尊上，礼仪尽废。唯有高共守礼唯谨，不敢怠慢。赵襄子坐困愁城，晋阳似旦夕可下。

智伯以车行水中，视察三军。魏桓子执御，韩康子骖乘，三人同在一辆车上。智伯望着滔滔汾水围困晋阳，四周皆白水无涯，只有远方晋阳孤城一座，笑道："我今方知江水可以亡人国也，晋阳指日可下，赵氏覆灭倚马可待也！"魏桓子听后，以肘触碰韩康子，韩康子踢魏桓子的脚跟，二人皆会意而惊，以汾水可以灌晋阳，亦可灌安邑，绛水可以灌平阳也。智伯既可亡赵氏，魏、韩安不得亡？智伯之臣絺疵对智伯说："韩、魏必反矣！"智伯问："你因何断定他们必反？"絺疵说："我以目前的形势而断定，韩魏两家必反。今主上联合韩魏两家共攻赵氏，赵氏亡，灭国废祀之难必及韩魏。如今与韩魏两家约定，赵亡而三分其地，如今汾水灌晋阳，人马相食，城破即在旦夕，而韩魏两人面无喜色，似有重忧，不反者何？"第二天，智伯把絺疵的话说给韩康子和魏桓子，韩魏一齐辩道："这是有小人为赵氏游说，使主公疑于韩魏而懈于攻赵氏也。难道两家会放弃分赵氏之田，去做那种背礼忘义，万不可成之事乎？"二人出，絺疵入曰："主公为何把我说给您的话告诉韩魏二人呢？"智伯问："你怎么知道我告诉他们了？"絺疵说："刚才他们出来看见我，变貌变色，快步从我身边走过，因此我断定主公肯定将我的话告诉了他们。"智伯不悦，无言。絺疵知祸将临身，就请求出使齐国，逃离了智伯。

赵襄子在危难中，派出自己的相张孟谈偷偷潜出晋阳去见韩、魏二子。见面后，张孟谈说："唇亡则齿寒，今智伯率韩魏以攻赵，赵亡，则韩魏必将随之而亡。"二子曰："我们也知道他迟早要对我们下手，但害怕事未遂而谋泄，祸将立至，故不知何以处之。"张孟谈说："谋出二位主公之口，入臣子一人之耳，有什么怕的。"于是，二子与赵相张孟谈订下里应外合，共破智伯之盟。

这天夜里，赵襄子派出军队偷袭智伯守堤的军吏，挖开堤坝倒灌智伯之军。智伯军忙于救水而大乱，韩魏两支军队乘机反水，从侧翼攻击智伯的军队。赵襄子率军正面进攻，三家合围，智伯军队大乱而溃，于是，杀智伯，尽灭智氏之族。荀姓自其远祖晋大夫逝遨始，其后分为中行氏（荀偃统领中军，晋国称中行，故称中行氏）智氏（因封邑在智）两支，各延续六代，经历了晋国的兴起、称霸和衰落的全过程，在晋国衰亡之际，终至覆亡。

韩、魏、赵三家共分智氏之田，后周威烈王赐韩、魏、赵三家皆为诸侯。至晋静公二年，三家灭晋而共分其地，晋国灭亡。

韩、魏、赵名列战国七雄。

豫让，晋国人，原来臣事范氏和中行氏，泯于众人，并不受重视。后范氏和中行氏被逐灭，豫让转而为智伯之臣，智伯对其很宠幸，他在智伯那里如鱼得水。智伯荀瑶被赵、魏、韩三家所灭，封地被瓜分，智氏宗族皆被诛灭。豫让逃进了深山。

智伯被灭，晋国尽为三家所有，豫让决定为智伯复仇。他说："士为知己者死，女为悦己者容，智伯生前知我用我，宠信于我，如今死于地下，宗族尽灭，再没有人能为他复仇了。我既为智伯所知，为其复仇，理所当然。若遂我所愿，纵死于地下，魂魄亦无愧也！"于是，他把复仇作为他的人生目标，日夜思虑，不得安枕。

智伯最大的仇人就是赵襄子无恤，瓜分智氏封地后，赵氏成为晋国的国中之国，一言九鼎，气焰煊赫，俨然晋国之主，只有杀死他，才能报智氏之仇。于是，豫让改变了名姓，冒充贱隶，入赵氏宫，粉刷厕所，怀揣利刃，想在赵襄子如厕时杀死他。这天，赵襄子如厕，心为之动，命令拘捕涂厕之人，从怀中搜出凶器。审问之，知是智伯之臣豫让，说：就是要杀死赵襄子，为智伯复仇。左右的人听了供述，想把他杀掉。赵襄子说："放了他吧，这也是个有情有义的人啊！智伯死而无后，他的臣子为他复仇，此人也算天下的贤人了，我今后防备他就是了。"

于是，豫让被释放了。

过了一段时间，街市上出现了一个乞丐，以漆涂身，使全身长满癞疮，吞了焦炭，弄哑了喉咙，疯疯癫癫，行乞于市，这个人就是豫让。他苦身如此，连他的妻子也认不得他，可是他的朋友认出了他，见了他问："你是豫让吗？"

豫让点头。他的朋友含泪道："你这是何苦呢！以你的才能，如能投身赵襄子门下，肯定会得到重用。成为赵襄子的近幸之人，何事不得成？伺机而动，难道不也能报仇吗？为什么把自己弄成这个样子呢？"豫让说："如果我成为赵襄子的臣子而再处心积虑去杀他，岂非阳奉阴违，心口不一的小人？我这样做，就是要使天下为人臣而怀二心者惭愧而无地自容！赵襄子，智伯之仇，亦我豫让之仇也，安能为其臣哉！"

豫让遂照样行乞于市。

这天，赵襄子外出，豫让事先伏其所过之桥下，准备刺杀赵襄子。赵襄子车子经过，豫让突然冲出，马受惊。卫士们逮捕了豫让。赵襄子说："这肯定又是豫让所为。"一问，果然是他。赵襄子说："你原来不是在范氏和中行氏那里做事吗？范氏和中行氏被智伯所灭，没见你为他们去报仇，如今智伯已死，你却处心积虑为智伯报仇，这是为什么？"豫让说："范氏和中行氏待我就像待众人一样，所以我就像众人那样报答他，对他们的死没有感觉。至于智伯，把我当成国士，我当然要以国士来报答他。"

赵襄子叹道："唉，你这个人哪！你为智伯报仇，两次行刺于我，你的名也成了，我赦免你也到头了！你自以为得计，这一次，我不会再赦免你了！"于是下令周围卫士将豫让团团围住。豫让说："我听说明主不掩臣之美，而壮士有死名之义。上一次，您已经宽赦了我，天下莫不赞您宽宏大义，今天，我愿意受死。但是，临死之前，我有一个要求，想借您的衣服一用。让我借君之衣而击之，以致报仇之义。虽死而无恨。"赵襄子把自己的衣服脱下，让人持衣而与之。豫让奋起大叫，以剑击衣，三跃三击，衣为之穿。接着，将剑倒刺进胸膛，伏剑而亡。

　　左右莫不涕泣。

四 田氏篡齐

　　春秋各诸侯国中，齐、晋两国至末年，皆是君主失权，尾大不掉，被臣子所篡夺的。晋国是赵、魏、韩三家分晋，而齐国权移于下，被田氏一家所得。田氏本非齐国的土著，它的祖上乃是陈国的流亡贵族，一代一代成长起来，历经漫长的岁月，后世子孙，养成势力，瓜熟蒂落，水到渠成，终于代姜氏而有齐国。晋、齐两个诸侯国王权旁移，标志着周王朝彻底衰落，华夏的历史进入了战国时代。

　　公元前 672 年，齐国正当齐桓公即位第十四年，此时齐国国势强大，蒸蒸日上，纵横天下，无可匹敌。这一天，宫廷中来了一位陈国的王室子弟，此人相貌堂堂，谦恭有礼，言行举动，不失贵族气度，齐桓公热情接见了他。此人名叫陈完（音桓），是陈国君主陈厉公的儿子。他之所以弃国来奔，是因为国内发生了宫廷政变。

　　陈完的父亲陈厉公是一个荒唐淫乱的君主，名叫佗。佗的父亲陈文公死后，太子鲍即位，即陈桓公。佗娶的是一位蔡国公室女子。在蔡国的帮助下，佗杀死了他的异母兄鲍，也就是陈桓公，即位为厉公。杀兄夺位，历来是宫廷政治中经常上演的戏码，中外历史上都层出不穷。和莎士比亚的名剧《哈姆雷特》中杀兄篡位的国王一样，这个陈厉公也同样心理阴暗歹毒。不同的是，《哈姆雷特》剧中的国王娶了原来国王的王后，把王位和美丽的王后一同收入囊中，哈姆雷特王子在犹豫不定的复仇中死于非命。而这位陈厉公更加淫乱和愚蠢。上面说过，他的夫人是一位蔡国美女，这位蔡国公室的美女天性淫荡，她出嫁前在蔡国就有一些青年男子是她的情人，成为陈国夫人后，她不知收敛，难舍旧情，经常跑回蔡国去会她的情人。而陈厉公对夫人的淫乱行为不仅不加制止，反而恣患并加入了蔡国的淫乱聚会。当时的蔡国似乎有一个"天上人间"那样的夜总会，聚集了一些美丽的少女供贵族们淫乐，而陈厉公和夫人经常出入其中，成为那里的常客。

就在陈厉公痴迷于荒唐的肉欲之中时，危险正在悄悄逼近。和《哈姆雷特》剧中人物一样，陈厉公身边也有一个哈姆雷特那样的王子，也就是他杀掉的前国王的儿子，他就是陈桓公的儿子林。不同于哈姆雷特的是，林复仇的决心更加坚定，思虑也更加缜密。他买通了蔡国人，让他们为他这个杀父的叔父提供更多更妖媚的蔡国少女，使其耽留蔡国，乐不思归。就在陈厉公沉迷于蔡国销魂的肉欲之中时，林买通的杀手把陈厉公杀死在淫乱的床榻上。林自立为陈国的君主，这就是陈庄公。

陈厉公在位时，与蔡国夫人生过一个男孩，起名叫完（桓），刚刚降生时，正巧周王朝的太史经过陈国，陈厉公就请太史为这个男孩占卜，算一下他未来的命运。太史用易为之卜卦，得到的卦象叫"观之否"，周太史解卦，说："是为观国之光，利用宾于王。此其代陈有国乎？不在此而在异国乎？非此其身也，在其子孙。若在异国，必姜姓。姜姓，四岳之后。物莫能两大，陈衰，此其昌乎？"什么意思呢？翻译过来就是，这个男孩的命运从卦象上看，是光大国运，将以宾代主而称王。那么，他是陈国之主吗？不像。不在陈国而在别的国家吗？而且不应在他的身上，而应在他的后世子孙身上。若是异国，必是姜姓之国，姜姓，乃尧帝时的重臣四岳的后代。世间的事情不能两利并存，陈国衰亡，难道它要昌盛起来吗？因为这个卦象实在诡异，周朝太史也有些疑惑，所以他解卦时不敢肯定，用的都是疑问句。如果这个卦辞果真是陈国宫廷保存下来并被左丘明和司马迁记录在史书中，那么，这个卦象所昭示的未来的历史走向实在令我们惊奇不止。

陈庄公（林）杀死篡位的叔父陈厉公后，事实上陈厉公的儿子陈完已经失去了在陈国成为君主的可能。这个男孩还在襁褓中，作为陈国王室贵族子弟在锦绣堆中渐渐长大，暂时还没有性命之虞。林，也就是陈庄公在位七年死去，由林的弟弟名叫杵臼的上位，这就是陈宣公。陈宣公有一个宠姬，为他生了个男孩叫款，爱其母复爱其子，他喜欢款，想立款为储君。可是他先前有一个女人为他生的长子，名叫御寇，已经立为太子，于是，狠心的陈宣公把太子御寇杀掉了。御寇有一个自小相亲的人，也就是同族的叔叔陈完。御寇被杀，陈完担心自己性命难保，于是弃国潜逃，投奔齐国避难。

陈完的母亲是蔡国的美女，父亲虽然被杀，但在宫廷教育中长大，危机四伏的宫廷生活使他养成了机警和自保的本能，且在与人交往中应对得体，进退有据，有着贵族的修养和举止。所以，虽然是一个政治流亡者，但在初次接触中，就博得了齐桓公的好感和信任。齐桓公先是让他当齐国的上卿，参与国事的决策和治理，但陈完委婉地拒绝了。他说："我是一个流亡的臣子，托您这样英明君王的恩惠，很幸运得到大国的收留和庇护，怎么敢居贵国的高位呢？"在他一再推辞下，齐桓公派他做齐国的"工正"，就是负责工程和器物的制造。从此，他在齐国安下身来，并且跻身于齐国的上层。由于他高贵的仪表和举止，他很快博得了齐国贵族集团的欢心，一名齐国贵族的核心成员名叫懿仲，想把自己的女儿嫁给他，于是依例找人为其占卜，得到的卜辞是："是谓凤凰于飞，和鸣锵锵，有妫之后，将育于姜。五世其昌，并于正卿，八世之后，莫之能京。"这个卦辞和陈完出生不久，周太史为其占卜得到的卦辞的含义相同，都是说将来此人的后世子孙将要代替姜氏成为齐国的主人，但是这次卦辞讲得更为具体：此人是天外飞来的凤凰，得到百鸟和鸣一样的欢迎，他有着舜帝高贵的血统（舜帝古姓妫氏，陈国因是舜帝的后裔被封，有妫之后，是追叙陈完的祖先），将在姜氏之国也就是齐国成长壮大。他的第五代子孙将成为齐国的正卿，到了第八代之后，它的力量将无可匹敌，无可抗衡。这已经预测了陈完后世子孙将在齐国这个寄身的母体中成长壮大终将吞并母体的命运。《左传》爱谈怪力乱神，记载为陈完两次卜卦均言之凿凿，符合陈氏子孙和齐国之命运，我们姑妄听之。

不久之后，陈完改了姓，既不要祖先的妫，也不姓故国的陈，舍妫弃陈，断绝了和故国的一切联系，干脆自命田氏。

田氏第一代祖先陈（田）完去世后，有了谥号，叫敬仲，这是他已经进入齐国贵族集团的标志。到了第四代，他的子孙称为田文子，春秋时代，只有成为大夫的人才可尊称为"子"，可见田氏子孙在齐国的政治地位在逐渐上升。田文子死后，爵位和官职由儿子田桓子继承，这是田氏的第五代。卦辞上有言：说田氏"五世其昌，并于正卿。"田桓子名字叫无宇，正当齐庄公的时代，他得到了齐庄公的宠爱和信任，在齐国宫廷已成为举足轻重的"正卿。"我们以前讲过，齐庄公因为搞崔杼的老婆，被崔杼所杀，但身为齐国重臣的田桓子并没受到牵连。田桓子死后，他有两个儿子，一个叫田开，称武子；一个叫田乞，称为僖子。从田完那里排序，这是田氏的第六代，两个儿子皆称"子"，这不仅是荣誉的称号，而是实实在在地有了封地，尤其是称为僖子的田乞，是齐景公的大夫，主持齐国的内政外交等重大国事，已握齐国的权柄，无人可以撼动。

田乞是一个心机甚深，野心勃勃的人，他利用齐景公的信任，开始收买人心。收取租赋时用小斗，把国库粮食贷给百姓却用大斗，小斗入，大斗出，慷国家之慨而收百姓之心。这时候，齐景公另一个大臣晏婴已看出了田乞的野心，屡次向景公进谏，但景公不听。晏婴出使晋国，偷偷对晋国大臣叔向说："齐国将归田氏，田氏虽无大德，但却懂得以公济私，收买人心，齐国百姓都心向田氏，姜氏危矣！"这时候的齐国已经衰落，景公也感觉危机日深，他在位第三十二年，即公元前 516 年，天空出现了彗星，古人认为这是国运危机，将有大灾大难的征兆。齐景公坐于朝，叹息道："唉，我堂堂大齐江山，将来不知落于谁手啊！"围绕他的臣子们皆面容忧戚，落下泪来。君臣对泣之时，却听到晏婴发出　阵冷笑，景公非常恼火，晏婴说："我笑主公身边的臣子都是一些谄谀之徒，用眼泪向君王献媚，于国事何补乎？"齐景公说："彗星出东北，正当齐国之分野，齐国将有大难，寡人心有重忧啊！"晏婴道："君王您筑高台，掘深池，居深宫而临天下，对百姓收取重赋，对罪人施以严刑，国势危殆，茀（音佩）星将出，怕什么彗星呢？"古人在星相中，认为茀星是客星，它出来后，将侵犯主星。晏婴意在讽喻景公，您为君不施仁政，难道不知道将有臣子取代您的君主之位吗？齐景公也知道江山危殆，田氏豪横，已收国人之心，但其势已成，难以撼动，便问道："是否可让巫师作法，祈祷上天，驱除灾邪？"晏婴说："用一个人祈祷上天，怎么能消除天下百姓的苦难呢？民心已失，国难已近，祈祷上天，怕是无补于国事啊！"这段君臣对话，可见齐国亡灭，不在田氏之强，而在齐国数代国君昏庸，失去民心，已丧失了执政的合法性，陷入必将被取代的命运。

齐国的内政外交皆握田乞之手，齐景公只是掌中傀儡，晏婴虽然对齐国命运洞若观火，但束手无策，不久在忧虑中死去。景公对田乞更加言听计从，不敢稍有违拗。晋国有权臣造反，晋国为稳定政局，加紧攻打反叛者。而田乞亦有反心，对晋国的叛乱极力支持，不但支援粮食，反而派兵去救援。齐景公在位多年，老迈怕死，他在位第五十八年时，太子没来得及接班就死去了。他有一个宠姬，为他生了个男孩叫荼，养于深宫，娇宠而失于管教，没有德行。臣子们怕荼接班，纷纷进言，要景公选择年长有德的儿子立为太子。但景公怕死，不愿意提立储的事，说："及时行乐吧，管他呢！我死之后，齐国还怕没有君主吗？"这年秋天，他终于病倒了，临死之前，他把国事委托给国惠子、高昭子两位资格最老的贵族，让他们立最小的儿子荼为太子。为了使荼能顺利接班，把他其他五个异母哥哥都赶到了国外。齐景公的儿子们怕被杀，纷纷出逃，有三个跑到了卫国，两个跑去了鲁国。当时有一首民谣唱道："景公死去没有埋，儿子纷纷逃国外。齐国公子各奔命，这样的事儿好奇怪！"景公死后，小儿子荼就在高、国两位老贵族的辅佐下即位，人称晏孺子。

有高、国两位托孤老臣在，权臣田乞被晾在了一边。但田乞可不甘心被边缘化，他假装很顺从的样子，但内心却翻江倒海，谋划着政变的阴谋。每次新君出行，他都要求陪乘，在车上，他对晏孺子说："你当了齐国之君，朝中的大臣们都很不安，他们时刻在谋划政变呢！"这是他自己的心声，也是在恐吓晏孺子。同时，田乞还在臣子中造高、国两位的谣言，拉拢群臣，扩充自己的势力。他说："高、国这两人怀有野心，很可怕，君主的车子没动，他们的车子竟先走在前边，把自己置于君主之上。"这天，他终于发动了策划许久的政变，带着田氏子弟以及心怀不满的臣子们率兵攻打齐王宫，高、国两位率兵抵抗，以保护刚即位的晏孺子。宫中卫队不敌叛军，纷纷溃逃，田乞率军追杀，国惠子逃奔莒国，另外一位贵族逃到了鲁国，田乞率兵返回宫中，杀死了高昭子。于是，田乞命人偷偷潜入鲁国，接回了逃奔到那里的景公的一位叫阳生的公子，把他藏在自己家里。

田乞找个理由，给齐国大夫们发请帖，请他们来家中饮酒。客人们来到之后，却见大堂正中放着个皮囊，众人正狐疑间，田乞上前，解开皮囊，从中却钻出一个人来，田乞说："诸位，这就是齐国新的君主！"这个大变活人的举动让众人吃了一惊，众大夫没回过神来，纷纷拜倒在地。钻出来的正是他从鲁国接回的公子阳生。田乞与众人正要立阳生为新君，却从旁边晃晃悠悠走过一个人来，此人叫鲍牧，是田乞发动政变的同盟，他喝醉了。田乞诓骗众人说："我和鲍牧共立新君。"谁想鲍牧却瞪着眼睛，反驳道："我几时和你谋划立此人为君？难道你忘了景公生前的嘱托吗？"此言一出，大夫们面面相觑，欲反悔。从口袋里钻出的阳生连忙跪下磕头，说："能立就立，不能立就拉倒，可别闹出事来！"鲍牧一打量，只见田乞眼露凶光，正冷冷打量他，他连忙改口，说："都是景公的儿子，立阳生有何不可呢！"众人当时结盟，立阳生为君，这就是历史上的齐悼公。

大家簇拥着阳生前往齐宫，下令把龟缩在宫中的晏孺子迁往外地，并把他杀死在帐幕里。

能在朝中行废立之事，必是权臣所为。田乞发动政变，杀死晏孺子而立悼公，更加巩固了田氏一族在朝中的地位。

悼公阳生本是平庸无能之人，但是，权力的魔力无比神奇，一头猪坐上君主之位也会驱遣虎狼为其效力。悼公上位第一年，就发动了对鲁国的战争，夺取了鲁国的两处城邑。他当年是跑到鲁国避难的，鲁国对他有恩，他为什么要攻打鲁国呢？原来，他避难鲁国期间，鲁国贵族季康子把妹妹嫁给了他，他即位后，要迎回他美丽的妻子。但鲁国却不肯放季姬归齐，为什么呢？原来这位季姑娘有作风问题，和自己叔叔辈的一个王侯私通，鲁国不肯放她去齐国。悼公阳生现在是齐国之君，对季姑娘一往情深，非要将她迎回齐国不可。两国为此相持不下，为了季姑娘，齐国就发兵征鲁。鲁国不是齐国对手，失去了土地，只好把季姑娘送去齐国。这季姑娘不仅美丽，能征服男人，去齐国后，也为鲁国办了一件大事。她在悼公面前撒娇弄痴，说服悼公把齐国抢夺来的土地还给了鲁国。这件事情说明春秋时代两国之间的战争并没有什么神圣庄严的目的，更不关乎两国百姓的福祉。战争往往起因于狗扯羊皮的小事，甚至是贵族和王室成员中见不得人的荒唐事，为此驱动万千士兵沙场之上相互厮杀。所谓"春秋无义战"于此可见。

齐悼公在位第四年，吴国和鲁国进犯齐国的南部边疆。前面说过，田乞立阳生那场大变活人的闹剧中，鲍牧差点把戏给演砸了，开头他醉醺醺地说走了嘴，不想附和田乞，后来虽然改了口，和田乞等人扶阳生上了位，但君臣间却结下了梁子。阳生虽然平庸无能，可一旦上了位，兔子变老虎，也是能吃人的。鲍牧知道自己将来没好果子吃，所以先下手为强，趁吴、鲁两国进犯之时，一不做二不休，把身为国君的阳生给杀了。为避弑君之祸，他逃到了吴国。

阳生，也就是齐悼公，在位四年，死于臣子之手。齐国立阳生的儿子为君，这就是齐简公。这时候，横行庙堂的田乞死去，由他的儿子田常继承爵位，称田成子。

　　齐简公的时候，田乞死去，谥号田僖子，儿子田常继承爵位，谥号田成子。凡是带"子"的那都是不好惹的。这位田成子比其父更加野心勃勃，敢作敢当，他在齐简公一朝飞扬跋扈，田氏数代经营，势力已成，谁也不敢惹。且说齐简公当年和父亲阳生一同流亡鲁国时，有一个贴身侍候的臣子名叫阚止（也称子我），简公上位，对阚止倍加信任，和田常为左右相，总揽朝政。宫廷中臣子之间的权斗是十分血腥的，阚止对田氏一族几代霸凌甚为仇恨，总想找机会把田氏斩草除根。他的这个想法肯定也得到齐简公的赞成，齐国数代君主受田氏的左右和威胁，他的父亲虽是田乞所立，但田乞大权在握，他的父亲只不过是被田氏玩弄于股掌间的傀儡，没有田乞的点头，任何决断都是无效的，他想改变这种臣强君弱的局面，非除掉田氏不可。可是阚止这个人做事很糊涂，他有一个很信重的心腹，此人名叫田豹，虽然也姓田，却是田氏的远支，已经出了五服，阚止想拉田豹入伙，把自己的想法告诉了田豹。他说："我想把田氏一族斩草除根，由你来继承田氏的爵位和封地。"田豹说："我和田常虽然都姓田，但我是远支，早已出了五服。我很感谢您对我的信任，把您的想法告诉我。可是如果田常有罪，您只杀他一人就可以了，为什么要灭田氏全族呢？"阚止听了这话，深悔自己失言，笑道："我只是开个玩笑而已，田常与我同朝为相，忧心国事，对主上忠心耿耿，和我亲如弟兄，我怎么能动这个念头呢？我不过用这个玩笑试探你，看来你真是个仁义的君子啊！"这次谈话过后，田豹立即向田常告密，说阚止有诛田氏之心。田常一听，立刻召开家族会议，决定先下手为强。本来田常和阚止就势不两立，所谓一山不容二虎，田常也想搞掉阚止，但有简公庇护，田常无从下手。于是，他学习他老爹当年的办法，开始用小恩小惠收买人心，同样小斗收租，大斗借贷，百姓得了实惠，田氏在齐国的威望高于君王，民间有歌谣唱道："田成子啊田成子，种谷种菜都送你，少男少女喜欢你，我老太婆也爱你！"简公身边有一个臣子叫御鞅，他是管车辆、马匹和出行的官，他对简公说："田常和阚止，两个人只能用一个，否则会闹出乱子的！"但简公没把御鞅的话放在心上。

得到田豹的告密后，田常知道这天阚止在宫中值班，于是和兄弟四人各自乘车带领族人明火执仗直奔宫中而去。阚止听说田氏起兵，赶紧令人关上宫门，准备抵抗。这时候齐简公和姬妾们正在高台之上饮酒作乐，听外面人声扰攘，汹汹怒吼，侍卫来报，说是田氏兄弟要杀阚止，简公大怒，要宫廷卫队集结和田氏作战。田常知道，一旦和宫廷卫队交手，就是犯上作乱，不禁有些犹豫。他的一个弟兄说："事已至此，若是迟疑不决，咱们田氏就完了！"田常下令，一不做，二不休，杀进宫去！于是田氏开始进攻，阚止率宫中卫队抵抗，但渐渐抵挡不住如狼似虎的田氏家丁，阚止逃出宫去，田氏追杀不舍，没等出城，就被杀死。简公在贴身卫队的保护下逃到了齐国一座小城，被田氏俘虏。简公知身将不免，叹道："我悔不听御鞅之言，落到如此下场！"田常怕简公复位，遭到报复，于是结果了简公的性命。

田乞和田常父子各自搞了一次宫廷政变，杀死了政敌和齐国两个君主，擅自废立，已成实质上的齐国之主。

杀死齐简公后，田常立简公的弟弟为君，这就是史上的齐平公。田常名义上是齐平公的相，其实倒悬国柄，已是齐国的真正主人。因为有弑君之行，他怕诸侯前来问罪进攻，归还了从前战争中掠夺来的鲁、卫两国的土地，西边和晋、韩、魏、赵各国订立盟约，派使节南通吴、越以修好，在朝堂上，封官行赏，收买人心，结党营私，打击异己，又蠲免租赋，亲附百姓。这样，齐国外无入侵之敌，内无谋乱之党，虽然经历了一场政变的动乱，但很快就安定下来。

齐国杀伐决断皆出田常一人之手，为了消除隐患，田常把鲍、晏、阚和几家曾经在齐国掌权的显赫家族尽皆诛灭，齐国宫廷，田氏一族独大。

他把安平以东至琅琊的大片土地划为田氏的封地，占了齐国大半国土面积，比当朝君主齐平公食邑面积还大。田常为了繁衍田氏人口，选拔身高七尺以上的漂亮女子填充后宫，其姬妾有上百人，锦衣玉食，日夜淫乐。凡田氏贵族子弟出入不设禁，后宫成了田氏人口繁殖基地，至田常死去时，繁衍出田氏男丁七十余人。

田常死去后，谥号为成子，他的儿子田盘继承爵位和官职。田盘为齐宣公的相，他把田氏子弟分派到齐国各个郡邑去当大夫，整个齐国，率土之滨，莫非田氏，田氏实际上已成为齐国的主人。田盘把齐国收入囊中时，晋国的智伯被杀，韩、赵、魏三家分晋，得到了周天子的承认，成为正式诸侯。

田盘死后，谥号为田襄子。由儿子田白继承爵位，谥号田庄子。田庄子传位给儿子田和，称为太公。田氏自田盘、田白至田和三代都是齐宣公在位，他是齐国老祖宗姜太公的后裔，在位五十一年，但是，祭则寡人，权归田氏，他不过是个摆设而已。公元前405年，齐宣公死去，由其子康公即位。齐康公乃是齐国姜氏的最后一代名义上的君主，他的名字叫贷。他知道，齐国江山社稷尽归田氏，自己无力回天，因此及时行乐，沉湎酒色，整天喝得醉醺醺的，在女人堆里醉生梦死。田和索性把他送到海上的一座小岛上去。康公第十六年，太公田和与魏文侯在某地相会，他请求魏文侯向周天子进言册封自己为正式诸侯。周天子批准了他的请求，至此，田和正式代姜氏成为齐国之君。

田氏篡齐，实质完成于田常一代，也就是齐平公时期。齐平公五年，也就是公元前476年，中国历史进入战国纪年，齐国已为田氏所有。从齐桓公十四年即公元前672年陈完进入齐国算起，田氏经近二百年时间，繁衍生息，历七代，已有齐国，到第十代，齐国开田氏纪年，周武王所封姜氏之国成为历史的陈迹。正是：山河万里无常主，滔滔江水东流去。"贤愚千载知谁是？满眼蓬蒿共一丘。"（黄庭坚）无论是横行天下的霸主还是窳劣无能的昏君，都是历史的匆匆过客。

五　文君主魏

魏文君，魏桓子之孙，名魏斯，史称魏文侯。其在魏为君，正当战国前期，与韩、赵两家灭智伯不久，在他的统治下，魏日渐强大起来。

魏文侯是个礼贤下士的人，他在魏当政的时候，曾以卜子夏、田子方做他的老师，对卜、田二人十分恭敬。但尽管如此，每当他的车子经过另外一位贤人段干木的家门时，他都要在车上做出行礼的动作。他赶车的仆人问他，您为什么对段干木这么礼敬呢？魏文侯回答说："段干木是贤者啊，他不趋从势力，怀君子之道，虽隐处穷巷，然声名传之千里，我岂能不尊重他呢！如果拿我与他比较的话，干木以德为先，而寡人以势为先，干木所富有的是他的义，而寡人的富有在于财。势不如德贵，财不如义高。这样的贤者，我自然要尊重他啊！"可见战国时的人重视内在的修养和德行，认为精神的富有和高贵远强于财富和世俗的权力。据说魏文侯曾请求段干木为他的国相，但被段拒绝了。到他的门上去造访时，段干木避而不见，跳墙逃跑了。后来，魏文侯卑己固请见之，与段语，伫立移时，倦不敢息。这足见魏文侯屈己尊贤的品格。这也看出战国初年的社会风尚，尊敬德行和贤者，更看重精神的超越和脱俗，即便是位高权重的诸侯和世家望族，对贤者也恭敬有加。对于段干木的身世和行状，我们知之甚少，《淮南子》云："段干木，晋之大驵，而为文侯师。"驵者，古代马匹

交易的经纪人。看来，段干木是个有胆有识，有德有才，行走于诸侯士大夫间的大能人。此种人不为国君所役使，然而声名盛于江湖之上，德才备于市井之中，不求名，名自至；不图利，利自来。似乎是社会边缘人，却又被主流社会所认同和接受的高人。《吕氏春秋》云："魏文侯见段干木，立倦而不敢息。及见翟璜，踞于堂而与之言，翟璜不悦。文侯曰：'段干木，官之则不肯，禄之则不受。今汝欲官则相至，欲禄则上卿至，既受吾赏，又责吾礼，无乃难乎？'"这段话说得好！段干木不做官不求禄，不入体制，是人格独立的社会人；而翟璜虽贵为相，却是体制内吃官饭的人。君臣关系，尊卑分明，在这里要人格，要尊严，"无乃难乎"？

　　魏文侯是个很守信用的人，有一次他和朝臣们饮酒，正高兴时，外面下起雨来。文侯坚持要出去，朝臣们不解，问他喝酒正在兴头上，外面又下着雨，为何要出去呢？他说，我已经和打猎的官员定好了要去出猎，现在天下雨，去不了，但我要去告诉他。坚持冒雨出去了。

　　晋国三家，韩、赵、魏，各持守一端。韩国来求魏国出兵，助韩攻赵，文侯说："赵，兄弟之国也，不敢闻命。"拒绝了韩的请求。赵国复来，请求帮助攻韩，文侯依然这样回答。两国当初不满魏的态度，后来知道了文侯之言，心有惭意。魏文侯的态度，保证了三国和平相处的局面，避免了战争，同时也提高了魏国的威望，使之成为三晋中的翘楚。

　　魏文侯命令乐羊率军去伐中山国。乐羊其人，战国史上对他少有记载，看来他也是魏文侯朝中的贤人和能人。到了南北朝时代，南朝宋国的大史学家范晔（字蔚宗，398—445年）留下了一篇文章《乐羊子妻》，但这不是写乐羊，却是写乐羊妻子的。文中写了乐羊妻子四件事：乐羊行路，拾到了一块金子，回去交给他的妻子，其妻说："妾闻志士不饮盗泉之水，廉者不受嗟来之食，况拾遗求利，以污其行乎！"乐羊听了，很惭愧，把那块金子扔到了野外，远出求学去了。乐羊外出一年，回到家中，妻子问为什么回来了，乐羊说：没什么要紧的事儿，因为想家了，回来看看。他的妻子拿着刀来到了织机前，说："此织生自蚕茧，成于机杼，一丝而累，以至于寸，累寸不已，遂成丈匹。今若断斯织也，则捐失成功，稽费时日。夫子积学，当日知其所亡，以就懿德；若中道而归，何异断斯织乎？"乐羊妻以织机上所织的丝帛来教育乐羊，求学不可半途而废。乐羊感其言，又回去学习，七年没有回来。这是乐羊妻子在道德和学业上开导教育乐羊，使之成为一个德才兼备的君子。后来所记二事则是乐羊妻本身的德行。邻家的鸡跑进乐家的园子里，婆婆把鸡杀掉了，吃鸡肉时，乐羊妻没有吃，婆婆问其故，乐羊妻说："我很伤心咱家太贫穷了，竟然杀别人家的鸡来吃！"婆婆听了这话，也没有吃，把肉扔掉了。后来，有强盗对其心怀不轨，欲犯之，先劫持了她的婆婆，乐羊妻操刀而出，强盗说："你放下手里的刀服从我，婆媳皆得保全，如果不从，我就杀掉你的婆婆。"乐羊妻知斗不过强盗，又不肯服从，遂以刀自尽。后来地方官捕杀了强盗，为了表彰乐羊妻，赐予绢帛，隆重下葬，并名其为"贞义"。

这篇文章与乐羊本人关系不大，是后人为宣扬儒家的道德而杜撰的。但是，乐羊既被文侯所用统军出征，显然也是一个出众的军事人才。乐羊征中山国掠得了大片土地，各国间相杀征讨的目的就是扩大地盘，壮大势力，这是春秋战国战争的本质。魏文侯把掠来的土地封给了他的儿子子击。在群臣庆贺的宴会上，魏文侯志得意满，问群臣说："大家说，我是什么样的国君呢？"众人异口同声说："仁君。"只有一个叫任座的人说："君得中山，不以封君之弟而以封君之子，何谓仁君？"这个任座显然是个钻牛角尖故意唱反调的人，把掠来的土地封其弟还是封其子，都是国君自家事，除了家族内部的权力纷争外，何干外人之事？文君不悦，面有怒色，任座趋出。复问翟璜，翟璜也答曰："仁君。"文君又问："何以知我为仁君？"翟璜说："臣闻君仁则臣直，刚才任座能在您面前直言，因此我断定您是仁君。"这话叫文君很高兴，把刚才对任座的一肚子怒气全消解了。马上叫翟璜去把任座请回来，并亲自下堂迎接，奉为上座。

凡为君主，都喜欢别人奉承他为"仁君"。史书上，好多君主问过臣下："我何等主？"当然这话的目的在于引出群臣一片颂扬之声，赞他为

"尧舜之君"。这不过是庙堂上君臣合演的一出"颂圣"的小把戏，是当不得真的。

魏文君时，还有一个著名的人物，名叫西门豹。据说他是翟璜推荐给魏文君的。魏文君很担心邺地的治理，于是派西门豹去当邺令。西门豹是个有智慧有才能的地方官，把邺地治理得很好。西门豹治邺的故事几乎家喻户晓，那是因为这篇历史故事译成白话文后被选入了小学课本。西门豹上任后，了解民情，邺地百姓告诉他，百姓颇受为河伯娶妇之苦。每年，当地的所谓三老、廷掾等地头蛇勾结女巫，向百姓摊派捐税，搜刮百万，说是为河伯娶妇，免得河水泛滥，百姓受灾。每年选一个长相姣好的女子，穿上丝绸的衣服，在河边为之修造斋宫，洗浴斋戒后使处宫中，十余日后，举行仪式，备一床席，如嫁女之婚床，使女居其上，放入河中，床席顺水漂流，行数十里后，女子与床席俱没于河水。这项活动花费二三十万，所余大部分款项皆被三老、廷掾和女巫们私分。百姓不堪搜刮，尤其家有长相美好的女子，怕被选中为河伯之妇，纷纷逃难，百姓苦不堪言。西门豹听了，说，到河伯娶妇之日，他要亲自参加，别忘了告诉他。至其日，西门豹来到河边，果然见张帷结彩，甚为壮观，参与其事的一个七十岁的老女巫和她十几个徒弟，还有三老、廷掾皆在场。西门豹命令将河伯新妇带来，他要看一看。看过之后，他说：这女子长相一般，待重新遴选后再送给河伯。烦请女巫到河伯那里去通报一声。于是，命吏卒将老女巫投入河中。西门豹敬肃伫立河边，凝望着河水。良久河水汩汩东流，并无声息。西门豹说："怎么这么久不回来，让她的弟子去催一催她。"于是，复将老女巫的一名弟子投入河中。过了半晌，还是没有动静。西门豹命再将一名弟子投入河中，河水还是没有声息。西门豹说："老女巫和她的弟子是女人，说不明白事，烦请三老到河伯那里去。"于是，又投三老于河。西门豹肃立河边，一派恭敬等候的样子。此时，参与其事的廷掾和旁观的小吏们都吓坏了，西门豹说：女巫和三老等人皆不来归，怎么办呢？那么，只好请廷掾亲自前往了。廷掾和豪强听后，面如土色，皆跪地磕头，以致额头出血。西门豹说："那就再等一会儿吧！"又等了片刻，西门豹说："好了，你们都起来吧！看来河伯留客太久，今天就到这里吧！"众人皆惊恐，散去，从此无人再言为河伯娶妇之事。西门豹发动民众，开辟十二条渠道灌溉农田，邺水再不泛滥，民得其利，安居乐业，日渐富足。

这个西门豹治邺的故事是西汉末年的褚少孙写的，写完后，他将其列入司马迁的《史记·滑稽列传》中。据褚少孙说：到了汉代，当地的官员想改造邺水的十二条渠道，遭到了当地人民的反对而作罢。为此，他总结说："故西门豹为邺令，名闻天下，泽流后世，无绝已时，几可谓非贤大夫哉！"

魏文君用这样的贤大夫为地方官应该算择人有术。

有一次，魏文君儿子子击路上遇见国相田子方，下车伏谒，子方端坐车上，并不还礼。子击很不高兴，问道："请问，是贫贱者骄人还是富贵者骄人呢？"子击之本意，认为自己是国君之子，有傲视天下，轻蔑别人的本钱，至于田子方，一贫贱者也，用之为相，不用则一庶人，何乃骄人如此！不想田子方回答说："当然是贫贱者骄人，富贵者安敢骄人？国君骄人则失其国，大夫骄人则失其家，至于贫贱者，若言不见用，行有不合，抬脚就走，到哪里也是贫贱之人，当然无须低三下四去奉承别人。不怕失去什么，当然可以骄人。"子击听了，无言以对，只好逊谢之。田子方这个人，据说曾为魏文侯的贤相，但是他的事迹古史所记不多，安邦治国之术，超拔众庶之德不为后人见。只有西汉时人韩婴所著《韩诗外传》有一节，不是说田子方本人，而是说他的母亲的。据说田子方在魏为相三年，还家后，将百金奉其母。其母问：是哪里来的钱。田回答说：是做官的俸禄。田母道：你做官三年，难道不吃不喝吗？靠做官发财，不是我所希望于你的。你侍奉孝敬我，我很高兴，但不义之财，不要带回家来。不忠于君主和你的职务，就和不孝敬我是一样的。你把钱拿回去吧。田子方听了母亲的话很惭愧，他回到朝堂，把俸金还了回去，并请求接受处分。魏文君对田母之贤十分敬佩，以金赐给她，并让田子方继续为相。这种事情，被数百年后的人所记录，或许只是一个传说，但从政以德，清白为官，不贪黩而中饱私囊，乃是儒家的道德义务。或许那时贪黩病毒尚未侵入官场，人们还把德行和操守看得重于一切。无论如何，田子方是一个清廉的官员。

田子方从相位退下后，魏文侯想重新择相，这天，他问李克说："先生曾经说过：家贫思良妻，国乱思良相。如今选相，不是魏成就是翟璜，你看他们俩谁更合适？"李克推辞道："卑不谋尊，疏不谋戚，臣在国门之外，不敢当命。"魏文侯说："先生临事且勿推让"。李克说："君主您自己观察一下就知道了。平常所居，看他亲近的是什么人；如果他富贵了，看他施舍的是什么人；他发达了，看他所推举的是什么人；他一旦落魄了，看他如何坚守道义，不去做不该做的事；一旦他贫穷了，看他所不取的是什么。有了这五条，君主自己就可以定了，何必要李克来多嘴呢？"魏文侯说："好，先生请回府吧，我已经决定了。"

李克出门，碰见了翟璜。翟璜说："国君召您是要商议决定谁为丞相，到底定谁了呢？"李克说："魏成。"翟璜勃然作色，道："西河太守吴起，是我推荐的，国君以邺地为忧，我又推荐了西门豹；国君想伐中山，我又为国君推荐了乐羊，中山国被征服后，因无人可守，我又向国君推荐了先生。国君之子没有师傅教导，我推荐了屈侯鲋……眼见的，耳闻的，桩桩件件，我哪里比不上魏成呢！"李克说："你说了这一番话，是以此而求大官吧？国君问我谁可为相，我说了几条观察人的方法，所以断定国君将择魏成为相。魏成食俸禄千钟，仅得其一，十分之九入于国库。他所推举的卜子夏、田子方、段干木都是国君的老师，而你所推举的五人，都是国君的臣子，你怎能和魏成相比呢？"翟璜听了，周旋徘徊久之，俯首向李克下拜，说："翟璜是个粗鄙无见识的人，说了一些昏话，我愿为您的弟子，向您学习为人做事的道理。"

魏文侯时代，庙堂风气很正，士大夫重德行，知廉耻，君臣同心，内外修明，所以国事遂顺。

六　吴起拜将

吴起，战国前期人。生于卫，起于鲁，盛于魏，死于楚。他的人生经历可见战国时期士人辗转于各诸侯国服务于不同国君的事实。吴起是一个能带兵打仗的人，同时也是一个有见识有能力的杰出士人。

吴起是战国初期卫国人，有军事才能，在鲁国为官。齐人攻鲁，鲁国想拜吴起为将，抵抗齐军。吴起的妻子是齐国人，鲁人疑他因妻子的关系不忠于鲁国。吴起就把他的齐国妻子杀掉了，因此鲁人拜他为将，统兵去抵抗齐军。杀妻拜将，吴起之残忍于此可见。

吴起率鲁师大破齐军，保卫了鲁国的疆域。按说，立下如此大功的人应该受到鲁国的奖赏，但是，攻击和谗毁他的人也随之而来。他们对鲁侯说："吴起是个残忍的人，此人不可用。若重用他，迟早会成为鲁国的祸害。据说他年少时，家累千金，是个家道富足的公子哥儿，靠着丰足的家产，在各国间游历，想谋个大官当，终没如愿，回到卫国，被乡人所笑。于是吴起杀死嘲笑他的人，据说有三十余人皆被其所杀。他外出游学，与其母别，说，若此去不登卿相之位，就再也不回卫国了。于是，拜孔子的弟子曾子为师。这时，他的母亲死去了，吴起竟然不回去奔丧葬母，可见此人之不孝。曾子因此把吴起赶出了师门。吴起这才跑到了鲁国，学兵法而效力于鲁侯。齐国伐鲁，想用吴起为将，吴起妻为齐女，鲁侯疑之，吴起竟然杀了他的妻子而拜将统兵。虽然胜了齐国，但鲁国是个小国，打胜仗并不是好事，它会惹来诸侯攻伐鲁国。吴起是卫人，鲁卫乃兄弟之国，吴起在卫不见用，而来鲁国却重用他，岂非得罪卫国吗？"这番话，把吴起说得很不堪，残忍、嗜杀且不孝。但吴起究竟是个什么样的人？我们似乎不能凭一番谗言和作践他的话来断定他的品质。从后来的功业和表现来看，吴起应该是一个很杰出的士人。

有人谗毁他，鲁侯听了谗言，对吴起也产生了怀疑，尽管他为鲁国立了大功，但在鲁国还是没有前途。在这样恶劣的环境里，搞不好还可能丢掉性命。吴起在为自己寻找出路，他听说魏文君是个贤君，就想投奔到魏国去。魏文侯就问李克："吴起是个什么样的人？"李克回答说："吴起贪而好色，然用兵司马穰苴不能过也。""贪而好色"，吴起的品德大成问题。但是，历史上并没有记载一件吴起"贪而好色"的劣迹，所以这样的话似乎全为杜撰。

司马穰苴是春秋末期著名的军事家，《史记》专门为之立传。齐景公（前547—前490年）时，晋国讨伐齐国，燕国也来犯边，晏婴向景公推荐司马穰苴为将。司马穰苴本为田（陈）完的后裔，当时位处下僚，司马穰苴提出："臣乃卑贱之臣，如今拜臣为将，光宠加于大夫之上，士卒不服，百姓不信，人微言轻，难以服众。请君主择一宠臣，位高权重，为国之所尊者为监军。"景公认为他说得有道理，就派权臣庄贾为监军。穰苴于是和庄贾约定，第二天中午在军门相会，共商大事。第二天，穰苴先驰马至军，立下日晷，布好漏刻，以定时辰。庄贾素为权臣，平时甚为骄贵，没把穰苴的约定放在眼里，以为自己既是监军，军队自然是自己说了算，所以，拖拖拉拉，没把事情放在心上，亲戚左右置酒相送，一喝喝过了头儿。至日中，庄贾不至，穰苴命令撤掉日晷漏刻，入军门，操练兵马，申明纪律。约束既定，到了傍晚，庄贾才晃晃悠悠来到军门。穰苴问道："何来之迟也？"庄贾致歉，说："有亲戚故旧置酒相送，所以迟了一步。"穰苴道："受命之日就要忘其家，临军约束则忘其亲，亲操战鼓则忘其身，如今敌国深侵，国中骚动，将士暴露于边境，国君寝不安席，食不甘味，万千百姓性命悬于一身，还谈什么置酒相送？"马上召军中管律令的官员问道："军法已定，延迟而至，依律何罪？"对曰："按律当斩。"庄贾吓坏了，赶忙叫人驰报景公，请景公救他。去求救的人尚未返回，穰苴下令已将庄贾斩首，并巡示三军将士，以为延误军令者戒。三军将士皆震栗。不一会儿，景公的使者带着赦命来了，快马飞驰至军中，穰苴见了赦书，道："将在外，君命有所不受，庄贾延误军令，已斩首循军。"穰苴复问："飞马驰军中，罪当何？"管军中律令的官员回道："当斩。"使者吓坏了，面如土灰，口不择言。穰苴道："国君之使不可随意杀之。"于是下令斩其仆，并下令砍下车之立木，杀左骖之马，巡示三军，令使者还报景公。接着，穰苴巡视军队的伙食，问询军中伤员救治的医药，和士兵们一起就餐。把军中供应给大小官员的粮食平分给士卒，对老弱病疾者予以优待。三日后，勒兵将行，一些有病的将士也要求上战场，士气奋激，人人争先。入侵的晋师听到消息，撤兵解围，燕国军队听说后，北渡黄河而归。穰苴下令全军追击，收复了所有的失地后整军归来。未至国都，下令军队释兵器，解约束，各军盟誓，不掳掠，不犯民，然后整军回都。景公与诸大夫迎师于郊外，劳师成礼，然后罢军。由于穰苴整军有方，出师大捷，被尊为大司马。因其出于田氏之门，田氏自此在齐越加尊宠。

司马穰苴后来被齐国高、国两家所谗害，因被罢官，忧恨而死。

李克言吴起军事才能不在司马穰苴之下，所以魏文君用吴起为将，以击秦国，连续攻下秦国五城，使魏国声威大振。《史记》云："起之为将，与士卒最下者同衣食，卧不设席，行不骑乘，亲裹赢粮，与士卒分劳苦。"这种与士卒同甘共苦的精神最能积聚人心，因此他所率领的部队有极强的战斗力。《史记》记一事，为常人所不能者。一士卒患痈疽，吴起亲为之吮伤口。士卒之母闻之痛哭，人问："你儿子只是个普通当兵的，将军亲为其吮痈，你应该感到光荣，为什么要哭呢？"老妪回答说："我儿他爹在吴起部下当兵，吴将军也为其吮过痈疽，结果他拼死力战，死于战场。如今又为我儿吮痈，我儿又不知死在哪里了！我怎能不哭呢！"可见吴起所为，在于激发士卒斗志，在战场上舍生忘死地拼命而已。为谁拼命？这又不是士卒所能考虑的了。

魏文侯非常看中吴起善用兵和清廉得军心的品质（这里戳穿了李克说他"贪而好色"的谎言），任命他为西河太守，据守黄河，以拒秦、韩。有吴起在，秦、韩两国不敢东顾。

魏文侯去世后，太子子击即位，史称武侯。

这天，魏武侯和吴起一同坐船泛西河而下，船至中流，见白水滔滔，两岸青山逶迤，山川壮美。魏武侯顾吴起而叹曰："美哉乎山河之固，黄河为其带，高山为其守，真魏国之宝也！"吴起听了，回道："国家稳固强盛，在君主之德而非在山川之险。当年的三苗氏所据，左洞庭，右彭蠡，德义不修，被大禹所灭；到夏桀之世，左河济，右泰华，伊阙在其南，羊肠在其北，修政不仁，被汤流放。到了殷纣之时，左有孟门，右有太行，常山在其北，大河经其南，但不修德政，被周武王所灭。由此而观之，国家稳固强盛，在修德行仁而不在山河险峻。如果君主不修德，效桀纣之行，舟中之人尽为敌国也！"吴起强调君主修德行仁的重要，山川之险并不能使江山永固，虽非高论，但在当时，面对君主，有此议论，也算有见识的话，所以魏武侯连连称是。

吴起在西河为太守，因为治理有方，政事和谐，军队守边，无敢犯者，所以声名远播，在魏国庙堂中也有尊严和威望。当时魏国置相，以田文为相。吴起自认为依己之才，量己之功，皆在田文之上，相位非己莫属。于是心中大不平，见了田文，傲然曰："咱俩比比功怎么样？"田文说："可以啊！"吴起说："统领三军，使士卒舍生忘死，敌国不敢侵伐，你比得过吴起吗？"田文说："比不过。"吴起说："治理百官，以亲万民，使国库充盈，百姓乐业，你比得上吴起吗？"田文恭顺地回答："我的确不如你。"吴起又说："据守西河，使秦师不敢东向，韩赵两国宾从我大魏，你比得过吴起吗？"田文说："当然比不过。"吴起说："这三项你都不如我，为何你高踞相位，在我之上？"田文说："国君幼弱，上下相疑，大臣未附，百姓不信，魏国危亡之秋也，当此之时，请问国事该属之于你还是属之于我呢？"吴起默然良久，道："是该属于您啊！"田文说："这就是我诸事不如君而位居君上的原因。"吴起乃知自己确实不如田文。

田文死后，魏国以公叔为相。公叔出身韩国的公族，娶魏国公主，权倾一国而又飞扬跋扈，他很嫉妒同列庙堂的吴起，想把他弄出魏国。他听从臣下的意见，对魏武侯说："吴起是个闻名诸侯的大贤人，而魏国是个小国，又与强秦接壤，臣怕他在魏没有久留之心。"武侯问："那怎么才能留住他呢？""把魏国的一个公主嫁给他，他如果接受，就能留在魏国，若不接受，迟早必走。"武侯认为有理。这天，公叔召吴起，假装议事，事先安排好，吴起入公叔府，见公主盛气凌人，呵斥公叔。退出后，吴起果然拒绝了娶魏国公主的提议。魏武侯闻听吴起拒娶公主，认为其无久留意，对之渐起猜忌之心。吴起感到魏国宫廷对他的冷落和不信任，觉得若久留魏国，惧获罪被杀，于是离开了经营多年又屡立大功的魏国，前往楚国。

楚国国君为楚悼王，他早就听说过吴起的大名，在诸侯国中，吴起声名赫赫，素以贤臣能将著称。所以吴起一到楚国，即受到重视，不久为楚国之相。吴起为相后，首先整顿楚国的官场，裁撤冗官，楚国公族疏远的末支，仍享受特权、食国家俸禄者尽皆罢黜，将余下的钱财用于抚养战斗的士卒。首要之事，在于强兵强国。于是，楚国雄强一方，南平百越，北并陈蔡，拒三晋，西向伐秦，诸侯皆对楚国的强大忧心忡忡。但吴起在楚国大刀阔斧的整顿却得罪了楚国的公族贵戚，他们的利益受到了损害，所以，皆对吴起恨之入骨。悼王一死，宗室大臣作乱而攻吴起。吴起逃到王尸后隐蔽，作乱的大臣及家丁们发箭攒射，吴起中箭身死。乱箭攒射，并中王尸。吴起死，内乱平，悼王下葬，太子即位，乃使令尹追查叛乱者。凡射吴起并中王尸的宗族大户七十余家，尽皆灭族。

吴起有治国之能，统军之术，亦有仁德之明，择君之智，但辗转三国，虽轰轰烈烈，弃旧图新，创立大功于庙堂，但终不免困于内斗与猜忌，奔亡栖身，不遑择处，终于身死内乱，岂不悲哉！人性之阴暗，庙堂之凶险，于斯可见矣！

七　刺客聂政

韩国是一个小国，南接楚，西邻秦，依违于赵、魏、秦、楚之间，最后被秦所灭。韩哀公时（公元前371年左右），有一个刺客名叫聂政，直入韩廷刺杀其相侠累（又名韩傀），兼及哀侯。事堪一记。

韩哀侯时，国相为韩傀（字侠累），与庙堂之臣严遂（字仲子）有仇。两人由于性格和政见不同，在庙堂上互不相容。有一次，严遂公然指斥韩傀的错失，韩傀大怒，斥责严遂。严遂拔剑，直逼韩傀，两人马上就将火并厮杀，后被人拉开。因此两人仇怨愈深，严遂对韩傀衔之次骨，必欲除之而后快。

有一个叫聂政的人，原籍轵县深井里，因为杀了人，为避仇，和母亲、姐姐迁移到齐国。为了赡养母亲，以屠夫为业，混迹于市井。

严遂因为得罪了韩傀，怕被韩傀所诛，就离开了韩国，游历到齐国，寻找能为之报仇的人。听说聂政是个重义重诺的勇士，就想结交聂政。数次登门求见，有一次，赶上聂母过生日，严遂置酒为之祝寿，并与席间奉上黄金百镒，以为聂母寿。聂政推辞不受，严遂一定要送，聂政知其有所求，道："我有老母在堂，因家贫穷，无以为业，干些屠狗杀猪的下贱营生，得些散碎银两，以奉养老母，客之所奉，实不敢受。"严遂避开众人，独对聂政曰："不瞒足下，我有仇人，为此游历各国多矣，至齐后，闻听足下高名，知足下重义轻死，一诺千金，所以进呈百金，以为高堂大人寿诞之礼，得以结交足下。不敢有非分之想，只望笑纳。"所谓千金买义士，如是之谓也。聂政知其意，道："我之所以降志辱身，甘为市井之徒，实为老母在堂。母亲在，聂政不敢轻以身许人也。"严遂固以百金让，聂政坚辞不受，最后，严遂尽了宾主之礼离去了。

不久，聂政的母亲死去了。聂政埋葬了母亲，道："我聂政不过市井一屠夫，而严仲子乃诸侯之卿相，不远千里，乘坐车骑来结交我，我与他无深交寸功，他竟然以黄金百镒为我母祝寿，我虽然不接受他的赠予，然而他也算深知我聂政的人。贤者以睚眦之怨而结深仇以求一报，他信重我这样市井穷僻之人，此也谓知我信我者也，我岂能无动于衷！前者老母在堂，不敢轻许，如今老母得终天年，聂政将为知己者用。"于是西行至濮阳，求见严遂。道："前不曾应许者，为有高堂老母在。如今慈母已亡故，心无挂碍，请问仇者为谁？我为君报之。"严遂道："我之仇敌韩国相侠累也，侠累又为韩君之季父，宗族繁盛，所居相府，戒备森严，兵马甚多，不易近其身。我也曾使人刺杀他，但终不得成。今足下幸而不弃，欲负此任，我将多与足下车骑壮士，先行操练，伺机而动。"聂政笑道："杀韩国之相何须多人也！既为韩国相，又为韩君之季父，寻常人如何近前？且韩国与卫国相邻，国都去之不远，韩国一旦有宫廷喋血之变，势必两国震动，则君为国中众矢之的，其事必不成。且人多嘴杂，杀相之谋，难保不泄密，最后与相府兵丁相斗，胜负难料，侠累不死，君已死矣！"严遂道："事情之难，预料之中，且如之奈何？"聂政道："此我一身任之，君且稍待。"

不久，聂政独行仗剑至韩，只身入庙堂。韩相侠累正坐堂上，持兵戟环卫者甚众。守卫森严，人皆不在意。聂政挺剑上阶，直奔侠累，出剑贯侠累之胸。侠累惊号，踉跄而奔韩哀公，韩哀公抱持之，聂政追上，挺剑连刺，韩哀公与侠累并中要害，倒于血泊之中。周遭武士上前，聂政与之搏斗，击杀数十人。最后，聂政以剑割破面皮，并抉目，剖腹，血肉模糊，倒地而死。

韩人难辨刺客身世，暴尸于市，悬赏曰：有知刺客姓名身世者赏千金。

聂政姐姐聂荣闻韩相被杀，刺客自戕毁容，莫知姓名，暴其尸而悬赏千金。在家曰："可能是我弟弟吧，唉，严仲子他知道我弟弟啊！"立即起身，前往韩都市上，见其尸，果聂政也。抚尸大恸，哭之极哀，道："这不是别人，是我的弟弟啊！是轵县深井里的聂政啊！"围观者道："此人刺杀国相，韩王悬赏千金购其姓名，难道你没听说吗？何敢来此相认也？"聂荣道："我听说了，然而我弟所以隐身市井屠贩之间，是因为老母在堂，我还没有出嫁。母亲得终天年，我也嫁人，严仲子深结我弟于穷困之中，深交泽厚，而有所托。士为知己者死，如今怕连累于我，致灭身毁容，我怕什么悬赏杀头，使我弟姓名不彰也！"韩都市人围观者皆惊。聂荣乃大呼天者三，以刃自裁，死于聂政身旁。

晋、楚、齐、卫各诸侯国的人听到这件事，都纷纷议论说："聂政以义相许，韩廷行刺，当属义士。他的姐姐也是烈女啊，假如当初聂政知道姐姐也如此刚烈，必冒险犯难以列其名。姐弟二人俱死于韩市，严仲子可谓知人者也。"

聂政的故事因列于《史记·刺客列传》中，流传千年而不衰。聂政冒险犯难，入韩廷而行刺，是否值得呢？今人对此有不同的理解。首先，严遂与侠累之仇，私仇也，严遂结交聂政于市井之中，为的是让聂政成为他报私仇的工具。聂政认为：严遂是诸侯国的卿相大夫，自己身处贫贱，既然严遂有意结交，以尊结卑，以上交下，就是看得起自己。他与严遂在人格上并无平等意识，因此，赴汤蹈火，甘为之死，这叫作"士为知己者死。"他行刺侠累，并无道义上的合法性。侠累除了与严遂交恶外，并无必死的理由。严遂百金祝寿，只为买人一命，以报私仇，动机之卑劣，自不待言。春秋战国时代，人与人之间，等级分明，人们的认知和行为方式与今人有别。聂政行刺身死，固然惨烈，但其以义自许，殒命捐躯，并不值得后人提倡。

　　韩国自哀侯死，至哀侯的孙子昭侯，用申不害为相，国家暂得安定。昭侯晚年，违农时而征发夫役作高门。楚大夫屈宜臼断言：韩国往年被秦国夺去宜阳，今年韩国大旱，内外交困之时，韩昭侯竟大兴土木，我断其不出此门也。高门成而昭侯死，果不出此门。

　　昭侯死后，其子立，为宣惠王。韩国在宣惠王时，外困于秦。宣惠王十四年，秦师伐韩，在鄢陵县大败韩军。十六年，又败韩军于修鱼，并于浊泽俘虏两名韩国大将。韩国震恐。韩相公仲对韩王说："如今韩国外困于秦，各诸侯国皆不得依赖。如今秦国想伐楚，大王不如向秦国进呈一座名城，结好于秦，然后整军兴兵，与秦国合力伐楚。"韩王称善，命公仲出使秦国，献城结秦。楚王闻之大恐，秦韩结盟，合力伐楚，楚国实难招架。楚大夫陈轸道："秦韩并兵而伐楚，是秦王梦寐以求的事啊，如今韩国呈一座名都，整军应秦，楚国难逃此劫。为今之计，唯有倾全力离间秦韩关系，使两国离心离德，方为上策。大王听臣一言，楚国四境之内放出风声，要起兵救韩，命战车满路，信使穿梭，征粮秣马，举国一声，楚国要倾兵救韩。如此造出声势，韩国即使不相信，也会怀德于楚，韩国必不随秦发兵。韩国南临楚境，有楚声援，必轻视秦国，则秦韩之盟可破。"楚王依计而行，乃发警四境，征集粮草，调兵遣将，声称将救韩，并发书于韩王，云："寡人虽僻处南疆，已发举国之兵，誓与韩国共进退。愿韩国与秦力战，楚国将与韩同舟共济，至死不渝。"楚国的故意作秀和花言巧语迷惑了韩王，韩王闻之大悦，乃止公仲去秦。公仲曰："不可，秦国以实力伐我，楚国以虚名救我，大王仗楚国之虚名，而轻强秦之敌，王必为天下所笑。况且楚韩并非兄弟之国，并没与韩约定伐秦，其言发兵救韩，必是虚张声势，为的是离间秦韩关系。大王已使人报秦国，如今止臣不行，是欺秦也。欺强秦而信楚之虚言，大王一定会后悔的。"韩王不听，遂绝于秦。秦国大怒，发兵伐韩，韩秦大战，而楚国前所声言救韩之军并无一兵一卒前来。被楚国所诓的韩国自食其果，宣惠王十九年，秦国大破韩之岸门。韩国只好以太子为质，求和于秦。

秦、楚、韩三国诸侯之关系可见战国中期战争的形态。秦国已成军事强国，其余诸侯面对秦国的征伐，千方百计以求自保。但因打着各自的小算盘，尔虞我诈，互相算计，终难敌秦国的虎狼之师。

秦始皇十七年，秦灭韩，地入秦国为颍川郡。

八　围魏救赵

围魏救赵是战国时期的一场著名战役，它不仅挽救了危亡中的赵国，而且在军事上创造了一个经典的战例，被记入了中国古代的军事史，成为"三十六计"中的第二计。这场战役的设计者名叫孙膑。

孙膑是古代军事家孙武的后代子孙。他曾与庞涓共学兵法，其能力和识见远在庞涓之上。庞涓后来成为魏（梁）惠王的将军，执掌魏国的军事大权。他觉得孙膑才高于他，在诸侯纷争的战国时代，若孙膑事敌国，将成为不可战胜的对手。他处心积虑想要除掉孙膑，于是派人秘密招引孙膑来到魏国。庞涓以刑律加孙膑于罪，施以刖刑，断其两足，并于面上刺字，使孙膑隐而勿见，在痛苦和绝望中挨尽人生。

孙膑，不知其名也，受刑后人称其孙膑。膑者，膝盖骨也，古代削去膑骨的一种酷刑亦称膑。司马迁云："孙子膑脚，兵法修列。"据说，其祖孙武著兵法十三篇，辅佐吴王阖闾，西攻强楚，北威齐、晋；而孙膑更著兵法八十九篇，"膑脚"后所修列的兵法一度失传，直到 1972 年临沂银省山汉墓出土了残简，后被整理为三十篇。

庞涓对孙膑的迫害酷虐之极，受刑后孙膑被迫隐居梁地（后之汴州）。齐国使者至梁，孙膑以受刑后的囚徒身份秘密会见齐使，说动齐使，载其至齐国。当时，齐国的大将名为田忌，以客礼待孙膑。当时贵族间经常举行赛马活动，输赢动辄千金。孙膑曰："我可使将军必赢。"田忌信之，临赛，依孙膑之法，先以田忌的下等马与对方的上等马对赛，田忌输；再以田忌的上等马与对方中等马对赛，最后以田忌的中等马与对方下等马对赛，两局皆赢。田忌赢得千金，深服孙膑的安排。此乃数率论用于实际的例子，于是，田忌将孙膑推荐给齐威王。齐威王与孙膑讨论兵法之事，甚相得，于是，以孙膑为军师。

此时，各诸侯国进入混战的战国时代，同为三晋之国的赵、魏两国关系时好时坏，变脸比翻书还快。好时亲如一家，坏时兵戎相见。赵成侯十六年，三国分晋，封晋君于端氏（泽州县的一个小地方）；赵成侯十七年，赵、魏两国君主赵成侯与魏惠王还在葛孽相会，到了赵成侯二十年，魏国还献给赵国一种称为荣椽的木材，赵国以之造檀台，应该说，魏、赵两国至此还是兄弟之国。可是到了赵成侯二十一年即魏惠王十七年，魏国竟发大军攻围赵国的邯郸，第二年，就将邯郸攻下。赵国情急之下，向齐国求救。

此时的齐国正是齐威王在位。这之前，姜氏之齐国已进入末世，其最后一位君主名为康公，名叫贷。辅佐他的是太公田和。康公沉湎酒色，不理政事，太公就将他迁到海上，食一城之俸禄，奉姜氏之祀。康公三年，太公与魏文侯在浊泽相会，太公求魏文侯向周天子说项，要求立为诸侯。魏文侯乃命使言及周天子，请命田相太公田和为诸侯。周天子应许，到了齐康公十九年，田和立为齐侯，齐国由姜氏之国转为田氏之国。田和立二年，死，其子桓公立（田氏之桓公），十九年，桓公死，是岁，姜氏齐康公亦死（在位二十六年），所食奉邑入于田氏，齐威王即位。所以，齐威王乃是姜氏之齐灭后第一代田氏君主。这之前，因为齐康王还在，尽管他居海上一岛，食一邑，但他仍为姜氏之齐的君主，而列为诸侯的太公田和与其子桓公乃是过渡性的人物。在齐康公死后，姜氏之齐才彻底终结，为田氏所代。

此时，各诸侯国的政治格局发生着剧烈的变动，昭示着春秋时代的结束。除齐国被田氏所代外，齐威王即位第三年，赵、魏、韩三家灭晋而分其地。公元前369年，魏惠王初即位，魏国大乱，惠王与公子缓争为太子，魏大夫王错出奔韩国，公孙颀自宋入赵，又自赵入韩，鼓动赵韩两国君主说："魏国大乱，可乘机取之。"于是，赵、韩合兵攻魏。魏国大败，魏惠王岌岌可危。赵成侯对韩懿侯说："魏国旦夕可破，我们可以除掉魏君，立公子缓，割地而退，这样对我们两国皆有利。"韩国不同意，说："不可，杀魏君，诸侯必说我们暴虐；割地而退，诸侯必说我们贪心。不如把魏国一分为二，魏国成为两个小国，不强于宋、卫两国，则魏国不能为患矣。"两国在处理魏国问题上产生了分歧，赵不听韩，韩不服赵，最后，韩国偷偷撤兵而去，赵国便也罢兵撤围，魏国得以保全。魏惠王所以身不死，国不分，因韩赵谋不合也，倘若当初听一家之言，则魏国早就被一分为二了。

齐威王是个励精图治的君主，即位后，暂不理政，国家内外大事交给卿大夫处理，九年之间，诸侯并伐，国内不治。九年后，齐威王召即墨大夫，对他说："自从你到即墨任职以来，每天我都听到有人说你的坏话。我派人到即墨去考察，田地开辟，百姓富足，官府没有积存的案子，东方因此安宁。那是因为你不结交我的左右大臣来说你的好话啊！"于是，加封万户，以为嘉奖。又召阿地大夫，说："自从你到阿地上任，每天我都听到有人说你的好话，然而我派人视察阿地，田野荒芜，百姓贫苦，当年赵国伐我甄地，你不能救援；卫国攻取薛陵，你根本就不知道，更谈不上抵抗了。为什么这么多人在我耳边不断地说你好话呢？那是因为你贿赂他们为你美言吧！"当天，下令烹阿大夫，连同为阿大夫说好话的左右佞臣一并烹之。于是，发兵西击赵、卫两国，败魏惠王于浊泽并包围之，魏国献观邑求得和解，赵国归还长城。由此，齐国震惧，左右臣子再不敢以谎言而欺骗，人人以诚尽忠于国，齐国大治。二十余年间，诸侯没有人敢对齐国用兵。

齐威王二十四年（公元前333年），与魏惠王行猎于郊。魏王问道：

"大王您国内有宝贝吗？"齐威王答道："没有。"魏王道："怎么可能呢？齐国乃大国也，岂能无宝？我们魏国是个小国，尚有直径大约一寸的宝珠，其光可照耀前后车马十二乘，这样的宝珠我们大约有十枚。齐国乃万乘之国，安得无宝？"齐威王回答道："寡人所认定的宝贝和大王您不一样。我的臣子有一个名叫檀子的，让他守卫南城，则楚人不敢为寇东向，泗上十二国诸侯皆来朝聘；还有一臣名叫盼子，令其守高唐，越国人不敢越界来捕鱼；吾臣还有一个叫黔夫的人，使其防守徐州，则燕人祭北门，赵人祭西门，祈祷平安，迁徙到齐境的百姓有七千余家；吾还有一臣，名为种首，让他防贼缉盗，巡守四方，则国内安宁，路不拾遗。如此之臣子，忠诚为国，克勤职守，其光照千里，岂止十二乘哉！"魏王听后，面有惭色，怏怏而去。

齐威王把能臣猛将视为国之重宝，社稷之福，有了他们，自然国家康宁，百姓乐业，齐国因之而大治。

齐威王的相叫邹忌。邹忌善于弹琴，被齐威王所赏识。有一次，齐威王一个人弹琴，邹忌推门而入，称赞道："弹得好啊，王之琴艺高超啊！"齐威王很不高兴，离琴按剑，道："夫子刚刚听到琴音，何以知其善也？"邹忌答道："琴之大弦如君主，其声温润如春；小弦声音清澈，如君之相也，君臣相合，如政令贯通也，大小相宜，清浊有度，互不相害，如四时之运行也。闻大王弹琴，因而知其善。"齐威王道："你倒是很通音律啊，而且表述得也好。"邹忌曰："何独是音律，治国理政也在其中啊！"齐威王不悦，道："若论音律和鼓琴，大约没有人能超过夫子，治国理政如何和音律相通？"邹忌回答道："琴之大弦如春之温润，乃国之君也；琴之小弦，清澈而无杂音，如国之相也；运指深切而无愉悦人心之意，国之政令也；声音和谐，大小相宜，回音婉转而互不相害，四时之运行也；回环往复而不杂乱无章，乃治理昌明也；音律相和，各按其节，天下存亡之道也。所以鼓琴和治理天下是一样的，治国理政和五音和鸣的道理是相通的。"齐威王赞叹道："说得好！"

邹忌的一番话，自有类比附和生拉硬扯之嫌，但他的话却征服了齐威王。三个月后，邹忌即身服相印，成了齐国之相。战国之时，据席谈经，处士横议，一些所谓的士游走于各诸侯国，旁征博引，类比取喻，凭三寸不烂之舌，说动诸侯，确实能飞黄腾达，轻取功名。邹忌不过是其中的一个例子。

邹忌以一个鼓琴的音乐人而登相位，这使得原来地位与之相等的一些"士"很眼热，他们看出了其中的门道，不过是在君主面前善于言辞而已。其中一个叫淳于髡的人，是所谓齐国的"稷下先生"，大约属于今之知识分子团体，据说这个团体里有七十二个人，淳于髡为其一。他们都很轻视邹忌，认为其所以飞黄腾达，不过"善说哉"。于是，淳于髡前往见邹忌，道："我有一些很愚钝的想法，想说给你听听。"邹忌道："愿意受教。"于是，淳于髡用类比的方法说了一些莫名其妙的话，这些话邹忌皆明其所指，一一予以回应。如淳于髡说："狐裘虽敝，不可补以黄狗之皮。"狐裘虽然坏了，但也不能用黄狗皮去补它。邹忌听了，立刻回答道："我接受您的教诲，朝廷选择官员，一定要选择君子，不能使小人掺杂其间。"淳于髡又说："大车不较，不能载其常任，琴瑟不较，不能成其五音。"邹忌回答说："我接受您的教诲，朝廷会修订法律来督察奸吏，以使为政清明。"淳于髡说一些日常的琐碎之事，但邹忌皆知其意在类比国事，考察他是否称职国相之任。所以，如响之应声，一一回应。淳于髡辞穷而退，出门后对人说："这个人，我进微言五，其如响应声，皆对应国事，一一作答，我觉得此人很快就会被封侯。"不久，邹忌被齐威王封在下邳，号曰成侯。

《战国策》中有一篇《邹忌讽齐王纳谏》，说，邹忌身长八尺，是个美男子，有一次他照镜子，端详自己，问其妻：我与城北徐公，两个人谁漂亮呢？其妻曰：当然是你漂亮，徐公怎比得上你啊！邹忌心中疑惑，又问其妾，其妾曰：你比徐公漂亮多了！邹忌还是不放心，又问一个登门的客人，客人答：还用说吗？天下第一美男子，非君而谁！邹忌后来见到了城北徐公，觉得徐公才是真正的美男子，自己远远不及。他心中惭愧，同时悟出一个道理，于是去见齐王，说了发生在自己身上的故事，说，我妻所以说我比徐公漂亮，那是因为她爱我，私心于我；妾所以断言我美于徐公，那是因为她怕我；客人说我是第一美男子，远超徐公，那是因为他有求于我。如果不亲见徐公之美，我就会被蒙蔽，觉得自己的美无人可及。见了徐公，我才幡然醒悟。大王您乃一国之君，天下人谁不爱你，谁不怕你，谁不有求于你呢？所以国君最容易被蒙蔽。大王应广开言路，让天下人皆开口说话，议论为政之弊端，然后加以改正。如果这样，齐国肯定会大治。齐王闻后点头称是，下令国人广开言路，有指斥国家为政之失者，受嘉赏奖励。于是，王宫前人头扰攘，几成闹市，百姓皆来举报议论。齐王下令认真倾听，马上整改。后来，王宫前的人逐渐减少，最后很少有人来了。齐国大治，成为诸侯中的强国。

《战国策》原是西汉刘向辑录编纂的，所作非一人一时，数百年来，时代更变，其所传闻，虚实淆乱，很难断其为信史。但《邹忌讽齐王纳谏》的故事因其生动有趣还是流传下来。

从正史记载来看，邹忌既为齐相，又封成侯，但对国内外大事的处理，其意见却未必正确。齐威王二十六年，魏惠王围赵之邯郸，赵求救于齐，齐威王召大臣们商议是否救赵，邹忌主张不救。大夫段干朋说："赵国求救而不救，不仅是齐国之不义，而且对齐国来说，将来也未必有利。"威王问道："为什么？"段干朋回答说："如果魏国攻下邯郸并将其兼并，那么齐国将面对一个强大的魏国，与齐何利？如果齐国出兵救赵，赵国得全，魏国也不会坐大，所以，齐师出而南攻襄陵，使魏首尾难顾，即使魏拔邯郸，军队疲敝，也难以吞下。此使齐国立威诸侯之策也！"威王从其计，整军救赵。

邹忌反对救赵，也并非有什么远见和道理，他和田忌矛盾很深，出于宫廷内斗，怕田忌率军出征有功，压他一头。所以，邹忌其人见于正史者，不仅在军国重事的决策上以私心度之，且热衷争权夺利的内斗。他的谋士公孙阅对他说："你为什么不同意救赵伐魏呢？若救赵，田忌必为将，如果他打胜了，是你的决策，如果他打败了，回国后如何处治他，不全在你吗？"邹忌这才放弃了原来的意见，同意出兵救赵。

开始，威王想让孙膑为帅，孙膑辞曰："刑余之人不可。"于是，以田忌为帅，以孙膑为军师，随军坐车中，出谋划策。大军出，田忌认为齐军既为救赵，应直趋赵地，前往邯郸前线，助赵搏魏，以解邯郸之围。孙膑曰："不可，解纷乱者，不可握拳而击，救相斗者，不可参与其中，形格势禁，避实就虚，其难自解也。如今魏围邯郸，其魏军主力必将大部投入邯郸之围，老弱病残留守魏都大梁。我军应引兵疾走大梁，捣其虚而攻其城，魏军必解赵之围而回军自救，如此，邯郸之围自解。魏军首尾难顾，千里往返，我乘其弊而攻之，则救赵而败魏也。"

所谓"围魏救赵"，就是避开敌军主力，不和对手正面交锋，抄其后路，捣其老巢，攻其薄弱，使敌军首尾难顾，放弃原来的战略目标而穷于应付的策略。田忌从其计，率齐军直逼魏国都城大梁，魏军主力果然放弃了邯郸回军自救，军至桂陵，被齐军所围。齐军打了一个漂亮的伏击战，大败魏军。

田忌"围魏救赵"，有桂陵之役大败魏国，使齐国威震诸侯。

邹忌对田忌妒恨愈深，决定陷害田忌。用公孙阅策，以人持十金卜于市，说："我是田忌的家臣，我主田忌为帅，有大功于国，欲为大事（篡位夺国），想占卜看吉也不吉。"于是，邹忌命人将此人拘捕，验其辞于威王之前，以此诬陷田忌。田忌闻之大怒，率众攻临淄，欲囚成侯邹忌。兵败后，田忌出奔。

田忌出奔后，齐威王在位三十六年卒，其子宣王即位。宣王二年，魏再次伐赵，赵与韩共击魏，不利，韩求救于齐。宣王召大臣而谋曰："韩求救于我，应该早救还是晚救呢？"邹忌再次反对，说：不如不救。田忌反驳说："若不救，则韩败而入于魏，成齐国之大患也！为何不救？"孙膑道："当然应该出兵救韩，但如现在出兵，则齐国代韩受魏之兵，反听命于韩也。不如稍晚出兵，韩将亡，求救于齐，则兵出而结韩，对韩国如雪中送炭，且承魏之疲敝，击魏而救韩将亡，韩必将感齐拯溺救亡之恩也！"宣王曰："善。"于是告韩之使者，齐国将出兵救韩。韩有齐的允诺，与魏力战，五战而不胜，此时，宣王命田忌率兵救韩，孙膑为军师随征。

此次田忌仍然挥军直扑魏都大梁，魏国大将庞涓闻齐军出，离韩而迎击齐军。孙膑道："三晋之军向来以勇敢善战著称，轻视齐军。我们可因势利导，待机而歼之。"于是，用撤兵减灶之法迷惑魏军。齐军撤退，第一日埋锅造饭，留下十万灶，第二日，留下五万灶，第三日，仅有三万灶……魏军追击而来，大将庞涓察看齐军留下的锅灶，见日渐减少，不禁大喜，道："我知道齐军向来畏怯，不堪一击也。自入魏以来，仅三日，士卒逃跑减员过半，齐军不足忧也！"于是，下令，步卒缓行，亲率骑兵轻锐，飞速追赶，必欲与齐军决战。孙膑揣度其行程，知天暮时魏军轻锐可至马陵，马陵两边皆山，中有一路可通。田忌和孙膑设伏兵于两侧大山之中，使一万弓弩手夹道而伏。下令道：听到举火而发箭攒射。孙膑又于一大树上砍去树皮，上书："庞涓死于此树下。"魏军追兵入于马陵山道上，见树白处写有字，庞涓命举火而读之，方读毕，只听霹雳一声，漫山举火，埋伏两侧山上的弓弩手万箭齐发，两侧山上鼓噪呐喊，万千齐兵冲将下来。魏军登时大乱，四处乱窜，不得相顾。庞涓自知智穷兵败，抽剑自刎，叹道："想不到庞涓兵败于此，以成竖子之名！"齐军此战，用孙膑撤兵减灶之法迷惑魏军，使魏将庞涓判断失误，轻锐追击，入齐军伏击圈中，因而大败。这在通信不发达的冷兵器时代不失为诱敌入彀的手段。马陵之战，魏将庞涓死，孙膑报了仇，齐军且俘虏了魏太子申，齐国声威大振，诸侯皆东向朝齐矣。

九　申子相韩

申子，即申不害，韩昭侯时，他在韩国为相十五载，据说他是法家的先驱式人物。

进入战国时代，各诸侯国世卿世禄的贵族制度逐渐式微，一些位处下僚或社会底层的士凭借新颖的思想和理论，为诸侯国君主出谋划策，指点江山，赢得了君主的信任，登上了政治舞台。他们出将入相，风光无两，更加激发了士的热情，因此处士横议，八方奔走，择枝而栖，寻找赏识他们的君主。齐国有邹忌为相，孙膑为师；魏国有子夏、田子方、段干木之属，又有吴起、庞涓为将；卫鞅西入秦，行变法，封商君；后有苏秦张仪之属游说封侯，不一而足。申不害也是在这个时期被韩昭侯所重用。

申不害于公元前385年生于郑国，原是郑国的底层小吏，后郑国为韩所灭，他又成了韩国的"公务员"，在政府和庙堂中奔走效力。公元前354年，魏国讨伐韩国，敌强我弱，韩昭侯束手无策。申不害进言曰："魏国整军攻韩，韩不敌魏，事已显然。为今之计，唯有示弱于魏，可得苟全。君可持圭以见魏王，示以臣下之礼，则魏必骄慢，以胁诸侯，诸侯侧目而视，则韩虽在魏下却得诸侯之心矣！"持圭，乃是诸侯晋见天子之礼，韩昭侯采纳申不害的建议，果然持圭前往魏都朝见魏王，魏王深表嘉许，不仅撤了伐韩之兵，且与韩结盟成兄弟之国。韩国转危为安，韩昭侯很高兴，对申不害刮目相看。

第二年，魏惠王转攻赵国，兵围邯郸，赵成侯向韩、齐两国求救。韩国是否出兵救赵呢？这使韩昭侯十分犹豫，难以决断。因为刚刚示弱魏国，韩魏停战结盟，如今转而救赵出兵攻魏，这于理似乎难通。他再次征求申不害的意见，申不害沉吟良久，答道："此乃国之大事，不可遽然决断，容我考虑一下再回复您吧。"此后，他说服大夫赵卓和韩晁向昭侯进言，力主出兵救赵。在摸清昭侯的态度后，他才把联齐救赵的想法说给昭侯，于是，韩国出兵助齐，虽为偏师，但对魏国起到了很大的牵制作用。齐国用孙膑计，围魏救赵，打了一个大胜仗，削弱了魏国的气焰。

有了两次和申不害打交道的经历，韩昭侯认定申不害是个人才，且其人有想法，有见地，治国安邦不可少，于是力排众议，拜申不害为相。

申不害上任后，首先维护新生地主阶级的利益，打击旧贵族势力。韩国当时有三大世袭贵族，即侠氏、公厘氏和段氏，他制定法令，剥夺他们的特权，拆毁他们的寨堡和城池，没收其财产以充国库。这项举措非同小可，因为春秋时代的诸侯国，权力和财产都是世袭的，贵族世袭制延续数百年，就是赵、魏、韩分了晋国的三家，也是从前晋国的贵族和世卿。但是，进入战国时代，各诸侯国相互攻伐兼并，原有的贵族世卿尸位素餐，一代不如一代，已担不起治理国家的责任，要想生存和开辟新局，必须任用和拔擢底层的能人。况且，贵族世卿不仅在治国方面一无所能，且蚕食和把持国家权力，有时甚至成为国君推行新政的障碍。他们时而相互排挤陷害，时而沆瀣一气，韩昭侯是个开明的君主，他支持申不害推行改革措施，这就大大打击和限制了贵族的势力。申不害进一步把贵族的私家军队解散而编入国家的军队，并自任上将军，对军队进行严酷的训练，大大提高了韩国军队的战斗力。使诸侯在申不害为相期间不敢对韩动武。申不害还推行按照能力和功劳授予官职的选官制度，主张"见功而受赏，因能而授官。"他重视农耕，鼓励垦荒，增加粮食收入。他说："四海之内，六合之间，曰：奚贵？土，食之本也。""昔七十九代君，法制不一，号令不同，而俱王天下，何也？必当国富而粟多也。"民以食为天，土地和粮食乃立国之本，重视农耕，是他在任期间大力推行的政策。他还重视技艺和手工业生产，由于大力推行和鼓励，韩国的手工业出于诸侯之上，《战国策》云："天下之强弓劲弩，皆自韩出。"

司马迁《史记》云："申不害者，京人也（京县故城在郑州荥阳市古县城东南二十里，郑之京邑也），故郑之贱臣。学术以干韩昭侯，昭侯用为相。内修政教，外应诸侯，十五年，终申子之身，国治兵强，无侵韩者。"

司马迁所言"学术以干韩昭侯"之"学术"，即"刑名之法术也。"所以，后人认为申不害是法家的先驱。司马迁云："申子之学本于黄老而主刑名。著书二篇，号曰申子。"则申不害有治国实践，又有著述，是战国时百家争鸣之一家。

申不害的理论及实践，是君主专制的政权如何使君主牢牢地把握权力，驾驭和防范臣下的"术"。术者，权术也，帝王之术也。他说："明君如身，臣如手；君若号，臣如响；君设其本，臣操其末；君治其要，臣行其详；君操其柄，臣事其常。"君主天然地享有至高无上的权力，他统治宇内，发号施令，臣子去执行，做些落实的工作。为此，君主要时刻防范臣下的权力坐大，从而篡权夺位。他要不断地考察臣下，窥探臣下，"阳术"和"阴术"并用，使臣子不敢生非分之念。申不害的"术"是包含防范的手段和阴谋在内的，虽然没有具体化，但所谓"阳术"和"阴术"即公开的和秘密的，明的和暗的，其含义是不言自明的。申不害是"黄老之术"吗？对此亦应存疑。老子言："人法地，地法天，天法道，道法自然。"顺从自然规律，强调无为，这是老子的思想。但申不害是主张君主无为吗？"君之所尊者，令也，令之不行，是无君也，故明君慎之。"君主要慎重发布命令，但不是无为。

申子的理论和思想后人只能从他留下的只言片语中领悟和总结，他的书大多湮灭，但我们从后人概括而言"黄老之学，申韩之术"中可窥探到一点消息。即君主的权术和阴谋如何用于统治实践中。"术"者，形而下之者也，申不害的理论被列于法家三端：商鞅主法；慎到主势；申子主术。这种概括不无偏颇，仟何用于实践中的理论都应是生动活泼的，一旦予以归类，用概念限定，则失去了它的本来面目和生命力。

既然申子的理论是帝王统治的南面之术，它使我们想到了文艺复兴时期意大利的马基雅维利，他的《君主论》是直接给在位的帝王谈统治术的。申子的"阳术"和"阴术"和马基雅维利毫无掩饰的进言似有异曲同工之妙。申不害是中国公元前 4 世纪的一个诸侯国的政治实践家，他和马基雅维利相同的是，他们面对的都同样是握有至高权力的君主。

申不害其人基本被中国历史所遗忘，他的著述也大多湮灭无闻，所留下的只言片语也大多无甚高论。美国的汉学家顾立雅对申子有过深入的研究，他写过一本《申不害：公元前四世纪中国的政治哲学家》（马腾译，江苏人民出版社 2019 年 12 月 1 版），将申不害的理论定为"行政哲学"。搜集和辑录了申子所遗留的著述。在极权和专制的古代中国，申不害给君主提供的"行政哲学"或许还有它的价值和意义。他的著作是研究申不害的最好读本。

一〇　商鞅变法

商鞅历来被认为是法家的代表人物，商鞅变法是大家耳熟能详的历史事件。变法发生在秦孝公时期，秦行商鞅之法，变成了一个军事强国，后人谓之"虎狼之国"，为后来吞并六国、统一天下创造了条件。

商鞅是卫国人，姓公孙，所以亦称卫鞅或公孙鞅。少好刑名之学，受法家学说的影响很深。春秋时，各国的士人凡有一学之长者，就奔走在各诸侯国之间，游说君主，陈定国安邦之策，以求重用。卫鞅至魏，在魏相公叔痤手下做事。公叔痤发现卫鞅是一个人才，还没来得及举荐，就病倒了。魏惠王前去探病，问道："公叔的病若不可讳，谁可做魏国之相呢？"公叔痤说："我手下有一个叫卫鞅的人，年虽少，有奇才，我若死后，愿大王举国听之。"魏惠王听后，没有作声，心中大不以为然，将告辞时，公叔痤屏退众人，对惠王道："如果大王不想用卫鞅，必须把他杀掉，不要让他离开国境。"王漫应之，告辞而去，对左右的人说："唉，公叔痤病得不轻，人已经糊涂了！他竟然叫寡人举国以听卫鞅，岂非荒唐！"

公叔痤见惠王已去，辗转反侧，不能安枕，命人召卫鞅，对他说："今天魏王前来，问身后可为相者，我举荐了你，我看魏王的表情，似乎不以为然。所以我先君后臣，对大王说：大王若不肯用卫鞅，应杀掉他，不应让他离开魏国。大王答应了。你现在就赶快逃出魏国，不然祸将不测。"卫鞅道："魏王不能用君之言任臣，又安能用君之言杀臣乎？"没把公叔痤的话放在心上，也没有离开魏国。

不久，魏相公叔痤死去，卫鞅仍然耽留在魏国。此时，处在西域边陲的秦国君主更换，秦献公死，其子孝公即位。当其时也，黄河以东有六个强国，秦孝公与齐威、楚宣、魏惠、燕悼、韩哀、赵成侯各为七国之主，淮泗之间还有十余个小国。楚、魏两国边境与秦国相接。魏国为防秦，修筑长城，自原郑国的滨洛以北尽划入境中，以上郡为边塞重镇。与秦相连的另一个国家楚国包揽汉中，南有巴和黔中，自云地广千里。周室衰微，各诸侯国皆图强兼并。秦国在偏远的雍州，向来被视为化外之国，以夷狄视之，不与中原诸侯会盟。秦孝公即位时二十一岁，青春勃发，胸有大志，上位伊始，施仁布惠，赈济孤寡，广招战士，论功行赏，布告国中曰："昔我穆公自岐雍之间，修德行武，东平晋乱，以河为界，西霸戎狄，广地千里，天子致伯（霸），诸侯毕贺，为后世开业，甚光美。"首先回顾祖先秦穆公时的丰功伟绩，"会往者厉、躁、简公、出子之不宁，国家内忧，未遑外事，三晋攻夺我先君河西地，诸侯卑秦，丑莫大焉。"后来至厉、躁、简公乃至出子四朝，国家内忧频仍，外患不绝，三晋夺去我先君留下的河西之地，诸侯卑视秦国，国家之耻，社稷之辱，何可言哉！"献公即位，镇抚边境，徙治栎阳，且欲东伐，复穆公之故地，修穆公之政令。寡人思念先君之意，常痛于心。"到了先君献公，欲图恢复振作，光大祖先旧业，迁都栎阳，有东伐之志，寡人念及先君未竟之愿，常感心中隐痛。"宾客群臣有能出奇计强秦者，吾且尊官，与之分土。"下诏求强秦之策，有奇计妙策者，寡人封之尊官，且裂土而封。这是秦孝公的求贤诏，不仅轰动秦国内外，各诸侯国怀才不遇的策士们无不心中踊跃，欲西行至秦，一试身手。

卫鞅听到秦孝公招贤的消息，觉得在魏国没有出路，于是西行入秦，通过关系找到了秦孝公的嬖臣景监，由景监介绍，见到了秦孝公。第一次见孝公，卫鞅大逞辩才，上及三皇五帝，以至于今，滔滔不绝，语之良久。可孝公时时打瞌睡，根本没听进去。接见结束，孝公怒斥景监道："你介绍的那位客人是个口无遮拦的妄人，这样的人怎么能用呢？"景监心里很窝火，见了卫鞅，埋怨他言不及义，胡说一气。卫鞅道："我与大王谈的是帝道，他没听进去。"请求让孝公再见他一次。五日后，卫鞅再见孝公，又是一番滔滔宏论，孝公虽然没有睡过去，但也没听进去，过后，又一次责备景监。景监说与卫鞅，道："你若没有什么良策奇谋，就算了吧。"卫鞅道："我这次给大王谈的是王道，没入大王之心。请让大王再见我一次。"秦孝公第三次见卫鞅。通过前两次的进言，他摸透了孝公的心思，说孝公爱听的话，孝公听进去了，赞同他的话，但也没表示要重用他。过后，孝公对景监说："你的客人还行，可以与之交谈。"卫鞅道："我这次给大王谈的是霸道，他对此感兴趣，他若肯见我，我知道怎么进言了。"等到秦孝公再次见卫鞅时，卫鞅侃侃而谈，与之语良久，秦孝公听而不倦，不知不觉膝行而前，两个人连谈数日而孝公不厌。景监问道："这次你说了些什么？吾君这几天精神焕发，被你说到心里去了！"卫鞅道："我引述上古三代，与君讲帝王之道，大王说：'那太久远了！吾不能等那么久。况且贤君临国，要及其身而国强名显，安能待数十百年而成帝王之业乎！'大王要建功立业，立见成效，我说与大王强国之术，王大悦。用此术虽可立见成效，可在道义和德行上却难以和殷周相比了。"

　　以上是卫鞅见孝公的过程，虽然见于正史，然也有疑问处。卫鞅初见孝公，不能马上见用，那是正常的。但若说他帝道、王道、霸道之术皆藏于心中，先要秦国效上古三代行帝道与王道，以德行和道义治国，似有不经。卫鞅是个刻薄寡恩之人，自少学的是"刑名之术"，主张以严刑峻法治国，约束钳制百姓，其所进言，必以此为旨。所以，"索隐"注《史记》云："谓鞅得用，刑政深刻，又欺魏将，是其天资自有狙诈，则初为孝公论帝王之术，是浮说耳，非本性也。"这种说法是比较客观的。

　　秦孝公用卫鞅，想在秦国按照卫鞅的想法和主张实行变法。在庙堂上，卫鞅和反对变法的大臣甘龙及杜挚有过一场辩论。卫鞅认为："民不可与虑始而可与乐成。论至德者不合于俗，成大功者不谋于众，是以圣人苟可以强国，不法其故，苟可以利民，不循其礼。"他主张开始变法无须和老百姓商量，要想做成大事，无须和众人谋议，只要做就是了。甘龙和杜挚都提出了反对意见，被卫鞅驳斥。这场辩论后被写入《商君书》中。秦孝公支持卫鞅，于是变法运动就在全国展开了。

所谓"商鞅变法"，实质就是整治百姓。大体说来，是把"民"组织起来，实行连坐法，让老百姓互相监督和举报，实行严酷的法律，使百姓只知耕战，为把秦国打造成一个对外征战的强国而用"法"治民。大体说来，如《史记》所言，如下：

"令民为什伍（五家为保，十家相连），而相牧司连坐（一家有罪，而九家连举发，若不纠举，则十家连坐）。不告奸者腰斩，告奸者与斩敌首同赏，匿奸者与降敌同罚（不检举揭发的判腰斩，检举揭发和斩敌人首级者同样加爵一级；隐匿不报和降敌者同样诛其身，没其家）。民有二男以上不分异者，倍其赋（民有二男不分家另过，仍在一起者，一人出两课，加倍征赋）。有军功者，各以率受上爵（在战场上有军功的人，统计杀敌数目依率计功）；为私斗者，各以轻重被刑大小。勠力本业，耕织致粟帛多者复其身，事末利及怠而贫者，举以为收孥（耕田织布是本业，都应努力，上缴粮食和布匹多者解除奴隶身份，反之，从事工商业因而不缴赋者，打入奴隶籍中，没为官奴婢）。宗室非有军功论，不得为属籍（宗室若无军功，则不得入属籍，也就是除其籍，无功而不及爵秩也）。明尊卑爵秩等级，各以差次，名田宅臣妾衣服以家次，有功者显荣，无功者虽富无所芬华。（社会上各类人等分出等级，按照等级占有土地、房屋、奴婢、衣服服色等相应的财富和标志，有战功的人要使他荣显，无功的人就是富有也没有地位）。"

以上是《史记》列出的变法的具体内容，我们可以窥见其"法"的实质。当然还有更详细更具体的规定，如列入《史记·秦本纪》中转引《汉书》云："商君为法于秦，战斩一首赐爵一级，欲为官者五十石。"其赏赐的爵名从公士、上造至关内侯、彻侯共列二十级。总之，逼迫诱使百姓效力于耕战，为使秦国成为征伐四方，战无不胜的所谓"强国"服务。

以商鞅为代表的"法家"不仅在国家战略和政策层面上有一套具体可行的措施，而且有一套完备的理论体系。这些理论具体体现在商鞅的《商君书》中。中国古代的国家治理理论，核心是君本主义，即"普天之下，莫非王土，率土之滨，莫非王臣。"王朝主要是保持政权稳定，社稷江山代代永续。在这之下，又有"王道"和"霸道"之别，所谓王道，就是强调统治者要行仁政，对百姓要仁慈，要讲德讲义；而"霸道"则视民为奴，压榨之，愚弄之，迫蹙之，杀戮之，削弱之……使之老老实实为国家尽力。历代王朝皆"霸王道杂用之"，也就是胡萝卜加大棒交替使用，正确的表述为"文武之道，一张一弛""儒表法里"等。

"法家"的理论讲的就是"霸道"。具体说就是整治百姓，其首在"愚民"，不许老百姓研究任何学问，"民不贵学，则愚；愚，则无外交；无外交，则国安不殆。"（《商君书·垦令》）老百姓不研究学问，互相之间则无交往，老百姓无交往，国家就会安全。抑商："使商无得籴，农无得粜，则窳惰之农勉疾。商不得籴，则岁岁不加乐；岁岁不加乐，则讥岁无裕利。无裕利，则商怯，商怯，则欲农。窳惰之农勉疾，商欲农，则草必垦矣。"（同上）不许商人买入粮食，也不许农民把粮食卖给商人，那些懒惰的农民就会害怕，因此更加努力耕作。商人买不进粮食，不能交易，无利可图，年年亏本，就会害怕，想去种地。懒惰的农民努力耕作，商人也想去种地，那些闲置的荒地就会得到开垦。重刑："重刑而连其罪，则褊急之民不斗；狠刚之民不讼，怠惰之民不游，费资之民不作；巧谀、恶心之民无变也。五民者不生于境内，则草必垦矣。"（同上）。如果刑罚重并实行连坐，那些急躁的百姓就不生内斗，狠戾的百姓就不打官司，游手好闲的人就不会到处流窜，喜欢享乐的人也不会产生，靠游说谄谀而希求当官的人也不会得势，这五种人不产生于国内，则荒地就会得到垦殖。不许百姓随意迁徙："使民无得擅徙，则诛愚。乱农农民无所于食而必农。愚心，躁欲之民壹意，则农民必静。农静，诛愚，则草必垦矣。"不许老百姓随意迁徙，使百姓安居一地闭目塞听而更加愚蠢，那些吃不上饭的人就会乖乖去种地，老百姓蒙昧无知，就会安静下来。百姓安静，心灵蒙昧，只想种田，荒地必然会得到开垦。不许百姓了解种田以外的事情："国之大臣诸大夫，博闻，辨慧，游居之事，皆无得为。无得居游于百县，则农民无所闻变其方。农民无所变其方，则知农无从离其故事，而愚农不知，不好学。愚农不知，不好学问，则务疾农。"不许士大夫到处游说讲学，免得老百姓改变内心的想法。他们不改变内心的想法，就会一心务农。愚农无知，不好学问，是最便于统治的。重关税："重关市之赋，则农恶商，商有疑惰之心。农恶商，商疑惰，则草必垦矣。"加重收取关市重税，商人经商不得利，农民轻视商人，商人自己看不到利益，国内荒地会得到开垦。

以上数条，出发点都在于愚民，使民"归心于农"，老老实实做一个只为国家耕田打仗的顺民。国家治理百姓，要有一个统一的贯彻始终的原则，"圣人知治国之要，故令民归心于农。归心于农，则民朴而可正也，纷纷则易使也，信可以守战也。壹则少诈而重居，壹则可以赏罚进也，壹则可以外用也。夫民之亲上死制也，以其旦暮从事于农。夫民之不可用也，见言谈游士事君之可以尊身也，商贾之可以富家也，技艺之足以口也。民见此三者之便且利也，则必避农。避农，则民轻其居，轻其居，则必不为上守战也。"（《商君书·农战》）治国的原则，是要老百姓"归心于农"，一辈子把他束缚在土地上，这样百姓朴实，容易为君主所用，用他们固守城池和对外打仗皆可。只要君主掌握好赏罚的尺度，就可以驱使他们对外征伐。如果百姓见到游说言谈可以升官，经商可以致富，有某种技艺就可以糊口，那么百姓就会躲避农业劳动，不在乎住在哪里。百姓"安土重迁"，才会为君主所用。因此"惟圣人之治国作壹，抟之于农而已矣。"（同上）治国的原则只有一条，使百姓安于土，作于土，守于土，死于土而已。以商鞅为首的法家主张屏除儒家所倡导的一切礼乐诗书："国有礼，有乐，有《诗》，有《书》，有善，有修，有孝，有悌，有廉，有辩，国有十者，上无使战，必削至亡；国无十者，上有使战，必兴至王。"（《商君书·去强》）为此，必须用"奸民"来治理"善民"："国以善民治奸民者，必乱至削；国以奸民治善民者，必治至强。"（同上）。以奸民治善民，是商鞅一再强调的，就是说，国家选拔官吏要选择奸诈，凶残和品德败坏的人，用他们治理老百姓才会治理得好："以良民治，必乱至削；以奸民治，必治至强。"（《商君书·说民》）

除了"愚民"之外，还要"弱民"，在《商君书》中，专门有一章，谈"弱民"之术："民弱国强，国强民弱，故有道之国，务在弱民。"为了使民"弱"，国家必须统揽一切，让百姓活命只能依靠国家，大家都要端君主赐给的饭碗，不能从别的地方获取活命之资，这叫"利出一孔"。"利出一孔，则国多物；出十孔，则国少物。守一者治，守十者乱。"（《商君书·弱民》）对待老百姓，必须不断地侮辱他，削弱他，使他贫穷，并用严酷的刑罚惩治他，"民，辱则贵爵，弱则尊官，贫则重赏。以刑治民，则民乐；以赏战民，则轻死。"（同上）。你侮辱他，使他感到自己低贱，他才会重视你赏给的爵位；你削弱他，让他感到自己卑下，他才会为你赏给他的官职而感激涕零；你使他穷得一无所有，他才会看重你的赏赐。用严酷的刑法治理他们，赏赐那些在战场上拼命的傻瓜，他们就会不怕死，拼命为你打仗。

法家的理论把国与民对立起来，国家对民要愚弄之，侮辱之，削弱之，镇压之，贫贱之，则民才会如工具，为国所用。愚民、弱民、辱民、疲民、残民之术，堂而皇之地书之于简册书史，形成法家完整的整治百姓的法宝。《商君书》乃是法家治国理论之集大成者，它使我们看到了历朝历代皇权专制的吃人本质，走不出千百年来帝王统治的黑暗，中国就不会有现代的文明曙光。

秦孝公欲用卫鞅之术，变秦国之法，开初恐百姓不相信。老百姓不相信官家会把他们像用绳索捆蚂蚱一样捆绑在一块，一人犯法，十家连坐，都跟着杀头受大刑。卫鞅把一根木杆子立在国都的南门，发令说，有把它扛到国都北门的，赏十金。百姓狐疑观望，没人行动；又说，扛到北门者，加赏五十金。有一人移其木至北门，立刻赏赐五十金，以示言出法随，令下必行。于是，这种反文明反人类的一套完整的行政措施开始在秦国实行。政令行之一年，百姓反对的声音不绝，有千人上书要求废除新法，太子也因此触犯法令。卫鞅说："法令推行不下去，那是因为上边有阻力。"要惩治太子，但太子是国之储君，不能施刑，就把太子的老师公孙贾抓起来，黥（qíng）其面，把太子之傅公子虔处以刑罚，以示惩戒，秦国推行卫鞅之法再无阻力。新法"行之十年，秦民大悦，道不拾遗，山无盗贼，家给人足，民勇于公战，怯于私斗，乡邑大治。"司马迁对秦行苛法的评价显然是一种套话，愚民、弱民、辱民、残民，用奸民治良民，一人犯法，十家连坐，竟然"秦民大悦"，所悦何来？难不成秦民皆是天生的奴隶，不杀不打不逼不辱而不悦乎？若说秦人人性渐尽泯灭，养成虎狼之国，雄强之师，国君用严刑酷法以临百姓，百姓耕战缴赋舍命以报君王，这大约是合乎实际的。于是，秦人有一批人开始歌功颂德，赞扬新法，卫鞅说：这批人开头攻击新法，如今赞扬新法，翻来覆去，见风使舵"此皆乱化之民也"，于是，把他们发配到遥远的边地去。从此以后，民无敢议新法者。是啊，法之临民，何须民来评价呢？你老老实实在法的管制下做个顺民就可以了！

卫鞅变法之初的职位是左庶长，后来，升为大良造，带兵出征，围攻魏国的安邑，降之。卫鞅有外战之功，因此权势愈大，不久，在卫鞅的主持下，在咸阳筑冀阙（亦称魏阙，古时发布政令之门阙），从雍地正式迁都咸阳。卫鞅此时重申政令，"父母兄弟同室内息者为禁"，兄弟二人或二人以上者，不得与父母同住，必须另立门户，以便纳税和服兵役。撤村屯和民众的小聚落合并为县，置县令、县丞加强治理。秦国当时置三十一县，这是未来秦国统一六国后郡县制的雏形。开阡陌而设田亩疆域，便于国家征税。"平斗桶权衡丈尺"实行统一的度量衡，作为国家征赋的标准。法律行之四年，太子之傅公子虔再次犯法，于是"劓（yì）之"，割去了他的鼻子。此时，秦国在诸侯中脱颖而出，成为强国。周天子赐孝公祭肉（胙），以示嘉赏，各诸侯国皆"毕贺"以示尊崇。

第二年，齐国以田忌为将，孙膑为师，在马陵大败魏师，俘虏了魏太子申，杀魏国将军庞涓。卫鞅对秦孝公说："秦国与魏国，好比人的腹心，不是秦国吞并魏国，就是魏国吞并秦国，秦魏势不两立。魏国地处山川险要，建都安邑，与秦国隔黄河而独得山东之利。形势有利于魏，魏就会西侵秦国，若形势不利于魏，它就东向经营东部国土。如今君主贤圣，秦国因此强大，而魏国不久前被齐所破，诸侯也叛离了它。此时，我们可攻打魏国，魏国抵挡不了秦国，必然东徙。魏国东徙，则秦国据河山之固，东向以制诸侯，此帝王之业也。"卫鞅此时已经为秦国规划好了扫灭六国，统一天下的"帝王之业"。孝公于是拜卫鞅为将，率兵伐魏。

魏国派公子卬率兵抵抗秦军。两军相持，卫鞅致书公子卬，说："当年我在魏国时，与公子是好朋友，相处甚欢。如今你我分别为两国将，兵戎相见。我不忍与君相互厮杀，想与公子见面畅饮，结盟而罢兵，使秦魏两国永保安宁如何？"公子卬接书后，欣然前往秦营。二人畅饮时，卫鞅设下伏兵，抓捕公子卬。然后，他指挥秦军攻打毫无防备的魏军，魏军大败。卫鞅用诡计捕公子卬而败魏军，胜利班师。魏国先败于齐，再败于秦，国内空虚，内外交困，于是，割河西之地予秦以讲和。魏国离开安邑，迁都大梁（自此，魏国又称梁），梁惠王叹道："我悔不用公叔痤之言，卫鞅入秦，竟使魏国困于秦。"卫鞅返秦，立大功，秦国封其于商之地，共十五邑，称其为商君。后世称之为商鞅。

商鞅自此为秦相，加上变法之初年，共行其法十八年。秦国内敛外掠，终成强国。但是，其法极大触动了旧贵族的利益，那些对商鞅怀有刻骨仇恨的贵族们在时刻窥伺时机，寻求复仇。一次，秦国大夫赵良来见商鞅，商鞅说："当年多亏孟兰皋，你我得以相识，我们也算得上老熟人了，如今订交成为好友，你看如何？"赵良说："这我可不敢从命，孔子有言曰：'推贤而戴者进，聚不肖而王者退。'我非贤者，乃不肖也，所以不敢受命。我又听说：'非其位而居之曰贪位，非其名而有之曰贪名'，我怕自己有贪名贪位之嫌，所以不敢从命。"商鞅一听，话不对路，勃然变色，道："从你的话听来，你对我治理秦国不高兴啊！"赵良也不含糊，针锋相对答道："如果能听听反面的声音，那是聪明；如果正视自己的内心，时时反躬自省，那是自身强大的表现。所以虞舜曾经说过：能够自处卑贱，那也是很高尚的啊！您不妨对照虞舜的话反省一下自己，何必要来问我呢！"商鞅说："秦国处边陲之地，行戎狄之教，父子无别，同室而居，我颁新法，为男女之别，又筑魏阙于咸阳，使秦国的文明程度大大提高，几乎和中原鲁卫两国无异，我治理秦国和五羖（gǔ）大夫相比，难道不是高出他很多吗？"

羖，古语中指公羊，五羖大夫，指的是秦穆公时秦国大夫百里奚。当年，晋献公灭了周王朝始封的两个小国虢和虞，虞君和虞国大夫百里奚被掠到晋国。晋献公的女儿要出嫁到秦国，做秦穆公夫人，就把百里奚作为她的陪嫁，也就是"媵"嫁到秦国去。媵，为女人的陪嫁物，当然就是奴婢，百里奚不想做奴隶，于是就从秦国逃跑了。他从秦国逃到了宛地，被楚国的鄙人给抓住了。秦穆公听说百里奚是个贤能的人，就想花重金把他赎回来。可是，怕楚人不同意交还，就说："我有一个媵臣名叫百里奚，我愿意用五张公羊皮把他赎回来。"楚人同意了，秦国用五张公羊皮换回了百里奚。那年，百里奚年已七十余，秦穆公命解开他身上的锁链，与之交谈国事，百里奚说："我是亡国之臣，不足以与君谈国事。"秦穆公说："虞君不用你，所以亡国，罪不在你。"坚持向他请教治国的方法。与百里奚交谈三日，穆公大悦，把治国大政交给百里奚。因为百里奚是用五张公羊皮赎回来的，所以号为"五羖大夫"。穆公时代，百里奚治理秦国很有成效。

赵良回答说："千羊之皮，不如一狐之腋；千人之诺诺，不如一士之谔谔。"这是引了两句当时的谚语，意思是说，狐狸一块腋下之皮抵得上千张羊皮，以其珍贵也；众人随声附和，诺诺连声，不如一个说真话，坚持真理的士。"周武王坚持自己的道路和理念，开辟了兴旺发达的周王朝，殷纣王残暴且干尽黑暗的勾当而自取灭亡。如果你赞同周武王，我愿意说出我的真话，请你不必动怒，怎么样？"商鞅说："我听说，表面文章是华丽的，至诚之言是真实的，苦口之言是治病的药饵，花言巧语是得病的媒介。如果您肯于说真话，那是我的良药，我怎么会不高兴呢！"赵良说："好吧，您说到五羖大夫，我就说说他吧。百里奚被楚国鄙人所擒，无行路之资，为鄙人之奴，缚于绳索，穿着破衣，与牛同食，历时一年，秦穆公以五羖之皮把他从楚国赎回，让他治理秦国。百里奚在秦为相六七年，东伐郑国，三次更换晋国之君，救楚国之厄。秦国内部团结，上下和睦，巴人前来致贡，很多部族，都来叩关朝见。五羖大夫在秦为相之时，劳苦而不乘车，酷暑时不张盖遮阴，行于国中，没有车辆跟从，没有护卫的卫士，他的功名载于秦国史册，他的德行施于后世百姓。五羖大夫去世，秦国男女老少皆为之哭泣，童子不再唱歌，舂米的也停止了工作。这就是五羖大夫的德行。而您得见于秦王，是由于嬖臣景监的引见，走的不是正当的路子。况且您相秦而行新法，并不是从百姓的福祉着想。征人役而筑魏阙，并非什么功劳；把太子的师傅施以刑罚，用残酷的刑律来镇压百姓，这是积怒蓄怨，树敌招祸；您的律法比秦王之令更有威力，用旁门左道树立自己无上的威权，封商君后称孤道寡，用你的法令限制和逼迫秦国王室子弟，太子之傅公子虔被你施刑后，八年闭门不出，而您又杀大夫祝权而黥太子之师公孙贾，诗曰：'得人者兴，失人者崩。'这些事皆非得人之举。您要出行，后边跟从十几辆车，车上全是带甲持戟的武士，壮士为扈从，在车旁护卫，如果有一项不具备，您就不肯出行。《尚书》云：依靠德行者能够兴旺昌盛，靠武力者必将自取灭亡。我看您之危亡如早晨的露水，怎能指望延年益寿呢？您应立即归还封赏您的十五座城邑，退隐一隅，做一个田舍翁，灌园叟，上书秦王，举荐民间的贤人，养老存孤，尊敬老人和有德行的人，按照功劳选拔贤才。这样或许可得善终。如果您依然贪图商地的富庶，继续在秦国推行您的政令，积累百姓对您的怨恨，秦王一旦离世，秦国收您治之以法，只怕立而可待也！"

赵良代表了反对派对商鞅的警告和规劝，但"商君弗从"，他以魏国之吏跑到秦国来，除了推行他那套治国方略之外，当然也要谋求个人的荣华富贵，到手的权力和财富他是不肯放弃的。

五个月后，秦孝公死，太子即位（名驷，称惠文君），曾被商鞅加刑的原太子傅公子虔等人上书告商鞅谋反，秦王下令逮捕商鞅。商鞅逃到关下，欲住店。店家说："商君有法，住店必须验明身份，否则店家犯重罪。"商鞅叹道："唉，想不到我在秦作法自毙啊！"他从秦国逃到了魏国，魏国因为他欺骗公子昂而败魏师，不肯接纳他。魏人曰："商鞅是秦国的逃犯，必须将其归还秦国。"于是将其驱逐回秦。商鞅跑到他的封邑商地，策动私家兵北出击郑，秦国发兵攻之，将其杀死在彭池。秦惠王车裂商鞅并屠灭其家。

商鞅虽死，他的强秦之法却延续下来，为以后秦统一六国奠定了基础。自此，"百代都行秦政法"，它成为帝王专制统治的法宝。

一一　赵武灵王

三家分晋之赵国，并不是一个很强大的国家，其地在今山西北部和中部，河北西部和南部一带。自赵襄子解邯郸之围，与魏、韩两家灭智氏而分其地，至烈侯立国，经敬侯、成侯、肃侯，赵国依然弱小，处戎狄之间，常被蚕食和攻伐。肃侯卒，其子雍立，为赵武灵王，胡服骑射，奋发图强，遂成万乘之国。

公元前326年，赵国在位二十四年的赵肃侯薨，其子雍即位，被称为赵武灵王。

王初即位，年少，尚不能听政。但下令厚待老臣，置博闻师三人，左右司马皆超过三人，通过他们，了解国内外的政情和民情。八年后，武灵王已成年，韩魏等五国君主皆称王，赵国独否，武灵王说："无其实，何敢处其名也？"让国人称他为"君"。

此时赵国外患严重，不断受到秦国的攻伐，武灵王九年，与韩、魏联合击秦，被秦所败，八万将士，尽丧命沙场；十年，中都和西阳皆被秦攻取；十三年，秦军拔蔺，将军赵庄被俘。武灵王即位数年来，赵国都是丧师失地的消息。即位初的懵懂少年，武灵王已渐成赳赳丈夫，他的情感生活颇见光彩。即位五年，即娶韩国女为夫人，且为其生子，名章。十六年（前310年），武灵王忽做一梦，梦中见一窈窕处女，鼓琴而歌，其歌曰：

"少女容颜美，如同河边花，我命今何在？花开在谁家？香蕊萌兮展奇葩，天香国色竟芳华，花开在谁家？"后来，武灵王饮酒和宴席间屡言其梦，痴迷于梦中少女的情态而不能自止。有一个大臣名叫吴广，听到之后，想到自己女儿娃嬴，美艳如花，拈花鼓琴，颇似王梦中之人，于是将娃嬴送进宫中。武灵王恍如梦中所见，神魂颠倒，不能自止。此女后来称为孟姚，是武灵王最宠爱的妃子。武灵王自得孟姚，数年深居简出，与孟姚厮守内宫。后来孟姚为其生子名何，也是他最喜欢的儿子。

帝王的妃嫔及其子嗣无关爱情，尽管有男欢女爱，但其实质关乎王位的继承和王国的命运。这且放下不表。

十九年（前307年），赵武灵王已在王位多年，思图振作，以开新局。正月，大集朝臣于信宫，议论天下及国事，与大臣肥义对谈五日而不倦。接着，带兵北略中山，至于赵州县，然后，兵行代地，往北到达无穷，往西到达西河，登西河侧的黄华山，召大臣楼缓，与之谋曰："我赵国之先祖顺应世变，开疆拓土，开辟南藩之地，南有漳、滏二水之险，立长城，又取蔺、郭狼之地，在荏地打败林胡，但大功未成。如今中山国在我腹心之地，赵国北有燕国，东境有东胡，西部有林胡、楼烦，与秦、韩两国接境，如今赵国虎狼环围，戎狄窥伺，而无强兵猛将以卫国，社稷之亡，旦夕可致，此我刻刻忧心者也！夫有高世之名，必有遗俗之累，行非常之事，必被庸人所笑，我想举国胡服骑射，以强赵国之兵。这是我思虑很久的事情了！"楼缓听后，击案而应曰："好，大王想得好！赵国居胡地，日日与戎狄杂处，胡服骑射，变俗而为，强军壮国，理之必然！好！"武灵王胡服骑射之想，由来已久。但这是变服易俗的大事，势必引起人心震动，阻力也不会小。赵国虽与戎狄胡人杂处，东有东胡（乌桓、鲜卑之属）；西有林胡、楼烦，皆聚落成国，以游牧为生，其人马上生涯，飘然而至，倏忽而去，精于骑射，时有犯边掳掠之行。而赵国属周王朝和孔子的中原文化，峨冠广袖，服色早定，代代相袭，积久成习，遽然改易，以向胡人，必然遭到极大的阻力。所以武灵王犹疑久之。他的想法得到了楼缓的赞同，但朝中大臣们皆表示反对。

虽有楼缓的支持，但武灵王觉得易胡服而习骑射，骤然行之，上下阻力一定不会小。于是，这一天，他还想说服权臣肥义。他说："从前我赵家开基拓土的祖先简（赵简子）襄（赵襄子）二主，是非常重视胡、狄之利的，对于胡、狄之土，所在必争。如今我也想继承襄主之志，攘胡拓土，以广疆域。我想，举国胡服骑射，力少而功多。国人能如胡人那样衣胡服，便于骑马弯弓，战场厮杀；宽衣大袖，不便骑射，赘累甚矣！东有东胡，西有林胡、楼烦，处胡狄之地，变服而改俗，我欲以此而教百姓，而世人不解，必议寡人，奈何？"肥义回答说："臣听说，做事疑虑，不易成功，对自己的行为瞻前顾后，也不会坚持到底。大王既已确定胡服骑射的国策，就不要怕天下的议论，坚定推行下去，其议必息。"武灵王说："吾并非怀疑胡服骑射，对此我有坚定的信心。我怕的是国人议论耻笑。狂夫所讥，智者哀焉；愚者所笑，贤者察焉。坚定推行胡服骑射，对赵国之功未可限量也！有你的支持，尽管举国笑我，胡地中山我必有之！"于是，遂行胡服。

推行胡服骑射，用今天的眼光看，是民族间的一种文化融合，但当初武灵王的动机在于强兵强国，使赵国军队与胡、狄等游牧民族作战时占先争强，拓展赵国的疆土。阻力首先来自上面，所以，必须冲破上层的阻力，才可自上往下地推行之。武灵王有叔父名公子成，赵国位高权重之内戚也。武灵王命一臣前往公子成处，陈述他的主张，说："寡人已服胡服，欲以朝拜群臣，希望叔父也穿胡服上朝。自古家听于亲而国听于君，子不反亲，臣不逆君，先王之通义也。如今寡人作教易服而叔不服，吾怕天下议论也。制国有常，利民为本，从政有经，令行为上。教天下以德先从百姓开始，国家政令的推行则首先从上层开始。寡人推行胡服，不是因为觉得它好看，使人服而乐之，是因为国家事功在焉，事成功立，然后才成为国家之法令。如今寡人怕的是叔叔您逆政令而行，抵制胡服，心有所忧，故派臣前往以陈此义。事利国者行无疑，重臣贵戚须示范，愿叔助寡人成胡服之功，请服之。"臣子带回公子成的回答，说："我听说了大王要行胡服的消息，臣不才，有病在身，不能助大王以推行之，甚感惭愧。大王既命臣服胡服，臣回复大王，说出心中的想法，以尽臣之愚忠。我听说中国，乃是聪明智慧之人所居之地，万物财货皆聚于此，所以圣人在此教诲百姓，仁义在此实行，诗书礼乐用于日常，各种方技奇能皆能一试身手，远方之人皆向往之，蛮夷戎狄皆钦慕之。如今大王舍此而服远人之服，易古之道，逆人之心，而背离圣人之教，使赵国自外于中国，我希望大王再熟思而后行。"使者报告了公子成的话，武灵王说："我早就知道叔叔一定是反对的，我要亲自前往其家去说服他。"于是，武灵王前往公子成的家中。

武灵王对胡服骑射有坚定的信念，所以能言善辩，言之成理，他说："身上的衣服，为的是方便；圣人制礼，为的是万事有一定的规矩。所以，圣人观察万物按其规律行事，因为事务的顺逆来制定礼法，为的是方便百姓，以利国家。断发文身，臂上刺青，左衽以行，瓯越之民也；黑齿示人，粗针大线，以成其衣，大吴之国也；吴越之民，与中原之人，衣着服饰不同，其方便是一样的。乡异而用变，事异而礼易。所以圣人只要有利于国家和百姓，并不拘泥于一种不变的礼法。只要便国利民，可以用不同的礼法。当代儒者出于孔子一师，但各有所重，同是中国行周公之礼，但各国国情不同，所以各为所用。所以，去就之变，智者不能一；远近之服，贤圣不能同。穷乡多异，曲学多辩。不知而不疑，异于己而不非者，皆是通过不同的途径寻求尽善之理。如今叔叔强调俗之重要，我现在要跟叔叔讲的是如何制俗和变俗。我赵国东有河、薄洛之水，与齐国和中山国皆临河而望，无舟楫可以相通，自常山到代，上党以东，有燕国、东胡之境，而西有楼烦，秦、韩之边，但我赵国无骑射之备。寡人无舟楫之用，与敌国夹水而居之民，何以守河与薄洛之水？若我赵国实行胡服骑射，用以备燕国，防林胡、楼烦、东胡之扰，固秦、韩之边境，岂非善策？况且当年，简主（赵简子）不在上党和晋阳设立边塞，而襄主（赵襄子）并戎取代以攘诸胡，祖先这样做的目的，后世子孙无论贤愚皆应明白。从前，中山国依仗齐国的兵马，侵伐我赵国，掠夺残杀我国民，引水围困我鄗城，如果不是社稷神灵守护，鄗城早就丧于敌手。国之大耻，先王为之羞，而此仇至今未报。今行骑射，近可以守卫上党，远可以报中山之仇。而叔叔您竟固守中国之俗而逆简、襄等祖先之意，厌恶变服之名而忘中山国从前围我鄗城之辱，这不是寡人所期待于您的啊！"公子成被武灵王说服，稽首下拜，道："臣愚，不懂大王变服之意，竟以世俗之名以反对之，此乃臣之罪也！如今大王继承简、襄之遗志，振兴我赵国，臣敢不听命乎！"再拜稽首，武灵王赐之胡服。第二天，公子成身着胡服上朝，于是，武灵王颁布胡服令，晓谕全国。

但是，这样一件易服改俗的大事，其所遇阻力非一日可消除。朝中有一些大臣如赵文、赵造、周袑、赵俊等人皆上书劝谏，力阻武灵王勿服胡服，以变乱礼法。武灵王意志坚定，不为所动，答道："古今不同俗，哪里有什么不变之法？帝王不相袭，哪里有什么成礼可循？随时变而制法，因事出而制礼，法度制令各顺其宜，衣服器物各便其用，古今一理也。故礼法不必一道，便国不必泥古，圣人之兴不必相袭而王，夏、殷之衰并非易礼而灭。所以，反古未可非，而循礼也不见得高明。况且衣服为的是方便进退起坐，岂可以衣服论贤愚？不明事物之变化，以古衡今，不因时制宜，泥古循礼，怎么可以治国呢？"坚定地推行胡服，招善骑射之士，充实军队。

武灵王胡服骑射的国策，是赵国处胡地而图自强自卫之策。它很快就见到了效果，赵国军队增骑射之士，日益发展壮大。国人以骑射为荣，朝臣以胡服为尚。至武灵王二十年（前306年），仅一年的时间，赵国军队已成精锐之师。武灵王率军征中山，略地突进，势无所挡，军队至宁葭；又西略胡地，至榆中，林胡王献马，归。又命楼缓出秦，仇液赴韩，王贲去楚，富丁往魏，赵爵奔齐，使臣四出，使代相赵固主管与林胡、楼烦等诸胡的交往事务，了解边疆各诸侯国和相邻诸胡的军队情况。

武灵王二十一年（前305年），赵国又兴兵攻中山，因与中山国有前怨，所以这次倾主力而出。赵袑统右军，许钧统左军，公子章领中军，武灵干并主三军。三军中，由将军牛翦统领战车和骑兵，赵希统领胡、代二地军队，与诸军向井径之侧（径者，山绝险之名。常山有井径，中山有苦径，上党有阏舆。），共出定州上曲阳县，合军攻取丹丘、华阳、鸿上；武灵王统率的军队攻取鄗、石邑、封龙、东垣诸地。中山国献四邑以求和，王许之，罢兵。武灵王二十三年（前303年），再次攻伐中山。二十六年（前300年），又对中山国动兵，中山国破，其国君奔齐。武灵王数年来，仗着胡服骑射以来，国力强盛，兵强马壮，军队的战斗力陡增，故频繁动兵，终使中山成为附庸，拓展国土北至燕、代，西至云中、九原。赵武灵王的确是有为之君，自定胡服骑射国策以来，短短数年，使赵国成为战国七强之一。《战国策·赵策三》云："今赵，万乘之强国也，前漳滏，右常山，左河间，北有代，带甲百万。"

赵国强大后，武灵王筹思传国之人。前已说过，他梦中见美人鼓琴而歌，后娶吴广之女娃嬴，美艳如花，甚得其宠，名为孟姚，封为惠后，为其生子何。武灵王二十五年（前301年），惠后孟姚卒，武灵王使周袑着胡服教导王子何。

武灵王二十七年（前299年）五月戊申，大朝于东宫，传国，立王子何以为王。王庙见礼毕，出来临朝面见大臣。大夫悉为臣，肥义为相国，并为王之傅。这就是惠文王，惠后孟姚之子也。武灵王十六年娶孟姚，此时，王子何尚不足十岁。武灵王退居二线，给自己定个名号，叫主父。

主父把王位交给了不足十岁的儿子，自己身着胡服，率领将士西北略胡地，欲从云中、九原直驱南境而袭秦国。于是以使者的身份乔装入秦。秦昭王不知，既而感到他身材魁伟，声若洪钟，举止动作，与臣子有异，使人驱逐之。主父驱马出关，后知其乃赵武灵王——主父也，秦人大惊。主父乔装入秦，一为观察秦国之山川地形；二为观察秦王之为人。

武灵王是个敢想敢做，充满战斗热情和冒险精神的人。他把王位交给儿子后，更张扬了自己的个性。惠文王二年（前296年），主父到西北新征服的土地上去，从那里出代往西，在西河见到楼烦王而致其兵。第二年，出兵灭了中山国，把中山国王迁到肤施。此时，赵国的北部边境大大拓展，往代地的道路方始畅通无阻。从西北归来，赏赐有功者，颁布大赦令，置酒大宴五日。赵国此时无论领土疆域和国力都已达鼎盛时代，武灵王初即位时的雄心和抱负，他颁行胡服骑射国策的初衷都已达成。这时，他封长子公子章于代，号安阳君。公子章是其正妻韩女所生，自小长于宫廷，奢靡、狂悍、霸道，对其异母弟公子何立为王并不服气。为了安抚之，主父又安排田不礼为其相。

公子章骄横而有野心，朝中大臣们都洞若观火。嫡庶相争，各有势力，互为仇雠，迟早会摊牌交手，这是君主专制王朝的内乱之源。"吾恐季孙之忧，不在颛臾，而在萧墙之内也。"大夫李兑对肥义说："公子章身壮志大，拥众一方，欲壑难填，和王朝分庭抗礼，其野心不在小。田不礼残忍嗜杀，骄狂专横，二人狼狈为奸，必有阴谋。小人一旦心有所谋，眼里只看见利益而不计后果，同类相推，狂躁突发，事将起于不测。以吾观之，其事或不久矣！乱之所起，祸之所集，您位居中枢，官大权重，祸乱必先集于您的身上。仁者爱天下万物而智者防祸于未形，不仁不智，何以为国？您为何不称病不出，传政于公子成，以免不测之祸呢？"肥义回答说："您的话我听进去了，但我是不可能退下来的，也无处可避。当初主父把王交给我，说：'我的意志永远不变，你也不可见异思迁，坚守一心去辅佐他，直到你离开人世。'我向王下拜并接受了这个嘱托，史官当时就把它记到了史籍上。如果我害怕田不礼作乱而忘了当初的誓言，如何对得起主父呢？进受主上之托，退而不能全命，辜负主上之甚也！这样的臣子是不容于刑的。谚语说：'死者复生，生者不愧。'我已有言在先，欲践行吾言，安得顾其身！"李兑流泪道："是啊，您好好保重吧，只怕我只能在年内见到您了！"李兑辞去后，又数次去见公子成，商议应对公子章和田不礼作乱的事情。

　　肥义对朝中即将到来的风暴也看得很清楚，他担心在王位上的少年王子的生命安全，对王朝的未来充满忧虑。这天，他叫来宫廷卫队长高信，对他说："公子章和田不礼这两个人很可忧虑，他们对我也是表面顺从而内心怨恨。两人身为人臣而怀有不轨之心。我早就听说过，奸臣在朝，乃国之祸患，谗臣进入庙堂，就是社稷的蠹虫。田不礼其人贪而多欲，挟主上之命行凶作恶，矫命为乱，必将祸国。我对此甚感忧虑，夜而难寐，饥而忘食。庙堂上有盗贼出入，岂可不备？从现在起，若有人召王，必先通过我，我先去见他们，若无危险，再让王进去。"高信说："好。"

　　惠文王四年（前 295 年），虽然新王已登基四年，但他还是个十二三岁的孩子，这年，赵国举行了一次群臣朝拜的大典。安阳君公子章亦来朝王。主父让惠文王听朝，面见群臣，他在一旁观察群臣和宗室朝见之礼。他见公子章神情惨然，北面为臣，在其弟面前起伏跪拜，于是心生怜悯。他心里盘算着，想把赵国国土一分为二，将公子章封到代地为王。这样，大儿小儿两王并立，不偏不袒，也算对得起他们了。

　　但这只是一个内心的想法，还没有付诸实行。

　　这一天，主父带着惠王到沙丘去游玩，两人分别住在两座离宫里。因主父不在都城，公子章与其相田不礼趁机作乱。他们诈以主父的命令召惠王，肥义之前已有安排，所以首先前往，刚入宫，即被乱军所杀。卫队长高信带领宫廷卫队与叛军作战。听说都城发生叛乱，公子成与李兑自封地疾速赶回，命令都城四邑兵马迅速集结，入都靖难。军队很快平息了叛乱，田不礼被杀死，公子章窜逃。军队穷追不舍，公子章逃奔到其父亲主父宫前，主父开门纳之。公子成和李兑的军队遂包围了主父宫。在进攻中，公子章被杀死，只有主父被困于宫中。武灵王而主父，虽然角色变换，但英明威武，杀伐决断，赵国始终握在他的手心。赵国在他手里而强大，他又及时地把治国之权交到他的小儿子手里。但是，他对大儿子失去王位继承权始终心怀怜悯，恣意和回护的结果却酿成了宫廷的内乱。如今，大儿子已被杀死，只有他一个人被他自己国家的军队困在宫中了。公子成和李兑商议道："我们因为追杀公子章而围困主父宫，如果此时罢兵撤围，我们都将被杀死！"于是，下令军队，严密封锁，一只苍蝇都不得飞出，后出宫者，无论何人，杀无赦！困于宫中的主父不得出，久之，食水皆尽，三个月后，赵武灵王（主父）饿死沙丘宫。

一二　苏秦合纵

战国中后期，诸侯间互相吞并的战争渐趋激烈，秦国和齐楚赵魏韩燕的六国关系日益恶化。六国如何应对秦国的征伐，秦国又如何面对六国相互间的猜忌、争斗和联合，一度成为处理各国关系的焦点。这时，游说各国君主的纵横家登上历史舞台，他们对天下大势的分析和所贡献的政策极大地影响了历史的走向。其中，苏秦和张仪是两个代表性的人物。

说起战国的历史，没有不说苏秦和张仪的。两人是一枚硬币的两面，二人相克相生，异路同归，在云谲波诡的历史风云中游说君主，指点江山，位列卿相，一时荣华，不仅生前显贵，而且名列史册。据说二人皆是鬼谷子的学生，但鬼谷子其人也是云山雾罩，神神秘秘，从留下的史籍来看，其人面目混沌不清，难测其里，传说与史实混杂，神话与虚妄并列，令人难见真容。据说鬼谷子姓王名诩（也作王禅），因隐居在云梦山的鬼谷，故自称鬼谷先生。身后留有《鬼谷子》《本经阴符七术》二书。又据说他是晋平公时期人，晋平公在位二十六年（前557—前532），按此说，鬼谷子乃是春秋时期人。春秋时期的鬼谷子何以培养了众多的战国人才？除了苏秦、张仪外，据说孙膑、庞涓、商鞅、李斯等一干人物都是他的学生。无论纵横家，还是军事家，乃至庙堂上出将入相的高人凡涉谋略阴计者，皆出自他的门下，这种说法，只能是后人的比附和想象。但我们今日看《鬼谷子》一书，的确有游说帝王的方法和手段，苏秦张仪从他的书中学习游说的本领，应该是不错的。

苏秦，东周洛阳人，开初，在诸侯间奔走多年，一无所成，大困而归。回家后，遭到了家人的嘲笑，说："按周人之俗，一是治产业；二是经商做工，舍弃这两样，靠口舌之功就想出人头地，必然要落到这个下场。"于是，一个屌丝逆袭的故事正式开场。

苏秦把自己关在屋子里，闭门不出。把所有的藏书都拿出来看了一遍，说："这些书我都认真读过，何以不能靠它出人头地？如果不能使我尊荣显贵，这些书又有什么用呢？"苏秦是个功利主义者，读书就要博取荣华富贵，如果不能带来实际利益，书尽可弃之。《战国策》谈到他后来苦读的情景时写道："乃发书，陈箧数十，得太公《阴符》之谋，伏而诵之，简练以为揣摩。读书欲睡，引锥自刺其股，血流至踵。曰：'安有说人主不能出其金玉锦绣，取卿相之尊者乎？'期年，揣摩成。"他读的书是姜太公的"阴符"，也就是姜太公的排兵布阵之书。他读得很苦，一边读又一边仔细揣摩，困倦时则以锥刺股，血流至脚踵。终于，近一年的时间，他领会了其中的精义。那么，读这些书，他要用来做什么呢？享金玉锦绣，取卿相之尊，改变自己的社会地位，做人上人。于是，带着读书心得，认为可以游说当世之君，开始了他的游说之旅。

开头他碰了钉子，并不成功。

首先他去游说周天子周显王，周显王周围的人平素了解苏秦，内心很轻视他，没人听他的。于是他又跑到秦国去。秦孝公刚刚死去，其子惠公即位，苏秦对惠公说："秦国四面边塞，山环水绕，东有黄河、函谷、蒲津、龙门、合河等关隘，西有汉中，南有巴蜀，北有代郡，兼有胡马之利，此乃天府之国也！以秦国士民众多，兵法之教，秦国可以吞天下，称帝业！"他讲了秦国的地理形势，诱惑秦王说：秦国完全可以并兼天下，以称帝王。但此时的秦国刚刚车裂商鞅，对于游说的术士充满鄙视，所以惠王回答说："秦国现在还很弱小，毛羽未丰满，不可以高飞，内政外交还没有明晰，谈不上兼并他国。"苏秦在秦国碰了钉子，只好离开秦国，跑到赵国去。赵国的赵肃侯让他的弟弟为相，号奉阳君。奉阳君并不喜欢听人在他耳边聒噪，苏秦受到冷落，于是跑到了燕国。

燕国是个僻远的小国，在燕国打开局面也并非易事。开头他根本见不到燕国的君主，耽搁在燕国一年多，终于有了见到燕文侯的机会，于是他抖擞精神，竞逞才辩，游说道："燕东有朝鲜、辽东，北有林胡、楼烦，西有云中、九原，南有滹沱，易水，国土纵横二千余里，带甲将士数十万，战车六百乘，铁骑六千匹，国内储积的粮食可支数年而不竭，南有碣石、雁门之富饶，北有大枣、栗子等特产，百姓即便不耕作且有枣栗之利，燕国岂非天府之国吗？燕国多年来和平安宁，没有覆军杀将之忧，诸侯兵马未曾过燕境，大王知道为什么吗？燕国多年未有犯边入寇的兵马，得一时之宁，是因为有赵国屏蔽你的南部边境。秦赵两国有过五次大战，秦胜二而赵胜三，秦赵相互攻伐，而燕国勒兵制其后，此燕国不受掠扰之由也。倘若秦国攻打燕国，要越过云中、九原，部队将经由代郡和上谷，跋涉数千里，即使攻下燕城，也不能防守，所以，秦国不能威胁到燕国。赵国则不然，若赵国攻打燕国，号令一出，不到十日，数十万大军即临东垣。渡滹沱，涉易水，用不到四五天，赵军则抵临燕国都城。所以说，秦国攻燕，战于千里之外；赵国攻燕，战于百里之内。燕国不忧百里之患而忧千里之外，不忧赵而患秦，岂非失策？所以，为燕计，大王宜结好赵国，与赵国从亲，两国友好，天下为一，则燕国必无覆国之患矣！"

一说燕国得天独厚的地理条件和出产，二谈对燕国的威胁乃是近在百里之内的赵国而非千里之外的秦国，结好赵国以从亲，乃是燕国没有边患和外敌的首要条件。燕文侯听了之后，深以为然，他说："你说得很对。我燕国是个小国，西迫强赵，南邻齐国，齐、赵都是强国，如果您能够行合纵之策，与赵国定盟从亲，使燕国安宁，我愿意倾举国之力以成此事。"

苏秦在燕国得手，得到了燕国君主的支持，给他配备了车马金帛，让他去赵国搞外交。苏秦返赵，原来冷落他的赵相奉阳君已死，于是，他直接面见赵肃侯，对他说："天下卿相人臣及布衣之士，皆认为您是赵国贤君，素行德义之事，所以皆愿向您呈献忠贞良策。但是从前奉阳君当政，妒天下贤才，所以宾客游士有话不敢说。如今奉阳君不在了，大王与天下臣民相亲，故下臣敢在大王面前进呈一得之愚。"先有这段奉承赵肃侯的话，让对方放下戒备心，认真倾听他的滔滔宏论，下面进入正题——

"为大王计，治国治民在于国泰民安，安民之要莫过于外交。外交搞好了，国家安宁，百姓得安；外交搞不好，则百姓终身不得安宁，国家常常有动乱之忧。请让我谈一谈赵国之外患。若将齐、秦视作两个敌国赵不得安也，依靠秦国攻伐齐国，赵不得安也；依靠齐国攻伐秦国，赵不得安也。轻伐人国，与邻国绝交，这种事情关乎重大，君王轻易不可出口。如果大王能听下臣之计，燕国必贡旃裘狗马，齐国必与赵同享东海鱼盐之利，楚国必致南方橘柚之园，韩、魏、中山诸国必向赵进呈汤沐之邑。而赵国贵戚父兄子弟皆可封侯。拓土开疆，得天下之利。五霸宁可损兵折将也求封侯显贵，汤武宁可杀伐攻战也要寸土必争。如今大王高拱垂治而二者皆有之，这就是我为大王所计虑的。

"如果大王结秦为援，则秦国必削弱韩、魏；若结齐为援，则齐国必削弱楚、魏。魏弱则必割河外之地；韩弱则必献出宜阳。若宜阳属秦，则赵国上郡之路绝矣；若魏国割河外之地，则道不通，楚国被削弱，则赵国无外援。亲齐、结秦、疏楚，这三条外交之策，皆对赵国不利。

"若秦国兵下轵道，则韩国南阳危矣，秦劫取韩之南阳，包抄周都洛邑，则赵国邯郸危急，必将起兵自守；秦国若守卫地而得卷县，齐必来朝秦。秦国欲得山东之地，则必举兵以攻赵。秦兵渡黄河，逾彰水，据番吾，则秦兵将与赵战于邯郸之下矣。这也是我为大王所忧虑的啊！

"我听说，当年尧帝无三夫之助，舜无咫尺之地，以有天下，禹无百人之众，以王诸侯；汤武之士不过三千，战车不过三百乘，士卒不过三万人，而立为天子，此皆得天下之至道也！所以，明主外料敌之强弱，内度自己的力量，知己知彼，不待两军相遇于疆场而胜败已在胸中矣，岂能听众人七嘴八舌而后懵懂决策乎？

"下臣观天下之图，六国诸侯之地五倍于秦，揣度六国之兵十倍于秦，若六国同心，并力西向而攻秦，秦必破国而亡。今诸侯西面臣服于秦，破人之国与被人所破，以人为臣与臣服于人，岂可同日而语哉！

"今之为秦献连横之策者，皆欲割诸侯之地以予秦，秦国壮大，秦王则高台榭，美宫室，听琴瑟之音，前有楼台亭阁，后有美人国色，诸侯之国被秦欺凌而不为之忧，所以，那些主张连横的人日夜以秦恐吓诸侯，以求割地于秦，此天下淆乱之甚而为秦奔走者众，大王对此宜有清醒的认识。

"臣认为明主应该绝疑去谗，勿为流言所蔽，勿为朋党所误，这样，尊主广地强兵之策才能进呈君前。为大王计，如今莫如六国诸侯联合以叛秦，六国合纵，以秦为敌，使天下将相会于洹水之上，诸侯以质为信，杀白马而盟，定约曰：'若秦攻楚，齐、魏各出精兵以援楚，韩国绝秦粮道，赵师涉黄河，越漳水，燕国坚守常山之北，则秦不能逞其恶。若秦攻韩魏，则楚国绝其后，齐出精锐之师以佐之，赵涉河漳，燕守云中。若秦攻齐，则楚绝其后，韩守城皋，魏塞其道，赵师涉河漳，出博关，燕出锐师以助之。秦如攻燕，则赵守常山，楚军武关，齐出渤海，韩魏各出精兵以佐之。若秦攻赵，则韩军驻守宜阳，楚军驻守武关，魏军驻守河外，齐涉清河以临敌，燕出锐师以佐之。六国互保，则秦无能矣。诸侯有不如约者，则五国之兵共攻之。'六国从亲以秦为敌，则秦必不敢举兵出函谷以害山东，如此，霸王之业可成。"

六国诸侯中，赵国处中枢之地，且国势较强，所以，苏秦说赵肃侯，献合纵之策，六国联合，共同抗秦。这是苏秦完整地阐述他的合纵之策，"六国从亲以宾秦。"即六国组成抗秦的统一战线，共同对付秦国。"宾秦"者，六国以秦为宾（敌）而共伐之也。

合纵之策的提出，乃当时形势的必然。六国共同受到了秦国虎视眈眈的威胁。诸侯与秦之战，皆败多胜少。损兵折将，割地求和，是六国之常态。所以，苏秦合纵之策，受到了赵肃侯的赞同，他说："寡人年少，立国日浅，还没有与闻保全社稷的长远之策。今天，先生有意存天下，安诸侯，行合纵之策，寡人愿以赵国为纵。"于是，装饰华车百辆，拿出黄金千镒，白璧百双，锦缎千纯，以约诸侯。苏秦在燕时，合纵之策还没有考虑成熟，他只是让燕文侯结好赵国。到了赵国，才在赵肃侯面前完整地阐述他的主张，得到赵王的支持，并倾国力以助六国联合。

得到赵国支持，苏秦离赵赴韩，说韩王曰："韩国北有巩洛、成皋之固，西有宜阳、商阪之塞，东有宛、穰、洧水，南有陉山，地方九百余里，带甲将士数十万，天下之强弓劲弩皆从韩出，韩国士卒临阵而射，连发百弩而不止，远者洞穿其胸，近者直击腹心。韩国将士所佩之剑皆天下之利器，陆断牛马，水截鸿雁，当敌则斩，所向披靡，临阵之坚甲、铁幕，盾牌，无不毕具。韩卒之勇，一以当百。以韩国之劲旅和大王洞彻天下之贤，乃西面事秦，交臂而服，使社稷蒙羞而为天下笑，韩国之耻，无过于此，愿大王深思之。

"大王臣服于秦，秦必求韩国割宜阳、成皋之地，今年割之，明年又复有所求，欲满足秦之所求，则无地可割，不满足秦，则前所效力于秦者前功尽弃。大王之地有尽而秦诛求无已，以有尽之地而应无已之求，此所谓招怨结祸也，不战而国土已削矣。臣闻民间有谚语云：'宁为鸡口，勿为牛后'。今西面交臂而事秦，何异于牛后也？以大王之贤，挟强韩之兵，而被视为牛后，臣窃为大王羞之。"

苏秦有燕赵两国的支持，在韩王面前从容进言，激起韩王羞愤之心，韩王勃然作色，按剑而起，道："寡人虽不肖，岂可甘心事秦！今闻主君之言，得赵王合纵之教，愿奉韩国社稷以从之。"

苏秦接着前往魏国，游说魏襄王，曰："大王之地，南有鸿沟、陈、汝南、许、郾、昆阳、召陵、舞阳、新都、新郪，东有淮、颍、煮枣、无胥，西有长城之界，北有河外、卷、衍、酸枣，地方千里。地名虽小，然而田园庐舍，相望相接，几无畜牧之隙，人民之众，车马之多，日夜行不绝路，车辚辚，马萧萧，有如三军之众。臣量大王之国不弱于楚。然而大王竟结交虎狼之秦以侵天下，秦患不绝于魏。魏，天下之强国也，王，天下之贤王也，今乃西面事秦，称秦之东藩，为秦王修筑行宫，受秦王冠带之赐，春秋供奉，助秦祭祀，臣窃为大王耻之。

"臣闻武王有卒三千，革车三百乘，败纣王于牧野；越王勾践有疲敝之卒三千，擒吴王夫差于姑苏；他们兵力强大吗？非也，是能奋其武而扬其威也！我听说大王之兵，持戟武士二十万，苍头二十万，前锋击敌者二十万，饲养战马者十万，战车六百乘，骑将五千人，如此实力，远远超过武王伐纣和勾践伐吴的兵力，今乃听群臣之说欲臣事于秦，夫事秦则必割地以效其实，兵未用而国已亏矣。凡言大王应事秦者，皆为奸佞，非忠臣也。夫为人臣，割其主之地以结外敌，偷取一时之功而不顾其后，破毁社稷以得一己之私，外挟强秦而要挟国君，为秦利而割魏之地，这样的臣子表面忠诚，内怀奸诈，愿大王深察明辨之！

"周书有言：'绵绵不绝，蔓蔓奈何？毫厘不伐，将用斧柯。'前有不备，后有大患。大王若能听臣，六国从亲，同心而抗秦，则必无强秦之患。赵王使臣来魏以献愚计，各国奉明约而行，在大王一言而已。"

魏王说："寡人不肖，未尝得闻明教，今主君以赵王之诏见教，敬以国从。"

说服了魏国，苏秦又东至齐，说齐宣王曰："齐南有泰山，东有琅琊，西有清河，北有渤海，此所谓四塞之国也。齐地方二千余里，带甲将士数十万，积粟如山，三军之良将，五家之雄兵，进如锋矢之发，战如雷霆之怒，解如风雨之休。即有攻伐之战，未尝至泰山，绝清河，涉渤海也。临淄郡有七万户，臣窃度之，每户三壮男，则三七二十一万，不必征发于远县，临淄之兵员已二十一万矣。临淄地饶民富，其民无不吹竽鼓瑟，弹琴击筑，斗鸡走狗，行六博蹹鞠之戏。临淄之大路，车毂相击，摩肩接踵，连衽成帷，举袂成幕，挥汗成雨，家殷人足，志高气扬。以大王之贤与齐国之强，天下莫能匹敌，今乃西面而事秦，臣窃为大王羞之。

"韩、魏两国之所以畏秦，是因其国土与秦接壤，兵出而决，不出十日胜负已分。即便韩、魏战而胜秦，则兵员折损一半，四境不守；若战而不胜，则国家危殆，亡随其后。所以韩、魏看重与秦国的关系，而甘愿俯首称臣。可秦若出兵齐国则不然，经韩、魏之境，过阳晋之道，需突破亢父之险，两车不得同驶，双骑不可并行，百人扼守险地，千人不得过。秦虽欲深入，则狼顾不前，恐韩、魏抄其后也。所以，秦之对齐，不过虚张声势，吆喝恫吓而已。很明显，秦国危害不了齐国。

"秦国对齐鞭长莫及，无可奈何，看不到这一点，而欲西面而事之，群臣献傍秦之计者其心皆可诛也！臣愿大王留意此事，勿以强齐而事秦也。"

齐王曰："寡人不敏，僻远守海，乃穷道东境之国也，未曾得闻明教。今足下以赵王之诏谕之，敬以国从。"

六国诸侯，五国被苏秦说服，还有西南之楚，若楚国答应合纵抗秦，则合纵之策成矣。于是，苏秦往楚国，游说楚威王：

"楚，天下之强国也；王，天下之贤王也。西有黔中、巫郡，东有夏州、海阳，南有洞庭、苍梧，北有陉塞，郇阳，地方五千余里，带甲将士百万，战车千乘，骏马万匹，粟支十年不竭，此乃霸王之资也！以楚国之强与大王之贤，天下莫能当也。如今欲西面而事秦，则诸侯莫不西面而朝于章台之下矣！

"秦之所惧怕的对手莫如楚，楚强则秦弱，秦强则楚弱，秦楚不两立。所以为大王计，莫如从亲而孤立秦国。若大王不与诸侯从亲联合，则秦国必然出动两军以迫楚，一军出武关，一军下黔中，两军偕出，则楚国鄢郢震动矣！

"臣闻料事治国，治其未乱之时，乱起而仓促应之，则必无所措手足。所以，大王要及早预谋之。大王诚能听臣，臣可令山东之国奉四时之献，以应大王之明诏。诸侯委社稷，奉宗庙，秣马厉兵，任大王之所用。大王能用臣愚计，则韩、魏、齐、燕、赵、卫之妙音美人必充后宫，燕、代之骆驼良马必实外厩。故合纵则楚王，连横则秦帝，今弃霸王之业，俯首称臣于秦，臣窃为大王所不取也。

"秦国，虎狼之国也，有吞天下之心，故秦，天下之仇雠也。主张连横者皆欲割诸侯之地以事秦，此所谓奉骨肉而养仇敌也。为人臣者，结交虎狼之秦，侵夺天下，外挟强秦之威而内劫其主，以求割地于秦，还有比这个更大逆不忠的吗？故合纵则诸侯割地以事楚，连横则楚国割地以事秦，两策相去甚远，如隔云泥，大王何所择焉？故敝邑赵王使臣呈合纵之计，诸侯共奉明约，在大王一言也！"

楚王道："寡人之国西与秦接境，秦国素有举巴蜀并汉中之心。秦，虎狼之国，不可亲也。而韩、魏迫于秦患，不足与深谋。与之深谋恐其反楚向秦，故谋未发而楚国已危矣。寡人自料以楚当秦，难操胜算，内与群臣相谋，则楚之一国，断难胜秦。此寡人卧不安席，食不甘味，心摇摇如悬旌终不得宁也。今主君欲联络诸侯，合纵盟约，以抗强秦，以存危国，寡人谨奉社稷以从。"

苏秦游说，六国皆从，于是合纵之策成，六国组成了抗秦的统一战线。苏秦为纵约长，并为六国相。

我们看苏秦游说六国，基本上都是一套程序：先忽悠人，再忽悠国；人则贤王，国则强国。即非强国，亦有天然的地理优势。如此国家如此王，而西面事秦，大不值也！所以，六国合纵抗秦，组成统一战线，乃是保国强国之策。这应了《鬼谷子》书中所言："捭之者，料其情也；阖之者，结其诚也。皆见其权衡轻重，乃为之度数，圣人因而为之虑。"要游说人主，就要量天下之权，要比较各诸侯国的地形、兵力、财货、宾客、天时、安危，然后才能击到痛处，点中穴位，说到君主的心里去。

六国皆应，合纵之策成，于是北报赵王。苏秦上演了一场屌丝逆袭成功的喜剧。苏秦之车仗行过周都洛阳，诸侯各国发使送之者甚众，前呼后拥，车马塞路，拟于王者。周天子闻之而恐惧，派人清除道路，郊劳于城外。苏秦之昆弟妻嫂侧目不敢仰视，匍匐于地，恭迎车驾。苏秦笑对其嫂曰："为何前倨而后恭也？"其嫂掩面伏地而谢曰："今见季子位高而金多也。"苏秦叹道："我苏秦一人之身也，富贵则亲戚畏惧之，贫贱则众人轻贱之。假若当初我老守田园，在两顷地上耕耘苦作，岂能身佩六国相印乎！"于是，散千金以赐宗族朋友。当初他只身前往燕国时，一人曾助其百钱，今则以百金相偿。正是：冷眼莫轻垄上隶，一朝富贵天下知。

苏秦回到赵国，赵肃侯封其为武安君。于是，以六国之名，投约书于秦国，阐明六国合纵的立场。秦国自此十五年内不敢东窥函谷关。

但合纵之约是脆弱的。六国诸侯各揣心腹事，图眼前之利而不顾大局。后来，秦国派公孙衍（犀首）说动齐、魏两国，约与秦共伐赵。齐、魏起兵伐赵，赵王怒责苏秦。苏秦害怕，请求出使燕国，以报齐国毁约之责。苏秦离开赵国后，合纵之约瓦解。

各诸侯国因政治联姻形成的相互关系，呈现复杂的面相。秦惠王以其女为燕太子妇，燕文侯卒后，太子立，为易王，他就是秦惠王的女婿。齐宣王因燕有文侯之丧，举兵伐燕，夺取燕国十城。燕易王对苏秦说："往日先生来燕国，先王资助先生往赵国，遂约六国合纵。如今齐国先伐赵，次伐燕，夺我十城，以先生之故为天下笑。先生能为燕夺回侵地乎？"苏秦羞惭无地，齐国伐赵伐燕，六国之内先动兵，则合纵之策已瓦解。如今唯有勉力支撑危局，维持合约，他答应往齐国说服齐宣王还回夺去的燕国十城。

苏秦见齐王，拜见后，俯身庆贺，仰面吊祭，庆吊两个动作连续进行。齐王曰："为何庆吊相随如此之速？"苏秦说："下臣听说饥饿的人宁可饿死也不食带毒的食物，因为以毒充饥与饿死是一个结果。如今燕国虽然弱小，国君却是秦王的女婿。大王贪图燕之十城而与强秦结仇，燕国失地，成为仇齐伐齐的领头羊，天下精兵共同集于齐境，此虽有十城之利，却是食毒物而犹沾沾自喜也。"齐王闻听，愀然变色，道："既已夺燕之十城，该怎么办呢？"苏秦道："古之善为事者，可以转祸为福，大王若能听臣之言，归还燕国十城，燕必喜，秦王知道因为秦的缘故而归十城，觉得有了面子，也必然高兴。这就是化敌为友，一举而结交两国。结好秦燕，则大王因此号令天下，莫敢不听。大王以虚辞结好秦国，以区区十城而临大卜，此乃霸王之业也！"齐王说："好！"于是把掠来的十城归还了燕国。

苏秦耽留齐国，齐国的卿大夫们嫉恨苏秦，造谣说："苏秦是左右卖国反复之人也，此人将作乱。"苏秦在齐恐获罪，于是离开齐国，又返回了燕国，但是这次燕王却很冷淡他，没有给他任何官职。苏秦见燕王，道："下臣乃东周之鄙人也，没有分寸之功，而大王亲自拜臣于宗庙，礼待于庙堂。如今我为燕国退齐兵而索回被掠去的十城，应该得到更多的礼待和光宠。而如今大王不再给臣官职，这一定是有人在大王面前说了臣的坏话，因此不获大王的信任。臣游说齐王归还燕之十城，事实昭然，不是欺哄大王。臣之老母留在东周，而孜孜进取者，为的是天下诸侯。若有孝如曾参，廉如伯夷，信如尾生，得此三人而事大王何如？"燕王说："若有此三人，足矣。"苏秦道："孝如曾参，不离其亲一宿于外，大王如何派他步行千里而为燕国尽力？廉如伯夷，不为武王臣，不食周粟不受封侯而饿死首阳山，廉洁如此，大王安能使之步行千里至齐为燕使乎？信如尾生，与女子相约于桥下，女子不来，水至不去，抱柱而死，有信如此，大王安能使之千里之外却齐之强兵哉？这就是我所说的虽内怀忠信而获罪于大王。"燕王说："那是因为没有忠信，哪里有心怀忠信而获罪的呢！"苏秦说："不然，因忠信获罪者有之。我听说一个人在远方做官，其妻在家不守妇道，找了一个情夫。听说此人要回家，情夫很是忧虑，他的妻子说：'不必怕，我已准备了药酒，毒死他就是了。'三日后，其人还家，妻子命妾端毒酒给他。妾心知毒酒，说穿了，怕主人惩罚妻子，不说穿，则毒死主人。于是，佯装僵仆倒地，毒酒倾覆。主人大怒，鞭笞其妾五十。其妾可谓心怀忠信者，然主人不知，鞭笞之。这难道不是因忠信获罪吗？下臣之过，与此妾相当吧！"燕王道："先生还是做原来的官吧。"苏秦官复旧职，燕王待之宜厚。

苏秦在燕，私通文侯夫人，也就是燕易王的母亲。易王知之，对母亲的情人苏秦不仅不加罪，反而愈加厚待。苏秦心中忐忑，害怕日久获罪，为了摆脱这个女人，苏秦说："我在燕国不能使燕国为重，在齐国则燕国必为重。"燕王说："那就随先生的便吧！"于是苏秦假意得罪于燕而出走齐国。齐宣王以客卿待苏秦。

苏秦在齐，又引起齐国士大夫们的妒恨，尤其他提出的合纵之策，更使秦廷恨之入骨，于是有杀手行刺苏秦。苏秦身负重伤。齐王欲获杀手，不得。弥留之际的苏秦对齐王说："我死之后，可车裂我身，宣称'苏秦为燕作乱于齐。'则贼人必出。"齐王依其言，苏秦死后，裂其尸而申其罪，果然杀手自出。齐王获杀手而诛之。

苏秦轰轰烈烈的一生至此完结。

一三　张仪连横

战国时代与苏秦齐名的纵横家叫张仪。据说两人都是鬼谷子的学生，而苏秦认为张仪在自己之上。苏张二人纵横于战国诸侯间，游说君主，推行自己的主张。所谓有设局必有破局者，二人相反相成。"山东地形从长，苏秦相六国，令从亲而宾（抗）秦也；关西地形衡长，张仪相六国，令破其纵而连秦之衡，故谓张仪为连横矣。"（《史记·张仪列传》注）

张仪是魏国人，早年学纵横之术，游说诸侯，结交将相。曾和楚相饮酒，过后，楚相丢失一块玉璧，其门下断定是张仪所偷，说他贫而无行，窃璧者必张仪无疑。于是，抓张仪拷掠，鞭笞数百。张仪不服，只好释放了他。回到家，其妻嘲谑之："你若不读书，学什么纵横之术，安得有此辱？"张仪道："你看我的舌头还在不在。"妻笑曰："舌头还在。"张仪说："这就行了。"

他还要靠舌头去游说诸侯。

这时，苏秦用合纵之策游说诸侯已取得成功，被赵王封为"武安君"，位列卿相，荣华显贵。苏秦担心秦国伐赵，破他的合纵之策，于是让人"微感"张仪道："你和苏秦关系不错，苏秦如今在赵国富贵发达，你何不前往赵国，走走苏秦的门路呢？"于是张仪就跑到赵国去了，请求面见苏秦。苏秦嘱告门人张仪求见，不得通告，又使人阻拦他离开赵国。后来终于见了张仪，令其坐于堂下，赐给他仆妾之食，并责备他道："依你的才能，何以困辱至此呢！我当然可以说句话让你富贵，但我认为不值得这样做。"张仪本以为苏秦是故人，想求他为自己说句话，改变穷困的处境，不想却受到如此羞辱，又羞又恼，辞出后，想，各诸侯皆被苏秦游说过，唯有秦国，可为赵国之敌，于是决计前往秦国。

苏秦对他的舍人说："张仪，天下贤士，吾不如也。如今我幸被见用，而能握秦国政柄，以行其道者，唯有张仪。然张仪贫而贱，无因而进。我怕他贪图小利而不求进取，所以召而辱之，激其羞愤之心。你可私下里暗暗为我成全他。"于是，说动赵王，备下车马盘缠，微随张仪而行。舍人渐渐接触张仪，与之同宿，一路上，资助其车马金钱，张仪所需，无不供给。张仪至秦，得见秦惠王，惠王以张仪为客卿，商议谋伐诸侯之事。

张仪既入秦为卿，舍人欲辞去。张仪道："我因为你的帮助得以入秦，高登显位，正要报答你，何故要离去？"舍人道："我虽暗中相助于君，乃是奉命而来，真正了解你帮助你的人是苏秦。苏君担心秦国伐赵而使六国合纵之约瓦解，认为执秦国柄的人非君莫属，所以激怒你，使你入秦，让我随行，暗中资助。如今君已名列秦卿，我的使命也已完成，因此告辞回报苏君。"张仪叹道："哦，原来如此！我在苏君术中而不知，我不及苏君明矣。我刚刚为秦所用，安能谋赵乎？回去后，为我谢苏君，苏君在，我不敢献图赵之策。且世有苏君，张仪何敢逞强！"张仪既为秦相，驰书于楚，告楚相说："当年吾与君饮酒，吾未盗君之璧而被诬，受尽拷打羞辱。现在请你守护好楚国城池，今后吾不盗汝之璧，而盗汝楚国之城！"

不久，秦国西部发生了巴蜀两个土著部落的战争，各来向秦国告急。秦惠王欲发兵伐蜀，以为道险难至，此时韩国侵秦，秦惠王欲先伐韩，后伐蜀，恐不利，欲先伐蜀，恐韩袭秦之后，犹豫而未决。司马错与张仪各持一端，争之于惠王面前。张仪欲伐韩，惠王问："请谈谈你伐韩的理由。"张仪道："为秦计，此时应亲魏善楚，使魏楚暂不为敌，然后全力伐韩。兵下三川，塞什谷之口，当屯留之道，魏绝南阳，楚临南郑，秦攻新城、宜阳，以临二周（东西周）之郊，诛周王之罪，侵楚魏之地。周自知不能救，九鼎宝器必出，秦据九鼎，案图籍，挟天子而令于天下，天下莫敢不听，此王业也。而如今蜀地，西僻之国而戎狄之伦也，兴兵动众不足以成名，得其地不足为利。臣闻争名者于朝，争利者于市。如今三川、周室，天下之朝市也，而大王不争，而争于戎狄，去王业何其远也！"张仪此时之策，未免过于迂腐和理想化，秦国伐韩，结好楚魏而兵下三川，灭了周室，号令天下，完成帝王大业，六国焉得坐视？六国方行合纵，皆出兵向秦，秦何能敌得六国虎狼之兵？司马错反驳道："此不然也。臣闻之，能富国者必扩大国土，欲强兵者必富其民，欲王天下者必养其德，三者齐备，而王业随之。如今秦国地小民贫，所以臣认为先从容易的做起。蜀地，西部边地之国，又是西域戎狄之长，恰逢其乱，以秦攻之，如豺狼而逐群羊。得其地足以扩充国土，取其财足以殷富国民，兵出不伤众而彼已服矣，征服巴蜀而天下不以秦为暴虐，利尽西海而诸侯不以秦为贪酷，秦国有禁暴止乱之名，有扩土得利之实，一举而名利皆得。若攻韩而劫持天子，恶名也，而未必得遑，有不义之名，攻天下所不欲，那就危险了。周，天下之宗室也，齐、韩，天下之强国也。周自知失九鼎，韩自知亡三川，焉得坐以待毙？二国并力合谋而联络齐、赵并求援于楚魏，周以鼎与楚，以地与魏，大王焉能止也？此臣以为伐韩为危道，不如伐蜀。"

秦惠王说："说得对，那就按你说的办！"于是起兵伐蜀。这年十月，秦取蜀地，贬蜀王更号为侯，遂定蜀。蜀既属秦，秦国力益强，轻诸侯。

张仪初仕秦，对秦与六国情形缺少了解，对天下大势的观察出于主观，所以，伐韩之议不得用。

秦惠王十年（公元前328年），秦王命公子华与张仪共同带兵伐魏之蒲阳，蒲阳降。张仪劝秦王将蒲阳还给魏国，而令公子由做人质去魏国。这是主动结好魏国，要从魏国获取更大的利益。张仪对魏王说："秦国待魏甚厚，魏宜还报于秦，不可无礼。"于是魏国向秦国割让上郡和少梁，以此谢秦王。这是张仪对六国行又打又拉策略的开始。因张仪伐魏结魏之功，秦惠王以张仪为相，并将到手的魏邑少梁更名为夏阳，正式并入秦国版图。

张仪相秦四年，立秦惠王为王。后一年，为秦将，取陕，筑上郡塞。在秦相任上，张仪全心全意为秦国的壮大殚精竭虑。又过了两年，出使齐国，与齐、楚两国之相会面。返秦后，被免去秦相。张仪打进魏国，欲在魏效力秦国。他想叫魏成为事秦的领头羊，带领诸侯皆事秦，魏王不肯听张仪。秦王怒魏，兴兵伐魏的曲沃、平周，私下里愈加厚待张仪。张仪感秦王厚待，无以报秦，身在魏阙，心存秦廷，益觉愧对秦王。张仪在魏四年，魏襄王卒，哀王立。张仪再劝哀王事秦，哀王不听，于是张仪私下里通报秦国，使秦再伐魏。魏起而迎战，败于秦。其实，张仪就是秦国安插在魏国的一根钉子，迟早要策魏事秦。第二年，齐国在观津打败了魏国，秦国乘机再攻魏，败魏将韩申差的军队，斩首魏军八万人，魏国骚动，诸侯震恐。张仪此时再进言魏王，说："魏地方不到千里，士卒不过三十万，地皆平坦，诸侯四通辐辏，无名山大川为屏障。从郑至梁二百余里，车驰人走，不必费力就到了。魏（梁）南与楚接境，西与韩接境，北与赵接境，东与齐接境，士卒守卫四方边境，守城池者不过十万人。魏国之地，就是战场。魏南与楚而不与齐，则齐攻其东，东与齐而不与赵，则赵攻其北；不合于韩，则韩攻其西，不亲于楚，则楚攻其南，魏国之境乃四分五裂之局也！

"况且诸侯行合纵之策，为的是安社稷，尊主强兵，如今六国合纵，约为兄弟，刑白马以盟洹水之上，以示坚守盟约。亲兄弟同父母，为了争钱财尚且反目，而欲依靠诈伪反复的苏秦之谋，联合六国，其不能持久，昭然分明。

"大王若不事秦，则秦国起兵攻河外，据卷、衍、燕、酸枣，劫卫取阳晋，则赵国不南下，赵不南则魏不北，魏不北则退路绝，退路已绝，社稷危矣。秦国伐韩而攻魏，韩怯于秦，秦韩为一，魏之亡可立而待也。这正是臣为大王所忧虑的啊！

"为大王计，莫如举国事秦，魏如事秦则楚、韩二国必不敢轻动，无楚、韩之患，则大王高枕而卧，国必无忧矣。

"况且秦王所要削弱的首先是楚国，而能削弱楚国的莫如魏国。楚虽号称强国而内里空虚，其兵卒虽多，然临战逃命败北，不能久战。举魏国之兵而南面伐楚，魏国必胜。割楚地而益魏国，损失楚国而使秦强大，嫁祸楚国而安定魏国，这不是天大的好事吗？大王若不听臣之言，则秦兵东下，虽欲事秦，不可得矣。

"那些主张合纵的人口若悬河，其言多不可信。说服一个诸侯就封侯拜相，轻取富贵，所以天下之游士莫不扼腕切齿，滔滔宏论，大谈合纵，人主轻易被其迷惑，焉得不上当乎！

"臣闻积羽沉舟，群轻折轴，众口铄金，积毁销骨。所以还望大王深思熟虑，认真计议，为魏国江山社稷以出明策。"

张仪一番话，既有恫吓，又含引诱，目的是要魏国背合纵之约而事秦。魏王终被张仪所屈，令张仪去秦，表明魏国事秦的意向。张仪收服了魏国，回到秦国，重新成为秦国之相。三年后，魏王觉得背盟事秦是错误的，于是背叛秦国，再行合纵。秦伐魏国，夺魏之曲沃。第二年，魏国复事秦国。这不能怪魏国朝秦暮楚的反复，实是迫于强秦威胁，不得已而为之。

张仪欺哄楚国的事情十分有趣，它说明政治是不讲信义的。秦国想伐齐，而齐楚合纵，约为抗秦，于是张仪往楚国，楚怀王说："楚国乃边远僻陋之国，先生此来有何见教？"张仪说："大王如能听臣，闭关绝约于齐，臣请秦国献商於之地六百里，使秦女为大王箕帚之妾，秦楚娶妇嫁女，缔结婚姻，长为兄弟之国，北弱齐而西结秦，没有比这个更好的选择。"楚王大悦而许之，决定背齐而事秦。群臣皆向楚王庆贺，独陈轸吊之。楚王怒曰："寡人不兴兵出师而得地六百里，群臣皆贺，子独吊，何也？"陈轸对曰："不然，依臣观之，商於之地不可得而齐秦联合，齐秦合，楚国必有大患。"楚王说："你这样说有根据吗？"陈轸说："秦国之所以重视楚国，那是因为齐楚有约，齐为楚之后盾。如今闭关绝约，与齐断交，则楚国已经孤立。秦为什么要割六百里商於之地与楚？张仪回到秦国，必负王而不认账。楚北与齐绝，西生患于秦，齐楚两国必合兵而临楚。若为大王出一妥善之计，不如暗中联合于齐而表面与之绝交，然后派人随张仪去秦，若秦割地与楚，再与齐绝交。若秦不与楚地，与齐暗中未断关系，齐楚再联手不迟。"楚王笑道："行了，不必多言。你等着寡人得六百里之地吧。"把楚国相印交给张仪，厚赂之。于是，闭关绝约于齐，派一将军随张仪回秦。

张仪回到秦国，假装从车上摔下来，受了伤，三月不上朝。楚王见秦迟迟未兑现承诺，说："秦国莫非担心我没有彻底绝交于齐吗？"于是派勇士往宋国，借宋之符，北骂齐王。齐王大怒，背楚而向秦，齐秦联合，张仪这才上朝，对楚国使者说："臣有六里之邑，愿献大王左右。"楚使者说："臣受令于王，以商於之地六百里与楚，未听说什么六里。"还报于楚，楚王这才知道被骗。大怒，发兵而攻秦。陈轸说："可见我说的不是空话。大王如今攻秦，不如割地与秦，与秦联手攻齐。我虽失地于秦，可以从齐国得到补偿。"楚王不听，由将军屈匄统领大兵伐秦。齐秦联合攻楚，杀屈匄，斩首楚军八万，攻取楚国丹阳、汉中。楚国再发兵而袭秦，至蓝田，大战，再败于秦，于是楚割两城与秦，秦楚罢战。

秦国欲得楚国黔中之地，请求以商於之地交换。楚王恨张仪入骨，道："不愿易地，愿得张仪而献黔中地。"秦王欲遣张仪，但不好出口。张仪闻听后，主动要求前往楚国。秦王曰："楚王因你负约恨你入骨，恐怕饶不了你吧！"张仪说："秦强楚弱，臣奉王命使楚，楚何敢加诛于我？即便加诛，秦得黔中地，臣亦心甘情愿。再说，楚宫中我有朋友靳尚，他服侍楚夫人郑袖，郑袖在楚王面前言无不从，肯定会逢凶化吉。"于是，往楚。张仪至，楚王立刻下令囚张仪，准备杀掉他。靳尚对郑袖说："你知道吗？你在大王面前可能要失宠啊！"郑袖问道："何以言之？"靳尚说："大王如今囚张仪，据说秦国要以上庸六县之地贿赂楚国，并且以美人入楚，以赎张仪。秦女入楚，以宫中善歌舞的美人奉于大王，大王重地尊秦，秦女贵而夫人必遭轻贱。不如向大王进言放了张仪。"于是郑袖日夜在楚王面前聒噪："人臣各为其主，如今黔中之地未入秦，而秦派张仪出使楚国，说明秦王重视楚国。如果人王失礼而杀张仪，秦国必人怒攻楚。灾祸将临楚国，妾请将母子俱迁往江南，勿为秦军所蹂躏也。"楚怀王听了，后悔囚张仪，于是放了张仪，厚待如故。

张仪被释放后，没有离开楚国，他要留下来继续策反楚国，而楚怀王恰恰是一个无比昏庸没有主意的人。这时候，恰好苏秦死了，张仪则放胆行其连横之策。他对楚王说："秦国半有天下，兵敌四国，被险带河，四塞以为固，有虎贲之士百余万，战车千乘，精骑万匹，积粟如丘山，国内法令既明，士卒舍生忘死，秦兵虽未出，已有席卷天下之势，后服秦者必先亡。合纵抗秦，无异于驱群羊而攻猛虎，后果可知。如今大王不与猛虎相亲却与群羊为伍，我深为大王担忧啊！"

先夸大秦之强以恫吓楚国。又说："天下强国，非秦即楚，两强相争，势不两立。大王不与秦相合，秦发兵据宜阳，韩之上地不通，秦继而下河东，取成皋，韩国必俯首称臣，梁（魏）见韩屈于秦，也必闻风而动。秦攻楚之西，韩梁攻楚之北，则楚国危矣。"接着，分析秦楚之战的后果，秦收服梁、韩两个敌国，共同伐楚，三国同伐，楚将亡矣。然后，再指出合纵之策的弊端："合纵之策是联合六个弱国而攻强秦，轻启战端，国家贫弱而不断举兵，此危亡之术也。我听说，兵不如者勿与强者战，粟不多者断难持久。听别人虚辞浮言，抬高人主的身价，只言合纵之利而不言其害，一旦有秦祸，鼓吹合纵抗秦的人早就无影无踪了。"贬低批驳合纵之策后，进一步恫吓楚国："秦国西有巴蜀，若秦起兵攻楚，用大船载军粮，从汶山出发，浮江而下，至楚三千余里。两船相并而载士卒，每船可载五十人，备三月之粮，顺流而下，日行三百，里数虽多，然不费牛马之力，不到十日，而至楚西界之扞关。扞关惊恐，则楚之全境皆城守矣。如此，黔中、巫郡非楚所有。秦举兵而出武关，南面伐楚，三月而下，而楚待诸侯救援需半年之久，纵有救援，也来不及了。大王指望弱国来救，而忘强秦之祸，我甚为大王担忧啊！"

为了挫败楚怀王的自信，又列举怀王期间与吴、楚两国作战的后果："大王曾与吴人开战，五战三胜，而将士尽死沙场。又令士卒守新夺之城，百姓苦不堪言。臣闻功大易危，民困怨上，守易危之功而逆强秦之心，民意汹汹，我窃为大王危之。楚不久前与秦战于汉中，楚国执珪之卿死了七十多人，楚国因此失去汉中。大王赫怒，再次兴兵攻秦，战于蓝田。其后果大王所知，无须臣再说。秦楚两虎相搏，而韩魏制其后，楚与秦为敌，实乃不明不智也。"话至此，转而攻击苏秦，再次指出合纵抗秦之非："天下鼓吹合纵最力者是苏秦，被赵封为武安君。后为燕国相，暗地里与燕王密谋弱齐而分其地，佯作有罪于燕出走齐国，齐王相之。在齐二年而齐王觉其谋，车裂苏秦于市。以如此诈伪之人，而欲经营天下，统一诸侯，抵抗强秦，其计难成，不言而自明矣。"苏秦已死，所以张仪对苏秦多污蔑攻击之言，否定合纵之策。最后，张仪为楚国事秦提供蓝图："秦楚两国相邻，固乃相亲友好之国也。大王若听臣之计，臣请秦太子入质于楚，楚太子入质于秦，两国各以太子为质，以秦女为大王箕帚之妾，秦楚永为兄弟之国，终身不得相互攻伐。结秦为亲，没有比这更好的国策。"

张仪的一番话，说动了楚怀王，于是将黔中地割于秦，以结秦之好。屈原规劝楚王道："大王前曾被张仪所欺，张仪重来，臣以为大王会烹张仪以雪前耻。如今大王不杀张仪也就罢了，又听其邪说而投靠秦国。臣以为不可。"楚王不听，许张仪而亲秦。

策反了楚国，张仪又跑到了韩国。如今苏秦已死，奔走于诸侯间，瓦解合纵之策，破坏抗秦联盟，为秦国效死力，已成为张仪的自觉使命。他游说韩王曰："韩国山地险恶，五谷所生，非菽即麦，百姓所食，豆麦野菜，田里一年不收，难免以糟糠充饥。韩国地不过九百里，无两岁之食。粗料大王之士卒，全数不过三十万，而杂役浮养之徒亦在其中。除掉防守亭障关隘之卒，所余不过二十万而已。而秦国带甲将士百余万，战车千乘，精骑万匹，虎贲之士能上阵厮杀者不可胜计。秦马之良，将士之众，攻城掠阵，蹈籍前敌，难以胜数。山东之士披甲蒙胄与秦战，秦人裸袒弃甲直入敌阵，左提人头，右挟生虏，其勇猛世无其匹！与秦战，无疑驱群羊而入虎狼之阵。"这是张仪的惯技，夸大秦国武力，以威慑诸侯。接着，攻击合纵之策曰："群臣诸侯不料国家土地多寡，听从游说之人花言巧语，合纵比肩，蚁从蜂聚，不顾社稷长远而听一时花言巧语，误国害民，无过于此！"接着，进一步推演秦国攻韩之后果，恐吓韩王："大王若不事秦，则秦出师下宜阳，断韩之上地，东取成皋、荥阳，则鸿台之宫，桑林之苑，非王之有矣！秦若塞成皋，绝上地，则大王之国四分五裂，不亡何待也！先事秦则安，不事秦则危，逆秦顺楚，虽欲勿亡，不可得也！"最后向韩王摊牌："为大王计，莫如事秦。秦之所欲莫大于弱楚，能弱楚者莫如韩，并非韩国强于楚，乃地势所然。如今大王西面事秦而攻楚，秦王必喜。攻楚而得其地，转而结交秦国，此韩国之长策也。"

韩王许张仪事秦，张仪回报秦国。秦惠王封张仪五邑，号曰："武信君"。楚韩皆已反水向秦，合纵之约近于瓦解。张仪又东去齐国，游说齐王："天下强国无如齐，大臣与王之父兄子弟富足安乐，然以臣观之，此乃一时之乐而非百世之基也！主张合纵的游士来说大王，总是说：'齐西有强赵，南有韩梁，齐，近海之国也，地广民众，兵强士勇，虽有百秦，无奈齐何。'大王乐其说而不察其实。臣尝闻齐和鲁三战，鲁三战三胜而国以亡，何也？齐大而鲁小也。鲁虽三胜，兵尽国敝，亡随其后，先有战胜之名，后有亡国之实。如今秦之与齐也犹齐之与鲁也。且如秦赵战于河漳之上，再战而赵再胜秦，战于番吾之下，再战又胜秦。四战之后，赵之亡卒数十万，邯郸仅存，虽有战胜之名而国已破矣。何以如此？秦强而赵弱也。"此言弱国不可以与强国对决，即使战胜，也兵尽国亡，而相比秦国，齐虽强也是弱国。接着，再来恫吓齐王："如今秦楚嫁女娶妇，结为兄弟之国。韩献宜阳，梁效河外，赵入渑池、割河间以事秦。大王不事秦，秦驱韩梁攻齐之南，使赵兵渡清河，直指博关，临淄、即墨非王之有也。一旦秦国来攻，虽欲事秦，不可得也。"齐王曰："齐东方僻陋之国，比邻海域，未尝闻社稷长远之策。今敬闻君教。"许张仪而西事秦。

于是，张仪又西去赵国，说赵王曰："大王收天下诸侯以宾秦，秦兵不敢出函谷关十五年。大王之威行于诸侯，敝邑恐惧慑伏，缮甲厉兵，力田积粟，守四境之内，不敢轻动，是大王行合纵以威服也。"虽口称赵王之威，然语含讥诮，接着，如狼示獠牙，露出真面目："今以大王之力，举巴蜀，并汉中，包两周，迁九鼎，守白马之津。秦虽僻远，然忍愤含怒久矣！今秦有敝甲凋兵，军于渑池，愿渡黄河，逾漳水，据番吾，与赵会邯郸之下，愿以甲子合战，特使臣先行告知赵王。"真是盛气凌人，气焰冲天。又曰："大王信合纵之策所依恃者为苏秦，苏秦荧惑诸侯，以是为非，以非为是，欲反齐国，而自令车裂于市，苏秦已死，天下不可合纵也已明矣。今秦楚为兄弟之国，而韩梁称为东藩之臣，齐献鱼盐之地，四国朝秦，此断赵之右臂也。断臂而与人斗，失援党而孤身战，求全身而退，岂可得乎！"告诉赵国，合纵已瓦解，如今四国事秦，赵国已孤立无援。又云："今秦国发三将军，分三路攻赵，其一军塞午道，告齐国兴师渡清河，驻扎在邯郸之东，一军驻军成皋，驱韩梁之兵驻于河外，一军驻军渑池。约同四国为一以攻赵，赵国降服，则四分其地。所以臣不敢隐匿实情，特来告于大王左右。臣窃为大王计，莫如与秦王会于渑池，两君相见而结约，使秦与四国勿相攻。愿大王早定善策。"

张仪胁迫，已使赵王丧胆，赶忙回道："先王之时，苏秦擅权专势，欺蔽先王，独专外事。寡人居太子位，不与国事之谋。先王弃群臣，寡人年幼即位，奉宗庙日浅，但常存疑惑，以为国不事秦，非社稷之长策也。所以日夜思虑，愿割地事秦，以赎前愆。刚要派使者入秦，恰逢君至以宣明诏。"

赵王许张仪事秦，张仪乃去。北之燕，往说燕昭王，曰："大王所亲莫如赵，赵王可信乎？昔赵襄子尝以其姊为代王妻，代王，襄子之姐夫也。赵欲并代入赵，约代王会于句注之塞，乃令人做金斗，长柄，可持之击人。赵襄子与代王饮酒酣乐，令厨人持金斗进沸汤，厨人以汤倾代王，并以斗击之，代王肝脑涂地而死。其姊闻之，以簪发摩笄自裁而亡，至今蔚州有摩笄之山，此天下所共知也。赵王之狠戾无亲，甚如虎狼，大王以赵王为可亲乎？赵若兴兵攻燕，围燕都而劫大王，大王割十城于赵，赵尚不足也。且赵王已将渑池献秦，并进河间之地以结秦，如今大王不西向事秦，秦国兵下云中、九原，驱赵而攻燕，则易水、长城不为大王所有矣。如今赵之于秦，犹如秦之郡县也，没有秦国允诺，赵不敢挥师攻伐。若大王举燕而事秦，秦王必喜，赵不敢妄动，则燕国西有强秦之援，而南无齐赵之患，燕国安宁无忧，此万全之策也。"

燕王闻而慑服，曰："寡人处蛮夷之地，虽凛然男子，见识如婴儿。今幸得见教，请西面事秦，为表心意，燕愿献恒山五城于秦。"张仪收服了燕国，则六国合纵已破，归而报秦王。行过咸阳，闻秦惠王卒，武王立。武王为太子时就讨厌张仪，及即位，群臣向武王谗毁张仪，说："张仪无信，左右反复之小人也，卖国以取容，秦如用此人，恐为天下所笑。"诸侯闻张仪不为秦王所喜，皆叛张仪连横之计，复又合纵。反复折腾，诸侯皆离心，虽合纵但已貌合神离矣。

秦武王元年，张仪比较倒霉。秦廷大臣们日夜谗毁攻击他。齐国也严厉地责备他。张仪如坐针毡，怕被杀头。他对秦武王说："我有一条计策，愿意献出来。"武王问："什么计策？"张仪说："为秦国社稷着想，东方有变乱，大王才可以扩充土地。听说齐国甚憎厌我，我所在处，必兴师伐之。所以我愿以不肖之身前往梁国，齐必兴师而伐梁，梁齐之兵连于城下难解难分，大王可乘机伐韩，入三川，出兵函谷，以临周。周之祭器宝鼎必出，秦可挟天子，按天下之图，此秦之王业也。"秦王觉得可行，乃备革车三十乘，送张仪去梁国。齐果然兴兵伐梁，梁哀王害怕，张仪说："王勿忧，吾可使齐退兵。"于是，令舍人冯喜往楚国，从楚至齐，对齐王说："大王甚憎张仪，但也厚托张仪于秦王也。"齐王曰："这是什么话？寡人憎张仪，张仪所在，必举兵伐之，何厚托于秦王？"冯喜对曰："张仪出秦往梁，与秦王有约：'东方有变乱，王可多割地，今齐王甚憎仪，我愿至梁，齐必伐之，齐梁之兵连于城下，大王可乘机伐韩，入三川，兵出函谷，以临周。周之祭器必出，秦可握宝鼎，挟天子，按图籍，此秦之王业也。'秦王因此出革车三十辆送张仪至梁国。今张仪入梁，大王果伐之，此大王外伐同盟而内耗于齐，而助秦王之业也。所以说大王深托张仪于秦也。"齐王道："哦，我明白了。"于是下令撤伐梁之兵。

张仪留在梁（魏），一年后，死于梁。

秦张二人战国时游说于诸侯间，一言合纵，一言连横，合纵者抗秦，连横者助秦，成局破局，相反相成，纵横南北，放言东西，司马迁论二人："真倾危之士哉！"然则二人对世界并无超然的认识，所言皆势也，因预设立场，所言多夸诞妄说。他们是诸侯国君主的鹰犬和策士，进言论势以博取富贵尊荣，不当列入战国时诸子思想家之列。

一四　孟子

儒家向来孔孟并称，孟子被后世儒学尊为"亚圣"。除了孔子，儒学原发性的经典作家即是孟子。他是战国时代百家争鸣中继承孔子衣钵，继承并发扬孔子学说的代表人物。

孟子名轲，他是战国时邹国人（古书也作驺），即今山东省邹县人。邹离孔子的家乡山东曲阜较近，所以他认为自己出生和生长的环境近于圣人之乡。根据他的著作和古代典籍的推断，他大约生于周安王十七年，即公元前 385 年，卒于周赧王十一年，即公元前 304 年前后。他出生时，孔子已去世近一百年。他自己说："予未得为孔子徒也，予私淑诸人也。"也就是说，由于年代不相合，他未曾做孔子的亲授弟子，而是"私淑"后来的儒家学人，而成为儒家的第二大宗师。

孟子的家世及父母已无可考，据《孟子》著作和一些典籍记载，其父先死，母亲后亡，他自小受母亲的教导和影响很深。《三字经》中"昔孟母，择邻处。"说的是孟母三迁的故事，说明母亲很重视外在环境对孟子品德养成的影响。孟子事母很孝顺，到他母亲去世时，他成了游说诸侯的大学者，也有了众多的弟子，经济条件很好，他派他的学生充虞为其母监制棺椁，后来，这个学生连连称赞棺椁的木料好，棺椁也很精美，孟子说，他的财力可以支持他这样做，"吾闻之也，君子不以天下俭其亲。"就是说，不要在父母身上俭省钱财。孟子办母亲丧事虽不致铺张，但也很隆重了，这件事还被人作为话题。鲁平公有一天，让备车马，准备拜访孟子。跟从的小臣臧仓听说后，阻拦鲁平公说，您以为孟子是个贤人吗？孟子办理母亲的丧事超过办理父亲的丧事（"后丧逾前丧"），您没见到而已。鲁平公因此打消了拜访孟子的打算。后来孟子的学生乐正子见鲁平公，问他何以不去拜访孟子，鲁平公说了这个理由。并强调说，所谓"后丧逾前丧"，指的是"棺椁衣衾之美。"乐正子解释说：那无所谓逾不逾呀，只不过因为前后"贫富不同也。"尽管乐正子的解释是合理的，但鲁平公终于没有去拜访孟子。孟子后来听到乐正子对他叙说此事，大约也很遗憾，说："吾之不遇鲁侯，天也。"（孟子《梁惠王章句下》）

当战国之世，大一统的国家没有建立，诸侯国相互攻伐，君主们无暇关注思想文化上的事情，所以士对人生和社会的思考有很大的自由空间，因此形成了百家争鸣的局面，如儒、墨、道、名、法、农等专门家，著书立说，广招弟子，反映当时社会各阶级的思想，提出各种政治主张，在文化上有巨大贡献。其中最著名的代表人物虽然不在诸侯国名列卿相，参与实际的政治活动，但由于他们的名声和威望，仍然具有很大的社会能量和影响力。他们游说于各诸侯间，拜谒君主，进策陈言，宣扬自己的社会和政治主张。孟子和孔子一样，也带着弟子在各诸侯国间游说。孟子声名如日中天之时，竟至"后车数十乘，从者数百人。"（孟子《滕文公章句下》）其声势和排场真正是不输卿相也。大约在这个时候，孟子踌躇满志，十分满意于自己超然于卿大夫之上的社会地位："有官守者，不得其职则去；有言责者，不得其言则去。我无官守，我无言责也，则吾进退，岂不绰绰然有余裕哉？"对自己的抱负有着相当的期许："五百年必有王者兴，其间必有名世者。由周而来，七百有余岁矣，以其数，则过矣；以其时考之，则可矣。夫天未欲平治天下也，如欲平治天下，当今之世，舍我其谁也？吾何为不豫哉？"这种"舍我其谁"的抱负和欲"平治天下"因而"名世"的想望，拿今天的眼光来看，就是知识分子的自大狂。孟子虽为儒家宗师，知识人的弊病仍不能免。

正所谓理想光芒万丈，但现实很骨感，孟子在诸侯国间的奔走和游说，似乎并不为各国君主所看好。依杨伯峻先生《孟子译注》的前言，孟子游说各国的路线图似乎是这样的：他先是来到齐国，正当齐威王的时代，他所进言，大约不为齐威王所喜，在齐国不甚得志，拒绝了齐王所馈赠的一百镒"兼金"。当齐威王三十年（公元前326年），宋国发生兵变，宋国君主剔成的弟弟偃起兵攻打剔成，兵变成功后，自立为王。史上关于宋王偃有两种截然相反的记载，一种说他行仁政；一种说他"射天笞地"，如纣所行，司马迁的《史记》除说他"射天"外，且"淫于酒、妇人。群臣谏者辄射之。"总之，他是亡国之君，在他执政四十七年时，齐、魏、楚三国伐宋，宋王偃身死国灭，三分其地而宋亡。宋王偃为王初，孟子听说他欲行仁政，就离开齐国来到了宋国。从《孟子》一书看，他与宋王偃没有什么接触，与宋国的臣子戴不胜和戴盈之有过两段对话，一段说，要想使宋王向善变好，周围必须有更多的好人，这样才能对他施加影响；另一段说，既然要免税，就要立刻实行，而不要拖延到明年（《滕文公章句下》）。这两段对话都用了比喻，有人认为戴不胜和戴盈之是一个人，这样看来，孟子对宋国的政治走向和王的品德似乎也没什么影响。最后，孟子接受了宋国馈赠的七十镒金而离开了宋国。孟子居留宋国期间，滕文公还是太子，曾去楚国，来回经过宋国的都城彭城，因而两次与孟子相见。"孟子道性善，言必称尧舜。"他是把滕文公作为学生来教导的。离开了宋国后，孟子回到了老家邹国，恰逢邹国和鲁国发生了一次冲突，邹国大小官吏死去三十三人，邹国百姓眼看着官吏死去并不出手相救，邹穆公就来请教孟子，说老百姓坐视官吏死亡却不救援，实在可恨。想杀他们，恐怕杀人太多，不杀他们实在让人生气，请问应该怎么办呢？孟子说：若逢饥荒年景，邹国百姓辗转沟壑，流亡四方的何止几千人呢！你的府库充盈，有吃不尽的粮食，可官吏对百姓的生死不闻不问，你如何让百姓去救他们呢？你如何对待百姓，百姓自然也会如何对待你。如果君主施行仁政，老百姓就会自然亲近和热爱君主和官吏了，那样，百姓是会拼死救他们的（孟子《梁惠王章句下》）。这样的指斥和率直的回答大约引起了邹穆公的不快，所以停止了对孟子的馈赠，因而使得孟子绝粮。也就在这个时候，滕定公死了，滕文公即位。滕文公对他的老师然友说：从前孟子在宋国时，我曾请教过他，他对我谈的话我至今没有忘。如今赶上父亲的丧事，请你去问一下孟子，该如何办理才是。然友就来到邹国见孟子。孟子引述曾子的话回答说："曾子说过：父亲生前，事之以礼；死后，葬之以礼，祭之以礼，这才算得上孝子。诸侯死丧之礼我未曾学过，但我听说，三年之丧，三年期间，穿孝服，吃稀粥，从天子以至庶民都该如此吧！"然友回去汇报了孟子的话，滕文公准备为父亲服三年之丧。但遭到了族人和百官的反对，说三年之丧，我们的宗主国鲁国未曾实行过，滕国的先代君主也未实行过，丧事应该按照先代君主的规矩办。滕文公感到很为难，说：从前我做太子时只顾骑马击剑，没经历过这样的事，现在百官反对，恐怕不能坚持到底。所以再次让然友去邹问孟子。孟子引用孔子的话，说明三年之丧期间，由朝廷"冢宰"主持政事，新君不临政，带领百官为先君守丧，百官有司莫敢不哀。并说了句很著名的话："上有好者，下必有甚焉者矣。君子之德，风也；小人之德，草也。草尚之风，必偃。"如同风吹草伏，下面的人要听上面人的话。事情怎样做，"是在世子。"主要看即位的新君如何办。然友回去复命，滕文公说："这事如何办，的确在我。"于是按照规矩，为他的父亲滕定公守丧，其间没有对国事下过命令，由"冢宰"处理国事，下葬时，极尽哀戚，得到了百官和族人的赞赏。这期间，鲁平公也曾想来拜谒孟子，但遭到了小臣臧仓的阻拦，鲁平公终于没来，孟子为此遗憾。滕文公即位后，孟子觉得在滕国可能推行他的主张，于是来到滕国。滕文公向孟子请教小国自存之道，孟子讲了在滕国推行井田制和设庠序以教民的道理，强调"有恒产者有恒心，无恒产者无恒心"。要行善事，"苟为善，后世子孙必有王者矣。"其实，这都是原则性的大道理，即使滕这样的小国，管理它也很复杂。滕国是个方圆不足五十里的小国，孟子很难有什么作为，当梁惠王后元十五年（公元前320年），孟子便离开滕国来到了梁国。这时孟子年近七十，梁惠王在位已多年，年纪也不轻了，他呼孟子为"叟"，可以理解为"老人家"和"老先生"的意思。梁惠王见了孟子，说："老先生，您不远千里而来，有什么高见有利于我国吗？"孟子回答：大王您何必谈什么利呢？只要讲仁义就够了（"王亦曰仁义而已矣，何必曰利？"孟子《梁惠王章句上》）此时，秦孝公用商鞅变法，秦国已成虎狼之国，各诸侯国间的战争日趋激烈，魏（梁）国在马陵之战中败于齐，魏将庞涓被杀，太子申成了齐军的俘虏，各国为防秦国之吞并，在苏秦张仪的合纵连横之计中左支右绌，不遑安处。孟子让梁惠王不讲利而只讲仁义，肯定难以得到认同。司马迁云："梁惠王不果所言，则见以为迂远而阔于事情。"梁惠王不久去世，梁襄王即位，孟子一见，印象很坏："望之不似人君，就之而不见所畏焉。"（孟子《梁惠王章句上》）这时，齐威王已死，宣王嗣位，孟子便由梁前往齐国。齐宣王很重视孟子，"加齐之卿相。"孟子在齐国做了官，齐宣王五年（公元前314年），齐国伐燕，燕败之。两年后，诸侯谋救燕，孟子劝宣王送回俘虏，归还燕国重器，和燕国臣民商量立新君，然后撤兵。可是宣王不听，第二年，燕国和诸侯的军队并力攻齐，齐国大败。齐宣王说："吾甚惭于孟子。"孟子因此辞职，宣王要给孟子一所房屋，孟子不肯接受。孟子离开了齐国，此时年事已高，齐家治国平天下，一事无成，从此便不再出游，而和"万章之徒序诗书，述仲尼之义，作《孟子》七篇。"（《史记孟荀列传》）

孟子的思想，首先在于提出"性善论。"也就是后来《三字经》所表达的"人之初，性本善，性相近，习相远。"他说："人性之善也，犹水之就下也。人无有不善，水无有不下。"（孟子《告子章句上》）"故君子莫大乎与人为善。"他认为有四种品质，是每个人所固有的，即恻隐之心，羞恶之心，辞让之心，是非之心。"由是观之，无恻隐之心，非人也；无羞恶之心，非人也；无辞让之心，非人也；无是非之心，非人也。恻隐之心，仁之端也；羞恶之心，义之端也；辞让之心，礼之端也；是非之心，智之端也。"这是人固有的本性，人皆应该循此修养，"善养吾浩然之气，"成为仁义礼智的君子。对于孟子的性善论，他的弟子告子不以为然，曾和他的老师有过一次辩论，告子的话通过公都子说给孟子，他认为，人性没有什么善与不善，或者说：人性可以是善的，也可以是不善的。周朝的文武之世，百姓都趋于和平善良，到了周幽王和厉王的暴政时代，百姓则趋于凶暴。这是制度和君主的德行等外在环境对人性的塑造和影响。至于说人性不同，有善有不善，从历史传说中也可以得到证明。舜是明君，他当政的年代，出现了象这样很坏的人（他是舜的异母弟，曾千方百计害舜）；有瞽叟这样的父亲，却出现了舜这样孝心的孩子（瞽叟是舜的父亲，和象一起陷害舜）。殷纣王为君，却有微子启，王子比干这样的叔父。（微子启在殷灭后，因其贤德被武王封于宋；比干因谏纣王，被剖心）。如果像老师说的，人性本是善的，那么为什么好人和坏人会如此截然不同呢？孟子回答说，人本来有善的本质，他再次重申了每个人都本身具有的"恻隐之心，羞恶之心，恭敬之心，是非之心"，认为此"四心"人皆有之，但是它不是自然而然成长起来的，"求则得之，舍则失之。"那些坏人是因为没有探求为善之道，所以失去了本性才变坏的。孟子也认可外在环境对人性的塑造作用，所以他说："富岁，子弟多赖；凶岁，子弟多暴。"丰收年景和饥荒年景对人性的影响是很大的。（以上皆见孟子《告子章句上》）那么，从人性最终演变来看，告子"性无善无不善也。"也是无可辩驳的。尽管孟子对人性给以肯定和光明的期许，但人性的复杂和外在环境对人性的塑造作用，似乎很难以善恶来界定。

孟子的另一大贡献，就是民贵君轻的民本思想。首先，孟子在政治上是保守的，他认为天下有君如同每个人有父亲是理所当然的，君和父亲至高无上的地位是不可动摇的，他说："世道衰微，邪说暴行有作，臣弑其君者有之，子弑其父者有之。孔子惧，作春秋。"他严厉批判杨墨的思想言论："圣王不作，诸侯放恣，处士横议，杨朱、墨翟之言盈天下。天下之言不归杨，则归墨，杨氏为我，是无君也；墨氏兼爱，是无父也。无父无君，是禽兽也。"所以应该"拒杨墨，放淫辞"使"邪说者不得作。"（孟子《滕文公章句下》）孟子对杨、墨两家思想的批判是十分严厉的，既然"君"是天经地义的，孟子游说君主主要是讲"仁政"，要君主与民同忧乐，或者说以民之忧为忧，以民之乐为乐。"乐民之乐者，民亦乐其乐；忧民之忧者，民亦忧其忧。乐以天下，忧以天下，然而不王者，未之有也。"（孟子《梁惠王章句下》）他痛斥君主只顾个人享乐而不管百姓死活："庖有肥肉，厩有肥马，民有饥色，野有饿莩，此率兽而食人也。"（孟子《梁惠王章句上》）君主是应该有的，但君主应该服务于百姓的福祉，如果利用特权聚敛财富，造成"民有饥色，野有饿莩"，则无异于君主率领野兽在吃人。孟子把他的仁政思想向前跨了一步，提出了民贵君轻的民本思想，他说："民为贵，社稷次之，君为轻。"（孟子《尽心章句下》）在君主专制传统延续不绝的华夏古国，提出这样的民本思想，把民列入国之最贵，实际上等于说，即使是君主专制的国也是"民之国"，无民，哪有国？所以，以民的忧乐为忧乐，以民的福祉为福祉，是君主必行的"仁政"。孟子的这种思想已经达到了当时思想文化的至高境界，至今也没有过时。

孟子的另一贡献，则是君臣人格上的平等观。中国古老文化从源头上来说，就是天子和皇权至高无上。到了春秋战国时代，社会分为等级，强化了君主的地位。那时，人分为几等，天子至上，诸侯次之，后来天子权威衰落，各诸侯国君主实际上等于权力世袭的天子，以下则为卿大夫，也就是供君主驱遣，为君主服务的臣子，大夫之下则为士，属于没有官职的士人，其经济地位和文化见识高于普通人，最后一层是庶民，属于从事体力劳动的普通百姓。天子、诸侯、卿、大夫、士、庶人，这样金字塔式的层级规定了天子诸侯等上层的世袭权力和无远不届的特权，从此在中国形成了五伦关系，即君臣、父子、夫妻、兄弟、朋友。其中君臣关系是最核心最重要的关系，它维系着所谓的纲常伦理和皇权专制社会的运转。孟子的时代，君在上，驱遣臣子，臣子只有服从的份儿，两者地位有着巨大的差异，即便是诸侯国的君主，权力世袭，形成的是家族统治，而臣子只有服务和提供咨询的作用。这决定了君臣人格上的不平等。但是孟子则提出"君之视臣如手足，则臣视君如腹心；君之视臣如犬马，则臣视君如国人；君之视臣如土芥，则臣视君如寇仇。"（孟子《离娄章句下》）臣子对君主的态度，取决于君主如何对待臣子，君臣在人格上是平等的。而且，孟子还强调"见大人则藐之，勿视其巍巍然也。"臣子不可"逢君之恶"。这些思想比之后来理学家所宣扬的"君叫臣死，臣不得不死"的鬼话不知高明多少倍！

仅从以上数端来看，孟子是战国时期伟大的思想家。他刚正、不看人脸色说话，直陈己见，不绕圈子。他不仅继承了孔子仁的思想资源，而且有所发展。尽管他的仁政思想、民本主义以及君臣人格平等的论述不能制止君主作恶，但作为儒家最宝贵最重要的思想资源被后人所继承，使中国古老的传统文化闪耀着智慧的理性之光而烛照后人。

一五　齐宣王

齐威王死后，由他的儿子辟疆即位，这就是齐宣王。齐宣王在历史上的地位，一是在马陵之战中，以田忌、田婴为将，以孙膑为军师，大胜魏军；二是笼络远近的知识人，形成繁盛一时的稷下学宫。这使他超越战国众多君主，成为有为之君。

齐威王是通过弹琴认识邹忌的，邹忌巧舌如簧，从弹琴说到治国，征服了齐威王，最后以邹忌为齐国相，并拜为成侯。据《史记》所记，邹忌这个人品德很差，他与田忌有矛盾，想尽办法陷害田忌，逼得田忌起兵攻杀他，兵败逃亡。齐宣王即位，召田忌复故位。此时，魏伐赵，赵与韩亲，赵韩共击魏，战而不利。赵韩处于劣势，魏军强盛，韩国求救于齐。齐宣王召大臣们商议，对于韩国是早救还是晚救呢？当时有大臣提出，不如不救，《史记》说，这是邹忌的主张。但有后人考证说，此时邹忌已死去四年，不应为邹忌，是一个叫张丐的人。而且他的主张不是不救，而是早救。田忌认为，若齐国不出手相救，则韩国败而入于魏，魏国坐大，将不利于齐，所以应该及早出兵救韩。这时，孙膑提出他的主张，认为救是应该救，但不应急于去救。韩、魏两国兵正在交手，两军势焰正盛，没有疲敝之象，如果此时齐国出兵救韩，等于替韩国抵挡魏军，齐国听命于韩，这是不合算的。要救，也要等韩国支持不下去将亡之时，那时韩国如同将被淹死的人被齐国打捞上岸，才会对齐国感恩戴德。且晚救，魏国也在对韩战争中疲敝，易于一举攻破。这样，齐国才会得"重利"且在诸侯中获得"尊名。"孙膑的主张从"利"和"名"出发，分析形势，使齐国利益最大化，立即得到齐宣王的赞同。于是先给韩国派来求援的使节吃了颗定心丸，"阴告"其齐国肯定要出师救韩。韩使有了齐国的许诺，回去复命，韩国因而底气大增，连续和魏军打了五次战役，但都败北而锐气大挫，国家将亡，其存续的命运系于齐国。齐国此时才派田忌、田婴为将，以孙膑为军师，统兵出战，在马陵一带对魏军打了个伏击战，杀死魏将庞涓，俘虏魏太子申。这一仗的过程已如前述，此不赘。魏军主力遭挫，锐气大伤，自此之后，魏、赵、韩三晋之王朝齐于博望，并与齐结盟而去。齐国声威大盛。

但马陵之战到底发生于何年？史上对此也有争论，司马迁认为发生于齐宣王即位二年，但也有史籍记载，无论是"围魏救赵"的桂陵之战，还是杀死庞涓的马陵之战，都发生于齐威王时期。那时威王尚未称王，谓之"田侯"。直到齐宣王在位八年时，与魏襄王会于徐州，"诸侯相（继称）王也。"总之，齐宣王在位期间，齐国因两次胜魏，国力正强，齐宣王当是强国之君。

强国之君自然有强国之君的气象，在宣王执政时期，齐国文气之盛，人才之聚，在诸侯国中也首屈一指。司马迁说："宣王喜文学游说之士，自如邹衍、淳于髡、田骈、接予、慎到、环渊之徒七十六人，皆赐列第，为上大夫，不治而议论。"邹衍、淳于髡皆是齐威王时人，邹衍大约威王时已死，但他的门人还在，淳于髡被称为"稷下先生"，曾与邹衍辩难；田骈是齐人，据《汉书·艺文志》，他曾作《田子》二十五篇，显然是开山立派的人物；接予也是齐人，《艺文志》载其有接予两篇，是有著作传下来的人；慎到是赵国人，战国时处士，《艺文志》记其有《慎子》四十二篇；环渊，楚国人，据《孟子传》，他曾著书上下篇。可见齐宣王所网罗的人都是战国"百家争鸣"中的名士，足有七十六人之多。他们都被分配了好房子，并拜为朝廷上大夫。他们不管实际的政务，而只管读书著述发议论。他们思想自由，言论自由，享受着齐国最好的俸禄和舆论环境。后来发展成一个稷下文人集团，所谓稷下，有两种说法，刘向《别录》云："齐有稷门，城门也，谈说之士期会于稷下也。"是说，因为这些处士文人的房屋都在齐国都城稷门左近，因称稷下。《史记》注引《齐地记》云："齐城西门侧，系水左右有讲室，址往往存焉。"这里更指出了它的方位，是齐国都城的西门，因为系水流过，古时系、稷两音相近，故称稷门。文人处士们聚在这里，有登坛讲学的讲室，故盛极一时。还有虞喜一说，谓"齐有稷山，立馆其下，以待游士。"这里的稷下，乃是稷山之下了。无论稷山还是稷门，总之学人游士集于齐国，形成讲学、布道、立说、著述的洋洋大观。"是以齐稷下学士复盛，且数百千人。"（《史记·田敬仲完世家》），当齐宣王之世，成百上千的学人聚于齐国，这是极为壮观的气象。学术、思想、文化的繁荣和发展需要良好宽松的社会环境，齐宣王在齐国营造了这样的环境和氛围，文人学士不仅享有国家分配的房屋和极高的俸禄，还有上大夫那样的社会地位，稷下文士集团的形成，极大地推动了战国"百家争鸣"的局面。

大约在稷下文士繁荣兴旺之时，孟子和其弟子来到了齐国。到齐国后，孟子在齐宣王安排下，居于卿相之位，只发议论而不参与实际的治国理政。即使如此，孟子也进入了齐国的高层政治，得以和齐宣王谈天说地，并言及政治。这大约是孟子一生中最为得意的时刻，在《孟子》一书中，收录有孟子和齐宣王的对话十三则，有的是借历史宣扬仁政，有的是由身边琐事论及国事，有的是直接问及于外交和战争大事，孟子皆由近及远，循循善诱，并直言不讳地给以回答。一次，齐宣王问孟子春秋时齐桓和晋文两个霸主的事，孟子回答说："孔子弟子没有谈及齐桓、晋文之事，所以后世流传的不多，我也没听说过，他们之所以称霸诸侯，大约是实行王道吧！"

齐宣王问道："什么样德行的人可以行王道呢？"

孟子回答："保民而王，故天下无敌。"

"像寡人这样的人可以保民吗？"

"当然可以。"

"为什么说我可以呢？"

"我听说，大王您坐于堂上，有人牵牛从堂下走过，您见了问道：'牵牛做什么？'回答说：'杀了它，以血衅钟。'大王说：'放了它，我不忍见它瑟瑟发抖的样子，它本无罪，何故将它置于死地？'牵牛的人说：'那么，衅钟的事怎么办？废止了吗？'您说：'怎么可以废止呢？用羊替换嘛！'有这样的事吗？

宣王回答："有这事儿。"

孟子说："大王有这样的心，那就足以行王道了。百姓认为大王是爱那头牛，但只有我知道，大王是有不忍之心。"

齐宣王道："是啊，肯定有百姓会这样想，齐国虽是偏远的小国，我怎么会舍不得一头牛呢！我只是不忍见它瑟瑟发抖的样子，因此用羊来替换它。"

孟子说："大王不必怪百姓认为您舍不得那头牛，以小易大，百姓怎么会知道您的心思呢？既然都是无罪而杀，牛和羊又有什么区别呢！"

齐宣王笑了，说："百姓是怎么想的呢？我的确不是因为牛大羊小而替换它们，也怪不得他认为我爱财。"

孟子说："这没什么，大王有仁心在，所以见牛未见羊也。君子看见禽兽，见其生，不忍见其死，闻其声，不忍食其肉。所以君子都远远离开厨房。"

齐宣王说："诗云：'他人有心，予忖度之。'您可真能揣度别人的心思啊！我虽然做了这件事，反思我的内心，却不得要领。先生您的话说到我心里去了。有这种心的人能行王道，又怎么讲呢？"

孟子说："倘若有人对大王说，我有举百钧之力，但却举不起一根羽毛，我的视力可察秋毫，但却看不到一车柴草。大王您信吗？"

"当然不信。"

孟子说："今大王推恩及禽兽，却不能及于百姓，是什么原因呢？举不起一根羽毛，是因为他不肯用力，一车柴草看不见，是因为不肯用他的眼睛。百姓得不到爱护，是因为推恩于禽兽却不肯推恩于百姓。所以大王不行王道，不是不能做，而是不想做。"

"不能做和不肯做有什么区别吗？"

孟子说："挟泰山以超北海，对人说，我不能，是真的不能；为老人折一根树枝，对人说，我不能。不是不能，而是不想做。所以大王您不行王道，不是挟泰山以超北海那样的事，而是为老人折一截树枝那样的事。孝敬我的老人，推而孝敬所有的老人；爱护我的孩子，进而爱护所有的孩子，这样的人执掌天下就如运于手掌一样。诗云：给自己的妻子做出榜样，影响到兄弟，以保护家族和邦国的安宁。说的是以自己的心加诸别人的身上。所以，推延自己的恩德足以使四海安宁，不推延自己的恩德连妻子都保护不了。古代的人所以有超人之德，没有别的，就是把他的善心善行推延及人。如今大王的恩德及于禽兽，却不能使百姓感受得到，是什么原因呢？称一下，知道物之轻重，度量一下，知道物的长短。所有东西都是这样，人心尤其如此。请大王揣度一下您的内心吧！大王兴甲兵，危及臣下的性命，结怨于诸侯，您的心是快乐的吗？"

齐宣王说："不，我怎么能对此感到快乐呢？不过是想满足我最大的愿望而已。"

孟子说："大王最大的愿望是什么，可以说出来听听吗？"

齐宣王笑而不答。

孟子故意说："是肥甘之物不足于口吗？是轻暖之衣不足于体吗？是缤纷的色彩不足于目吗？是美妙的声音不听于耳吗？是供使唤的小臣不能令于前吗？大王的臣子足以满足这些，大王不是为了这个吧？"

齐宣王说："不，我不是为了这个。"

孟子说："那我知道大王的愿望了。大王是要为齐国开疆拓土，使秦楚两国皆来朝拜，莅临中国而远抚四夷。以此作为您的目标和愿望，犹如缘木而求鱼也。"

齐宣王说："有您说的这么严重吗？"

"比这个严重得多，缘木求鱼，虽然得不到鱼，但不会带来灾祸。以大王现在所作所为以求满足自己的愿望，全力去做，必惹来灾祸。"

齐宣王说："那你说来我听听吧！"

孟子问："假若邹国与楚国作战，谁能取胜？"

"当然是楚国胜。"

"这就是小不可敌大，寡不可敌众，弱不可胜强的道理。海内土地千里之疆域的国家有九个，齐国是其一。以一而欲征服其他八个，和小小的邹国想征服强大的楚国有什么分别呢！大王何不返其初心，行其本意呢？如果大王立行仁政，使天下欲从政者都愿立于大王之朝，耕作的百姓都愿意耕于大王之野，商贾的商品皆欲藏于大王之市，外出的行旅都愿出于大王之途，天下反对本国君主的人都愿意向大王倾诉，如果这样，谁能抵御齐国？"

齐宣王说："我这人很糊涂，怕达不到这样的境界。愿先生帮助我，教导我，我虽然不聪明，还愿意按照先生的教导去做。"

孟子说："无恒产而有恒心的，只有士能做到。一般的百姓，因为没有恒产，所以也没有行之如一的道德信条。没有道德信条，一定凡事从自己利益出发，什么坏事都干得出来。等到他们犯了罪，再用刑罚处罚他们，那等于设好网罗，等着诱捕他们。哪有贤君在位而诱民犯罪者？所以明君在位使百姓制产业，必须使之上能赡养父母，下能抚养妻儿。丰年能吃饱饭，灾荒年景也能免于被饿死。然后使民向善，会容易得多。如今百姓的财产，上不足以赡养父母，下不能够抚养妻儿，丰年也终身劳苦，灾荒之年难免饿死沟壑，救死尚且不能，怎么能使他们懂得礼义之道呢？"最后，孟子提出小农经济社会百姓的产业标准，这是孟子反复申明的，虽然带有乌托邦式的理想主义色彩，却也闪耀着以民为本的光芒——

"五亩之宅，树之以桑，五十者可以衣帛矣，鸡豚狗彘之畜，无失其时，七十者可以食肉矣。百亩之田，勿夺其时，八口之家可以无饥矣。谨庠序之教，申以孝悌之义，颁白者不负载于道路矣。老者衣帛食肉，黎民不饥不寒，然而不王者，未之有也。"

这样一种小农经济社会的理想，在专制王权的社会里是否能实现呢？回答是否定的。战国时代，诸侯相互征伐，都竭力要扩张土地，称王称霸，无穷的兵役劳役，还有沉重的赋税压在百姓的肩头，百姓挣扎在死亡线上，哪里会有衣帛食肉，其乐融融的生活呢？齐宣王表示要践行儒家的王道思想，只是一种向善的态度，事实上难以实行，也是显而易见的。但儒家的理论从本质上来说，就是劝说统治者行王道仁政的理论，孟子不厌其烦地反复向"王"阐述这样的理论，嗣后，他从音乐谈到王应"与民同乐"，从王家的猎苑，谈到"与民同之"，从齐宣王接见孟子的雪宫谈到"乐民之乐者，民亦乐其乐；忧民之忧者，民亦忧其忧。"因而国君应该"乐以天下，忧以天下。"从齐宣王咨询孟子是否拆除明堂，孟子又借机大谈仁政，这时的齐宣王或许已经对孟子的说教感到厌倦，因此有些嬉皮笑脸，不再洗耳恭听，以"寡人有疾"相搪塞。所谓"有疾"即"寡人好货"和"寡人好色"，因此行不了仁政。孟子又不厌其烦，大讲历史传说，引诗衍义，继续大讲仁政。孟子与齐宣王的谈论，渐渐进入了鸡同鸭讲的窘境，而孟子仍然孜孜不倦，甚至直接指斥齐宣王："四境之内不治，则如之何？"弄得"王顾左右而言他。"不再正面回答。有一次，齐宣王谈及历史，问道："汤放桀，武王伐纣，有这事吗？"孟子回答："典籍上是这么记载的。"齐宣王道："如果实有其事，那不是以臣弑君吗？怎么可以呢？"孟子正色道："贼仁者谓之'贼'，贼义者谓之'残'，残贼之人谓之'一夫'，闻诛一夫纣矣，未闻弑君也。"我听说杀的是独夫民贼，没听说"弑君"。这种谈论，已近于两人的正面冲突。齐宣王作为诸侯国的国君，有强国拒敌的责任，与孟子不理国事，只从事议论的身份不同，在政治实践中，单纯去讲孟子的仁政与王道，事实上也是行不通的。齐宣王只能从国家利益和整体生存的角度去处理政事，孔孟的儒家思想对王权有某种制约的作用，但不能从制度上解决问题，所高悬的古之圣人等道德楷模也属子虚乌有，所以，春秋和战国的历史依然按照它固有的逻辑前行。尽管孟子认为"春秋无义战"，但残酷的战争和无情的丛林法则仍然主导着历史的走向。孟子最后辞去职位，离开齐国。齐宣王大概还想挽留他，决定每年给他万钟粟，养他和他的弟子，让他做学问，发议论，对齐国的风教和民气有些影响。但孟子年纪已大，自知他的思想和议论不能左右诸侯国的政治，他给自己的定位是："得志，泽加于民；不得志，修身见于世。穷则独善其身，达则兼济天下。"就是当了官，为人民服务，当不了官，就做一个好人吧。

齐宣王执齐国之政十九年，他尽了一个国君的责任，如此而已。

一六　梁惠王

梁惠王名罃，魏国君主魏武侯的儿子，其在位三十一年时，魏国国都迁至大梁，改国号为梁，后世称为梁惠王。

梁惠王晚年，孟子至梁，此时孟子年已七十余，梁惠王居国日久，也已不再年轻。他在宫中接见了风尘仆仆，远道跋涉而来的孟子，问道："老先生，您不远千里，来到梁国，敢问有何良策远谋以利于我国呢？"

孟子肃立中庭，朗声曰："大王何必谈利呢？只讲仁义就可以了。如果大王问：'何以利于吾国？'大夫们问：'何以利于吾家'，士和庶民也问：'何以利于吾身？'上下交征利，人人都唯利是图，那国家就危险了。大王不必开口就讲利，只讲仁义就可以了。"（孟子《梁惠王章句上》）

《孟子》一书，没有记载梁惠王的反应，但可以推测，作为一个执政诸侯国多年的国君，内忧外患交迭而至，对于孟子迂远而不切实际的仁义之说，内心未必以为然。

魏武侯死时，太子罃（梁惠王）接班并不顺利，由于异母弟公中缓和他争为太子，造成魏国分裂。韩、赵两国合军并兵以伐魏，在浊泽那里打了一场大仗，魏军大败，魏国亡国在即。当时赵国主张：除掉刚立为君的太子罃，另立公中缓为君，割魏国之地而退兵。韩国不同意，说：此议不可。若杀魏君，世人必认为韩赵两国残暴，割魏之地，世人必认为韩赵两国贪婪，不如将魏一分为二，各立太子罃和公中缓两君，则魏国就如宋、卫两个小国，再不会成为韩、赵两国之患。赵国不同意，两家意见相左，各不相让，夜里，赵国撤兵回国，韩国见赵国撤兵，便也整军回国。这样，魏国得以有一线生机。《史记》云："惠王之所以身不死，国不分者，二家谋不和也。若从一家之谋，则魏必分矣。"梁惠王初即位时，魏国险些被灭，自己命若风中烛火，这种悲惨的记忆他是不会忘记的。

梁惠王二年（公元前 368 年），就整军与韩、赵两国交战，在马陵打败韩国，在怀地打败赵国，报了两国伐魏之仇。此时，齐国来侵，围惠王于浊泽，惠王在军中，决定献观邑和齐国讲和。五年，与韩国谋和，在武堵筑城，秦国来伐，败韩、魏两国于洛阴。六年，魏军攻取宋国的仪台，九年，又败韩于浍。这一年，和秦国战于少梁，魏军败于秦，魏将公孙痤被秦所虏。从以上的经历看，梁惠王即位后，对外战争就没有停止过。

到了十七年，又与秦国在元里打了一仗，秦军攻取了魏之少梁。魏军虽败于秦，却发兵攻围赵国的邯郸，战争残酷而持久，第二年，魏军攻陷邯郸，赵国向齐国求救，齐派田忌为将，孙膑为军师，在桂陵打败了魏军。二十年，魏国还邯郸与赵，与赵结盟于漳水。

梁惠王在位期间，秦、赵、齐皆换了君主。秦献公在惠王九年死去，其子秦孝公即位；赵成侯在惠王二十一年死去，公子绁与太子肃侯争立，绁败，逃亡韩国，赵肃侯立。惠王二十八年，齐威王死，其子齐宣王立。不久，秦孝公用商鞅变法，秦国日强，各诸侯国间的战争日趋激烈。

惠王三十年，魏国再兴兵伐赵，赵向齐国告急，齐宣王用孙膑计，围魏救赵，魏国于是大兴兵，以庞涓为将，令太子申为上将军，倾魏军主力而迎战。魏军出外黄，有徐子对太子言："太子此次出军攻打齐国，若胜齐军，则富不过有魏，贵不益为王，若战而不胜，则万世无魏矣。"作为太子，即使胜了齐军，也不过是魏国的君主，若不胜，就永远失去了即位的机会。徐子的话大大消除了太子申的锐气，他想撤军回国，徐子说："现在撤已经来不及了。所有人都劝太子进军，想争立功勋，太子即使想撤军也不可得矣！"太子申仍想回国，随从他的人说："刚一出兵就想后撤，那就是不战而降，等于败北。"太子只好硬着头皮和齐军交战。齐军用孙膑计，在马陵伏击魏军，魏军大败，魏将庞涓自杀，太子申做了齐军的俘虏。

惠王三十一年，秦、赵、齐三国共同伐魏，五月，齐以田盼为将，伐魏之东境；九月，秦以商鞅为将，伐魏之西境，而赵国则举兵伐其北。三国劲敌，使梁惠王穷于招架。尤其是西部秦兵，商鞅以前曾是魏国旧相识，欺诈魏将公子卬，邀其相聚饮酒，然后各自退兵。公子卬信以为真，赴秦营被商鞅所擒，魏军于是大败。秦孝公用商鞅，行法家严刑酷法，已使秦国变成一架战争机器，秦国东部边境已达黄河边上。齐、赵两军也数破魏军，四面受敌，国将不国，惠王穷愁无计，迁国都于大梁（后人自此称其为梁惠王），太子申、公子卬皆已殉国，于是，拜公子赫为太子。

惠王三十三年，秦孝公卒，子惠文君立，诛杀商鞅，商鞅逃入魏，魏国念其欺诈公子卬，大破魏军之仇，拒纳之。商鞅终被秦所车裂。

梁惠王的一生是在战争中度过的，国家屡遭侵伐，数败于敌国，太子申和他寄予厚望的公子卬皆死于军中，国家几乎没有一刻安宁，最后只好迁都苟存。揣想他的内心是很痛苦的。他想寻找超脱之术，获得心灵的安宁，因此"卑礼厚币以招贤者。"（《史记·魏世家》）梁国在他统治的后期，聚集了一些思想精英和文学之士，孟子等人就在这时来到了梁国。他想在孟子等人的身上寻找心灵的寄托，抚慰他痛苦的心灵，并企望找到使国家振兴的良策，因此他是诚心诚意向孟子请教的。初相见，孟子让他不言利，只管行仁义，揣测他的内心是很疑惑的。后来，他再次向孟子请教，说："老先生您也知道，当初魏国是很强大的，可以说无敌于天下。可是到了寡人手里，东败于齐，太子死于军中；西丧地于秦七百里，失地丧子，心何痛之！南辱于楚，兵三折于外，太子虏，上将死，国以空虚，使先君宗庙社稷蒙羞，寡人夜半惊魂，寝食难安。想图振作以告慰地下之死者，请问该怎么做呢？"孟子回答说："地方百里就可以为王，勿谓魏地迫蹙也。大王如果施仁政于民，减少刑罚和税敛，使百姓安心耕田，青壮男子闲暇时就修忠信仁义之道，在家里恭敬父兄，出而为国尽忠，服从长官，如果这样，魏国就是用木棍也可以抵挡秦楚的坚甲利兵。可是大王如果夺百姓之农时，使他们不能耕作以养其父母，父母冻饿，兄弟妻子离散，大王驱遣他们去打仗，哪个会与大王同仇敌忾呢！所以说：仁者无敌，大王您不必怀疑！"孟子的这套仁政理论固是义正词严，无可反驳，但梁惠王恐怕仍是不得要领。他所面临的问题是外敌入侵，国将不国，不能不征兵以抵御外侮，征兵作战，损兵折将，国土沦丧，行仁政安得救一时之急？所以他说："我也不是不行仁政，对国内的百姓我也是竭尽全力了。若河内郡遇到灾年，我就把河内的百姓迁移到河东去，把粮食调配到河内去救灾，若河东遭遇灾年，我也移民调粮，以纾民困，我看邻近的国家还没有我这样对百姓尽心的。为什么邻国之民不见少，我国之民不见多呢？"孟子回答说："可以举一个例子来说明，在战场上，士兵们临阵逃跑，逃跑五十步的耻笑逃跑一百步的，可以吗？"梁惠王说："当然不可以，他们都是逃跑啊！"孟子说："不违农时，打下的粮食足够食用，到池塘捕鱼，不用小眼的网，鱼虾不可胜食；以时砍伐山林，不乱砍滥伐，材木不可胜用。粮食和鱼虾吃不完，材木不可胜用，百姓不愁养生丧死之事，这就是王道的开端。"接着，孟子阐述他小农经济的理想："五亩之宅，树之以桑，五十者可以衣帛矣。鸡豚狗彘之畜，无失其时，七十者可以食肉矣。百亩之田，勿夺其时，数口之家可以无饥矣。谨庠序之教，申以孝悌之义，颁白者不负载于道路矣。七十者衣帛食肉，黎民不饥不寒，然而不王者，未之有也。"这是王道的理想社会。但是，如果"猪狗吃人食而不知节俭，路上有饿死的人不知葬埋，百姓饥寒而死，说：'这不是我的事，这是遇上灾年造成的。'这和为政杀人有什么区别呢！大王所行，不过是五十步笑百步而已，如果大王不把百姓饥寒而死归罪于老天，那天下之民就会蜂拥而至了。"孟子反复阐明的"五亩之宅，树之以桑""百亩之田，勿夺其时""七十者衣帛食肉，黎民不饥不寒"的理想社会应该是小康的范本，它能够实现吗？在战争不断，国家征粮、征役、征兵，青壮男子纷纷死于战场的战国时代，国君的责任首先是保证国家自存，不致覆亡，孟子的理想只能是臆想的乌托邦。尽管孟子认为梁惠王所为是五十步笑百步，都是暴政，不过稍微轻一点而已，但用国家手段，移民调粮，积极救荒，已经难能可贵了。梁惠王受到了孟子的一顿申斥，依然领受了孟子的仁政和王道思想，有一次，他诚恳地对孟子说："我愿意老老实实接受先生的教诲。"孟子又做了一次类比，问道："杀人用木棒和刀有什么区别吗？""当然没有。""以刀和暴政杀人有什么区别吗？""也没有。"孟子接着说道："庖有肥肉，厩有肥马，民有饥色，野有饿莩，此率兽而食人也。"这也是孟子的名言，指斥统治阶级骄奢淫逸，百姓啼饥号寒，死于沟壑的现实。认为这就是带领野兽在吃人。野兽相食，我们尚且厌恶，那些号称为民父母的人，却带领野兽来吃人，这叫什么为民父母呢？在你的统治下，为什么能叫百姓饥寒而死呢？这样的暴政和拿着刀子杀人又有什么区别呢？（以上皆见《梁惠王章句上》）

梁惠王无言以对，羞惭而退，孟子的话是不留情面的，或者这就是孟子所以为孟子，这就是大师的风采。梁惠王痛苦而又无奈，他一生在抵御外敌中度过，国家最后迫于外敌进攻，竟至迁都，国号也由魏改为梁，他成了梁惠王。可是，怎样才能实现孟子的王道和仁政呢？王道和仁政能够抵御秦、楚、齐、韩、赵这些虎狼的撕咬和进攻吗？国家怎样才能走出失地辱国的困境呢？"五亩之宅，树之以桑"，多好的景象啊！百姓其乐融融，人人家给富足，路上没有负重而行的老人，人人都尊老爱幼，行仁仗义……这样的图景怎么才能实现呢？尽管他诚恳地向孟子请教，但这理想却遥不可及。

他不知道，儒家的思想——孔孟之道，是一种人生观和价值观，它高悬天上，让人们仰望，它可以衡量人心，衡量道德，却不能用它治国。后人的"半部论语治天下"完全是一派胡说，它不是商鞅、苏秦、张仪……那一套有具体可行的措施和方略，可以指导外交和战争，指导治民和刑罚。孔孟之道不提供这些东西，它是天上的朗月和星辰，可以照亮你的内心，修为你的德行，如此而已。

梁惠王或许压根没有理解这些。他和孟子的相遇是一种误会。"王亦曰仁义而已矣，何必曰利？"国家间的外交和战争，利也，不讲利，如何自处于虎狼世界？梁惠王最终在疑惑和苦闷中死去。据《史记》所记，他在魏（梁）做国君三十六年。

一七 墨子

孔子是春秋末期的思想家，墨子则稍晚于孔子而早于孟子，他曾学于儒，后不满于儒家学说，而创立了自己的思想。战国时，儒墨两家皆是显学，天下士人，不从儒，则入于墨矣。但后来儒家思想成为主流，那是因为统治阶级提倡的结果。而墨家思想终趋没落，从本质上说，代表小生产者的墨家思想并不符合帝王一统天下世代为王的野心。

墨子，名翟，其生卒年考证不详，大约生于公元前476（或前480），卒于公元前390（或前420），按照战国纪年，墨子刚巧生于春秋结束后的战国初年，他的一生经历了战国初期的风云变幻。其寿命在60岁至90岁。据说他是宋国人，是宋国贵族目夷的后裔。目夷是宋襄公的哥哥，到了墨子，已完全沦落为平民。但他也不是从事体力劳动的人，应该算作有闲的士人，即："上无君上之事，下无耕农之难。"他因非儒反儒，创立思想流派，招收了很多弟子，并周游列国，东到齐，北到郑、卫，曾打算到越国，终未成行。他一生大部分时间住在鲁国，所以也有人说他是鲁阳人，还说他是滕国人。他曾多次到过楚国，拒绝了楚惠王的封赐，越王也曾欲封给他五百里封地，但他的条件是越王听他的并照他的主张治国，后不了了之。

墨子的思想和言论，以今观之，可谓"卑之无甚高论。"他的核心主张谓之"兼爱"和"非攻"。"兼爱"者，相当于西方基督教的"博爱"。他说："若使天下兼相爱，爱人若爱其身，犹有不孝者乎？视父兄与君若其身，恶施不孝？犹有不慈者乎？视弟子与臣若其身，恶施不慈？故不孝不慈亡有。犹有盗贼乎？故视人之室若其室，谁窃？视人身若其身，谁贼？故盗贼亡有。犹有大夫之相乱家，诸侯之相攻国者乎？视人家若其家，谁乱？视人国若其国，谁攻？故大夫之相乱家，诸侯之相攻国者亡有。"爱父母，爱君主，就像爱自己一样，怎么会不忠不孝呢？父母爱孩子，君主爱臣子，也如同爱自己一样，怎么能不慈祥呢？把别人家当成自己的家，怎么能去偷盗呢？把别人的身体当成自己的身体一样爱护，怎么还会去欺凌侵犯呢？把别人的家看作自己的家，谁还去败乱别人的家呢？把别人的国看成自己的国，谁还会去进攻别人的国呢？"若使天下兼相爱，国与国不相攻，家与家不相乱，盗贼无有，君臣父子皆能孝慈，若此，则天下治。"墨子主张人人爱别人就像爱自己一样，那么天下也就没有了争端和战乱，天下就会和平大治。

墨子主张人与人的关系应是"兼相爱，交相利"。什么是"兼相爱，交相利"呢？子墨子言："视人之国，若视其国；视人之家，若视其家；视人之身，若视其身。是故诸侯相爱，则不野战；家主相爱，则不相篡；人与人相爱，则不相贼；君臣相爱，则惠忠；父子相爱，则慈孝；兄弟相爱，则和调。天下之人皆相爱，强不执弱，众不劫寡，富不侮贫，贵不敖贱，诈不欺愚。凡天下祸篡怨恨，可使毋起者，以相爱生也。是以仁者誉之。"墨子把他这种思想视为使天下大治的"圣王之法"："今天下之君子，忠实欲天下之富，而恶其贫；欲天下之治，而恶其乱，当兼相爱、交相利。此圣王之法，天下之治道也，不可不务为也。"（《墨子·兼爱中》）

在"兼爱"的基础上，墨子又提出了"非攻"的想法，他严厉地谴责战国初期，诸侯相互攻伐的不义战争："今王公大人、天下之诸侯则不然。将必皆差论其爪牙之士，皆列其舟车之卒伍，于此为坚甲利兵，以往攻伐无罪之国，入其国家边境，芟刈其禾稼，斩其树木，堕其城郭，以湮其沟池，攘杀其牲牷，燔溃其祖庙，劲杀其万民，覆其老弱，迁其重器。"（《墨子·

非攻下》）

墨子说，攻伐别国的战争乃是最大的不义，可是诸侯却把它标榜为"义"，并刻铭记功，祷之祖庙："杀一人，谓之不义，必有一死罪矣。若以此说往，杀十人，十重不义，必有十死罪矣；杀百人，百重不义，必有百死罪矣。当此天下之君子皆知而非之，谓之不义。今至大为不义攻国，则弗知非，从而誉之，谓之义。"墨子因此呼吁停止诸侯间的战争，停止恃强凌弱、以大并小的相互攻伐，不要丛林法则，而要兼爱和平。

墨子的"兼爱"与"非攻"，在诸侯国间的战争日趋激烈的战国时期，显得那样微弱和不合时宜。彼时，庙堂上侃侃而谈的是苏秦、张仪等纵横之士，战场上厮杀的是孙膑、庞涓、吴起等智谋善战的将军，诸侯国倾全力动员百姓，调配粮草，应付战争，何暇听墨子的"兼爱"之论，"非攻"之说？且"兼爱"可行乎？爱人之身如爱己之身，爱人之国如爱己之国，若无宗教超然之心，何以能行之世人？儒家提出"亲亲"，颇近人性，人总是先从与自己有血缘关系的人爱起，即连类其他，愈远愈薄矣，何能一视同仁，兼而爱之？所以孟子斥墨子"兼爱"之说为"无父"。"兼爱"既不可行，则"非攻"也归于妄说。墨子有理论，但诸侯间相互攻伐的兼并战争，庙堂上卿大夫间的争斗无一日止息。所以说。墨子的言论和思想对于战国时期的社会改造和人们思想道德的整合作用是有限的。

墨子还有一种理论，称之为"尚同"，所谓"尚同"，就是在社会上提倡一种普遍的价值观和是非标准，而不能人言言殊，莫衷一是。墨子说："古者民始生，未有刑政之时，盖其语，人异义。是以一人则一义，二人则二义，十人则十义。其人兹众，其所谓义者亦兹众。是以人是其义，以非人之义，故交相非也。"解决这个问题的办法就是"尚同"。先择一个贤人做天子，以他的标准为标准，以他的是非为是非。"夫明乎天下之所以乱者，生于无政长，是故选天下之贤可者，立以为天子。天子立，以其力为未足，又选择天下之贤可者，置立之以为三公。天子、三公既以立，以天下为博大，远国异土之民，是非利害之辩，不可一二而明知，故画分万国，立诸侯国君。诸侯国君既已立，以其力为未足，又选择其国之贤可者，置立之以为正长。"自天子以至大小官吏乃至诸侯，皆选天下贤者任之，然后，天下万民，皆向天子看齐："国君者，国之仁人也。国君发政国之百姓，言曰：'闻善而不善，必以告天子。天子之所是，皆是之；天子之所非，皆非之。去若不善言，学天子之善言；去若不善行，学天子之善行。'则天下何说以乱哉？察天下之所以治者何也？天子唯能壹同天下之义，是以天下治也。"以天子的是非为是非，听天子一人的，则天下即可大治。"乡长者，乡之仁人也。乡长发政乡之百姓，言曰：'闻善而不善者，必以告国君。国君之所是，必皆是之；国君之所非，必皆非之。去若不善言，学国君之善言；去若不善行，学国君之善行。'则国何说以乱哉？察国之所以治者何也？国君唯能壹同国之义，是以国治也。"这个理论的实行要有一个前提，就是"天子"及大小官员乃至"乡长"，皆是"仁人。"何以保证呢？由谁来选择他们呢？墨子没有说。依当时由春秋至战国的社会条件，墨子不可能提出选举的问题，更甭提"全民选举"，所以，这只能是空中楼阁，不可能实行之。但墨子的主张则为君主专制和独裁开辟了道路。既以天子之是为是，以天子之非为非，乡长之是为是，乡长之非为非，闻有"不善"者，则上告国君，则天子国君的地位至高无上，天下之是非操于一人之手，还有比这更彻底的独裁理论吗？所以"尚同"之说不过是加强了各诸侯国君主的独裁地位，并无什么积极的意义。

兼爱、非攻、尚同，是墨子的思想基础，其不能整合社会、征服人心已如上述。但墨子的思想中还是有一些积极的东西，相比于儒家开口则讲仁讲礼，对传说中古代的政治制度无比向往，要人们"克己复礼"，妄图回到周代的礼乐制度中去，墨子有一些与时俱进，切近社会实际的观点，是很宝贵的。如他提出的"尚贤"思想："故古者圣王之为政，列德而尚贤。虽在农与工肆之人，有能则举之。高予之爵，重予之禄，任之以事，断予之令。曰：'爵位不高，则民弗敬；蓄禄不厚，则民不信；政令不断，则民不畏。'举三者授之贤者，非为贤赐也，欲其事之成。"就是国家要推举"贤人"任各级官吏，推举贤人要不限其出身，哪怕是为农和在工肆作坊中做工的，只要其"贤"，就要大胆地任用，给他以很高的爵位、俸禄，并授以事权。这里可用清末龚自珍的一句诗"不拘一格降人才"，对于仍然处于封建贵族制，诸侯国重要职位多为世袭的春秋时代，这种主张无疑具有进步意义。其实进入战国后，诸侯国贵族世袭制已渐趋动摇，苏秦、张仪拜相，吴起、孙膑为将，"邦无定交。士无定主"（顾炎武）的局面渐已形成，墨子的"尚贤"主张起了推波助澜的作用。

墨子还针对儒家的"礼乐"等繁复的仪式感的东西提出"非乐"的主张，即节制音乐，反对铺张，"民有三患，饥者不得食，寒者不得衣，劳者不得息。三者，民之巨患也。然即当为之撞巨钟、击鸣鼓、弹琴瑟、吹竽笙而扬干戚，民衣食之财，将安可得乎？"以为繁复的音乐妨碍民生，应去除之。

墨子针对儒家"厚葬久丧"的主张提出"薄葬短丧"，儒家主张：为君主父母守丧三年，为妻子长子守丧三年，其余亲戚各有月数，守丧期间，居茅庐，喝馕粥，天长日久，把身体搞糟了，甚至需要人扶持才能起来，走路需拄杖而行。这样"厚葬久丧"违背人性，耽误活人的生计和正常生活，难道就是孝吗？所以墨子主张葬埋之法为：三寸之棺，足以朽骨，三领之衣，足以朽肉，掘地之深，下无渗水，上不使臭气外泄，起坟足以相认所在，就可以了。哭着送葬，哭着返回，然后经营活人的生计，依节令祭祀，表达孝心就可以了。墨子还严厉谴责天子、贵族杀殉而葬的野蛮行为。这些都是合理的主张。

墨子反对铺张，主张节用，认为衣食、车马、宫室皆为人之必需，衣服冬天保暖，夏天轻便遮体足矣；车马载重致远足矣；宫室遮蔽风雨，以别男女足矣，一定浪费国帑，使衣裳务求鲜丽，食物务求精美，车马务求豪华，宫室务求繁复壮观，都是不对的，所以君主要带头节制用度。遇到灾荒年景，朝廷的大臣们要自觉减少俸禄，君主们不可圈囿女人，以为淫乐，使天下男子成为鳏夫，以失阴阳之和。

　　墨子反对一切皆命定的天命说，认为这种理论使人怠惰，放弃自身的努力，反天命，要自强。"命富则富，命贫则贫；命众则众，命寡则寡；命治则治，命乱则乱；命寿则寿，命夭则夭；"这种天命论，于世道人心何益哉？所以墨子曰："命者，暴王所作，穷人所术，非仁者之言也。"（《墨子·非命》）

　　墨子认为鬼神是存在的，他引用古代典籍中的一些传说以为证明。但《明鬼》的目的在于使王公贵族行事有所戒惧，不可恣意妄为，所谓"头上三尺有青天"，鬼在虚无恍惚之处观察着人间，作恶必遭报应。

　　墨子反儒，其《非儒》一章对儒家的厚葬、天命、亲亲等理论逐一予以驳斥，举出晏子对儒家的言论以证儒学之非，揭露孔子的虚伪。孔子困于陈蔡之间，弟子奉酒肉，不问来处，取之则食，持之则饮。后鲁哀公迎孔子，席摆得不正他不坐，肉切得不方正他不吃。弟子子路进来问他："您为何与陈蔡时的表现相反呢？"孔子说："来，我告诉你，当时我和你为了求生，如今我和你是为了求义。"饥困时为了生存不能讲究，吃饱了开始讲究排场，并说这是弘扬"义"，所以墨子愤而责问道："污邪诈伪，孰大于此？"齐国欲伐鲁国，孔子认为鲁国乃父母之邦，派子贡入齐，说服田常舍鲁而伐吴，又入吴，说吴王主动伐齐，入越，说越王助吴伐齐，入晋，欲晋整兵防备吴国。吴胜齐，转而加兵于晋，大败，越国乘机而灭吴。诸侯间连年混战，百姓流离，卧尸沙场，孔子难辞其咎。齐、吴、晋、越诸侯之战，子贡游说之事，司马迁《史记·仲尼弟子列传》中有记载，墨子所言，也非子虚乌有。但春秋战国间诸侯间的战争乃时势所必然，非子贡一言可致，说这些人皆孔子所杀，乃墨子愤激之言，不可深信。但墨家的思想和儒家相对立，也是事实。墨子主张用兼相爱反对儒家的爱有差异，用交相利反对儒家的罕言利，用非命论反对儒家的天命论，用事鬼神反对儒家的不事鬼神，用节葬反对儒家的厚葬，用非乐反对儒家的礼乐。墨子不同意儒家的亲亲主张，提倡尚贤，即选拔贤人来治国。认为社会动乱的原因在于人与人之间不能互爱互利，因此提倡"兼相爱，交相利"，以缓和冲突。反对诸侯国间大国攻伐小国的不义战争。这些思想都有一定的积极意义。

墨家学派是积极参加社会生活，干预社会并力图改造社会的，所以孟子认为只要对社会有益的事，墨家"摩顶放踵"也要去做，这一点恰恰是墨家的可贵之处。在战国那样弱肉强食的时代，尽管墨子有"非攻"的理论，但大国攻伐小国的战争从未止息，而墨子及其弟子出于抑强扶弱的思想，站在小国一边，帮助小国积极抵抗侵略。救危扶困，抑强扶弱，墨家因此被认为是战国中侠之大者。墨子中有《备城门》等十一章详细讲解抵抗对方攻城的策略及战术方针，在冷兵器时代，这些都是非常实用的教材，其间充满了智慧和兵家技术。

古时有一个名叫公输盘的能工巧匠，他帮助楚国制造了攻城的云梯准备攻打宋国。墨子听说后，连走十天十夜赶到宋国，见公输盘，说："我有一事，特来相求。有一人侮辱我，我想借您之力把他杀掉。"公输盘很不高兴，说："我怎么能随便杀人呢？我从不做那不义之事。"墨子再次下拜，道："说得好！杀一人为不义，攻人之国，杀很多很多的人难道可以称为义吗？君助楚王造云梯以攻宋，何义之有？"公输盘被墨子说服，道："我只是造云梯的人，要攻打宋国的是楚王，想不伐宋，只有他改变主意才行。"墨子和他一同见楚王，说服楚王打消伐宋的念头。楚王犹豫，墨子解下腰带，作城池状，与公输盘做攻防的演习。进攻的公输盘攻城失败，墨子还有很多招数没有使出来。公输盘说："我知道下面该怎么办了，但我不说出来。"墨子道："你的办法我替你说出来吧，就是要楚王把我杀掉。但这是没有用的。我已派弟子二百人前往宋国协助守城，宋国有备，城池固若金汤，宋国是攻不下来的！"楚王只好取消了攻打宋国的计划。这件事情记载在《墨子·公输》一章，我们不禁钦佩墨子以天下为己任的精神。他主张"兼爱"和"非攻"，不仅有思想和主张，而且身体力行之。不能说服天下诸侯息兵止战，但能保一国一城，涉难冒险，万死不辞。

这正是墨家以天下为己任的侠义精神。

一八　孟尝君

孟尝君名田文，是齐国贵族田婴之子，战国期间有名的贵公子之一。田婴生当齐威王、齐宣王之际，多次带兵出征，尤其是与田忌、孙膑一同率军伐魏，败魏军于马陵，斩庞涓，虏魏太子申，功最显赫。其相齐十一年，齐愍王三年，封于薛，谥为靖郭君。

田婴身为齐国贵族，位高爵显，田连阡陌，有封邑，有仆役，妻妾成群，爵位世袭，似有百代不易之富贵。他有子四十余人，田文为其一。据说其母怀孕时，推断其将在五月生，根据古时的迷信说法，五月五日生子，男妨其父，女妨其母。田婴命其姬勿生此子，但其姬私下仍将田文生下。田婴知道后，田文已长，虽怒其姬，无可奈何。田文渐长成，责其父曰："您为齐国之相，执齐国之政，已连续三代君主，齐国国土未见增加，可私家却富累万金，门下不见一贤者。后宫妻妾身着绫罗而寻常百姓褴褛无衣；家中仆隶厌食粱肉而山野小民转为饿莩，如今又厚积余藏，蓄积唯恐不多，您想把这万贯家财留给何人呢？"这段话足见战国时代贫富差距，阶级分化是何等严重，在贵族奢靡豪华的生活后面，是无数贫苦无告，辗转沟壑的贫民。这话传出去后，田文在诸侯间有了贤者之名，诸侯们建议田婴立田文为嗣，田婴同意了。田婴死后，田文继承了家产和爵位，其封地在薛，这就是孟尝君。

"孟尝君在薛，招致诸侯宾客及亡人有罪者，皆归孟尝君。孟尝君舍业厚遇之，以故倾天下之士。食客数千人，无贵贱一与文等……孟尝君客无所择，皆善遇之。"（《史记·孟尝君列传》）这就是所谓的"养士"。战国时代的名公子都是以"养士"名世。所谓"养士"是贫苦无告，衣食无着的人托庇于贵族以为生计。这些人成分复杂，流浪者、乞食者、逃亡者、隐士、无赖、社会边缘人，不一而足。因为社会贫富差距巨大，许多人无以为生，所以，孟尝君门下有不少这样的食客。

因为有养士之名，孟尝君声动诸侯，秦昭王使泾阳君为质于齐，欲召见孟尝君。孟尝君欲赴秦，被人劝止。至齐愍王二十五年，秦昭王仍促孟尝君入秦。孟尝君入秦后，昭王敬其贤，欲使之为相。人或曰："孟尝君乃齐人，又是齐国本家田氏子，以其为秦相，必先齐后秦，以此人为相，乃弱秦灭秦之举也。"秦昭王乃止，且囚孟尝君，欲杀之。被囚于秦的孟尝君百计不得脱，有人献计曰："君囚于秦，夜长梦多，凶多吉少，应及早脱身。方今之计，唯有求昭王宠姬，使之进言昭王，或可得脱。"于是百计得见昭王宠姬，欲得其助。但宠姬提出一个条件，想让我为君求情是可以的，但"妾欲得君狐白裘"所谓"狐白裘"，就是用狐狸的白色皮毛缝缀成的皮裘，贵值千金。墨子有言："千镒之裘，非一狐之白也。"足见其珍贵。恰巧孟尝君有这样一件皮裘，可入秦后已献给秦昭王。如今手中已无裘，如何是好！商之宾客，众人皆无计。中有一人，乃狗盗之徒也，道："我或可为君窃之。"于是，身披狗皮，夜入秦宫藏之中，盗得狐白裘。孟尝君将狐白裘献给昭王宠姬，宠姬进言于昭王，孟尝君得脱。众人曰："今得脱缧绁，应速行，昭王若后悔，君无命矣！"于是，连夜上路，快马加鞭，日夜兼程，一行人到得函谷关。秦昭王释放孟尝君，旋即后悔，命快马捕头，加速追赶，务将孟尝君捉拿押还秦国。孟尝君一行在函谷关受阻，按照守关之法，鸡鸣始得开关放人，时刚入夜，不出关，仍在秦境，时有不测之虞。孟尝君心急如焚，却又无可奈何。正焦虑中，有食客一人，曰：自己可学鸡鸣，引动众鸡鸣叫，使关吏误以为天将明，开关放人。于是，其人夜学鸡鸣，果使众鸡齐鸣，关吏开关，孟尝君一行得以出关遁逃。孟尝君养士，不拘一格，"客无所择"，关键时刻，用人之际，鸡鸣狗盗之徒大显身手。孟尝君收留二人时，客皆羞与为伍，如今方服。值此，留给后世一个成语："鸡鸣狗盗"。

孟尝君身材矮小，其貌不扬。过赵国，赵国平原君厚待之，车仗过街，众人围观，人或曰："原来以为孟尝君乃魁伟大丈夫，不想身材如此矮小，其貌鄙陋如此！"众人喧哗不止，孟尝君怒，与宾客杀围观者数百人离去。孟尝君算不得仁人贤者，这种一怒之下的滥杀无辜也是当年贵族统治者的本色。

孟尝君回到齐国后，齐愍王以之为齐国相。当时，齐国正联合韩、魏两国攻楚，孟尝君为相后，因怒恨秦国，转而与韩、魏两国攻秦，并向当时的西周小国筹借粮秣。西周不敢拂齐意，以说客谓孟尝君曰："齐国联合韩、魏攻楚九年，取楚国宛、叶以北以强韩、魏，如今又转而攻秦，只能强大韩、魏两国，韩、魏南无楚忧，西无秦患，伐楚伐秦，则大受其利，而齐无所得。韩、魏强，则齐危矣。依今之计，君不如以齐国交好于秦，不必借西周粮秣军食，兵临函谷而不攻，不破秦以益韩、魏，告秦国曰：今临函谷，欲秦国令楚国割东国徐夷之地以事齐，而秦国释放扣留的楚怀王以为秦楚之和。如此，齐得东国徐夷之地而愈强，秦国无破而得免，秦必乐于为之。楚怀王得出，也必怀德齐国。"于是孟尝君令三国无攻于秦，也不借粮秣于西周了。当时，楚怀王入秦，秦留之，故以释放怀王作为交换。

最后，秦国并没有释放楚怀王，此事也不了了之。

孟尝君在齐为相，曾派一名姓魏的（称魏子）到封邑去收租，魏子三次往返而未曾一入其租。孟尝君责问魏子，魏子云：有百姓饥困，中间将粮食贷给百姓了。孟尝君怒，斥退魏子。过了几年，有人在齐愍王面前谗毁孟尝君，说他有反心，将作乱。当时，适有田氏宗族田甲者欲劫持愍王，愍王怀疑孟尝君参与了田甲作乱，孟尝君逃亡。这时，前曾由魏子贷粮于百姓者，乃上书齐愍王，为孟尝君辩冤，说孟尝君没有参与作乱，齐愍王怀疑无据。有人为此在齐宫门前自刭，为孟尝君证清白。齐愍王大惊，后验问清楚，孟尝君无罪，于是复召孟尝君。孟尝君以病谢归于封邑薛地。后来，孟尝君也参与了宫廷上的斗争，后齐愍王灭宋后，益骄横，欲去孟尝君。孟尝君吓得跑到了魏国，魏昭王以之为魏国相。魏国此时交结秦国，与秦修好，并与燕国联手，攻破齐国。齐愍王逃到莒，并死在那里。等到齐襄王立，畏孟尝君，与之亲和。不久，孟尝君也死在封地薛，他的儿子们争立为嗣，相攻伐。齐、魏联手，共灭薛，孟尝君绝后。

孟尝君以"养士"名重天下，鸡鸣狗盗的典故前已言之。其门下食客还有一知名者，名叫冯谖。当时，冯谖穷无衣食，托庇于孟尝君，孟尝君问他："先生远道而来，有什么可教我的吗？"冯谖道："听说您好士，故以贫身归于君。"于是，孟尝君就安排他在传舍住下了。当时收留士的地方有三种居处：代舍、幸舍、传舍，分别安排上、中、下三等宾客。冯谖住在传舍，过了十日，孟尝君问舍长："这位新来的客人如何？"舍长答："这位冯先生穷得很，别无长物，只有一把破剑，剑柄上用线缠着，早上起来，即弹剑而歌曰：'长铗归来乎，食无鱼。'"孟尝君道："既如此，把他迁到幸舍去。"幸舍高一级，有鱼吃了。又过了几天，孟尝君问："这位冯先生现在如何？"舍长说："冯先生一早起来还是弹剑而歌，曰：'长铗归来乎，出无车！'"孟尝君说："那就把他迁到代舍去！"代舍是高级宾客住的地方，出入皆有车代步。又过了几日，孟尝君问舍长："食有鱼，出有车，这回冯先生满意了吧？""不"，舍长说，"他还是不满意，早上仍然弹剑而歌，曰：'长铗归来乎？无以为家！'"孟尝君听了，心中不悦，想，这个冯谖也太不识趣了，得寸进尺，真正是岂有此理！从此再不理他。

过了一些年，冯谖仍然在孟尝君那里吃白食。这时候，孟尝君倒了霉，秦楚两国不断地造舆论，说孟尝君名高其主而擅齐国之权，将不利于齐愍王。齐愍王也觉得孟尝君碍眼，于是就把孟尝君废了。孟尝君失势，爵位封邑皆废，宾客纷纷离他而去。冯谖道："给我一辆车，可以出使秦国，我必使君名重于国，恢复爵位，并增加封地。"于是，孟尝君为冯谖准备了一辆车子和出使的盘缠费用，冯谖就跑到秦国去了。他游说秦王曰："天下之游说之士西入秦国，都是要使秦强大，东入齐国，都是要使齐强大。齐秦两国不两立，必分高下。"秦王曰："如何使秦居齐之上而称雄天下？君有说乎？"冯谖说："大王听说齐国废孟尝君之事吗？"秦王曰："听说了。"冯谖说："使齐重于天下者，孟尝君也，今齐王废之，孟尝君心中有怨，必有心背齐。若使孟尝君入秦，则贤者归秦，齐国必弱，则秦在齐上矣。大王应趁此时，备车以迎孟尝君入秦，勿使齐国觉悟，复用孟尝君。"秦王应诺，立刻备十辆华车，黄金百镒，入齐去迎孟尝君。冯谖要求先走一步，在秦国车仗未入齐国时回到齐都，说齐王曰："天下之士东入齐者，皆欲强齐而弱秦，齐秦不两立，必分雌雄。臣窃闻秦备华车十乘，黄金百镒来齐，欲迎孟尝君入秦，孟尝君不入秦则已，一旦入秦为相，天下归之，则秦强而齐弱，那时，则临淄、即墨危矣！大王何不在秦使未到之前，复封孟尝君，益加其封邑以示重国士，则秦国图谋破产，孟尝君留在齐国，则齐强而秦弱，此重国士，举贤者之策也。愿大王勿失之。"齐王闻听，派人去国境迎秦使，秦使车入境，回报齐王，齐王立刻复孟尝君爵位，并加增封邑一千户。

孟尝君复位，散去的宾客又复归。冯谖迎之，孟尝君叹息道："吾待宾客，一如既往，从未有折辱怠慢处，可他们听我废爵罢官，纷纷离我而去，如今复位，又纷纷回来，有何面目见我也！我见其返，必唾其面！"冯谖下马而拜，孟尝君道："先生为宾客拜乎？"冯谖道："非为宾客拜耳，为君之言失也！夫物有必至，事有固然，君知之乎？"孟尝君道："我不知是什么意思。"冯谖道："生者必有死，此物之必至也，富贵多士，贫贱寡友，事之固然也。君不见朝市之人乎？一早开门，摩肩擦踵，争相而入，等到晚上，则蜂拥出门，掉头不顾。争相而入者，无论买卖，有期待之物在其中；掉头不顾者，无论买卖，再无期待也。今君失位，宾客皆去，人情之长也，不应该怨恨宾客而绝其路，愿君知世间人情，待客如往昔。"

孟尝君拜谢道："闻先生之教，如有所悟，敢不奉命乎！"宾客归后，孟尝君待之如常。

冯谖作为孟尝君的门客，弹铗而歌，食无鱼、出无车的典故后人多有用之。最显著的一例是近人柳亚子献诗给毛主席，其语云："开天辟地君真健，说项依刘我大难。夺席谈经非五鹿，无车弹铗怨冯谖。头颅早悔平生贱，肝胆宁忘一寸丹。安得南征驰捷报，分湖便是子陵滩。"

一九　毛遂自荐

平原君赵胜，赵国的贵族。亦以善养士有名于诸侯间。战国时的贵族，有封邑，因而田连阡陌，富可敌国，穷人无以自存，托庇于贵族，即为士。贵族还可以有自己的武装，士者，并非一定是读书人，有很多流浪者和社会边缘人，贵族将其收揽门下，遂成为贵族的私人武装和门客。

平原君有一个故事，说明他"重士"而轻人命。他的府第比邻民居，民中有一驼背者，行走于街巷，平原君宠爱的美人于楼上见之，大笑。驼背找上门来，对平原君说："我听说您重士而贱妾，士不远千里来投门下。我不幸有驼背之疾，沿街而行，被你的后宫姬妾讪笑，臣愿得笑臣者头。"平原君漫应道："好好好……"把驼背打发走了。过后笑道："竖子何其狂也，想以一笑之故而杀我美人，太过分了！"过了一年多，门下宾客不告而辞者超过一半。平原君感到奇怪，说："我向来对宾客待之以礼，为什么他们都走了呢？"门下一人道："那是因为您没杀笑驼背的美人，宾客认为您爱色而贱士，所以士纷纷离去。"平原君因而杀美人，亲送美人头至驼背者门，并向他道歉。自此，门下宾客渐渐归来。当时，齐有孟尝，魏有信陵，楚有春申，赵有平原，四国贵公子争相倾其所有以养士，成为战国间贵族的一种风尚。

平原君的故事在那个年代容或有之，但至今读来，总觉得有些不舒服。美人一笑，何至于殒命？驼背被讪笑，即索人性命，不亦太过乎！平原君杀人以收宾客之心，视女人之命如草芥，残忍之甚也！宾客们不见杀人而离心，见其杀人而归心，岂非忍人哉！

平原君为后世所铭记的故事乃是"毛遂自荐"。赵惠文王七年，秦国大将白起率军于长平大败赵括之军，坑杀赵国降卒四十五万，九年，秦军围赵国都城邯郸。邯郸危急，赵国派平原君为使，往楚国求救，欲与楚国合纵破秦，以解邯郸之围。平原君欲选有勇有谋之门客二十人相随，选了十九人，不足二十之数。于是，有门客毛遂者自荐："我听说君将合纵于楚，带门客二十人前往，不外求。今少一人，愿君以遂备员而行。"平原君问道："先生居此几年了？"毛遂道："三年。"平原君道："贤士处于当世，犹如锥处囊中，其锐立见。今先生在我门下三年，未闻左右称颂先生，我也未曾听过先生的名字，是先生未有超人之德才。先生不能备员赴楚，还是留在家里吧！"毛遂道："我今日请求赴楚，就是想锥处囊中，若早处囊中，已脱颖而出，何必今日！"平原君最后同意毛遂俱往，那已定的十九人站在一边，看着毛遂轻笑，毛遂遂充二十随员之数，与平原君赴楚。

到楚国，与十九人论议，众人皆服。到了楚国宫廷上，平原君与楚王讲合纵之策，言其利害，日出而言之，日中不得决，楚王一直在犹豫。堂下坐着的十九名随从对毛遂说："先生上。"毛遂按剑登阶而上，对平原君说："合纵之利害，两言而决耳。今日出而言，日中而不决，何也？"楚王见登堂上来这样一个人，且出语无状，对平原君道："这是什么人？"平原君道："是跟从我的舍人。"楚王变色，厉声喝道："还不下去！我与你的主人说话，哪里有你插嘴的份！下去！"毛遂按剑而前曰："大王之所以呵斥我，以楚国人多势众，现在十步之内，大王无得恃楚国之众也！大王之命悬于我手。吾君在前，你何以大呼小叫，凶蛮无理？我听说商汤以七十里之地称王天下，周文王以百里之壤而臣服诸侯，岂靠士卒众多哉？靠的是据其势而奋其威也！如今楚国地方五千里，持戟甲士百万，此乃霸王之资也！以楚之强，无敌于天下。白起，小竖子耳，率数万之众，兴师以与楚战，一战而平鄢郢，再战而烧夷陵，三战而辱大王之祖先，此乃百世之仇而赵国为之羞，而大王竟安之若素。楚赵合纵抗秦，为的是楚国，并非只为赵国。吾君在前，何以首鼠两端，犹豫不决？且大呼小叫，羞辱于我？"楚王无语，良久，道："是啊，先生说得对，楚国愿举社稷之重与赵国合纵抗秦。"毛遂问道："大王合纵之策定乎？"楚王道："定了。"毛遂对楚王左右下令曰："取鸡狗马之血来。"良久，牲血具，毛遂举铜盘跪呈楚王："大王请歃血以明诚意，次者吾君，次者毛遂。"遂定合纵之盟于楚廷。平原君随从十九人，皆歃血以盟。

回到赵国，平原君叹道："从今以后，我不敢说自己知士了！从前，我相天下之士，多者千人，少者数百，自以为不失天下之士，今于毛先生而失之也。毛先生至楚，使赵国重于九鼎大吕，先生以三寸之舌，强于百万之师，一言而与楚定合纵之策，岂非真士哉！"自此，毛遂为平原君上客。

平原君返赵之后，楚国派春申君领军救赵，魏国的信陵君也矫夺晋鄙军驰往救赵，两支救兵未到，邯郸形势危急起来。秦军攻之愈急，邯郸挺不住，欲降秦。平原君焦虑万分，邯郸有李谈，问平原君道："君不忧赵亡吗？"平原君道："赵亡我则为虏，怎能不忧呢？"李谈说："邯郸百姓，被围多日，已断粮，竟至易子而食，析骨为炊，真是危急万分！而君之后宫美人数百，婢妾皆穿金戴银，厌食粮肉，黎民百姓身无完衣，不厌糟糠，民困兵尽，至砍木为矛，而君之府上，钟磬鼎彝自若。假若秦破邯郸，赵国灭亡，君安得有此？若赵国得以保全，君又何患无此？如今，君宜将夫人以下，尽编入卒伍，家之所有尽散以养士，战士们处危苦之际，自当感君之功德，奋勇杀敌。"这段话，足见诸侯国君主贵族生活之奢靡，百姓遭外敌入侵之时，生死不保，城困求生的艰难。平原君将门下士人编入卒伍，得敢死之士三千人，由李谈率领，奔赴秦营。秦军为之后退三十里。这时，楚、魏援军赶到，秦军解围，邯郸复存。李谈于阵前战死。

邯郸围解后，以魏信陵君引军救赵，使邯郸得存，赵国的虞卿请封赏平原君。门客公孙龙夜见平原君，力言不可。说："赵国所以重君以为相，不是因为君之才能超出所有人之上，赵国割东武城以封君，并非因为您真有什么大功，而是因为您是赵国的宗族，您受相印而不辞无能，割地受城而不言无功，坦然接受，也因为您是赵国的宗族，与赵国乃为一体，一亡俱亡，一损俱损也。如果您再接受封赏，则引动国人争功。且虞卿为您请封，则两端讨好，如受封，虞卿之功，不封，他也觉得有功德于您。"平原君听后，则将虞卿封赏之议搁置。

公孙龙，战国时名家，有"白马非马"之说。把名与实，具体事物与一般概念对立起来，可谓诡辩之术。但他得到平原君的厚待。

虞卿也是赵国的重要人物，据说，他作为游说之士游说赵孝成王，一见，则赐黄金百镒，白璧一双；再见，则被封为赵国上卿，故号为虞卿。他所进言足见赵国在秦国的威逼下进退失据的窘境。秦赵两国战于长平，赵国军不利，赵王有降心，召楼昌和虞卿谋议。楼昌说："降而无益，必进重宝，割城以与秦媾和。"虞卿曰："楼昌言媾和，以为不媾和赵军必破也。但是，媾和的主动权在秦国而不在赵国。大王认为秦国想破赵军还是不想破赵军呢？"赵王说："秦国不遗余力，肯定是想破赵军。"虞卿说："既如此，大王信臣言，发使出重宝以联络楚、魏，楚、魏欲得王之重宝，肯定会接纳我国的使节。赵国使节入楚、魏，秦国必认为赵、楚、魏合纵以抗秦，必惧。只有这样，才可以与秦国媾和.'赵王不听虞卿之言，急于和秦媾和，和平阳君赵豹商议后，派郑朱入秦。秦纳郑朱。赵王召虞卿曰："我已和平阳君商议与秦国媾和，派郑朱为使入秦，你看如何？"虞卿道："大王不得与秦媾和，且赵军必破矣。天下祝贺秦国必胜者皆在秦廷，郑朱，赵国之贵人也，秦王和其相必以郑朱显重以示天下。楚、魏两国认为赵国既媾和于秦，必不救赵，秦知无人救赵，当然不肯与赵媾和。"秦国果然以郑朱示天下，且不与赵媾和。在长平加紧进攻，赵军大败，秦军围邯郸，赵国为天下所笑。

秦国因楚、魏来救，解邯郸围。赵王使赵赦去秦，割六县与秦，欲结秦之好。虞卿问赵王曰："大王以为秦国撤兵，是力竭而归，还是有余力再战，爱大王您而撤兵呢？"赵王说："秦国攻我，不遗余力，肯定是力竭而归。"虞卿曰："秦国力不能取，力竭而归，大王以其力不能取而送之，是助秦自攻也。来年秦复攻王，大王无救矣。"赵王把虞卿的话告诉赵赦，赵赦说："虞卿断言秦国之力已竭，再不会进攻赵国，这时候不舍弹丸之地，若秦国复来攻，大王难道割内地以与秦媾和吗？"赵王说："听你的话，割秦与六县，你能保证秦国来年不再来攻吗？"赵赦道："这个我不敢保证。"赵王将赵赦的话告于虞卿，虞卿道："赵赦说：'不与秦媾和，来年秦复攻王，王必得割内地已媾和。'今既与秦媾和，赵赦又说不能保证秦国来年不复来攻，既如此，许秦六县何益？来年秦再来攻，赵再割地以媾和，此乃自尽之术也。不如不与秦媾和，秦国虽然善攻，然不能取六县，赵虽不能守，然不必失六县。我以六县收天下以攻疲敝之秦，是我赵国失之于天下取偿于秦也，赵国尚有利，何必坐而割地与秦，自弱以强秦哉！若听赵赦之言，则大王每年以六县事秦，即坐而城尽。来年秦复来攻，大王将再割地于秦乎？以益强之秦而割愈弱之赵，大王之地有尽而秦之索求无已，以有尽之地应无已之求，势必无赵矣。"

臣子们意见分歧，赵王犹疑，计未定，恰好楼缓从秦国归来。赵王问楼缓："割地与秦与不割，哪一样吉利呢？"楼缓说："此非臣所能知也。"赵王说："你可以谈谈你的想法嘛。"楼缓说："大王一定听说过鲁国文伯母亲的故事吧？她的儿子公甫文伯在鲁国做官，病死了。文伯的两个女人为他而自杀，但他的母亲却没有掉一滴眼泪。近侍们说：哪有儿子死了而不哭的呢！文伯的母亲说：孔子是圣人，被鲁国驱逐而没有人跟从他。如今我儿子死了却有两个女人为他自杀而殉，肯定是因为他对长者薄而对女人厚也。从母亲的角度说，母亲是贤母，从妻子角度说，则是嫉妒儿媳。对她的话有不同的看法，看从哪个角度说。如今我刚从秦国来而说不割地与秦国，显然不是好主意；说割地与秦，则大王一定认为我偏向秦国，所以不敢回应大王。若为大王计，我认为应该割地与秦。"赵王说："好吧。"
虞卿听说后，入见赵王，说："楼缓之言乃伪饰之言也，大王一定要慎
重。"楼缓听后，往见王，赵王将虞卿之言说与楼缓，楼缓说："虞卿知其
一，不知其二，秦赵两国相攻天下皆高兴，为什么，诸侯都想因强而乘
弱，欲从中得利。如今赵兵困于秦，诸侯祝贺秦国胜利者齐聚于秦，所以
赵国不如马上割地与秦，以求讲和，以慰秦之心。不然，诸侯将利用秦国
之怒，乘赵之弊，瓜分赵国。赵国且亡，何以图秦乎？所以说虞卿知其一
不知其二，愿大王马上决断，不要犹豫了。"

虞卿听说后，又入见赵王，说："危哉楼缓为秦而言也，此乃疑诸侯，
何乃慰秦之心也？难道这不是示弱于诸侯吗？况且我说不割地与秦，非一
定不割也。秦索六县于王，王将六县不予秦而予齐，齐秦深仇也，齐得赵
之六县，与赵并力西击秦，则王失之于齐而取偿于秦也，而齐赵之深仇可
报，示天下赵尚有为也。大王赂齐六县，与齐合纵，秦国必重赂至赵而反
求于赵，以求媾和。与秦媾和，韩魏两国必尽重赵，则大王一举而结齐韩
魏三国之亲，则秦国不足惧也。"赵王说："好。"于是派虞卿出使齐国，
与齐王谋秦。虞卿未返赵，秦国使者已在赵国。楼缓听说后，流亡离赵。
赵国于是封虞卿一城。

不久，魏国请求与赵国合纵，赵孝成王召虞卿商议，虞卿过平原君
处，平原君说："愿卿与大王论议，主张与魏合纵。"虞卿入见，王曰：
"魏国请合纵。"虞卿曰："魏过。"赵王说："寡人还没有答应。"虞卿
曰："王过。"赵王说："魏国请从，卿曰魏过，寡人未之许，又曰寡人
过，难道合纵不可乎？"虞卿说："臣闻小国与大国合纵，有利则大国受
其利，有败则小国受其祸，如今魏以小国请其祸，而王以大国辞其利，
所以我说魏过王也过。我认为与魏合纵为便。"赵王说："好。"于是与
魏国合纵。

当时，魏齐在魏国为相，与秦国相应侯有仇，秦国索魏齐甚急。魏齐
便投奔虞卿，虞卿辞去赵国相印，与魏齐共同流落到梁，两人欲托庇于信

陵君。信陵君犹疑未决，魏齐绝望而自杀。虞卿独困于梁，穷愁而著书，后世传之为《虞氏春秋》。

　　平原君以赵孝成王十四年卒，子孙继承爵位和产业。后与赵国俱亡于秦。

二〇　窃符救赵

信陵君名叫无忌，他是魏昭王的小儿子，魏安僖王的异母弟。魏昭王死后，安僖王即位，封公子为信陵君。

信陵君对门下士谦恭有礼，从不以富贵骄人，所以，天下士争相归之，门下食客足有三千人。当时，诸侯以信陵君乃魏之贤人，且门下多客，十余年间，不敢加兵谋魏。

有一次，信陵君与魏王下棋，忽然，魏国北部边境示警，报说有寇入侵。魏王欲辍棋，召大臣谋议。信陵君说："不妨事，那是赵王田猎，不是有寇入侵。"两人继续下棋，可是魏王心不在焉。不一时，边境再传情报，说是赵王出猎，不是敌寇入侵。魏王遂放下心来，问道："公子何以知之？"信陵君回说："我的门下客有深知赵王行踪者，赵王一举一动，客皆以报臣，所以臣知之。"魏王听了，心下狐疑，虽深服信陵君之贤，但不敢委以国政。怕他耳目众多，国无隐事，而堕其彀中也。

魏国有一隐士，名叫侯嬴，年已七十，因家贫，为魏都大梁东门守门人。信陵君听说后，前去拜访，并赠予厚重的钱财和礼物，侯嬴不受，说："臣修身洁行数十年，不能因为看守城门卑贱贫困而受公子之财。"信陵君于是置酒大宴宾客，宾客们坐定后，信陵君驱车往城东门亲迎侯嬴，车上空出左边尊贵的位置。到东门后，侯嬴穿戴破旧的衣冠，直接登车，坐于车的上座，不辞让，以观察公子的态度。公子手握马缰绳，执礼甚恭。侯嬴说："我有一个朋友在市场上卖肉，请车子绕道市场，我有几句话跟他说。"公子引车进入市场，侯嬴下车，会见他的朋友朱亥，两人久立，语之良久，侯嬴偷偷观察公子的神态。只见信陵公子态度愈加谦和，没有丝毫不耐烦的神色。当时，魏将相宗室宾客满堂，等待公子举酒开席，市场上的人都看着公子手执马缰，侍立一边，等待着侯嬴。侯嬴不慌不忙和朱亥聊着天，大家都在骂这个不识好歹的老头子。侯嬴见公子终无不耐之色，这才和朱亥告辞，登车而去。到了信陵君府上，信陵公子把侯嬴引入上座，并把他介绍给宾客，宾客们都很吃惊。酒至半酣，信陵君站起身，持酒为侯嬴祝寿，侯嬴说："今天我成就公子之名也算可以了。我侯嬴不过是一个把守城门的小吏，公子亲驱车骑，迎我于众人广坐之中，不应有所过，但公子过之。然而我想成就公子之名，故使公子车骑久立市中，来往的人都观察公子神态，而公子神色自若，谦恭有礼，无一丝不耐之色。所以，人皆以为侯嬴是不知进退的小人，而认为公子是谦谦长者，能委身下士。成公子一世之名，侯嬴无愧也。"于是众人罢酒，侯嬴自此为信陵君上客。

侯嬴对信陵君说："我的朋友朱亥，乃世间贤者，隐身于狗屠间，望君枉顾之。"信陵君数次前往敦请，朱亥无动于衷，也不辞谢。信陵君感到很奇怪。

魏安僖王二十年，秦昭王已破赵长平军，又举兵围邯郸，邯郸万分危急，且夕将下。信陵君的姐姐是赵惠文王弟弟平原君的夫人，所以，多次移书魏王和信陵君，请求魏国出兵救赵。魏王派将军晋鄙率十万大军前往救赵。秦王派使者至魏，告魏王曰：我攻赵国邯郸旦夕可下，而诸侯敢有救赵者，破邯郸后，将移兵先击之。魏王害怕了，派人止晋鄙，使大军驻扎在邺，名为救赵，实则首鼠两端，作壁上观。邯郸愈加危急，且夕不守。平原君派出向魏求救的使臣相接于道，亲自作书与信陵君，责备道："我赵胜之所以与君结姻亲之好，以公子仁义高尚，能急人所难。如今邯郸旦夕降秦而魏救不至，怎可说公子能急人所难呢？公子纵然轻视我，弃之不顾，难道你不怜惜你的姐姐吗？邯郸一破，赵之宗族，尽为秦之囚房，你的姐姐又何以自全？"信陵君急得百爪挠心，多次请求魏王施救，他的门客辩士游说魏王，唇焦舌弊，但魏王畏秦，终不听公子。信陵君知道不能指靠魏王了，但又不想独生而令赵亡，于是约集他的宾客，整顿车骑百余乘，欲以之赴秦军，纵不能救赵，也要与秦军同归于尽。

信陵君组成的敢死队车马经过大梁东门（夷门），信陵君与侯嬴告别。侯嬴说："公子自勉，老夫不能跟从前往。"信陵君离都行数里，愈觉心中不快，想：我对待侯嬴仁至义尽，天下人尽知我视他为贵客。如今我赴汤蹈火，有死无生，他竟然如此冷漠，竟无一句激励宽慰之言。究竟何故呢？于是，令车仗返回，再见侯嬴。侯嬴道："我早就知道公子会回来的。公子喜养士，国家危难之时，义不容辞，集门下忠勇之士以赴秦军，但区区百乘，兵不满千，无异以肉投饿虎也，徒然自杀，何功之有哉！公子从前待我甚厚，公子往而臣不送，知公子必返也。"信陵君再拜，请教良策。侯嬴屏绝左右，对信陵君说："我听说魏王合兵之虎符在其卧室之内。而能随意出入其卧室者，是他最宠爱的如姬。如姬之父被人所杀，如姬欲为父报仇，寻找仇人三年而不得，曾有求公子，泣下哀告。公子叫门客寻其仇，斩其头，交付如姬。公子于如姬有此恩德，所求必应。为今之计，只有求如姬盗得虎符，交与公子，公子持符夺晋鄙军，方可救赵。"信陵君依计而行，求如姬盗得虎符。信陵君怀虎符，欲往晋鄙军。侯嬴道："将在外，君令有所不受，公子即往军中，与晋鄙合符，若晋鄙不交军权而请示魏王，公子之事败矣！"信陵君道："那该怎么办呢？"侯嬴道："可使我的朋友朱亥跟从，朱亥，力士也。若晋鄙交军权，当然最好，若不交，可使朱亥击之，强夺军权可也。"信陵君听后，神色黯然，流下泪来。侯嬴道："公子何泣？是怕死吗？"信陵君道："吾何惧死！只是晋鄙乃魏国宿将，屡立大功，这次怕他不听，必将杀之，因此为之泣也！事已至此，我又何惧死乎！"侯嬴道："两害相权取其轻，若不得军，公子何能救赵？若晋鄙不从，又安能得军？晋鄙不从，也唯死耳！"于是，信陵君往求朱亥。朱亥道："臣乃市井操刀屠者，而公子数次枉顾，所以不报答公子者，以为小礼不足用。如今公子有急事用臣，此臣效命之时也！"遂与信陵君俱往晋鄙军。

信陵君告辞侯嬴上路。侯嬴说："本应与公子同行，老而无能，去无所用。当数公子行期，公子至军中日，老夫北向自刎，以报公子。"

信陵君到邺地晋鄙军中，矫魏王令代晋鄙统军。晋鄙合符，心中生疑，举手对公子说："如今我统领十万大军驻扎于边境，乃国之重任也！今公子单车来代之，于常情不合，且容我请示魏王方可移交军权。"信陵君闻此，示意身边的朱亥，朱亥袖中藏四十斤铁锥，即出椎而击之。晋鄙死，信陵君将晋鄙军，出令军中曰："父子俱在军中者，父归；兄弟俱在军中者，兄归；独子无兄弟者，可归家奉养父母，余者留军。"于是，精简后，得精兵八万人。信陵君统八万精兵进击秦军，秦军解围而去。邯郸得存，赵国复生。

赵王和平原君迎信陵公子于边境，平原君身负箭囊，亲自为信陵君导引车仗，赵王感动地说："邯郸得存，赵国得魏之救而复生，自古未有贤于信陵公子者！"这时，信陵君得到消息，侯嬴果然为他而自尽。

魏王对信陵君盗其兵符、矫杀晋鄙夺其军之事甚怒，信陵君也自知有功于赵却有罪于魏，于是，使下边的将领统率魏军归魏，而自己留在赵国。赵王以封赐给信陵君一座城邑，魏国没有取消信陵君的封号，但他自此留在赵国。

信陵君留赵十年未归，秦王闻听信陵君在赵，屡次兴兵攻打魏国，魏王以为国之大患，多次派使敦请公子归国。信陵君怕魏王怒己，告诫门下说："有敢传达魏王消息者，死。"从前的宾客们纷纷离开魏国，前来赵国投奔信陵君，但没有人敢劝他归国。当时有毛、薛两人是信陵君看重的门客，两人入见信陵君，道："公子所以重于赵而名闻诸侯，是因为公子仗恃魏国之力。如今秦国攻魏，魏国危急而公子不怜恤，对魏国之难无动于衷。倘若秦国攻破魏之大梁，毁魏国之宗庙，魏亡而社稷尽毁，公子以何面目立于天下乎？"话音未落，信陵君色变，立命车驾归而救魏。

魏王见归来的信陵公子，相与泣，而授公子上将军印，信陵君遂统军。魏安僖王三十年，信陵君派出使节遍告诸侯，诸侯闻信陵君为将，分别派出军队救魏。信陵君统领五国之兵破秦军于河外，秦将蒙骜败走。遂乘胜追逐秦军至函谷关，秦军数年不敢东出关。当时，信陵公子威震天下，诸侯有客进兵书，公子皆称其名，故世传《魏公子兵法》。

信陵公子统兵逼秦，秦王患之，乃出万金于魏，求晋鄙当年的下属，行反间之计于魏王，曰："信陵公子流亡在外十年，如今为魏国统军之将，诸侯将皆归其节制。诸侯只听说魏公子，不知有魏王。信陵君也欲南面称王，诸侯畏公子之威，也想共立之。"秦又数次派使致贺信陵君立为魏王。魏王日闻其馋毁，不能不信。最后果然解除了信陵君的军权。信陵君知道自己因被人毁谤而废，从此谢病不朝，与宾客日夜豪饮，多近女色。四年后，死于酒。同年，魏安僖王亦死。魏国自此走向衰败灭亡之路。

二一　将相和

中国戏曲舞台上有一出戏名为《将相和》，说的是赵国的大将廉颇和赵国国相蔺相如的故事。两人都是赵国历史上的名人，他们的故事流传久远，两人各有千秋。

先说蔺相如的完璧归赵。

赵惠文王时，赵国得到楚国的和氏璧，视为国之重宝。秦王知之，作书给赵王，说愿以十五城换赵国之璧。赵王与大将军廉颇等大臣们商量，欲把玉璧给秦国，怕秦国背约，十五城不可得，徒被秦国所欺；欲不理秦国，怕秦国兴兵来伐。计议未定，求可出使秦国的人，未得。宦者令（宫中管理宦官的头目）缪贤说："臣有舍人蔺相如可令出使秦国。"赵王曰："何以知其能？"缪贤说："臣曾经获罪大王，欲投奔燕国，蔺相如劝阻我，问我何以知燕王会收留我，我说，我曾经随赵王在边境上与燕王相会，燕王私下里握着我的手说，愿和我交朋友，以此知燕王会收留我，所以我想投奔燕国。蔺相如对臣说：赵强而燕弱，因你得幸赵王，所以燕王才要交结你。如今你从赵国逃亡到燕国，燕畏赵，必不敢留你，会把你遣送回赵国。君不如肉袒裸身，背负斧质，请罪于赵王，或可得免。臣从其计，幸得大王赦臣之罪。臣因此认为蔺相如有远见，有谋略，可令其出使秦国。"于是赵王召见蔺相如，问道："秦王欲以十五城请易寡人之璧，可以给他吗？"相如曰："秦强而赵弱，不可不许。"赵王说："秦王得璧，而食言不予我城，那又怎么办？"相如曰："秦以城求璧而赵不许，理亏在赵；赵予璧而秦不予赵城，理亏在秦。衡量两种结果，宁可以璧予秦使秦国亏理。"赵王说："既如此，谁可奉璧而出使秦国？"相如说："若大王无人可遣，臣愿奉璧往使。城入赵，而璧留秦，城不入，臣请完璧归赵。"赵王于是派蔺相如奉璧西入秦。

秦王在章台会见相如，相如呈上玉璧，秦王大喜，传玉璧及美人和左右大臣，众人皆呼万岁。蔺相如见秦王无意割城与赵，乃上前道："璧有瑕疵，愿指示给大王。"秦王将玉璧交相如，相如得璧，昂然依柱而立，怒发冲冠，对秦王说："大王欲得赵国之璧，使人发书于赵王。赵王召满朝文武大臣商议，众人皆说：秦贪而无信，恃其强，空言求璧，其城必不可得。都认为不该将玉璧给秦国。臣以为布衣之交尚不相欺，况大国乎！且以一璧之故而逆强秦之欢，不可。于是赵王乃斋戒五日，使臣奉璧来秦，将国书与璧共交于王。何以如此？扬大国之威而示信于天下也。今臣至，大王将美人臣子列于廷上，对臣倨傲无礼，得玉璧后，遍传美人臣子，以戏弄臣。臣见大王无意偿赵国城邑，所以，臣复收璧。如果大王逼臣，则玉璧与臣之头俱碎于柱！"蔺相如手持玉璧，看着庭柱，欲以璧击柱。秦王怕他真的以璧击柱，则璧碎人亡，忙好言抚慰，并立召有司，取来地图，指点予赵的十五城。蔺相如揣度秦王的心思，是诈称予赵城，而城实不可得，于是对秦王说："和氏璧，天下之重宝也！赵王惧秦，不敢不献。赵王送璧时，斋戒五日，今大王也应斋戒五日，设九宾于廷，臣乃敢献璧。"秦王知道此璧不可强夺，便答应斋戒五日，安排蔺相如一行住下来。相如认为秦王虽斋戒，但决不会割城于赵，于是派手下人怀玉璧，间道返国，归璧于赵。

秦王斋戒五日后，宫廷上设九宾之礼，请赵国使者蔺相如。相如至，对秦王说："秦自穆公以来二十余君，不曾有自我约束以践约守信者，臣诚恐被秦所欺而有负赵国，所以令人持璧归赵，已经回到赵国。如今秦强而赵弱，大王遣一介之使至赵，赵国立刻奉璧于秦，如今以秦之强而割十五城与赵，赵岂敢留璧而得罪于大王乎？臣知欺大王之罪当诛，臣请就烹臣之汤镬。玉璧之事，愿大王与众臣计议之。"秦王与群臣相视，无可奈何而一脸苦笑，左右欲持相如下堂就烹，秦王道："如今即使杀掉蔺相如，也不可得和氏璧，且与赵结怨。算了吧，赵王岂可因一块玉璧欺辱秦国乎！"于是，以接待外国使节的礼节招待蔺相如，然后放相如归国。

蔺相如回赵国后，赵王认为蔺相如面对强秦，不辱使命，于是，拜相如为上大夫。秦国再没提以城易璧之事，赵国到底没有将璧给予秦国。

赵惠文王十八年，秦国兴兵攻打赵国，夺石城；第二年，再次伐赵，杀赵士卒二万人。

秦两次伐赵，皆败之，使者至赵传秦王令，欲与赵王结好，两王相会于西河外渑池。赵王畏秦，想不去参会。廉颇、蔺相如计议说："如果大王不去，示赵国弱而大王畏秦也。"于是，赵王带着蔺相如赴会。廉颇送赵王至边境上，对赵王说："大王此去，估计在与秦王会面三十日内应当归国，三十日不还，请求立太子为王，以绝秦国之望。"赵王答应了。这次两王相会，充满危险和变数，赵王自己也不能断定是吉是凶，能否安全返国。至渑池，两王相会，饮酒酣，秦王乐，道："寡人闻听赵王雅好音乐，请奏瑟。"赵王于席间奏瑟。秦廷御史趋前而书曰："某年月日，秦王与赵王会饮，令赵王鼓瑟。"蔺相如立即上前，道："赵王窃闻秦王好为秦声，请秦王击盆瓯，以助兴。"秦王怒，不肯击。于是相如奉瓯以进，秦王仍不肯击。相如曰："大王若不肯击，五步之内，相如以颈血溅大王矣！"秦廷武士，欲拔剑而刃相如。相如怒睁两目，叱道："谁敢？"武士披靡，莫敢近前。秦王满面怒容，举箸击瓯一下。相如召赵国御史近前，令其书曰："某年月日，秦王为赵王击瓯。"秦国臣子呼曰："请以赵十五城为秦王祝寿！"蔺相如回应道："请以秦之咸阳为赵王祝寿。"酒阑席终，秦王不能加胜于赵，赵国也陈兵于边境严防死守，秦终不敢动。

渑池相会后，赵王归国，以相如关键时刻，维护国之尊严，功大，遂封为上卿，其位在廉颇之上。廉颇不平，道："我作为赵国之大将，有攻城野战之功，而蔺相如以口舌之劳，竟位居我上。且蔺相如出身卑贱，吾羞于为伍，不甘为其下也！"并声言说："我若见蔺相如，必辱之。"蔺相如听说后，不肯与廉颇同朝会。每当临朝，相如称病，不想与廉颇争位列。有一次，相如出行，远远望见廉颇的车仗，相如令引车避匿，不与廉颇碰面。蔺相如有一部下，见此十分不平，道："我所以到大人府上做事，是出于对您的敬慕。您与廉颇将军爵位相当，同朝为官，廉颇口出恶言，欲羞辱大人，大人避之唯恐不及。如此畏怯，庸人竖子尚以为羞，何况身为将相乎？既如此，我等不才，愿辞去。"蔺相如执意挽留，问道："你们看，廉颇将军与秦王相比如何？"众人答："当然不如秦王。"相如曰："依秦王之威，相如敢当廷叱之，并辱其群臣，相如虽驽钝，独畏廉将军哉？我想的是，强大的秦国之所以不敢加兵于赵，是因为赵国有我和廉将军在。若两虎相斗，必有一伤，吾所以忍辱退让，是先国家而后私仇也。"廉颇听到蔺相如的大义之言，甚为感动，肉袒负荆，至蔺相如门前谢罪，道："廉颇鄙贱，大人实乃高风亮节，心系国家，有容人之雅量，廉颇知罪矣！"自此，二人相亲，成为刎颈之交。将相和衷共济，确保了赵国的安宁。

这一年，廉颇率军东攻齐，破其一军。两年后，再攻魏之几邑，三年后，廉颇又率军攻魏之防陵，安阳，拔之。四年后，蔺相如复率军攻齐，至平邑而罢兵。接着，赵奢破秦军阏与下。几年间，赵国出军皆胜，扬威于诸侯间，赖有廉颇、蔺相如、赵奢等人为将相。

赵惠文王在位三十三年死去，太子丹即位，为赵孝成王。孝成王七年，赵军与秦军相拒于长平。当时，赵奢已死，蔺相如病重，廉颇为将，统长平军攻秦，秦国数败赵军，廉颇命赵军坚壁勿战，与秦军作持久战的准备。秦军数来挑战，赵军固守不出。秦国遂用反间计，散布谣言说：秦军并不惧廉颇，所惧者，赵奢之子赵括也。赵括为将，秦必不敌。孝成王临阵换将，罢廉颇，以赵括代之。蔺相如抱病强谏，认为赵括只能大言惑众，不可令其统兵。赵王不听，遂使赵国大军四十五万尽覆亡于秦。

廉颇从长平前线归来，失势，坐困。邯郸围解五年后，燕国用栗腹之谋，认为赵国在长平之役中，丧兵四十五万，降卒尽被秦将白起所坑杀，青壮年尽矣，此时赵国可伐。于是举兵伐赵。赵国使廉颇为将，击来犯之敌，大破燕军，杀栗腹，遂围燕。燕国割五城请和，赵国听之，封廉颇为信平君。六年后，廉颇再统兵，伐魏国之繁阳，攻拔之。赵国赖廉颇之力，虽有长平之败，犹气势宏壮，威压诸侯。

赵孝成王二十一年卒，其子偃即位，为悼襄王。悼襄王刚即位，废廉颇，使乐乘代之。廉颇怒，攻乐乘，乐乘败走，赵国内乱，廉颇也逃亡至魏国都城大梁。廉颇在魏久之，魏国不能信用他，赵国此时数被秦军所困，赵王欲再得廉颇回国为将，于是派使者去看廉颇是否可用。赵王身边有一个叫郭开的宠臣，从前与廉颇有仇，他买通使者，使其馋毁廉颇。使者见廉颇，廉颇一饭斗米，肉十斤，披挂上马，气势威武，豪气不减当年，以示可用。赵国使节受郭开金，回赵后对赵王说："廉将军虽老，尚能饭，然与臣坐，顷之三遗矢矣。"虽然他能吃饭，但一会儿的工夫，就上了三次厕所，拉了三次屎。赵王听了，认为廉颇已老，遂不再召用。

后人辛弃疾有词：《永遇乐·京口北固亭怀古》：

千古江山，英雄无觅孙仲谋处。舞榭歌台，风流总被雨打风吹去。斜阳草树，寻常巷陌，人道寄奴曾住。想当年，金戈铁马，气吞万里如虎。

元嘉草草，封狼居胥，赢得仓皇北顾。四十三年，望中犹记，烽火扬州路。可堪回首，佛狸祠下，一片神鸦社鼓。凭谁问：廉颇老矣，尚能饭否？

这就是"廉颇老矣，尚能饭否？"的来历。这句话作为熟语流传下来。

廉颇困在魏国，楚国闻之，偷偷召其去楚，虽为楚将，但无功。晚年的廉颇，失落而孤寂，辉煌已逝，去国伤怀，最后，他死在楚国的寿春。

二二　触詟进言

《战国策》中的《触詟说赵太后》曾被选入各种古文选本，被认为是一篇艺术性很强的散文。就君臣关系来说，触詟从容进言，使太后改变了原来固执的想法，使赵国能联齐抗秦，也符合当时合纵之策。

赵惠文王在位三十三年，死后由太子丹即位，这就是孝成王。孝成王年龄小，赵国由他的母亲太后暂摄国政。这位太后也就是惠文王的正妻，称惠文后。太后除生下孝成王外，还生了一个小儿子，被封为长安君。

孝成王刚即位，赵国就发生了外敌入侵的危机，秦国来伐，连拔三城，而且势如破竹，攻势甚急。赵国求救于齐国，希望齐国出兵，帮助驱除秦军。齐国说：若出兵救赵，必得长安君为质。太后听后，马上拒绝了。太后太爱她的小儿子长安君了，让他去齐国做人质，那是万万不可的。

人质的问题谈不拢，齐国不出兵，秦国攻之愈急。大臣们非常着急，为了赵国的安危，纷纷向太后进言，希望把长安君送往齐国。但太后咬定，别的条件犹可，唯以长安君为质，万万不可。大臣们劝谏不止，太后不胜其烦，亦不胜其恼，说："有再敢言以长安君为质者，老妇必唾其面！"一句话，把所有的大臣们都挡在了外面，谁也不敢再说话了。

可齐兵不出，秦兵不退，赵国危机日深，该怎么办呢？

左师触詟想晋见太后。太后一脸怒气，坐在宫里等着他。触詟是一位老人了，他行走不便，入宫时，小步快走，但仍然走得很慢，到太后旁边坐下后，告罪说："老臣的腿脚有病，不能快走。很久没有见到太后了，私下里担忧，怕太后身体也有所不适，所以想来看看太后。"

太后说："我只能靠辇而行了。"

"那么，您吃饭怎么样呢？还吃得下去吧？"

"每天也只能吃一点儿粥。"

触龙说："唉，是啊，老臣也是如此，身子不动，根本吃不下饭，每天只能强迫自己走一点儿路，一天走三四里，这样才能多吃一点儿饭，有利于身体健康。"

太后说："老妇做不到这一点。"

说到这里时，太后神色稍解，脸色也柔和多了。

触龙接着说："老臣有个小儿子，名叫舒祺，年纪最小，也看不出有多少出息。老臣年纪一年年大了，精力也渐渐不济，但是对这个小儿子还是很怜爱。想让他补黑衣之缺以卫王宫，冒死请求太后允准。"

太后说："好的。孩子年纪多大了？"

触龙说："十五岁了。虽然小，想在我死前有所托付，免得我死后闭不上眼。"

太后说："男人也爱自己的小儿子吗？"

触龙说："比妇人更甚啊！"

太后笑道："妇人爱小儿子可是超过男人啊！"

触龙说："可我认为夫人爱燕后甚于爱长安君。"

太后说："那你就错了，我爱燕后，但是更爱长安君。"

触龙说："父母爱孩子，都要计议孩子的长远，为他做长久的打算。您送燕后出嫁的时候，拉住她的脚，为之流涕，怜念她将要远嫁，发自心底的哀伤。她远嫁燕国后，您不是不思念她，每当祭祀时，总是祝愿她：'千万不要使她返国。愿她在燕国母仪后宫，康泰平安。'岂非为她计议长久，使其子孙世世代代为王吗？"

太后说："是的。"

触詟接着问道："如今上数三代以前，赵君之子孙封侯者，其继位者还有在位的吗？"

太后说："没有了。"

触詟说："不独是赵国，其他的诸侯国上溯三代，还有在位的王侯吗？"

太后说："这我没有听说。"

触詟说："这就是近者祸其自身，远者祸及子孙。难道君主的子孙为王为侯都不是良善之辈吗？不，那是因为居尊位而无功于国，有丰厚的奉养而不需劳作，高居上位而不思进取的结果。如今太后爱长安君，许之以尊位，封给他肥沃的封地，给他许多国之重宝，而不让他有功于国，一旦山陵崩，太后逝，长安君失去依恃，让他如何在赵国立足呢？所以老臣认为太后为长安君计议太短，不如爱燕后之深也。"

太后沉吟良久，道："是的，那就听从您的主张，让长安君去齐国为质吧！"

于是，赵国为长安君准备了百辆车仗，使之入质于齐。齐国这才出兵救赵。

触詟以老病之身，先从自己的身体谈起，使太后产生同感，两位老人找到了共同的话题，缓解了紧张的气氛。接着，触詟以小儿子相托，安排他做王宫侍卫，话题及于对小儿子的怜爱，与太后有了更多的心灵沟通。最后谈到真正爱孩子，要为他计之深远，宠溺他，是为其计之短，只有让他为国建功立勋，才能保其身后长久。太后终于被说服，改变了原来的态度，让长安君为质于齐。其他的臣子进言，都是讲赵国如何如何，这说不动太后，只有顺着她的心思，讲爱子之情，为之计议长远的爱子之道，才真正能说到她的心里去。触詟可谓善进言者也。

这件事也同样教育了众多的臣子和百姓。赵国有一位叫子义的贤人听说这件事后，说："人主之子，骨肉之亲也，犹不能持无功之尊，无劳之奉，而守金玉之重也，而况于予乎？"

二三　长平之战

秦赵长平之战，是战国间一次著名的战役，双方投入兵力之多，死伤之惨重，皆为空前。长平战后，赵削秦长，为秦平定六国奠定了基础。

秦昭王初年，秦国用白起为将，白起能征善战，为秦国开疆拓土立下了大功，因战功卓著，他先被任命为左庶长，又为左更，再为国尉、大良造，最后被封为武安君。秦昭王四十五年，秦国起兵攻韩国之野王，野王县属河内，在太行东南，属韩地。在秦国的猛烈攻打下，野王不敌，因而降秦，这样，绝了上党的路，上党孤悬一隅，和韩国断了联系，成了秦国的囊中之物。上党不敌秦兵，唯有投降一路。但上党的兵民不愿降秦，尤其百姓不愿做秦国之民。当时，韩国的都城在新郑，原郑国即韩之都，秦伐野王，切断了上党归韩之路。于是，上党守将冯亭和部将商量道："郑道已绝，韩国已顾不上上党之民。秦兵日进，韩国不能应，上党唯有降秦。可百姓不愿为秦民，士兵不愿为秦卒，为今之计，若不降秦，唯有举上党归赵。若赵国接受上党，则秦国必加兵于赵，赵国被秦所攻，必与韩联手敌秦，赵韩联手，或可当秦国之兵。"于是派人报赵国，表示愿举上党以归赵。

赵孝成王听到消息后，便与平阳君赵豹和平原君赵胜商量是否接受上党之降。平阳君说："不如不受，如果受之，恐怕祸大于所得。"平原君则认为应该接受，说："赵国不费一兵一卒而得一郡之地，安得不受！"赵孝成王于是听从了平原君的意见，接受了上党之降，并封上党原韩国守将冯亭为华阳君。

赵国接受上党之降，无故得一郡之地，然而却给自己带来了大祸。秦国攻野王，扼上党，上党本已是煮熟的鸭子，马上就归秦所有。不想这只煮熟的鸭子飞进了邻家，成了赵国的禁脔，秦国怎肯善罢甘休？于是，第二年继续攻打韩国，拔其两城，第三年，秦昭王四十七年，秦国派左庶长王龁统兵攻韩，取上党，上党民扶老携幼，逃向赵国。如今上党已属赵，赵国自有护民守土之责，于是出兵，据长平，与秦国对垒。原来，秦国所攻是韩国，如今赵国为护上党，出兵与秦对阵，秦赵两国成了对头。

赵国派出大将廉颇统军，与秦国交战。秦国乃虎狼之师，向来所向披靡，赵军先是有士卒与秦军的侦察兵相遇，被秦兵杀了一员裨将，六月里，又发起进攻，攻陷了赵军的两座营垒，杀死了四名军官。七月，赵军加固营垒，固守不战，秦军又破赵军营垒，活捉了两名战将，并攻夺西部营垒，以逼赵军。赵军数败，廉颇命军士坚壁以待秦，秦兵数来挑战，赵兵坚守不出。

就在秦赵两军在长平相持不下的时候，我们回到赵国说起一个人。此人名叫赵奢。他原是管收租的田部吏，收到平原君家的时候，平原君家不肯交租，赵奢用国法治之，杀平原君家九个管事的家奴。平原君大怒，将要杀赵奢。赵奢说："您是赵国的贵公子，如今放纵家奴不守国法而国法不行，国法不行则国家贫弱，国家贫弱则诸侯加兵来侵，诸侯加兵来侵则赵国亡矣。赵国一亡，您怎能有如此富贵？以您的富贵之身，若带头守法则上下一心遵法而行，人人遵法则国家富强，国家富强赵国稳固，君为赵国之贵戚，何忧不贵重天下呢！"平原君认为赵奢乃贤者之言，便推荐给赵王，赵王用他治国家的赋税，民众依法缴纳租税，国库充盈，百姓富足。

秦国讨伐韩国，两国军队相持于阏舆，赵王欲救韩，问廉颇：可救否？廉颇回答："道路险远，其地狭而危，军队难以施展，恐怕不可救。"
又问一个叫乐乘的将军，乐乘的回答和廉颇相同，都认为难以救援。赵王
又问赵奢，赵奢回答说："道路险远，山势狭窄，好比两鼠斗于穴中，将
勇者胜。"于是，赵王命赵奢为将，率兵前往救援。

赵奢统军离邯郸三十里，给军中下了一道命令："有以军事谏者死。"
就是说，任何人不得在军队的进退上说三道四，哪怕给上司提建议，也要
处死。秦军驻扎在武安西，秦兵鼓噪骂战，武安城内屋瓦皆震，军中有一
人谏言赵奢，说军队应立刻驰救武安，赵奢立刻将此人处斩。赵奢令军队
修筑壁垒，二十八天军队留置不行，并且不断地加固壁垒。秦国派人来刺
探，赵奢好吃好喝招待他，然后放他回去。探子归报秦将，秦将曰："去
国三十里而军不行，还修固壁垒，要过长久日子吗？用这样的人来打仗，
阏与非赵地也！"就在秦军懈怠废弛之时，赵奢命军队卷甲偃旗，急行军，
两日一夜至秦军营地，命令军中弓弩手在离阏与五十里的地方驻军，营垒
成，秦军蜂拥而至。军士许历欲以军事进谏，赵奢说："可以。"许历说：
"秦军想不到赵军如此神速，将军必集中兵力，布好阵势以待秦兵，不然
必败。"赵奢说："好，接受这个建议。"许历说："请受斧钺之诛。"赵奢
说："以后再说吧。"许历又说："先占据北山地形优势者胜，后者必败。"
赵奢说："好。"立即发赵兵万人以据北山。秦兵后至，争山，不得上。赵
奢命令士兵攻击，大破秦军。秦军瓦解败走，阏与之围得解。

回到邯郸后，赵惠文王赐赵奢封号"马服君"，以许历为国尉。赵奢
的地位和廉颇、蔺相如并列。

四年后，赵惠文王死，其子孝成王立。

孝成王七年，秦赵两军相据长平。

这时候，赵奢已死，而蔺相如病重，赵使廉颇前往长平前线统兵。长
平的军事形势，已如前述，秦军气势汹汹，数败赵军，赵军固壁不战，秦
数来挑战，而廉颇坚不出战，决定深沟壁垒，与秦军打持久战。此时，赵
王听到赵军折挫的消息，多次派人往前线督促廉颇出战，而秦人又不断行

反间计，散布对廉颇不利的消息，说：秦人所惧，独畏马服子赵括为将，廉颇不足惧，而且他马上就会投降秦军。赵王信秦人反间之言，决定用赵括代廉颇为将。蔺相如闻听，抱病上朝，强谏道："大王以虚名用赵括为将，实招败之端也。赵括只能读他父亲的书传，没有上过战场，没有应变之能，数十万大军，焉可交与其手？"可赵孝成王根本听不进去，坚持以赵括代廉颇统帅长平之军。

赵括自少时学兵法，言兵事，自以为天下不能当，常与他父亲言兵事，赵奢难不倒他。自是愈加狂妄，认为千军万马可控为一手，百万雄师如弈棋撒豆，但他的父亲赵奢却不以为意。赵括的母亲问赵奢："赵括如此精明，所问皆答，所言无不中矩，何不能统兵也？"赵奢说："兵者，死地也，稍一不慎，万千性命攸关，而赵括言之颇易。赵国不用赵括为将则罢，若用之为将，必败赵军。"如今赵括真为三军之将，其母上书，言于赵王曰："不可使赵括为将。"赵王问："为什么？"其母对曰："当年我和他的父亲在一起，亲见他一旦拜将，吃饭时和数十士卒同吃同饮，军中与他同心同德的朋友有几百人，大王及宗室所赏赐的财物尽散发给军吏士大夫，自己不取分毫。受命之日，即不问家事。如今赵括一旦为将，东向而朝，军吏无敢仰视者，身价百倍，耀武扬威，大王所赐金帛尽归家中，而每日关心田宅土地，能买者皆购入，华屋广土，唯嫌其少。大王认为这样的人怎么能赶上他的父亲呢？父子二人，行事如此相异，人品差距如此之大，愿大王勿使为将。"赵王笑道："好了，你不必再说了，我已经决定了。"其母曰："大王坚持用他为将，一旦前方不利，我做母亲的，不可连坐，为他抵罪。"赵王答应了。

秦国闻听赵国果用赵括为将，心中窃喜，暗自派武安君白起为上将军前往长平，原长平统帅王龁为副将，并宣令军中，有敢言武安君为将者属于泄密，斩无赦。赵括至军，撤换了廉颇所用的军吏，重新安排了军队的布防，然后下令出兵击秦军。白起命令秦军后撤，假意败走。赵括挥军穷追不舍。白起分设两支精锐部队，一支两万五千人截断赵军退路，又一支五千骑兵绝赵军粮道，赵军分为两截，首尾不能相顾。追杀到秦营的先头部队攻不破秦兵营垒，与秦兵战，不利，于是筑垒固守，以待援兵。秦王闻听白起已绝赵军粮道，于是从河内赶来，赐民爵各一级，征发附近十五岁以上男子俱赴长平，切断赵军的粮食和援军。到了九月，赵军已断粮四十六日，营中士卒人相食，于是，欲突围，组成四队，来攻秦营，往复四五次，皆败。赵括见军中陷入绝境，只好拼死求生，带领一队人马冒死而出，秦军万矢攒射，赵括登时毙命。主将既死，士卒陷于死地，皆无战心，四十余万大军尽降秦军。赵军全军覆没。

武安君白起受降后，计议道："上次秦军已拔上党，而上党之兵民不愿降秦而归赵，赵卒反复，若留其活命，恐为乱。"于是，挟诈而尽坑杀之，只余二百四十个少年兵归赵。赵军四十五万人尽被屠戮，赵国大震。

长平之战，赵孝成王临阵换将，以大言喋喋之赵括代身经百战之廉颇，致使四十余万大军一朝覆没，自此国力大衰，难以复振。

秦昭王四十八年（公元前 259 年）十月，秦军复定上党郡，分兵为二：王龁率军攻皮牢，拔之，司马梗率军定太原。韩、赵两国害怕了，使说客苏代往秦游说秦相应侯。苏代问："武安君破马服子赵括军乎？"应侯曰："是的。"又问："秦军马上就要围邯郸吧？"应侯说："是的。"苏代说："赵国灭亡，则秦王可称王天下了，武安君则居三公之位矣。武安君为秦国攻取七十余城，南定楚，北擒赵括之军，虽周公、召公、吕望之功也比不上他啊。武安君若为三公，君可为之下乎？即使不想屈身为下，恐怕也不得已吧！秦曾经攻韩，围邢丘，困上党，上党之民皆降赵，天下百姓不愿为秦民久矣。如今秦亡赵国，赵之北地入于燕，东地入于齐，南地入于韩、魏，则秦之所得民没有多少了。所以，不如议和割地，无以为武安君功也。"应侯默应之，对秦王说："秦兵连年征战，疲劳饥困，请允许韩、赵两国割地求和，以休士卒。"秦王答应了，韩割垣雍，赵割六城与秦讲和。双方罢兵休战。武安君白起听说休战求和，功亏一篑，于是和应侯结怨。

九月里，秦国再次发兵，使五大夫王陵为将围攻赵国的邯郸。秦昭王四十九年正月，王陵举兵攻城，秦军不利，秦国再增兵给王陵，王陵手下五个校尉皆死于围攻邯郸的战役中。那时，武安君白起病初愈，秦王想让白起代王陵为将。白起说："邯郸实不易攻也。况且诸侯救赵之兵日至，诸侯们怨秦久矣，必拼死力战，秦国虽破长平军，而秦军在长平役中，死者过半，国内空虚。远涉河山而争人之国都，赵应其内，诸侯攻其外，秦军必破，不可。"白起的话显然是和秦王唱反调。秦王攻邯郸，势在必得，而白起认为邯郸不可攻。所以秦王命白起为将，白起不答应，又让丞相应侯来请，白起终辞不肯行，称病不出。

秦王无奈，令王龁代王陵为将，继续加大力度，攻打邯郸城，可耗时八九月，邯郸终不能下。楚国派春申君和魏公子信陵君统领数十万大军救赵，与围城的秦军展开激战，秦军损失惨重。武安君白起闻之，道："秦不听我计，今如何？"秦王闻听大怒，强起武安君，令其赴邯郸前线。武安君白起称病重，坚辞不起，和秦王杠上了。秦相应侯来请，白起仍不起。秦王怒不可遏，下诏免去武安君爵位，为士伍，并迁往阴密。白起真的病了。不能行，居留三月，诸侯攻打秦军日急，秦军数败退，前线使者告急，秦王乃命白起，不得留咸阳城中。白起抱病而行，出咸阳西门十里，至杜邮，秦昭王与应侯等群臣议道："白起之迁，其意尚怏怏不服，有怨谤之言。"于是，秦王派使者追上白起，赐剑令其自裁。白起持剑对天长叹道："我何罪于天而至此哉？"良久，乃道："我固当死。长平之战，赵卒降者数十万人，我诈而尽坑杀之，是应该有这个下场的！"于是，横剑自杀。

白起死于秦昭王五十年十一月。

二四　李牧之死

赵国自惠文王死后，又历三王，即孝成王、悼襄王、幽缪王，自此江河日下，一代不如一代，三王共历三十七年，赵国覆亡。李牧是赵国最后一员大将，支撑着赵国摇摇欲坠的江山，李牧被杀后，赵国被秦所灭。

赵惠文王，名为赵何，他是赵武灵王的太子。赵武灵王胡服骑射，赵国疆域扩大，成为大国。赵武灵王生前即把王位传给了太子何，封其长子赵章为安阳君，自命主父。赵国国君临朝，群臣朝拜，主父观察其长子赵章称臣拜服，屈于其弟，心有所悯，欲将赵国疆土一分为二，由安阳君赵章统辖代地，赵国分立两王。这个想法尚未实行，赵章反叛，诸臣诛叛，赵章及其党羽被杀，主父被困于宫中饿死。当时惠文王年幼，李兑和赵武灵王的叔父公子成专赵国之政。惠文王主政后，继续推行赵武灵王的国策，以廉颇、赵奢为将，蔺相如为相，君臣一心，使赵国愈加强大。

惠文王死后，太子丹即位，为孝成王。孝成王贪图冯亭所献上党之地，引秦国来攻，赵国出兵击秦，军于长平。廉颇率军，坚壁不战，与秦军对垒。孝成王临阵换将，以赵括代廉颇，结果四十五万大军尽被秦所灭。后秦围邯郸，赖楚国春申君，魏国信陵君率军来救，邯郸得存。但赵国国力大伤，长平之败，使赵国断难再起。

孝成王在位二十一年死去，其子赵偃立，史称悼襄王。悼襄王时代，赵国又出一员大将，就是李牧。

李牧，原是赵国北地的边将，在代地的雁门关一带驻守以防匈奴。李牧的守边策略是不和匈奴展开大的战争，以防为主。他因地制宜，设置一些官吏，所收租税尽入军中，供给军中粮草，给士卒做军饷，这样，军心安稳，士卒用命。每天都安排杀几头牛，给营中士兵改善伙食。他军事训练抓得很紧，士兵皆习骑马射箭的本领。不许轻易点燃报警的烽火，以造成民众的恐慌。他安排很多侦察匈奴的间谍，时刻掌握匈奴的动向，厚待手下的将士。与军队和民众订约曰："若遇匈奴入侵，急入营垒，以保守营垒和生命财产为要。不许轻易和匈奴士兵交战，有杀死匈奴士兵者斩。"李牧一直实行这样保守的戍边策略，从不和匈奴展开大的冲突，行此策略数年，边境很安宁，民众的牲畜也不见被掠。示敌以弱，不是真弱，其目的在于边境的安宁，而不是在相互厮杀中造成两败俱伤，使边境充满血腥的战争气氛，使百姓不得安宁，使民众不能生存。李牧的守边策略被一些人所指责，认为怯敌，不敢和敌人交战。赵王（悼襄王）不断地下旨，或派使来边地，责备李牧怯敌不战。李牧不为所动，依然不和匈奴交战。赵王怒，召李牧回京，另派别人代李牧守边。

新官上任后，过了一年多，和匈奴的战争连续不断。每次出战，皆不利，死亡和逃跑的士兵很多，边地百姓再不敢放牧牲畜，与匈奴接壤的大片草原和荒漠成为了双方交战的战场，百姓纷纷逃亡，牲畜数量大量减少。边地的紧张，使赵王忧心忡忡，从前那里是一片和平安宁的景象，如今烽火遍地，狼烟四起，民不得安，军不得宁，惶惶不可终日，边地的牲畜减少，朝廷几乎收不到来于边地的供奉。赵王这才觉得李牧的守边策略是正确的，再来请李牧出山。李牧坚称有病，拒绝出山。赵王无奈，强迫李牧出山。李牧说："大王一定要用我，我还是按照从前的办法做，大王答应，我才敢奉命。"赵王说："好的，好的，一切以将军意图办，朝廷不再干预了。"李牧这才应命再来边地。

李牧复任边地将，一切仍按从前规矩办，雁门关一带恢复了昔日的和平气象，牛羊盈野，牧歌飘扬。匈奴数年无所得，单于有犯边之想。而李牧部将，数年来得赏赐不得用，将士摩拳擦掌，皆欲与匈奴一战。于是，李牧精选战车一千三百乘，战骑一万三千匹，勇士五万人，弓弩手十万人，日夜操练排兵布阵，野战厮杀并漫野遍纵牛马牧人，于是匈奴入境数千人，肆意杀掠，之后，单于率十余万精骑杀过边境。李牧布下奇阵，左右两翼先伏下弓弩手万箭齐发，接着，战骑突入敌阵，勇士争先取敌首级，匈奴十余万人溃败奔逃，李牧乘胜灭代北一个匈奴部落，又连破东胡，降林胡，单于奔走。其后十余年，匈奴不敢接近赵国边城。

孝成王在位二十一年死去，其子赵偃即位，史称悼襄王。悼襄王元年，廉颇不被信任，赵王使乐乘代廉颇之职，廉颇怒，攻乐乘，乐乘败走，廉颇逃亡入魏。赵国无名将，于是，以李牧为将攻燕国，李牧连拔武遂、方城，二年后，即悼襄王三年，又以庞煖为将，破燕军，杀赵国降将剧辛。应该说，赵国此时在与燕国的交战中颇占上风。可是，赵国更大的敌人并非燕国，而是席卷天下的秦国。悼襄王四年，庞煖曾率赵、楚、魏、燕等精锐之师，攻打秦国的蕞邑，没有攻下，转而攻齐，取其饶安。

悼襄王在位九年，死后由其子赵迁即位。赵迁乃亡国之君，并无谥号。但司马迁《史记》称其为幽缪王，《史记》索隐注云："徐广云王迁无谥，今惟此独称幽缪王者，盖秦灭赵之后，人臣窃追谥之。太史公或别有所见而记之也。"这种说法不无道理，赵亡之后，或有赵之臣子为亡君定谥号为幽缪王也。此谥号乃对赵王迁之羞辱，并无光彩可言。

赵王迁二年（公元前235年），秦攻赵之武城（又称武遂），赵国命扈辄率师往救，被秦师所败，十万大军无一生还，扈辄死于乱军阵中。此时赵国已处危亡之秋，唯一的亮色，乃是李牧为将，尚可言战。赵王迁三年，秦国攻赵国的赤丽、宜安两邑。赵国以李牧为大将军，率师与秦军战于肥下，大破秦军，秦将桓齮溃逃。赵王迁以功封李牧为武安君（秦国白起亦封武安君，二人分别于秦赵两国为将，封号相同）。赵王迁四年，秦又攻赵之番吾，李牧率军与秦战，又一次大败秦军。此时，李牧西破强秦，南拒韩、魏，几乎独撑赵家江山于不坠。

赵王迁五年，代地发生强烈地震，《史记》云："自乐徐以西，北至平阴（乐徐在晋州，平阴在汾），台屋墙垣太半坏，地坼东西百二十步（其坼沟见在，亦在晋、汾二州之界也）。"可见地震灾害之严重。此时，赵国民间流传民谣曰："赵为号，秦为笑，以为不信，视地之生毛。"天灾人祸，赵国已处于危殆之际。

赵王迁七年，也是赵国的最后一年，秦国使王翦率师攻赵，赵国使李牧、司马尚抵御秦军。应该说，苟延残喘也罢，死而复生也罢，李牧乃是赵国图存的最后希望。秦国使反间计，多予赵王宠臣郭开珠玉珍宝，郭开在赵王迁面前不断进谗，言李牧、司马尚将反。昏庸的赵王迁信谗言，使赵葱和齐将颜聚代李牧，临阵撤了李牧的职。大敌当前，李牧被免，面对强敌，李牧知自己一去，大厦将倾，赵国必将沦亡，于是拒绝受命。赵王迁派出密探，私下里抓捕了李牧，并当即斩首，同时废去司马尚。

李牧一死，赵军无战心。三个月后，秦将王翦发兵急攻赵，赵葱军破被杀，齐将颜聚逃亡，秦军俘获赵王迁。八年十月，赵国彻底覆灭，邯郸为秦郡。

大凡亡国之君，灭亡之前，总是杀阵前良将和进言的谏臣，把国家搞到山穷水尽，再无退路，只有覆亡一途。司马迁言："吾闻冯王孙曰：'赵王迁，其母倡（娼）也（邯郸之倡），嬖于悼襄王。悼襄王废嫡子嘉而立迁。迁素无行，信谗，故诛其良将李牧，用郭开。'岂不谬哉！"这里，把赵王迁之昏聩信谗上追到他的母亲出身倡家，未必公正，但悼襄王因嬖爱其母而废嫡立庶，且立了一个昏君，终使赵国覆亡，乃是不争的事实。

二五　夷惠真情

伯夷和柳下惠是古代中国树立的两个道德典范。如果说，尧、舜、禹、汤、文、武是帝王的典范，伊尹、周公、管仲、晏婴、子产、诸葛亮等是臣子的典范，伯夷和柳下惠则代表着读书人的理想人格和道德精神。他们都得到了孔孟等儒家先圣的充分肯定。

国学大师钱穆先生有一副对联："淡饭粗茶，长向孔颜守乐处；清风和气，每于夷惠得真情。"所谓"孔颜守乐处"即《论语》中"子曰：'贤哉，回也！一箪食，一瓢饮，在陋巷，人不堪其忧，回也不改其乐。贤哉，回也！'"这是孔子对弟子颜回的赞赏之词，也是孔子自己的人生主张："子曰：'饭疏食饮水，屈肱而枕之，乐亦在其中矣。不义而富且贵，于我如浮云。'"孔颜守乐处，就是安贫乐道之处。这正是知识分子的人生取向，为了真理和道，宁愿过一种简朴甚至清贫的生活，淡饭粗茶，不以为苦，因有道在，乐在其中。而"夷惠真情"是体现在古代先贤伯夷和柳下惠身上的"清风和气"，两位先贤一直受到儒家先圣的推崇，并把他们作为自己的精神取向。钱穆先生以此相砥砺，正说明古代先贤的精神影响久远，和孔颜守乐处一样，成为历代知识分子的精神标杆。

伯夷的故事，见司马迁《史记》所引其传中：

伯夷、叔齐，孤竹君之子也。父欲立叔齐，及父卒，叔齐让伯夷。伯夷曰："父命也。"遂逃去。叔齐亦不肯立而逃之。国人立其中子。于是伯夷、叔齐闻西伯昌善养老，盍往归焉。及至，西伯卒，武王载木主，号为文王，东伐纣。伯夷、叔齐叩马而谏曰："父死不葬，爰及干戈，可谓孝乎？以臣弑君，可谓仁乎？"左右欲兵之。太公曰："此义人也。"扶而去之。武王已平殷乱，天下宗周，而伯夷、叔齐耻之，义不食周粟，隐于首阳山，采薇而食之。及饿且死，作歌。其辞曰："登彼西山兮，采其薇矣。以暴易暴兮，不知其非矣。神农、虞、夏忽焉没兮，我安适归矣？于嗟徂兮，命之衰矣！"遂饿死于首阳山。

伯夷的精神，在于反对周武王伐殷纣，认为那是"以臣弑君""以暴易暴"。因而不与统治者合作，甚至"不食周粟"，不为周民，采薇首阳山，以野菜为生，直到饿死。关于"以臣弑君"，孟子在回答齐宣王同样的问题时，对此已做了回答，齐宣王也认为"武王伐纣"是"以臣弑君"，孟子回答说："贼仁者谓之贼，贼义者谓之残，残贼之人谓之'一夫'。闻诛一夫纣矣，未闻弑君也。"夏桀殷纣这样的亡国之君，残仁害义，已经成为"一夫"，谈不上是君，所谓独夫民贼，人人得而诛之，成汤周武诛讨之，诛者为"一夫"，不可谓之"弑君"。这就强调了推翻暴虐的统治者的历史正当性。但手段是武力推翻，"以暴易暴"。中国数千年来改朝换代都是"以暴易暴"，因为我们还没有找到其他的手段（或者有别的手段但我们没有用过）。伯夷高喊"以暴易暴兮，不知其非矣。"这是一种历史的进步，但那个年代，他没有办法，古代传说中的圣王，如神农、虞、夏都不在了，既然不能活在已逝的时代，又不满意于现实，只有"不食周粟"，采薇以食，最后饿死首阳山。那么，伯夷的精神到底是什么呢？就是反对"以暴易暴"，不和统治者合作，历代的读书人看重的就是这两条。不做统治者的鹰犬和顺民，不染世渎，不做奴才，更看重自己的人格和精神独立，也就是读书人的"清风和气"。

是不是绝对的不合作呢？也不尽然。柳下惠是一个合作的典型，也是儒家读书人所尊崇的精神偶像，也在钱穆先生的"清风和气"之中。

柳下惠（前720—前621年），其活动的年代离我们很遥远了，比圣人孔子还要遥远。柳下惠的父亲叫展无骇，是鲁孝公的曾孙，是鲁国的公族，他曾任过鲁国的司空，据说经常住在鲁国的国都曲阜。既是鲁国的公族，当然姓姬，但他的族氏为展，他的名叫获，他的字叫禽，古人名字皆先字后名，所以称为展禽。或云食邑柳下（山东省香城有一村，名为柳下邑村，村民多姓展，据称为柳下惠的后代），其妻私谥为惠，人称柳下惠。《庄子》《战国策》皆称为柳下季，季为兄弟间的排行。展禽、展获、柳下季皆为一人，柳下惠也。

《左传》鲁僖公二十六年有展喜犒师一节，展喜是柳下惠的兄弟，当时鲁国由臧文仲掌权，齐孝公伐鲁，鲁国作为小国，无计以退齐兵，臧文仲就让展喜去犒劳齐国的军队，让他从展禽也就是柳下惠那里得到指示。展喜犒师之言就是柳下惠教给的。当时，齐国伐鲁的军队已入鲁境，但齐孝公还在齐国境内，展喜就去见齐孝公，说："听说大王您要亲举玉趾，将辱于敝邑，敝邑之君派我来犒劳你们。"齐孝公问道："你们鲁国人害怕不？"展喜说："小人害怕了，但是君子并不害怕。"齐孝公说："你们鲁国室如悬磬，野无青草，你们依仗什么不害怕？"就是说鲁国穷困不堪，屋子里空空如也，只有悬磬，野外连青草都不长，依仗什么，你们会不害怕呢？展喜回答说："我们依仗的是先王的命令啊！当年周公和太公是周王室的股肱之臣，共同辅佐成王。成王对两位的忠心和功劳表示嘉赏，让两公订下盟约，说：'世世子孙无相害也。'这盟约还保存在盟府之中，由太史掌管。齐桓公为此纠合诸侯，解决不协调的纠纷，弥合两国的矛盾和嫌隙，免得两国发生争端。这是在践行传统的盟约啊！到了大王您即位，诸侯都期待您按照桓公的既定国策行事，所以，敝邑鲁国用不着聚集兵马，保守城池来提防齐国。大家都纷纷说：'大王他刚刚即位九年，而弃先君之命，废止先君的国策，他如何对得起先君呢！大王必不会这样做。'鲁国依仗着这个，所以不害怕。"齐孝公听了这话，下令伐鲁的军队撤军回国。

展喜犒军，一番话退了齐国之兵，后面谋划的就是展禽柳下惠。

柳下惠在鲁国的职位是"士师"，是主管司法和刑罚的小官，他的这个职位三次被罢黜，有人对他说："你可以去国到别的国家去任职，何必在国内遭受这样的屈辱呢？"柳下惠回答说："直道而事人，焉往而不三黜？枉道而事人，何必去父母之邦？"他和伯夷不一样，不是"不食周粟"而是和体制和解，在体制内做事，但他有自己的价值标准和原则，即"直道而事人"，不怕丢官去职。他说，我坚持直道事人，到哪里会不遭罢黜呢？如果放弃原则，枉道而事人，又何必离开父母之邦，到别的国家去呢？就是说，在父母之邦，也可以博取荣华富贵，只要放弃原则和操守。但他不肯这样做，保持一个人正直的品性。这正是使读书人为之心仪的地方。他不想自我放逐，不想去首阳山采薇，甘愿在体制内做事，所谓"不羞污君，不辞小官"，不羞于服侍坏的君主，不羞于居于卑小的职位，"遗佚而不怨，厄穷而不悯。"自己被遗弃，也不怨恨；自己处困厄之中，也不忧愁。这样的品质，也是读书人所心仪的。所以，孟子称柳下惠为"和圣"，这里的"和"，乃是"和光同尘"的"和"。《老子·四章》："和其光，同其尘。"意思是涵蓄着光耀，混同着尘垢，与好坏都能相合，不自立异。后多指不露锋芒，与世无争的处世态度。这也就是柳下惠的处世态度。"和光同尘"而又"清风和气"，就是读书人所追求的人生境界。

孔子在《论语》中对柳下惠有极高的评价，他说："降志辱身矣，言中伦，行中虑，其斯而已矣。"意思是，柳下惠处于不完美的世间，肯于降低自己的理想，虽然屈辱了身份，但能做到言行举止合乎道德和理智，这是十分难得的。所以，《孟子》一书，曾把伯夷、伊尹、孔子、柳下惠并称四位大圣人，他们都符合古代读书人的理想人格。

柳下惠有一个"坐怀不乱"的传说，是说他能够在非常状态下克制自己的情欲。这当然符合古代君子的道德。这个故事有各种版本，一种说法是，柳下惠避雨于破庙中，一女子也前来避雨，夜半时，女子冻得发抖，要求坐在柳下惠怀中取暖，柳下惠坐怀不乱；另一种说法是柳下惠夜宿城门，有一无家女子，柳下惠恐其冻死，解衣抱女子于怀，终不至乱。这样守身如玉的情操和德行固然使人尊敬，但我们只能视之为传说。

归纳一下：伯夷反对以暴易暴，不食周粟，采薇首阳山，宁可饿死，所谓"求仁得仁，又何怨焉？"坚守了自己的情操和原则；柳下惠不拒绝和体制合作，虽"和光同尘"，但能直道事人，坚守道德和操守。一个决不妥协，而以身殉道；另一个，"和光同尘"而不失底线。两个人都是读书人的榜样，也都是圣之时者，是读书人心所向往的"清风和气"。

二六 老子

老子是中国先秦最重要的思想家，他的生卒年代略早于孔子，大约在公元前580年至公元前500年。一般认为老子姓李，名耳，字聃。他的学说后来发展为道家学派，亦称黄老之学。黄，就是黄帝；老，即老子，黄帝太过久远，无可考据，而黄老之学的核心即取老子的无为。

老子是中国古代首个对世界的本原进行思考的哲学家。他认为万事万物皆起源于道，道先万物而存在。"有物混成，先天地生。寂兮寥兮，独立而不改，周行而不殆，可以为天下母。吾不知其名，字之曰道，强为名曰大。"据此，我们可以揣想宇宙生成前的某种状态，宇宙生成，万物生长，皆源于道，但是道到底是什么呢？老子说："人法地，地法天，天法道，道法自然。"所谓道，也就是自然。自然运行的规律先天地而生，人不能左右。但是，道，也就是万物之母，天所取法者，没有人能够说清，它也是不可言说的。所以，老子说："道可道，非常道，名可名，非常名。无名，天地之始；有名，万物之母。"天地之始，无以名之，不可言说，所以，老子进一步思考，以求详解万物的本原时，不免陷入了神秘主义的冥想之中："道之为物，惟恍惟惚，忽兮恍兮，其中有象；恍兮忽兮，其中有物。窈兮冥兮，其中有精。其精甚真，其中有信。"象谓何象？物谓何物？精谓何精？信谓何信？这一切都渺茫难言，它神秘、玄远、恍惚、窈冥，不可言说。与天地交，与万物始，与大道合，往来无迹，所谓神游万仞也。"视之不见名曰夷，听之不闻名曰希，抟之不得名曰微，此三者不可致诘，故混而为一。"你看不见，听不见，也抓不到，这种状态你是不可追问的。"是谓无状之状，无物之象，是谓惚恍。"老子的道家理论，耽于神秘主义的冥想，因此对人有一种无穷的诱惑，无论是以之养生还是以其观世者，都自以为得其玄机，撮其神妙。老子思想的神秘玄远，也正是它的迷人之处。它始于道的冥想，对宇宙本原的追问和思考。从神秘主义的冥想中走出来时，老子还是告诉我们："道生一，一生二，二生三，三生万物。万物负阴而抱阳，冲气以为和。""一"就是道本身，由一生出二，古人解"二"即是阴阳，阴阳相合以生三，三是阴阳之外的另一个体，三则生万物，或者说万物皆源于阴阳相合的"三"。这是天下万物从无到有的过程。三国时的王弼认为："从无到有，数尽乎此，过此以往，非道之流。"解"道"，数至三止，三标志着新生之物的诞生，从一到三，阴阳相合之变，万物始生，这才有了大千世界。道家的祖师爷老子在思考宇宙的本原时，耽于神秘主义的冥想，使道家思想披上了窈冥玄远，恍惚浑茫的外衣，全凭笃信者内在的修为和体悟，因为道是无色无味无形的，也是无可言说的。但他还没有离开古人对世界理解的阴阳之变。"谷神不死，是谓玄牝，玄牝之门，是谓天地根。绵绵若存，用之不勤。"谷神，是"道"的别名，道之所以永世长存，是因有诞生万物的"玄牝"。"玄牝"是什么呢？古人对此的解释茫昧无据。牝之原意乃是雌性的鸟兽，可以理解为生养之阴，"玄牝之门"，就是人类乃至万物的生养之门，属阴，因为它"绵绵若存，用之不勤"，所以"二生三"，道才能不死永生。道尽管在老子的思想中用神秘的语言阐述，使人如坠五里雾中，茫茫然不知所解，但它终归还要落实到人生和社会现实中来，成为应对现实的思想资源。

老子既然理解了"道"的本质，不生不灭，客观存在，生养万物，独立不移，非人力所能改变，所以老子主张"无为"。这种"无为"的主张是从对"道"的本质体认中得来的："天长地久。天地所以能长且久者，以其不自生，故能长生。是以圣人后其身，而身先；外其身，而身存。非以其无私邪？故能成其私。"体认道的本质，圣人的选择是凡事先人而后己，薄己而厚人，这种无私，即无为于身也，因为无私，故能成其私。老子以水来喻道，他说："上善若水，水善利万物而不争，处众人之所恶，故几于道。……夫唯不争，故无尤。"水流于下而利万物，所以真正的善是和水一样的，永远处于下而不与人争。因为不争，所以才没有祸患和忧虑。那些处处争先的人怎样了呢："持而盈之，不如其已，揣而锐之，不可长保。金玉满堂，莫之能守，富贵而骄，自遗其咎。功成名遂身退，天之道。"手持满满一杯水行走，必然外溢；怀揣尖锐的利器，不能长保其安；满堂金玉的富贵，难以长保始终。所以功成身退，才是符合天道的。那些在滚滚红尘中搏打拼杀的人，见利而忘道之所在："五色令人目盲，五音令人耳聋，五味令人口爽，驰骋田猎令人心发狂，难得之货令人行妨。"沉迷于物欲享乐，终归是一场空。因为"飘风不终朝，骤雨不终日。孰为此者？天地，天地尚不能久，而况于人乎？"世间没有长驻之物，没有长保之禄，没有永久的富贵，没有永远的高位，所以老子主张"知其雄，守其雌"，甘居人下不争雄；"知其白，守其黑"，不去争辩黑白是非；"知其荣，守其辱"，弃荣守辱，不生欣羡之心。这一切人生主张，皆可归结为无为，无为，即是不争。事物都向它相反的方向转化："曲则全，枉则直，洼则盈，少则得，多则惑，是以圣人抱一为天下式。"所抱之"一"，就是不争，"夫唯不争，故天下莫能与之争。"不争，无为这样的人生态度来自老子对世界本质的认知，所谓"祸兮福所倚，福兮祸所伏。"朱熹曾经说过："老子之学以虚静无为，冲退自守为主。"老子的这一主张体现在这段论述中："至虚极，守静笃，万物并作，吾以观其复。夫物芸芸，各复归其根。归根曰静，静曰复命，复命曰常，知常曰明。不知常，妄作凶。知常容，容乃公，公乃王，王乃天，天乃道，道乃久，没身不殆。"崔仲平和崔为在《老子译注》中给以如下的解释："达到极度的虚空，保持深笃的静谧。世间万物都显现出勃勃生机。我从发展变化中观察它们周而复始的循环运动。那繁花似锦，那绿叶欲滴，最终都要枯萎凋落，回归到它们的本根。回归本根叫作宁静，宁静就叫作返回本性。返回本性是事物发展的永恒法则。认识到这种永恒的法则叫作明智。不认识这种永恒法则而轻举妄动，就会导致灾祸。认识了永恒法则就能做到胸怀宽广，包容一切，包容一切就能大公无私，大公无私就能君临天下，君临天下就能与宇宙融合为一体，与宇宙融为一体才算得道之人。得道之人生命才能长久，终生也不会有危难。"从事物的盛衰转化中体会到天下的大道，因而采取虚静无为的人生态度乃是老子思想的根本。

老子的人生观，用现在的眼光看，固然是消极的。守雌守黑，不动不为，人类社会如何进步呢？用其理论，以观世界，老子认为所谓治国首要在愚民："绝圣弃智，民利百倍。绝仁弃义，民复孝慈，绝巧弃利，盗贼无有。"老子说，仅言此，意思尚不明了，其实归结为一点，就是要百姓"见素抱朴，少私寡欲。"如果人没有了欲望，没有了追求，也就没有了求新求变向上的动力，社会如何进步呢？但老子认为社会进步，人类纷争是没有意义的，最终总要归于根本，归于道。"不尚贤，使民不争；不贵难得之货，使民不为盗；不见可欲，使民心不乱。是以圣人之治，虚其心，实其腹，弱其志，强其骨，常使民无知无欲，使夫智者不敢为也，为无为，则无不治。"这就是老子无为而治的全部奥秘。说穿了，就是"愚民"二字，使老百姓吃饱肚子，体魄强健，让他们无知无欲，即使他们中有一二智者，也不敢轻举妄动，做到这样，则天下无不治也。"古之善为道者，非以明民，将以愚之。民之难治，以其智多，以智治国，国之贼；不以智治国，国之福。知此两者亦楷式。常知楷式，是谓玄德。玄德深矣，远矣，与物反矣，乃至于大顺。"愚民统治在老子这里成为一种规律和玄机，它很深远，和我们常人的理解不同。这其实正是一切专制统治者和极权政权的惯技，蔽其目，洗其脑，使其见汝所欲其见，闻汝所欲其闻，信息单一，盲且聋矣，终为愚氓，而愚氓最听话，最好统治。

对于个人来说，要想通于大道，则应"塞其兑，闭其门，挫其锐，解其纷，和其光，同其尘。"就是堵塞一切接触外物的门路，闭目塞听，挫折其锋芒，虽有独见之明，当和之使其暗昧，与众人同尘垢，这样，才能做到"玄同"，也就是与天同道。所以老子主张："不出户，知天下；不窥牖，见天道。其出弥远，其知弥少。是以圣人不行而知，不见而名，不为而成。"不出户，不接触外物，而能知天下，见天道。考之老子所处的春秋末年的世界，天下扰攘纷争，老子闭门独坐，思接千载，神游万仞，对天道做神秘之冥想，偶出此论，亦可理喻，但其荒谬也无待辩驳也。

老子的无为而治，也即"黄老之学"对于汉初的政治应该是有相当的影响的。结束秦朝暴虐统治而建立的汉朝中央政权，亟须休养生息，因此，对于黄老的无为而治的理念一见倾心，被王朝上层统治者奉行多年。汉景帝的母亲窦太后以此而排斥儒学，并教家人皆学黄老之术。汉初奉行与民休息的养民之策，造就了后来的文景之治，所谓无为而治的黄老之术在汉初偶放光彩，一度成为统治阶级的思想资源。但到了汉宣帝和汉武之后，则黄老之术成为了一种思想招牌，已完全弃而不用。清代魏源《论老子》中云："汉宣始承黄老，济以申韩，其谓王伯杂用，亦谓黄老王，而申韩伯也。"黄老成为官家思想的幌子，而所用所行完全是申（无害）韩（非）的法家思想。黄老其表，申韩其里，后来的历代王朝，承汉武"独尊儒术"之端，渐渐地变为"儒表法里"，用儒的仁义礼智信欺骗民众，用法家严刑酷法恩威并行维护统治，所谓黄老之术已为历史陈迹，完全失去了它的应用价值。

生于春秋战国年间的老子，见兵燹遍地，征战不息，生民流离，白骨露野的惨剧，本能地反对战争，这是他进步的一面。"以道佐人主者，不以兵强天下。其事好还。师之所处，荆棘生焉；大军之后，必有凶年。"老子反对以军力雄厚而称霸天下："夫佳兵，不祥之器，物或恶之，故有道者不处。……兵者，不祥之器，非君子之器，不得已而用之，恬淡为上，胜而不美，而美之者，是乐杀。夫乐杀人，则不可以得志于天下矣。"如果因为战争胜利而去庆祝，那只表明你杀了很多人，庆祝它，是说明你愿意杀人，愿意杀人的人怎么会得志于天下呢？尽管诸侯们不会认同他这种理论，但老子反对战争的和平思想到今天也是有价值的。

由于老子所处的时代纷争不息，所以他向往"小国寡民"的政治理想："鸡犬之声相闻，民至老死不相往来。"他说："治大国，若烹小鲜。"他的治国之策，即"以道莅天下。"这道，即虚静无为，冲退自守，乃至愚民返朴，归返草莽初开的小国寡民世界。和孔孟之儒家学者一样，老子的学说并不为当时的统治者所赞赏，诸侯们忙于对外的兼并战争和对内的权力分配，当然听不进老子的那一套，所以，他自己说："知我者希，则我者贵。"了解他学说的人不多，尽管他声称按照他的说法去做，可以贵得天下，但没有诸侯愿意听他的并实行他的主张。所以他声称自己"被褐怀玉。"穿着破衣服，怀里却揣着宝玉。然而，为社稷安危而日夜焦虑的诸侯们是不欣赏他的美玉的。

老子的道家思想是中国古代哲学思想的重要分支，和孔孟的儒家一样，并立于中国古代灿烂的思想巅峰。但儒家始终没有成为宗教，它只是人间世俗的伦理，"道不可见，于日用饮食见之。"它已融化于中国人的日常生活和意识深处。但道家理论后来派生出道教，成为一种古老的宗教，而老子则被奉为道教的祖师爷。道教以老子"道"的理论为基础，在其上多所发扬，道教中人亦与佛教徒一样，出家入山，占观修身，先则以养生，继则竟至炼丹仙升，成仙得道为务。这样的宗教加进了很多传说和迷信，汉武帝时曾登堂入室，使迷恋于仙升不死的汉武为之神魂颠倒，但终不得验，只成就了一些骗子。后来道教渐渐式微，只是民间信仰，因其玄远恍惚，神秘难言，可包容民间的神怪崇拜，也有一些全真教等分支。但这些宗教类的精神活动似乎已渐离老子之本意。

传说老子西行，骑青牛过函谷关，守关的关尹不放行，令其作书始可放行。老子无奈，作《道德经》两篇而去。老子出关，不知所终。现在我们所见的老子之书，也就是《道德经》了。

前路茫茫，老子何往乎？《道德经》在，昭昭可辨矣！

二七　庄子

庄子名周，字子休，战国早期宋国蒙城（今河南省商丘市东北）人。据《史记》：庄子"与梁惠王、齐宣王同时"，推测其生卒年月大约在公元前369年至公元前286年，大体和孟子同时或略早。庄子的生平事迹无考，他留下的著作却是中国古代思想史上的重要篇章，其中充满了很多哲学的思辨和人生的思考，和老子并称老庄，成为中国本土宗教道教的开创性宗师。形塑了中国人的世界观。

《庄子》一书，开篇第一章即为《逍遥游》，逍遥这个概念的提出，体现了庄子无拘无束，悠游自得的人生态度，即人应当回归自然，忘掉自己的肉身，忘掉世俗的功名，在无己、无功、无名、无为的状态下，与自然同化。为此，他用一段著名的寓言，来表达人生的这种状态：一条极大的鱼，名叫鲲，化为鸟，名为鹏，它生在北方浩瀚的大洋之中，欲飞向南海，"鹏之徙于南冥也，水击三千里，抟扶摇而上者九万里，去以六月息者也。"这样一只超乎人们想象的大鸟，它扇动翅膀时，三千里水面波涛汹涌，直飞蓝天之上九万里，不停息地飞了六个月。此乃空间之大者；又有时间之长者："上古有大椿者，以八千岁为春，八千岁为秋。"这样一株巨树，在时间的长河里，可谓天长地久。无论空间之大者，时间之长者，它们都依照自己的本性，处于逍遥状态。在这个世间，有大者，自然也有小者，"置杯水于坳堂之上，则芥为之舟"，固为之小，蝉与斑鸠等小动物，虽有翅膀，但飞不过数丈而息，对于鲲鹏九万里之翔，固然不解，蟪蛄（寒蝉）只活一季，不知春秋，无论就空间和时间来说，有大有小，有长有短，大小长短固可辨，然而只要按照它们自己的意愿自己的本性去生活，都可处于逍遥状态。所以，庄子总结说：在这个茫茫的大千世界上，作为个体生命来到世间，只要自由自在地按照你自己的本性去生活，不去追求外在的世俗的功名利禄，都可与自然和谐共处，顺生归化。因此"至人无己，神人无功，圣人无名。"处心积虑想实现自我，要功，要名，用外在的东西把人束缚住，活着时心神俱疲，死后方知万事皆空，是达不到逍遥状态的。

　　庄子所以对人生取这样的态度，是因为他对死亡做过深入的思考。庄子认为自然和人是浑一的，人在自然之中，是自然的一部分，固然要随着自然的消长变化，所以人的生死本质上是没有区别的。方生方死，方死方生，生与死乃是宇宙的自然规律。死亡既然无可避免，那么人生的意义究竟是什么呢？法国作家加缪曾经说过："真正严肃的哲学问题只有一个，那便是自杀。"（《西西弗神话》）加缪的话是极而言之，他的意思是说，哲学需要回答人们一个问题，即"判断人生值不值得活。"也就是要回答"生命的意义"的问题。死亡既然是人的最后也是终极归宿，那么，人生还值得活下去吗？人生的意义究竟是什么呢？庄子在他的书中用大量的篇幅来讨论这个问题，他的结论是等同生死，顺乎自然。他认为，人不但对于死亡，即便对于给人带来痛苦的疾病，也要抱着泰然处之的态度。庄子在《大宗师》一文中，讲了一则寓言，说子祀、子舆、子犁、子来四个人对生死有一致的认识，即生死存亡皆为一体，因此结为朋友。后来，子舆生了病，子祀去探病，看到子舆被疾病折磨得走了形，子舆叹道："看看，伟大的造物主把我弄成了这个样子！"子祀问他："你厌恶自己的病体吗？"子舆回答："不，我不厌恶它。假如造物让我的左臂变成鸡，我就用它来打鸣报晓；假如造物让我的右臂变作弹弓，我就用它去打斑鸠烤来吃；假如造物让我的屁股变作车轮，我就用精神驾驭它，难道还需要别的车吗？况且人有所得，那是时运所致，人有所失，也要听天由命。安于时运，顺其自然，痛苦、悲哀和欢乐都不能改变我，这就是古人所说的解脱了倒悬之苦。万物只能顺其自然，我为什么厌恶自己病后的身体呢！"这就是庄子所倡导的对于疾病的态度，重在一个"顺"字，承认它，接受它，顺从它，在这个前提下，去驾驭它，改变它。

不久，子来也生了病，呼吸急促，将要死去，他的妻子儿女围着他痛哭。子犁前去探望，对他的妻子儿女说："你们都走开吧，不要惊扰他由生而死的变化。"然后，他倚着门，和子来对话："哎呀，真是伟大呀，造物主！它将把你变成什么样子呢？是让你化作老鼠的肝脏还是化作虫蚁的臂膀呢！"这就是庄子对死亡的看法，人死后，他将借助另外某种东西而重生，生和灭循环往复，因此生生不息。子来说："子女要听从父母的，犹如人听命于自然。如今上天让我去死，如果我不听从，岂非太蛮横了！'夫大块载我以形，劳我以生，佚我以老，息我以死。故善吾生者，乃所以善吾死也。'天地就像一个大熔炉，造化是负责冶炼的使者，让我生，让我死，当然都是可以的，我只能顺从于他。"这其中引用的一段文言文，《庄子》一书曾出现两次，是庄子阐明对死亡态度的一段经典论述。他说，人生存在这块土地上，让我勤劳工作，我老了后，它让我安闲自在，最后，让我安息死亡，它善待了我的生命，也善待了我的死亡，所以，我要服从造物的安排，平静而安然地对待死亡。

死亡固然是对生命的否定，但它也会带来新的生机，所以庄子对死亡持有一种肯定的态度。在《庄子·至乐》一章中，有庄子和骷髅的一段对话。庄子到楚国去，路遇一骷髅，就用马鞭敲打着骷髅问道："请问先生是因为什么到了这一步呢，是贪生悖理而致此吗？是遭遇亡国，被斧钺之诛而致此吗？是先生有不善之行，愧对父母妻子，自杀而致此吗？是因为有冻馁之患，无以为生而致此吗？还是因为春秋已高，寿终正寝而致此呢？"说罢这番话，庄子以骷髅为枕，躺下睡着了。到了夜半，庄子梦见骷髅和他说话，骷髅说："你刚才说的一番话，似乎先生是一个有知识的辩士，但我听了你的话，说的全是活人之累，人若死了，就没有你说的那些烦恼了。你想听听死后是怎么回事吗?"庄子说："当然了，我想听听。"骷髅说："人一旦死去，没有君主在上，也没有臣子在下，当然也没有四季之分。悠然自得，往来于无何有之乡。其快乐无忧，就是做国王也赶不上。"庄子不相信骷髅的话，说："假如我让造物恢复你生前的模样，骨肉肌肤皆如生前，使你死而复生，像你生前那样父母、妻子、儿女和朋友故旧都回到你的身边，你愿意吗?"骷髅皱着眉头，哭丧着脸说："我怎么能放弃死亡后的快乐再回到人间劳苦烦恼的生活呢!"这个寓言，看出庄子并不畏惧和厌恶死亡，他对死亡甚至带有某种肯定和向往。

在《养生主》一节中，庄子虚构老子的朋友秦失去给老子吊丧，到灵棚内，哭了三声就出来了。老子的弟子问他："你是老子的朋友吗?"

"是的"。

"既是老子的朋友前来吊丧，哭了几声就走，可以吗?"

"可以。我原来认为你们跟老子学习，都是体悟大道的人，现在看来不是这样。我刚才进到灵棚内，见到老者痛哭，如同哭自己的儿女，少者在哭，如同哭自己的父母。之所以这样，是因为不得已也。这是违反常理，背弃真情的。人皆秉承于自然，受命于天，你们的老师偶然来到世间，乃是应时而生，如今顺时而死，乃是安于天理和常分，顺从自然的变化。古时人们称死亡是自然的解脱，如同解除倒悬之苦。理解了生死乃是自然之道，你们为什么还要痛不欲生呢?"

在《大宗师》中，庄子又讲了一个故事，说是子桑户、孟子反、子琴张三个人都是参透生死的人，是心灵相通的好朋友。不久，子桑户死去了，还没有下葬的时候，孔子就让子贡前往帮助处理丧事。子贡去后，看见孟子反和子琴张两个人在子桑户的尸体前，一个在编曲，一个在弹琴，两人一同唱着歌："哎呀桑户呀，哎呀桑户呀，你已经返归本真，可我们还活在世间!"子贡问道："两位临尸而歌，请问这合乎礼的规矩吗?"两人相视而笑，说："他并不知道什么是礼。"子贡回去后对孔子学说了这件事，说那两个人临尸而歌，没有一点悲痛的意思，悖逆人情和礼节，简直不像话！孔子回答说：他们是超然世外的人，而我们还在世俗之内，所以不能理解他们。他们认为人活着，如同长着一个悬坠的痈一样，一旦死去，痈溃而败，人的精神会得到极大的自由，所以，他们认为死亡是解脱，并不认为死亡是值得悲痛的。他们彷徨乎尘垢和世俗之外，在无为的境界里自在逍遥，又怎么会在意众人的看法，拘泥于世俗之礼呢！

这就是庄子对死亡达观的态度。

接着，孔子和子贡又讨论了"道"，说："鱼相忘于江湖，人相忘于道术。"人一旦得了道，就失去了一切世俗的羁绊，像鱼在水中一样，悠然自得，无拘无束。《庄子》一书，编撰了很多孔子和弟子们的故事，庄子借孔子之口，离儒归道，成为庄子哲学的宣讲者。当然，这并非孔子的本意，更与儒家学说无干，这只是庄子的一种宣讲策略。其实儒家和庄子的道家完全是两条道上跑的车，入世和出世，在开头两家就分道扬镳了。

庄子的人生主张取决于他对死亡的看法，他首先研究死，然后再研究人该怎么活着。死亡既是无可回避的必然，那么就无须对之悲哀。人同世上的万物一样，有始有终，循环往复，方生方死而又方死方生，死亡是新的生命的开始，世界浑然一体，永无尽头，"天地与我并生，而万物与我为一"，人在其间，"茫然彷徨乎尘垢之外，逍遥乎无为之业"。尽量卸去人生的负累，摆脱世俗的羁绊，像大自然一样，应时顺变，达到逍遥无为的境界，最后平静地接受死亡，就可以了。

庄子的哲学，研究到死亡，触及哲学的根本问题。他有一种对现实世界的否定，这体现在他著名的"梦蝶"的寓言中："昔者庄周梦为蝴蝶，栩栩然蝴蝶也，自喻适志与！不知周也。俄而觉，则遽遽然周也。不知周之梦为蝴蝶与，蝴蝶之梦为周与？周与蝴蝶，则必有分矣，此之谓物化。"（《齐物论》）他梦见蝴蝶翩然飞翔，忘记了自己，好像自己成了那只栩栩然的蝴蝶，醒来之后，才感觉自己是庄周。那么，是蝴蝶在他的梦中，还是他在蝴蝶的梦中呢？自己是真实存在于这个世界还仅仅是蝴蝶梦中的一种意象？世界是真实的还是虚幻的？当然，蝴蝶和庄周还是可分的，庄周梦蝶就是一种物化。物化是道家的一种境界，这里不去深入讨论。然而在庄周梦蝶的寓言中，我们发现庄子对真实存在的世界有一种否定的倾向。世界皆茫然，万物皆虚幻，因此，当他妻子死时，他竟鼓盆而歌，他的朋友惠子前往吊丧，认为他不该如此，他回答说：她刚死的时候，我也感到很悲伤，可是细想想，她原本就未曾出生，出生了也没有形体，有形体也没有生命的元气。在这茫然的世界上，气之交互运行，产生元气，元气而变为形体，有了形体又有了生命。如今她死了，是随着春夏秋冬四时运行的必然。如今她安卧于棺椁之中，我却为之大哭，我觉得那是太不理解命运的真谛了。所以我停止哭泣，鼓盆而歌。（《庄子·外篇·至乐》）生命的元气之说，是古人对生命的解释，生命乃是气之运行的结果，万物之生死，无非气之凝结和运行。他借寓言人物长梧子之口说：我怎么知道贪恋人生不是一种迷茫和困惑呢？我又怎么知道厌恶死亡不是年幼时流落他乡而老大还不知回归故土呢？（予恶乎知说生之非惑也，予恶乎知恶死之非弱丧而不知归者邪？《庄子·齐物论》）他说："泉涸，鱼相与处于陆，相呴以湿，相濡以沫，不如相忘于江湖。"在陆地上陷于困境的鱼，与其相濡以沫，不如相忘于江湖。在《秋水》中，庄子讲他在濮水垂钓，楚国派出两个大夫敦请他去治理楚国，庄子讲，我听说楚国有一神龟，已死了三千年，龟壳被藏在精美的竹器中，覆上绢帛，供奉在楚国的庙堂之上。这只神龟，它希望留下龟壳被供奉呢，还是愿意活着"曳尾于涂中呢？"两名楚国大夫说：它当然愿意活着拖着尾巴在泥塘里呀！庄子说：那就不用再说了，我也愿意活在泥塘里。庄子的世界，有一种浪漫的虚幻感，鲲鹏御风而行，蝴蝶翩然入梦，失水之鱼相濡以沫，千年之龟曳尾泥涂……都力求说明一个道理：死亡无可避免，活着，就要去掉外物之累，活得自由自在，达到逍遥境界。

儒家强调"未知生，焉知死"（《论语》），讨论仁、义、礼、知、信及人生的各种规则，回避且不去思考死亡。庄子却用大量的篇幅和寓言故事讨论死亡的问题，然后倒推回来，阐明人的生活态度；儒家是阳刚，道家是阴柔；儒家关注的是现世的人生，道家思考人的终极归宿；儒家讲的是合群的有秩序的世界，道家强调的是个体的无羁绊的逍遥。后人从庄子的哲学中汲取营养，平静而从容地对待人生的归宿，陶渊明诗云："纵浪大化中，不喜亦不惧。应尽便须尽，无复独多虑。"这，就是庄子的人生态度。

老子和庄子的哲学被后人发展成中国本土的宗教——道教，盖因他们的哲学观念中含有宗教的成分。仅以庄子言，他提出了很多个体修炼和顿悟的宗教概念。这些概念融入道家摒绝现实人生企望羽化仙升的信仰中，成为道家宗教的核心内容。庄子认为自然和人是浑一的，人的生死变化是没有什么区别的，因而他主张清心寂神，离形去智，忘却生死，顺应自然，这就叫作"道"。要想达到"道"的境界，庄子又提出了"心斋"和"坐化"的概念。在《庄子·人间世》中，庄子拉孔丘入道，通过孔丘与颜回的对话，详解"心斋"。颜回说他不饮酒，不食荤，是否可称为斋。孔子说：这只是祭祀前的斋戒，谈不上心斋。颜回又问：那么什么是心斋呢？孔子回答："若一志，无听之以耳而听之以心，无听之以心而听之以气，耳止于听，心止于符。气也者，虚而待物者也。唯道集虚。虚者，心斋也。"就是屏除杂念，专一心思，不用耳朵去听而用心去领悟，不用心去领悟而用凝寂虚无的意境去感应。耳的功用仅止于听，心的功用仅止于和外物交合，而凝寂虚无的意境才是道之本，空寂虚无就叫心斋。孔子对此作进一步的解释，谓之"虚室生白，吉祥止止，夫且不止，是之谓坐驰，夫徇耳目内通而外于心知，鬼神将来舍，而况人乎！"意思是说，倘若你的心灵达到空明虚无之境，将没有一丝一毫的人间杂念，心灵是洁白无暇的，一切吉祥之事都消失于凝寂的境界，心驰神往，不能自止，于是形坐而神驰，鬼神前来归附，心灵和宇宙万物达到归一的境界。在《大宗师》中，庄子借颜回和孔丘的对话，又提出"坐忘"的概念，在这里，颜回和孔丘都成了道家的信徒，早已把儒家的宗旨抛到九霄云外，而一心一意地修炼道术，颜回一次又一次告诉他的老师孔丘，他进步了，首先是忘记了仁义，继而忘记了礼乐，孔丘则认为还未曾达到应有的境界，最后，颜回告诉孔丘，他已经达到了"坐忘"的境界。孔丘问他："何为坐忘?"颜回回答说："堕肢体，黜聪明，离形去知，同于大通，此谓坐忘。"就是忘记了躯体，废黜了耳目与外物相接的聪明，心灵离开了身体而与大道混同相通为一体，这就是心空无物，物我两忘的"坐忘"。孔丘回答说：与大道混同就不会有自己的执念，融汇于大道之中就不会拘执于常理，看来你真成了贤人啊！作为老师，我也将紧随你身后去追寻人间的大道。借助于孔子提出的"心斋"和"坐忘"的概念，已经完全背离了儒家学说，庄子借此申明的是道家的离形去知，与宇宙万物混同为一的理念，其间已蕴含有宗教的强烈色彩。

庄子在《大宗师》一章中，通过南伯子葵和女偊的对话，提出了宗教的修炼。女偊年纪虽长，但"面色若孺子"，为什么呢？因为他得了道。接着，两人讨论了道的修炼，并非所有人皆可得道，得道者本身应有圣人之道。天下人有人有圣人之才，有人有圣人之道，而女偊无圣人之才，却有圣人之道，这或许是天生的异秉。女偊守圣人之道，三日后能"外天下"，即超然于天下之外，又守之七日，能"外物"，即不被外物所累，又守之九日，能"外生"，即超脱于生死之外，接着是"朝彻"，彻悟一切，再接着叫"见独"，最后是"无古今"。宇宙浑茫，无古无今，万物皆一，不死不生，"其为物，无不将也，无不迎也，无不毁也，无不成也。"这种境界，叫"撄宁"。"撄宁也者，撄而后成者也。"庄子的宗教思想，在这里得到了最明确的表达。如何修道，修道的几重境界，最后达成的结果，都有明确的宣示。所以说，庄子的哲学是通于宗教的。在中国古代的思想家中，唯有庄子，跨进了玄妙的超越之境，宗教之门。但庄子宗教的信仰对象，不在于未知世界，也不在于万能的神灵，而是"道"，"道"者何也？庄子曰："吾师乎！吾师乎！齑万物而不为戾，泽及万物而不为仁，长于上古而不为寿，覆载天地刻彫众形而不为巧，此之谓天乐。故曰：
'知天乐者，其生也天行，其死也物化，静而与阴同德，动而与阳同波。'
故知天乐者，无天怨，无人非，无物累，无鬼责。故曰：'其动也天，其
静也地，一心定而王天下，其鬼不祟，其魂不疲，一心定万物服。'言以
虚静推于天地，通于万物，此之谓天乐。天乐者，圣人之心，以畜天下
也。"（《庄子·天道》）庄子所主张的，还是心灵的虚静、恬淡和无为。
而这，就是他所说的"天乐"。

庄子主张"逍遥""齐物"，主张"无为而治"，提倡虚静、恬淡、寂
寞、无为，提倡一种自由自在，摆脱外物之累，毫无羁绊的人生。比之孔
孟提倡的秩序和有为，是另一种思想贡献，他的思想光芒穿越数千年而不
朽，对中国人心灵的塑造有不容磨灭的贡献。历史学家许倬云说："人是
合群的动物，我们中国人的一套文化系统，就是怎么样人跟人相处，这中
间有积极的方面，是儒家。很平淡的、淡泊的，不是消极而是淡泊的、内
敛的方向，是道家。一向外一向内，一积极一退让，一刚一柔，这样地配
合起来，我们进退自如的一套人生的观念。"（许倬云：《我对伟大人物已
不再有敬意与幻想》）庄子的思想，就这样成为我们世界观的一极，儒道
相合，千古不灭。

二八　稷下先生

春秋战国时期的百家争鸣，其思想和文化的重镇在齐鲁大地。不要说儒家学派的开创者孔孟皆是鲁国人，被太史公称为"稷下先生"的一批重量级学者也皆聚集齐国，开创了华夏历史轴心时代的辉煌篇章。

稷下之稷，后人有两种说法。一说是齐国都城的城门，也有说"齐有稷山，立馆其下以待游士。"（《史记》注引虞喜说），后人多倾向于城门之名。汉代刘向《别录》云："齐有稷门，城门也。谈说之士期会于稷下也。"稷下成为文人学士的聚会之地，大约自齐威王时代就开始了。齐威王由于弹琴，稷下学士邹忌推门而入，由琴音而论及治国，齐威王因此重用邹忌，拜其为相。邹忌骤贵，稷下的文人们既妒又羡，内心很不服气，于是纷纷前往进言，以图难倒邹忌。其中有淳于髡者，前往邹忌之门，以"微言"讽之，以观邹忌的反应。邹忌谦恭待之，皆解其意，一一给以回答。淳于髡词穷，出门时，对相府的仆人说："这个人不简单，我语之微言五，其应我若响之应声。他不久就会被封侯。"一年后，邹忌即被封为成侯。

邹忌拜相封侯，论琴音而及政事，得君主之欢心，淳于髡以微言讽喻邹忌，也见稷下先生们的一些习气和风尚。《史记》注引《新序》曰："齐稷下先生喜议政事。邹忌既为齐相，稷下先生淳于髡之属七十二人皆轻邹忌，以为设以微词，邹忌必不能及，乃相与俱往见邹忌。淳于髡之徒礼倨，邹忌之礼卑。淳于髡等称辞，邹忌知之如应响。淳于髡等辞屈而去，邹忌之礼倨，淳于髡之礼卑。故所以尚干将、莫邪者，贵其立断也。所以尚骐骥者，为其立至也。必且历日旷久，则系絷能挈石，驽马也能致远。是以聪明捷敏，人之美材也。"这里讲的是淳于髡的微言与邹忌应答如响，体现邹忌的聪明捷敏，但我们可以见到，稷下先生们除了做学问外，也是很喜谈政治的，他们很希望被君主赏识和重用。

据司马迁说：当时齐国的稷下先生中有三位姓邹的，除拜相封侯的邹忌外，尚有一人名叫邹衍。邹衍晚于孟子，乃稷下先生中杰出的一位，他感于当时诸侯国君主淫侈，毫无德行，所倡导的仁义之说全为了规范百姓，于是发愤著书立说有十余万言，篇名为《终始》《大圣》等，其言非儒非道亦非墨，"乃深观阴阳消息而作怪迂之变。""其语宏大不经。"可见其多为离经叛道之论。他先从小处近处说起，然后"推而大之，至于无垠"。从近处推衍至黄帝时代，再至天地未生的混沌远古。他说，儒者所谓的"中国"，对于整个世界来说，乃是八十一分居其一，中国之外，尚有九个"赤县神州"，这才是所谓的"九州"。这些广大的土地和人民，周围有小的海洋环围之，人民禽兽因有海水阻隔，不能相往还。这九州各自按照自己的制度和文化治理百姓，"通谷禽兽，水土所殖，物类所珍，因而推之，及海外人之所不能睹。"九州之外，还有更广阔的海洋环围着。邹衍在战国时代，当然不可能作环游世界的旅行，他偏处齐国稷下之一隅，对世界作此悬想和推断，应该说大致不差。在这种宏大想象之后，邹衍归结他的主旨，告诫王公诸侯们要仁义节俭。王公和诸侯们初见其论，即被征服，但真要他们推行仁义节俭，皆不能实行。

邹衍的论说和著作之大义已如上述，虽不能说大言惑众，但也非言近旨远。或因其言宏大怪诞，闻所未闻，诸侯们虽不能用其旨，但深为所惑。他声名鹊起，不仅名重齐国，而且声动诸侯。他到梁国去，梁惠王亲自郊迎，执宾主之礼；到赵国，平原君侧行而迎，不敢正席危坐尽宾主之礼。他到燕国，燕昭王竟"拥彗先驱"，亲自拿着扫帚为其扫路，"请列弟子之座而受业。"当即拜师受业，并且为他修了一座碣石宫。邹衍受到诸侯们如此尊崇，使司马迁和后世的儒家弟子大为不平，他们认为儒家先师孔子和孟子法先王之道，行仁义之化，且菜色困穷，而邹衍执诡怪之说荧惑诸侯，其见礼重如此，可为长太息哉！司马迁认为，在礼崩乐坏的战国时代，孔子法先王，重礼义的学说与诸侯们的愿望凿枘不合，所以不为时所重。邹衍的"不轨"之言反倒因其新奇诡怪，引起诸侯们的强烈兴趣。无论如何，邹衍之著述及境遇反映了战国时代百家争鸣的一种气象，即学者们思想开放，天马行空，所思所想，尽可著书立说，毫无禁忌，没有什么主流思想，更不存在禁锢。邹衍是战国时代百家争鸣的一个标志性人物，因其想象奇崛，远至开天辟地，广至四海之外，道前人之所未道，因此名重诸侯，风行各国。而儒家的开山祖师孔孟并不为时人所重，因而孔子才有："道不行，乘桴浮于海"之叹。当儒家成为数千年帝王专制王朝的主流思想后，后世的文人学士便大多只能在儒学的圈子里解经释义，注疏训诂，再也逃不出那个圈子了，所谓百家争鸣的局面再不复见。

齐国三邹子，除邹忌、邹衍外，第三位叫邹奭，司马迁说他"亦颇采邹衍之术以纪文。"他写的文章，其思想观念皆来于邹衍。

稷下先生中，我们当然不能忘记自视极高，以微言讽喻邹忌的淳于髡先生。司马迁说他"博闻强记，学无所主"，看来他亦非儒非道非墨之人，是一个自辟门径的学者。他比较敬慕齐国重臣晏婴的为人和为政理念，与诸侯对，"以承意观色为务。"他去见梁惠王，正巧有客人求见惠王，惠王屏退客人后，单独接见他。可他与惠王相见终日，不发一言。梁惠王嗔怪，对介绍淳于髡的人说："你称扬淳于先生，说管仲、晏婴都比不上他，可寡人与他相见，并没有什么收获。难道寡人不足与言吗？还是有别的原因？"于是这人把惠王的话讲给淳于髡，淳于髡说："是这样的。我第一次见王，王志在驰驱；后来再见王，王志在音声。因王的心思并不在我身上，所以我不便说话。"这人把淳于髡的话说给惠王，惠王大惊，说："哎哟，淳于先生真乃圣人也！第一次我见他，刚巧有人来献良马，我没来得及看马，正巧淳于先生到了；后来再见他，碰巧有人献歌伎，未等试听其音，就接见淳于先生。寡人虽屏人而见先生，但心思还在那里。志在驰驱，志在音声，的确如此啊！"后来梁惠王再见淳于髡，两人连谈了三日三夜，梁惠王仍无倦容。梁惠王想叫淳于髡做梁国的相，但淳于髡拒绝了。梁惠王送给他四匹马的华贵马车，又送他黄金百镒等贵重的礼物。淳于髡一生没有出仕做官，他是稷下一个纯粹的学者。

除了三邹和淳于髡，稷下先生著名者尚有慎到、环渊、接予、田骈等人。慎到是赵国人，田骈、接予皆为齐人，环渊是楚人，是时皆聚学于稷下，各有著作问世。据《史记》注云：慎子十卷，《艺文志》作慎子四十二篇；田骈，《艺文志》载其号"天口骈"，游稷下，作田子二十五篇，接予，《艺文志》云：接予两篇，在道家流。环渊，楚人，《孟子传》云环渊著书上下篇也。邹奭著书十二篇，阴阳家。真所谓人人怀灵蛇之珠，各个抱荆山之玉，人各有著述，独立不羁，阐发大义，道家、法家、阴阳家……家家不同；先王、后王、天下王……王王异法。神州赤县，瀚海无边，思接千古大荒，辞连天上人间，无羁无束，天马行空……这就是战国轴心时代百家争鸣的奇异景观。

大抵学人士子聚学齐国，大约在齐威王时代就开始了，到了他的儿子齐宣王，乃有稷下之盛。司马迁云："宣王喜文学游说之士，自如邹衍、淳于髡、田骈、接予、慎到、环渊之徒七十六人，皆赐列第，为上大夫，不治而议论。是以齐稷下学士复盛，且数百千人。"复盛者，前曾有之，至宣王时，又复兴旺也。这里的七十六人，是被封为上大夫的人，他们住着齐国公室分配的房子，不参与实际的政治管理，只是著书立说，游说议论，这个庞大的士人集团鼎盛时期足有数百千人，真正是规模宏大，气象万千！

周王朝打败殷商王朝，起于陕西的华夏族战胜河南、山东一带的东夷民族而立国中原，政治上立定脚跟后，其文化的发展与鼎盛还要靠中原的人杰地灵。周公提出仁和礼的概念，但真正把它系统化，使之上升到思想和文化高度的却是生于鲁国的孔丘和孟轲。齐鲁大地一直是我国远古轴心时代的思想和文化的重镇，孔孟且不论，仅就齐国的稷下而言，其规模和气象也堪比古希腊苏格拉底、柏拉图和亚里士多德时代的雅典学派。学者们争论宇宙的形成，阴阳的变化，个人的修为，生死的奥秘，先王的大道，当下的治术……相互论辩，游说诸侯，著书立说，阐扬大义，实乃蔚为大观。春秋至战国，孔孟庄周，儒道分流：一讲仁义礼，一说逍遥游；一倡上下尊卑，一重个体自由；一说先王之道，一谈化蝶无求；一要得君行道，一求曳尾泥涂；一要克己复礼，一图相忘江湖。逮及墨子，非攻非乐，耻奢侈而倡节俭，主兼爱而反攻伐，实乃战国时诸侯相互兼并的社会现实而促发的思想之花；至若老子倡无为，主守雌，言愚民，立小国寡民之说，治大国若烹小鲜，乃农业小生产者的社会理想，至于"道可道，非常道，名可名，非常名""道生一，一生二，二生三，三生万物。"已入哲学思辨之境。至于公孙龙白马非马的坚白之论，惠施等人往来辩难之术已毋庸深论矣。

二九　荀子

荀子（前313—前238年），名况，字卿，是战国时重要的思想家。他是赵国人，大约五十岁时才东游齐国，他到齐国的时候，稷下文人大多凋零，至齐襄王时，荀子已为稷下文人之首，"最为老师"（司马迁语），因此三次担任齐国的祭酒。后有人馋毁，他去齐适楚，楚国春申君让他做兰陵令，春申君死后荀卿废，就在兰陵安了家，著述终老。

在战国百家争鸣的时代，荀子到底属于哪一家呢？后人大多认为他属于儒家学派，但也有人不同意，对荀子的学说多所批判，认为他既有韩非、李斯那样著名的法家弟子，理应归入法家之先师。但读过他的著述后，我认为他是一个纯粹的儒家学者。至于他提出"性恶论"，与孟子的"性善论"针锋相对，且对孟子以及孔子的弟子子张、子夏、子游等多所批判，斥之为"贱儒"（《荀子·非十二子》），但这只能算是儒家学派内部之争，并不影响荀子对儒家伦理的衷心信仰。

《荀子》有一章专门论及《修身》，他的伦理主张，和孔孟等儒家所倡导的精神并无二致："见善，修然必以自存也，见不善，愀然必以自省也。"又云："志意修则骄富贵，道义重则轻王公，内省而外物轻矣。传曰：'君子役物，小人役于物。'此之谓也。身劳而心安，为之，利少而义多，为之。"在《不苟》一章里，他说："君子养心莫善于诚，致诚则无他事矣。唯仁之为守，唯义之为行。诚心守仁则形，形则神，神则能化矣；诚心行义则理，理则明，明则能变矣。"这里所倡导的仁、义、善，都是儒家的伦理主张。守仁行义，会使人的精神气质发生变化，从里到外，形神俱化，成为儒家的君子型人物。他说："公生明，偏生暗，端悫生通，诈伪生塞，诚信生神，夸诞生惑，此六生者，君子慎之，而禹、桀所以分也。"对于儒家所倡行的"勇"，他提出："有狗彘之勇者，有贾盗之勇者，有小人之勇者，有士君子之勇者。争饮食，无廉耻，不知是非，不避死伤，不畏众强，恈恈然唯利饮食之见，是狗彘之勇也。为事利，争货财，无辞让，果敢而振，猛贪而戾，恈恈然唯利之见，是贾盗之勇也。轻死而暴，是小人之勇也。义之所在，不倾于权，不顾其利，举国而与之不为改视，重死持义而不挠，是士君子之勇也。"（《荀子·荣辱》）他定义了四种勇，强调的是为了义而不屈不挠的士君子之勇。他的著述中，对于儒家的修身之道多所论及，目的在于让人成为士君子一样的人物。那么，什么样的人堪称君子呢？荀子的标准是："兼服天下之心：高上尊贵不以骄人，聪明圣知不以穷人，齐给速通不争先人，刚毅勇敢不以伤人；不知则问，不能则学，虽能必让，然后为德。遇君则修臣下之义，遇乡则修长幼之仪，遇长则修子弟之义，遇友则修礼节辞让之义，遇贱而少者则修告导宽容之义，无不爱也，无不敬也，无与人争也，恢然如天地之苞万物。如是则贤者贵之，不肖者亲之。"（荀子·非十二子）这里，荀子指出了与各种人相处的准则，目的是成为儒家的谦谦君子。以上，荀子所要求人修身所做到的，无非是儒家的理念，他心心念念的是要人养成儒家理想的君子人格。

儒家是主张出世而得君行道的，但在战国时代，儒家并不为诸侯所重，荀子大声疾呼，为儒家正名，同时也希望自己能被君主赏识和重用。他借秦昭王与孙卿子（荀子）的对话，对儒者大加赞扬。秦昭王对儒者参政有些怀疑，问道："儒无益于人之国？"荀子回答说："儒者法先王，隆礼义，谨乎臣子而致贵其上者也。人主用之，则势在本朝而宜；不用，则退编百姓而憨，必为顺下矣。虽穷困冻馁，必不以邪道为贪；无置锥之地，而明于持社稷之大义。呜呼而莫之能应，然而通乎财万物、养百姓之经纪。势在人上，则王公之材也；在人下，则社稷之臣、国君之宝也。虽隐于漏屋，人莫不贵之，道诚存也。"因为儒者道法先王，尊崇礼义，如果让儒者治理天下，他一定是一个好臣子，即使他不为所用，处于穷困之地，住在漏雨的破屋子里，没有置锥之地，穷困冻馁，他也会忠于朝廷，不会搞歪门邪道，是朝廷的顺民。儒者是社稷的臣子，国君的宝贝啊！又说："儒者在本朝则美政，在下位则美俗。"用他，他可以治国安民，不用他，让他做一个普通百姓，他会淳化一方风俗。他对儒者的美化近于狂热吹嘘，说什么，儒者"志意定乎内，礼节修乎朝，法则度量正乎官，忠信爱利形乎下，行一不义，杀一无罪而得天下，不为也。……故近者歌讴而乐之，远者竭蹶而趋之，四海之内若一家，通达之属莫不从服，夫是之为人师。"当然，他说的是周公，认为他是世上最大的儒，但得周公之治，全民景仰，万众欢腾，载歌载舞，远方归化，竭蹶而趋之情景，也只能存在于想象之中，拿来美化儒者，固是言过其实。与其说真有其人，莫如说是荀子理想化的儒者。

除周公渺茫无迹，大言无根外，他认为孔子和他的弟子子弓也是这样的人："彼大儒者，虽隐于穷阎漏屋，无置锥之地，而王公不能与之争名；在一大夫之位，则一君不能独畜，一国不能独容，成名况乎诸侯，莫不愿得以为臣；用百里之地而千里之国莫能与之争胜，笞棰暴国，齐一天下，而莫能倾也，是大儒之征也。其言有类，其行有礼，其举事无悔，其持险应变曲当，与时迁徙，与世偃仰，千举万变，其道一也，是大儒之稽也。其穷也，俗儒笑之；其通也，英杰化之。嵬琐逃之，邪说畏之，众人愧之，通则一天下，穷则独立贵名，天不能死，地不能埋，桀、跖之世不能污，非大儒莫之能立，仲尼、子弓是也。"荀子对儒者的美化和吹捧简直到了无以复加的地步，天不能死，地不能埋，笞棰暴国，齐一天下，诸侯莫不愿得以为臣……这是孔子吗？他坐着牛车，到处奔走，困于陈蔡，几近殒命，惶惶然若丧家之犬，我们知道，这才是孔子的真相。可是，荀子为了造神，把儒者吹捧成超人，一方面，看出他的思想皈依于儒学，另一方面，也见他夸诞、虚妄的文风，他太狂热而又失去了一个思想者应有的分寸，并非一个冷静的实事求是的儒家信徒。

儒家向来是主张“齐家治国平天下”，要入世，要得君行道，要“致君尧舜上，但使风俗淳”（杜甫诗），其一生功业寄托在庙堂，荀子也不例外。“羿者，天下之善射者也，无弓矢则无所见其巧，大儒者，善调一天下者也，无百里之地则无所见其功。”他当然把自己也看作大儒的，希望有百里之地供其治理以见其身手。他把臣子分为俗人、俗儒、雅儒、大儒，非儒家信徒者为俗人，“故人主用俗人，则万乘之国亡；用俗儒，则万乘之国存；用雅儒，则千乘之国安；用大儒，则百里之地久，而后三年，天下为一，诸侯为臣，用万乘之国，则举措而定，一朝而伯（霸）”。若用大儒，给他百里之地让他治理，不仅长治久安，三年之后，则称霸天下，成为万乘之国，诸侯皆来俯首称臣。儒者真有如此一新天下的本事吗？我们只见荀子之妄。战国后期的秦国，由于行商鞅之法，颁农战之策，用里甲束缚百姓，以株连施行酷法，秦国一度成为虎狼之国，荀子入其境考察，对秦国之政多所肯定：“其固塞险，形执便，山林川谷美，天材之利多，是形胜也。入境，观其风俗，其百姓朴，其声乐不流污，其服不佻，甚畏有司而顺，古之民也。及都邑，其百吏肃然，莫不恭俭、敦敬，忠信而不楛，古之吏也。入其国，观其士大夫，出于其门，入于公门，出于公门，归于其家，无有私事也；不比周，不朋党，倜然莫不明通而公也，古之士大夫也。观其朝廷，其朝闲，听决百事不留，恬然如无治者，古之朝也。故四世有胜，非幸也，数也。”（《荀子·强国》）他认为秦国处形胜之地，有畏惧官吏的顺民，有清廉的政府，有类于古代的官吏和朝廷，几达尽善尽美，他还赞扬秦国以军功行赏，百姓五甲联保的制度（《荀子·议兵》），他认为秦国虽有以上治理上的优长，但离王者之功名还差之甚远。差在哪里呢？“则其殆无儒也。”没有儒者参与国家的治理，

"故曰粹而王，驳而霸，无一焉而亡，此亦秦之所短也。"没有儒家参与，迟早必然灭亡。

《荀子》一书，谈及国家治理，也不离儒家之礼，所谓"平政爱民""隆礼敬士""尚贤使能"等说教和概念。"故修礼者王，为政者强，取民者安，聚敛者亡。"（《荀子·王制》）"挈国以呼礼义，而无以害之，行一不义，杀之无罪，而得天下，仁者不为也。""国无礼则不正，礼之所以正国也。""故与积礼义之君子为之则王，与端诚信全之士为之则霸，与权谋倾覆之人为之则亡。"（《荀子·王霸》）"故君人者，爱民而安，好士而荣，两者无一焉而亡。"（《荀子·君道》）"故人之命在天，国之命在礼，人君者，隆礼尊贤而王，重法爱民而霸，好利多诈而危，权谋倾覆幽险而亡。"（《荀子·强国》）"仁，爱也，故亲；义，理也，故行；礼，节也，故成。"（《荀子·大略》）以上种种，都是从儒家伦理中生发出的说教，并无什么新鲜的东西，也没有可具体操作的规则。

读荀子书，感觉他是一个自命不凡而又缺少创意的思想家，他一生都在儒家的思想圈子里打转，不敢越雷池一步，而且对儒和儒家的颂扬大而无当，夸诞张扬，很少有自己特立独行的思想主张。他主要的贡献在于提出了性恶论，与孟子性善主张针锋相对。孟子曰："大人者，不失其赤子之心者也。"所谓"赤子之心"，即人生来就有的善良之心，如《三字经》所言："人之初，性本善，性相近，习相远。"是后天的教育和熏染造成了善恶之别，或者说善念和恶行在一个人身上是同时存在的。但荀子认为，人性的本质是恶的："人之性恶，其善者伪也。今人之性，生而有好利焉，顺是，故争夺生而辞让亡焉；生而有疾恶焉，顺是，故残贼生而忠信亡焉；生而有耳目之欲，有好声色焉，顺是，故淫乱生而礼义文理亡焉。然则从人之性，顺人之情，必出于争夺，合于犯分乱理，而归于暴。故必将有师法之化，礼义之道，然后出于辞让，合于文理，而归于治，用此观之，人之性恶明矣，其善者伪也。"（《荀子·性恶》）人性中的趋利、疾恶、声色之好，都是恶的，如果不加限制，任其发展，必将暴虐纷争，犯分淫乱，成为一残暴的禽兽世界，所以，这个世界才"故为之立君上之执以临之，明礼义以化之，起法正以治之，重刑罚以禁之，使天下皆出于治，合于善也。"圣王之治和礼义之化才能惩恶扬善，世上的圣人君子，都是多年来积善行仁，日积月累而成，并非天生之善也。无论孟子的性善还是荀子的性恶，都强调了后天的影响和教化，在这一点上并无不同，所以二者的分野难分高下是非。但荀子既从根本人性上断定人性本恶，强调"君上之执，礼义之化，法正之治，刑罚之禁"，他的弟子韩非、李斯从他的学说中发展出法家思想应该是顺理成章的。

荀子的思想虽无特立独行的见解和主张，但也有一些闪光的思想碎片辉耀在他的著作中，使读者过目难忘，并成为后人的思想资源，这些都是弥足珍贵的。如"天行有常，不为尧存，不为桀亡，应之以法则吉，应之以乱则凶。"（《荀子·天论》）又如"天之生民，非为君也；天之立君，以为民也。故古者，列地建国，非以贵诸侯而已；列官职，差爵禄，非以尊大夫而已。"（《荀子·大略》）再如"从道不从君，从义不从父，人之大行也。"（《荀子·子道》）等，皆哲思睿见，辉耀千古。

荀子的著作，为春秋战国时的哲理散文，比之孔孟语录体的断章散思，庄子汪洋恣肆的寓言拟义，自有其独到价值。其《劝学》为《荀子》篇目之首，为历来选本所重视，多年来被列入中学语文教材。"君子曰：学不可以已。青，取之于蓝，而青于蓝；冰，水为之，而寒于水。""吾尝终日而思矣，不如须臾之所学也；吾尝跂而望矣，不如登高之博见也。登高而招，臂非加长也，而见者远；顺风而呼，声非加疾也，而闻者彰。假舆马者，非利足也，而致千里；假舟楫者，非能水也，而绝江河。君子生非异也，善假于物也。""蓬生麻中，不扶自直，白沙在涅，与之俱黑……故君子居必择乡，游必就士，所以防邪辟而近中正也。""积土成山，风雨兴焉；积水成渊，蛟龙生焉；积善成德，而神明自得，圣心备焉。故不积跬步，无以致千里；不积小流，无以成江海。骐骥一跃，不能十步；驽马十驾，功在不舍。锲而舍之，朽木不折；锲而不舍，金石可镂。蚓无爪牙

之利，筋骨之强，上食埃土，下饮黄泉，其心一也；蟹六跪而二螯，非蛇
蟮之穴，无可寄托者，用心躁也。是故无冥冥之志者，无昭昭之明；无惛
惛之事者，无赫赫之功。"这些语言读来，朗朗上口，其中也蕴含着深刻
的哲理，这是荀子所留给我们的文化遗产。

三〇　韩非

韩非是韩国的诸公子之一，他生于韩国一个没落的贵族家庭，此时的韩国在秦国的侵凌下已风雨飘摇，韩非屡次进言，韩王不听，非退而著书，阐明他的治国主张。秦国侵韩，韩国派韩非使秦，秦王留非于秦。李斯在秦为相，二人同为荀卿的弟子，李斯妒非之才，说秦王下非于狱，以毒药使非自杀。

韩非是战国末期重要的思想家，是中国法家理论之集大成者。如果说，早于他的申不害重于"术"，变法于秦的商鞅重于法的实践，而韩非则是在理论上予法家理论以深刻的阐释，将中国这一思想源流发展到成熟的阶段。可以说，中国历代专制帝王的统治思想及实践皆来于韩非和商鞅。

韩非的思想核心是：一个专制君主如何维护自己的统治，治理好国家。国家治理好的标志是什么呢？不是人民的富裕和安居乐业，而是君主权位不移，把国家权力牢牢地掌握在自己手里。权位不移分为两条：一为制臣，二为治民。这一切来于一个最根本的思想基础，就是在韩非的意识里，人皆为恶。他完全信奉他的老师荀子的"性恶论"，所以在他的著作中，人与人——无论是君臣、君民之关系，无不充满着倾轧、算计、陷害等紧张的张力，没有任何温暖、正义、友爱、和明朗的东西。他的书是黑暗和冰冷的，阴郁、沉重而布满荆刺和陷阱，但这也就是中国法家思想的本质。专制统治者以一切人为敌，防范和治理的手段是，严刑峻法，利出一孔，这就是法家所教给君主的思想武器。

韩非认为君臣关系是对立和互为仇雠的，因为两者的利益不同。"君臣之利异，故人臣莫忠，故臣利立而主利灭。"（《韩非·内储说下》）君臣有不同的利益。所以天下没有什么忠臣，如果臣子得利，君主的利益就会受到损害。臣子是怎样借君主之威来攫取利益的呢？"人臣者，非名誉请谒无以进取，非背法专制无以为威，非假于忠信无以不禁，三者，悯主坏法之资也。"（《韩非·南面》）臣子在君主面前，一定要千方百计给自己涂脂抹粉，树立自己的名誉，只有这样，才能赢得主上的信任，当更大的官；离开君主后，他就要骄横跋扈，背法专制来统御下面的人，树立自己的权威；他在君主面前，一定要装成忠信的样子，用种种假象迷惑君主，使君主放手交权。这三种做法，是臣子在君主面前的惯技，所以君主不能不防。君主千万不能信重臣子，时刻都要防范他们捣鬼："人主之患在于信人，信人，则制于人。人臣之于其君，非有骨肉之亲也，缚于势而不得不事也。故为人臣者，窥觇其君心也，无须臾之休，而人主怠傲处上，此世所以有劫君杀主也。"（《韩非·备内》），臣子和君主，没有骨肉之亲，所以服侍你，是因为君主势在其上，所以他要时刻窥伺你的心思，一旦有隙可乘，就有劫君杀主之祸。所以君主决不能信任臣子。君主要把自己的真实心思隐藏起来，不能让臣子知道："君不见其欲，君见其欲，臣将自雕琢；君无见其意，君见其意，臣将自表异。"为了使臣子窥探不到自己的心思，君主一要超然，二要神秘："明主，其务在周密……故明主之言，隔塞而不通，周密而不见。"（《韩非·八经》）要把自己神秘化，"寻常看不见，偶尔露峥嵘"。所以，韩非教导君主："道在不可见，用在不可知君；虚静无事，以暗见疵，见而不见，闻而不闻，知而不知。"（《韩非·主道》）君主要像个隐身人一样，使臣子无所窥伺其真实想法，给人以超然事外的感觉。但是你要躲在暗处，时刻观察周围的动向，发现细微的征兆，看见了假装没看见，听到了假装没听到，知道了又假装不知道。君主是超然臣子百姓之上的："明君无为于上，臣民悚惧乎下。明君之道，使智者尽其虑，而君因以断事，故君不穷于智；贤者敕其材，君因而任之，故君不穷于能；有功则君有其贤，有过则臣任其罪，故君不穷于名。是故不贤而为贤者师，不智而为智者正，臣有其劳，君有其成功，此之谓贤主之经也。"（《韩非·主道》）一个贤明的君主，在于使用臣子，使他们为国事尽力，无论智者和贤者，他们最后的成功都是君主之功。庙堂上最可怕的是"虎"和"贼"，何谓也？"弑其主，代其所，人莫不与，故谓之虎；处其主侧为奸臣，闻其主之忒，故谓之贼。"虎者，发动政变挑起动乱，杀君而代之者；贼者，在君主身边，窥伺君主的心思和举动者。所以君主在发现篡位阴谋和叛乱之迹后，应及时采取果断措施："散其党，收其宗，闭其门，夺其辅，国乃无虎。"亦即一举粉碎篡逆弑君之谋，决不迟疑手软。对待窥伺的"贼"当如何？"大不可量，深不可测，同合刑名，审验法式，擅为者诛，国乃无贼。"君主应当处权力之端，心思深湛，行为诡秘，神龙见首不见尾，使人难以测量。违背君主意志，擅行其事者，杀无赦。这样，窥探君主心思的"贼"才会收心敛迹。大凡做君主的有五种壅蔽之害，谓之"五壅"："臣闭其主为壅，臣制财利曰壅，臣擅行令曰壅，臣得行义曰壅，臣得树人曰壅。臣闭其主，则主失位；臣制财利，则主失德；臣得行令，则主失制；臣得行义，则主失明，臣得树人，则主失党，此人主之所以独擅也，非人臣之所以得操也。"（以上皆见《韩非·主道》）总之，君主所操权柄，无论财权、（用）人权、发号施令的行政权，布德施惠的赏罚权，皆应操之己手，不可为臣子所用。韩非在《爱臣》一文中谈人主驭臣之术时强调："爱臣太亲，必危其身；人臣太贵，必易主位；主妾无等，必危嫡子；兄弟不服，必危社稷。臣闻千乘之君无备，必有百乘之臣在其侧，以徙其民而倾其国；万乘之君无备，必有千乘之家在其侧，以徙其威而倾其国。"这是总结春秋战国各诸侯国人主失位的经验之谈，韩非因此总结道："是故诸侯之博大，天子之害也；群臣之太富，君主之败也。"天子不能使诸侯坐大，君主不能使臣子坐大。

韩非强调君主制驭臣子有两个法宝，必须牢牢握在手里："明主之所导制其臣者，二柄而已矣，二柄者，刑德也。何谓刑德？曰：杀戮之谓刑，庆赏之谓德。"（《韩非·二柄》）又说："赏罚者，利器也，君操之以制臣，臣得之以拥主。故曰：国之利器，不可以示人。"（《韩非·内储说下》）韩非几次举齐国田常夺齐简公之国和宋国司城子罕劫宋国之君的事例，说明将布德于民的权力下放给臣子，将有失国之祸。"人主者，以刑德制臣者也。今君人者释其刑德而使臣用之，则君反制于臣矣。故田常上请爵禄而行之群臣，下大斗斛而施于百姓，此简公失德而田常用之也，故简公见弑。子罕谓宋君曰：'夫庆赏赐予者，民之所喜也，君自行之；杀戮刑罚者，民之所恶也，臣请当之。'于是宋君失刑而子罕用之，故宋君见劫。"田常擅齐国赏赐之权，群臣提拔和禄赏皆悬田常之手，可以收党羽徒众；在民间，田常大斗借贷，小斗回收，让小民得实惠，有收揽民心之效。时机一到，则杀简公以篡齐国之政，使齐国由姜（吕）氏封国变为田（陈）氏之国；宋国的子罕执生杀之权，久而树威，劫宋公而夺位。简公将布德施惠的权力交给田常，谓之失德；宋公将杀罚刑治的权力让给子罕，谓之失刑。无论失德和失刑，君主都是危殆的。所以，赏罚德刑，是君主制约臣子的法宝，必须牢牢握在手里，须臾不可离。"故先王明赏而劝之，严刑以危之。赏刑明，则民尽死，则兵强主尊。刑赏不察，则民无功而求得，有罪而幸免，则兵弱主卑。"（《韩非·饰邪》）君主制臣用人，必明赏罚，功者赏，罪者罚，能者上。"圣王之立法也，其赏足以劝善，其威足以胜暴，其备足以必完。治世之臣，功多者位尊，力极者赏厚，情尽者名立。"（《韩非·守道》）而赏罚之柄必操于君主之手，此君主独擅之权，不可假于他人。

君主行权，除制臣外，尚有治民。韩非认为民之性非善，所以，强调"得民心，施仁义"是错误的："今不知治者必曰：'得民之心'，欲得民之心而可以为治，则是伊尹、管仲无所用也，将听民而已矣。民智之不可用，犹婴儿之心也。"（《韩非·显学》）他把百姓比作婴儿，慈母爱之，则儿不孝，严父教之，则儿成器，所以，必须用严刑苛法治理百姓。"夫圣人治国，不恃人之为吾善也，而用其不得为非也。恃人之为吾善也，境内不十数；用人不得为非，一国可使齐。为治者用众而舍寡，故不务德而务法。"（《韩非·显学》）你不要指望百姓服从是因为对你有善意，治理百姓，就是要使他们慑于刑罚不敢为非作歹。"君上之于民也，有难则用其死，安平则尽其力。亲以厚爱关子于安利而不听，君以无爱利求民之死力而令行。明主知之，故不养恩爱之心而增威严之势。故母厚爱处，子多败，推爱也；父薄爱教笞，子多善，用严也。"（《韩非·六反》）君主于百姓，国家有难时，让百姓去拼命，让他们以死报国；平时，就用他们的力气，耕田种地，征调赋税。你爱他们，他们不会听你的，只有用法辖制他们，他们才会老老实实服从。这跟慈母严父对待孩子不同一样，爱他是害他，只有严厉管教，用皮鞭，才会服从。韩非还驳斥对老百姓"轻刑"的主张："圣人权其轻重，出其大利，故用法之相忍，而弃仁义之相怜也。学者之言皆曰：'轻刑'，此乱亡之术也。"（《韩非·六反》）驳斥儒家仁义之说："今世皆曰：'尊主安国者，必以仁义智能'，而不知危国者必以仁义智能也。故有道之主，远仁义，去智能，服之以法，是以誉广而名威，民治而国安，知用民之法也。"（《韩非·说疑》）韩非反对富民的主张，认为民穷才会重君主之赏，才会为君主尽死力。"物多者众，农驰奸胜，则国必削。"（《韩非·饬令》）老百姓富裕的人多了，国家就会削弱。如何使百姓普遍贫穷呢？那就是"利出一孔"，百姓尊荣卑下，富有贫穷，皆出于君主的意志，一切皆仰赖于君主的恩赐。"利出一孔者，其国无敌；利出二孔者，其兵半用；利出十孔者，民不守。"（《韩非·饬令》）

　　韩非理想中的君主专制之国，其所治下臣民，人人都是君主的奴隶，是供君主使唤的顺民，想做法外逸民，那是绝不允许的。如古人《击壤歌》中所云："日出而作，日入而息，凿井而饮，耕田而食，帝力与我何有哉！"这样的法外之民，则必杀之。韩非在《外储说右上》一文中讲了一个故事：周王朝初建，太公吕望封国在齐，齐国东边海畔有两个兄弟，一个叫狂矞，一个叫华士，两人听说来了新的统治者，便说："吾不臣天子，不友诸侯，耕作而食之，掘井而饮之，吾无求于人也。无上之名，无君之禄，不事仕而事力。"他们的意思是不想当官，从君主那里取得俸禄，只想自食其力，所以天子诸侯也管不到他们。结果太公吕望到了营丘之地，"使吏执而杀之，以为首诛。"先把不想做天子之民的哥俩杀掉了。周公旦封在鲁国，听到这件事后，马上"发急传而问之"说：他们二人是贤者啊，如今刚刚享封国就杀贤者，是什么原因呢？太公吕望回答说，他们兄弟不臣天子，不友诸侯，耕作而食，掘井而饮，无上之名，无君之禄，如此逸民，岂能容也？"彼不臣天子者，是望不得而臣也；不友诸侯者，是望不得而使也；耕作而食之，掘井而饮之，无求于人者，是望不得以赏罚劝禁也。且无上名，虽智，不为望用；不仰君禄，虽贤，不为望功。不仕，则不治；不任，则不忠。且先王之所以使其臣民者，非爵禄则刑罚也。今四者不足以使之，则望当谁为君乎？不服兵戈而显，不亲耕耨而名，又非所以教于国也。今有马于此，如骥之状者，天下之至良也。然而驱之不前，却之不止，左之不左，右之不右……己自谓以为世之贤士，而不为主用，行极贤而不用于君，此非明主之所以臣也，亦骥之不可左右矣，是以诛之。"民者，君之所用也，做一个不为君用的逸民，只有杀掉。

治民，不使其富，不使其逸，唯有使他们老老实实，战时为君主的江山社稷拼命，平时，辛苦劳作为国积粟储财，修筑城墙宫室，君主处势而执刑赏之权柄，因以治之。刑常用而赏不可繁："刑胜而民静，赏繁而奸生。故治民者，刑胜，治之首也，赏繁，乱之本也。夫民之性喜其乱而不亲其法，故明主之治国也，明赏则民之劝功，严刑，则民亲法。功劝，则公事不犯，亲法，则奸无所萌。"用严刑酷法治理百姓，如何使民悚惧而慑服呢？就是要奖励举报者，所谓"赏告而奸不生。"（《韩非·心度》）韩非非常赞赏商鞅在秦国推行的连坐和举报制度，对商鞅的做法十分推许："然去微奸之道奈何？其务令之相规其情者也。相使相窥奈何？曰：

盖里相坐而已。禁尚有连于己者，理不得相窥，唯恐不得免。有奸心者不令得忘窥者多也。如此，则慎己而窥彼，发奸之密，告过者免罪受赏，失奸者必诛连刑。如此，则奸类发矣。奸不容细，私告连坐使然也。"（《韩非·制分》）奖励告发举报，人人都在悚惧之中，一人有罪，多人连坐，不容小过，不容腹诽，你不但要伺察别人，别人也在伺察你，发现你有不轨言行，立即告发。如此治民，人间已成地狱矣！

从春秋到战国，随着社会的发展和思想文化的多元化，社会的价值标准也逐步趋向多元，韩非对此痛心疾首，在《诡使》一文中，罗列了很多他认为溢出专制君主所规定的价值标准的现象，予以挞伐："夫立名号，所以为尊也，今有贱名轻实者，世谓'高'，设爵位，所以为贱贵基也，而简上不求见者，谓之'贤'。威利，所以行令也，而无利轻威者，世谓之'重'，法令，所以为治也，而不从法令为私善者，世谓之'忠'，官爵，所以劝民也，而好名义不进仕者，世谓之'烈士'，刑罚，所以擅威也，而轻法不避刑戮死亡之罪者，世谓之'勇夫'。"又说："而悾愨纯信，用心怯言，则谓之'窭'，守法令，听令审，则谓之'愚'，敬上畏罪，则谓之'怯'，言时节，行中适，则谓之'不肖'，无二心，私学吏，听吏从教者，则谓之'陋'。"还有种种列举，不一而足。总之，社会出现了和统治阶级价值标准相反的评价体系和人文精神，韩非认为君主必须"禁其欲，灭其迹"，规范人们遵从统治阶级认可的价值标准和评价体系，以统一思想。他批判社会上流行的儒墨等思想流派，在《显学》一文中，对儒墨两家大加挞伐，认为"儒以文乱法，侠以武犯禁"（《韩非·五蠹》）都在厉禁之列。他理想的国家是："故明主之国，无书简之文，以法为教；无先王之语，以吏为师；无私剑之捍，以斩首为勇。是境内之民，其言谈者必轨于法，其动作者归之于功，为勇者尽之于军。是故无事则国富，有事则兵强，此之谓王资。"（《韩非·五蠹》）消灭一切思想文化，禁绝一切言论，以君主颁行的"法"为依归，以国家的官吏为老师，百姓平时谈的是"法"，遵法做顺民，战时为君主到战场上去效死拼命，这就是专制帝王统治的资本。法家之本质，为君主立威权，以百姓为奴虏，应无疑义矣。

历史上谈到法家，概称其为"黄老申韩之术"，黄帝，邈远无迹，无可为说；老子，思想史上一直列为道家，似无干于法家；申不害言行不彰，无补于法家思想。其实，法家者，商鞅、韩非之术也，应称为商韩之术较为确切。韩非为表示自己的帝王术有老子思想之源，著有《解老》《喻老》两文，对老子的思想多所阐发，如强调君主须臾不可放弃权力，轻离权位，引老子言曰："重为轻根，静为躁君，君子终日行，不离辎重也。"说："制在己曰重，不离位曰静，重则能使轻，静则能使躁。"引战国时赵国国君赵武灵王活着时把君主之位让给儿子而自命"主父"，此谓之释重离静，言曰："主父生传其邦，此离其辎重也。故虽有代、云中之乐，超然已无赵矣。主父，万乘之主，而以身轻于天下。无势之谓轻，离位之谓躁，是以生幽而死。故曰：'轻则失臣，躁则失君'。主父之谓也。"种种对老子的解释，对应着自己的帝王之术，老子因此也就成为了法家思想之源。但后世道家引老子为宗师，老子，法也？道也？这里的"重""静"之说，其言何谓也？莫衷一是，难以确解矣。

公元1513年，意大利佛罗伦萨的马基雅维利撰成《君主论》，论述君主如何运用手段和谋略以维护统治，被认为是文艺复兴时期最重要的思想著作，一直成为专制君主的枕边书。但"应帝王"而"为帝王师"，专门论述君主保位治国之谋略者应首推二千余年前的韩非之书，他的书才是真正的《君主论》，超越马基雅维利何止万一。马基雅维利有言："作为君主，如果只是善良就会灭亡；一个君主必须狐狸般地狡猾，狮子般的凶狠。"韩非之论，详且尽矣。法家思想至商鞅、韩非已经完备和成熟，它也是秦统一六国，实行大一统统治的思想武器，在中国两千余年的秦制政治中应用不衰。如不做道德评判，韩非的法家思想乃应时代而生，顺乎其治矣。

三一　秦相范雎（上）

范雎是秦昭王的相，他提出的远交近攻的策略和消除权贵擅国的主张对于秦国内固君主专权，对外拓土开疆起到了重要的作用，为秦国统一六国奠定了基础。

范雎的经历堪称一部传奇。

范雎是战国时期魏国人，家贫而无力出人头地，但其人有学识，口才好，能言善辩，于是到处寻觅发迹之路，最后到魏国中大夫须贾的府上做一门客。须贾受魏王派遣出使齐国，范雎跟从前往。居齐数月，未得齐王召见。二人住在客舍里闲极无聊，须贾固然焦虑，但也无可奈何。齐王听说魏国使者的随员范雎有才识，善论辩，于是派人送给范雎十斤黄金和牛肉美酒，以示倾慕。这令范雎很惶惑，他的顶头上司不受待见，被人冷落，而自己一个跟班却受齐王看重，赐予黄金美酒，这岂非令须贾难堪吗？于是，他推辞不敢接受。须贾知道此事后，果然十分愤怒和不满，他认为范雎与齐国暗通关节，泄露魏国机密，所以才得齐王如此厚待。于是，他令范雎退回黄金而接受了酒肉，算给了齐王面子。回到魏国后，须贾便把这件事告诉了魏相。魏相是魏国公室的诸公子，名叫魏齐，在魏国执掌国政，权倾一国。魏齐听后，大怒，令人把范雎逮捕，刑讯毒打。可怜范雎，只因齐王赐金赏酒，招来大祸，受此毒刑。范雎被打落了牙齿，打折了肋骨，几次昏死过去，但刑讯者仍不罢手。于是，他只好装死，魏齐这才下令，把他用草席捆了，扔进了厕所里。在魏齐府上饮酒的宾客，酒后如厕，就向范雎的身上撒尿。他们以为那是死人，撒尿以示羞辱，以为妄言者戒。范雎对看守他的人悄声说："如果你能放了我，将来有机会我一定报答你。"看守就向魏齐请示，说草席捆扎的人已死，把他扔了吧！魏齐喝酒喝得迷迷糊糊，随口说：拖出去扔掉吧。于是，看守就把范雎拖了出去。

范雎捡了一条命，虽重伤，但未死，就到朋友郑安平处藏匿养伤。后来，魏齐醒了酒，又问起范雎的下落，看守他的人说，范雎已死，已扔进山沟里去了。魏齐听了，也就不再理会。

藏在郑安平家养伤的范雎日渐恢复，更名叫张禄。

这时，魏国来了一位秦国的使者，名叫王稽，郑安平以侍者的身份，负责接待王稽。当时，秦国为统一的王霸之业，正开门延揽六国的人才，王稽闲下问："魏国是否有贤者与我西行入秦？"郑安平说："我的邻居有一位先生叫张禄，想谒见您，畅言天下大事。不过，他有仇家，白天不敢来。"王稽说："既如此，晚上你带他过来。"夜里，郑安平带张禄来见王稽，与之语少顷，王稽就知道这位张禄非等闲之人，于是和张禄约定："我辞魏回国时，先生在三亭的南边等我。"三亭，在魏国边境处，约好后，张禄辞去。

王稽完成了外交使命，辞魏归国，到三亭南，接了等候在那里的张禄，与之同车入秦。到了秦地的湖县，看见车骑仪仗从西而来，范雎问道："来者是谁？"王稽回答："从车仗仪卫来看，应该是秦国丞相，他可能是巡察东部各县邑。"当时，秦国丞相为穰侯魏冉，范雎说："吾听说穰侯专秦国之政，他讨厌秦国接纳诸侯之客，我怕他羞辱我，我宁可藏在车中不见他。"于是，就在车里藏匿起来。过了一会儿，果然是穰侯的车仗过来，见了王稽，停车慰劳后，就听穰侯站在车边问道："关东六国有何动向？"王稽答："无有。"又问道："你这次带没带六国的宾客入秦？他们没有什么用处，只能扰乱秦国。"王稽回答说："不敢挟带私人。"于是穰侯离去。范雎道："我听说穰侯是个聪明人，不过料事稍迟。刚才疑君车中匿人，忘了搜索。"于是下车步行，说："过一会儿他就会后悔没有搜车。"走了十余里，果然有一队骑兵折返，搜索王稽的车，见车中无人，方作罢。范雎这才重新上了王稽的车，与之俱入咸阳。

王稽向秦昭王交了差，谈了出使魏国的事情后，说道："魏国有张禄先生，天下之辩士，甚有见识。他说：'秦王之国危如累卵，得臣则安。然而所言不可以形诸文字，必得当面向大王进言。'臣闻其言，以车载入咸阳。"秦王笑了一下，并未深信。吩咐先安顿张禄住在客舍里，以待王命。

当时，秦昭王已即位三十六年，南拔楚都鄢郢，楚怀王幽死于秦；又东破齐国，齐愍王曾自称"东帝"，在秦国打击下，已自去尊号。秦国数次举兵，赵、魏、韩困于秦，国力大衰。所以秦国厌天下辩士，并不看重他们。

秦昭王是秦国在位时间最长的君主，他的名字叫则，亦称稷。他是秦武王的同父异母弟。秦武王非常爱举重运动，喜欢和人角力，二十一岁上位，年轻气盛，精力过人，因他喜好角力，因此秦国宫廷中养了几个大力士，都封以尊官高爵。有一次，秦武王和力士孟说比赛举鼎，结果把小腿骨弄折了。卧床数月而死，孟说因此被灭族。武王死后，立异母弟昭王上位。昭王母亲是楚国人，她是秦国上代君主惠文君的妃子，姓芈氏，号芈八子，儿子上位后，她即被封为宣太后。

秦昭王上位的第二年，秦国发生宫廷叛乱，很多大臣和诸公子卷入叛乱之中。秦昭王的舅舅魏冉帮助平息叛乱，在这场血腥的屠杀中，很多人被处死，上代君主惠文君的王后也被杀，秦武王的王后逃回了娘家魏国。叛乱平息后，秦昭王行成人冠礼，正式开始了执政生涯。

至范雎入秦那一年，秦国形成了以宣太后为核心的权贵集团，秦昭王虽为君主，有大权旁落的隐患。这个权贵集团其一为秦国之相魏冉，封为穰侯，他是宣太后的同母异父弟，是秦昭王的舅舅；另外一位号为华阳君，名叫芈戎，是宣太后的同母弟，也是昭王的舅舅。另两位王侯，一名高陵君名显，一名泾阳君名悝，二人是昭王的同母弟。一侯三君，两人是太后的兄弟，两人是太后的儿子，这个以宣太后为核心的权贵集团，势焰熏天，把持着秦国之政。这一年，秦国派出军队，越诸侯而攻打齐国，取得刚、寿两邑，地入于穰侯封国陶，行国家军政之权，以利家族之私。范雎入秦已近一年，对秦国政局的观察了然于胸，他住着简陋的房舍，吃着粗劣的饭食，如默然无声，将甘于卑贱，了此一生。范雎岂能甘也！于是，冒死上书秦王，以求命运的最后一搏。

范雎之书，先述治国之常论，次言自己胸有要紧之言，甘冒斧钺之诛，冒死进言于王。书中有语微涉穰侯等事，但不明言，以警昭王之心，复云："语之至者，臣不敢载之于书，其浅者又不足听也。"因此，请求面见昭王，若"一语无效，请伏斧质。"

这封上书打动了昭王，于是决定召见范雎。

召见的地方在秦之离宫。范雎其人，在魏历经生死，因此不惧帝王，敢说敢言，以言托命，以命相搏，大不了是个死！因此他入离宫，假意不识路，误入永巷。永巷者，朝廷诏狱所在。狱吏听说昭王欲来，呵斥范雎，范雎回答："秦国有王吗？我只听说有太后和穰侯，从未听说有王啊！"此语在于刺激昭王。昭王见范雎，马上延入宫中，说："寡人很早就想听命于先生，但有国事缠身，早晚要请示太后，因此不得分身。如今国事稍毕，乃得见先生受教。请先生入座。"范雎稍事谦让，遂入宫与昭王尽宾主之礼。内外官员，见昭王如此礼待范雎，皆肃然恭敬，不敢喧哗。

昭王屏退左右，宫中虚静无人，昭王跪坐案旁，请求道："先生何以幸教寡人？"范雎"哦哦"两声，以为回答。昭王又问："先生何以幸教寡人？"范雎又以"哦哦"作答。如此者三，昭王疑惑，又问道："先生以为寡人不足教吗？"范雎这才回道："不敢不敢，我听说当年周文王遇吕尚于渭水，吕尚乃垂钓之渔夫，文王与吕尚，交情并不深。之后听吕尚之言，深为折服，车载吕尚而俱归。没有吕尚之谋，则无文王之王业。如今我与大王，交疏情浅，而我要说给大王的皆匡助君王的大事，处人骨肉之间，我虽愿效愚忠而尽言，但不知大王的心思，所以大王三次见问而不敢应。我并非怕死而不敢尽言，臣今日尽言于君前，明日伏诛于后，臣不敢避也。如果大王听信了臣的话，死亡不足以为臣所忧惧。三皇五帝，天下英豪，谁都要死，死亡是人的必然归宿，只愿我的话能有利于秦国，虽死何惧焉！当年伍子胥藏身于口袋中逃出楚国，过昭关而夜行昼伏，至陵水一带，无所糊口，乃匍匐膝行，稽首肉袒，鼓腹吹箫于闹事，乞食而活命，终至吴国，助阖闾为霸。如果臣之得谋于秦，即使身为伍子胥，被幽囚而死，臣之所言有补于秦政，吾又何忧焉！殷国之箕子，楚国之接舆，漆身为厉，披发为狂，无益其主，假如臣也如箕子、接舆一样，但所言有补于所贤之主，也是臣的荣耀啊！我又有什么耻辱的呢！我所担忧的是，臣死之后，天下贤人明士见臣尽忠而死，因而杜口裹足，不敢再来秦国。大王上畏太后之严，下被奸臣所惑，居于深宫之中，不离保傅之手，终身迷惑，难辨忠奸。这样的情形，往大了说，秦国宗庙倾覆，往小了说，怕是身危难保，这就是我所为大王畏惧的啊！至于穷困折辱，死亡之患，臣不敢畏惧。倘若我死之后，秦国得到治理，臣死得其所，又何惧焉！"

昭王听了范雎的这番话，挺直了身子："先生这是什么话呢？秦国处僻远之地，寡人愚钝而不肖，先生幸临敝国，是上天叫寡人叨扰先生，而使秦国宗庙永存，江山得固。寡人受教于先生，是上天宠幸先王，而不弃秦之后人也！先生奈何而出此言！秦国事无大小，上及太后，下至群臣，愿先生畅所欲言，尽以教导寡人，不必对寡人有什么疑惑。"范雎听了这话，伏拜昭王，昭王回拜。

范雎见秦王，其言欲擒故纵，收放自如，引经据典，剖明心迹，既表忠心，又明疑虑，彻底征服了秦王。有如此良好开端，以下进言，自可使秦王信服。

范雎接着论述秦国的地理，这是战国时所有的辩士都熟悉的功课，道："大王之国，四塞以为固。北有甘泉、谷口，南带泾、渭，右陇、蜀，左关、阪，将士百万，战车千乘，利则出攻，不利则入守，此乃王者之地也。民怯于私斗而勇于公战，此王者之民也。大王有此地利民心，以秦国将士之勇，车骑之众临诸侯而攻之，好比猛犬以搏狡兔，其功可致，霸业可成。然而大王之弊在于群臣不当其位，当道者谋国不忠，因而闭关十五年，不敢窥关外之诸侯，致使霸业无成，此大王有失计之处也。"

昭王跪坐俯首，道："寡人愿闻先生指教。"

范雎打量四周，见宫内外尚有窥听者，心中悚惧，所以未敢直言内政，先讲外事，以观昭王之心思。他说："穰侯越韩、魏而出军攻打齐国，虽下齐刚、寿两邑，但从秦国大局来说，此乃失策之举也！如果秦国出兵少，不足伤及齐国，多出兵则有害于秦。如今揣度大王的意思，是想少出兵而得韩、魏之助，此乃不义之事也，韩、魏离心，势所必然，况且越过别人的国家去攻打齐国，这是可行的吗？此真乃失策之举也。当年齐愍王南下攻打楚国，破军杀将而辟地千里，但齐国尺寸之地也未曾得到。齐国难道不想扩充土地吗？那是形势不允许啊！诸侯眼见齐国经过攻楚之战，国内疲敝，君臣不和，于是联合兴兵以伐齐，齐国大破，损兵折将，大臣们纷纷责备齐王，问是谁出的伐楚的主意，齐王归咎于孟尝君田文。齐国大臣作乱，孟尝君田文出走。齐国所以破国动乱，在于攻打楚国而徒使韩、魏受益，这和如今秦国越韩、魏而攻打齐国有什么区别呢？我想大王欲为霸天下，对于关东六国，应当远交而近攻。这样，得寸土尺地，皆为大王所有。如今越国而远攻，岂非失策乎？况且当年赵武灵王攻打中山国，五百里疆土尽入囊中，功成名立而利附焉，这才是国家强大灭人之国的良策啊！如今韩、魏两国，处中枢之地，大王欲称霸天下，必须使韩、魏慑服。大王对于楚、赵两国，宜楚强则附赵，赵强则附楚，若楚、赵皆附，则齐国必惧，齐国恐惧，必卑辞重币以服事秦国，若齐国慑服，则韩、魏成虏矣！"昭王曰："我很早就想亲近魏国，但魏国多变，反复无常，使秦国难以亲近。请问如何亲近魏国呢？"范雎道："秦国先卑辞重币以事之，不可，则割地以贿赂它，如果还不行，那就举兵而伐之。"昭王说："寡人敬闻先生之命矣！"

范雎第一次获蒙召见，向昭王献远交近攻之策，可以说点到了秦与关东六国的要害。更重要的是，此次召见虽未尽言，但俘获了昭王之心，使昭王对范雎亲近了很多。于是拜范雎为客卿，参与谋议秦国的兵事。又听范雎之言，出兵攻打魏国，攻夺魏之怀和邢丘两邑。

不久，范雎再进言曰："秦与韩地接壤，犬牙交错，秦如木，韩如木中之蠹，韩国乃秦的心腹之患，天下一旦有变，对秦危害最大者就是韩国，大王不如收韩而灭之。"昭王说："我当然想收韩，但韩不听，为之奈何？"范雎曰："大王想收韩，韩安敢不听！大王举兵而攻荥阳，则其国断而为三，韩必见危亡，安敢不听秦乎？如收韩于囊中，大王就可计议图霸天下之策了！"昭王说："好！"于是，谋议攻韩之事。

几年来，范雎渐得昭王之信任，和昭王的关系也日益亲近，他觉得可以就秦国内政进言了。于是，看准了机会，他对昭王说："当年我在魏国时，只听说齐国有孟尝君田文，未听说有齐王，听说秦国有太后、穰侯、华阳、高陵、泾阳，未听说有秦王也。专国之权谓之王，手握生杀之权谓之王，国之利害悬于手谓之王。如今太后专断国事，穰侯出使诸侯不告知大王，华阳、泾阳等王侯擅断人命，高陵侯进退随心，无视国法，四贵齐备而国之不危者，未曾有也。秦国有此四贵，所以人皆谓秦国无王。秦国如此，王权安得不移，内外国策自王出乎？臣闻善治国者，内固其威而外重其权，穰侯操国之重权，决制于诸侯，剖符于天下，杀伐决断，人莫敢不听。战胜攻取则利归于私，一旦战败，结怨于百姓，祸归于国家，诗曰：大树结果太多则伤其枝，枝伤而危及树身；诸侯太尊必危其国，臣子太尊必危其主。崔杼专国而射庄王之股，淖齿弄权而抽愍王之筋，李兑专赵国之权而囚赵武灵王于沙丘，百日而饿毙。如今秦国太后用事，穰侯专权。高陵、华阳、泾阳三侯佐之，大王之尊威不显，岂非秦之崔杼、淖齿、李兑乎？夏、商、周三代所以亡国者，在于主上授权于臣，君主纵酒射猎，不听政事，而所授之人，嫉贤妒能，欺上瞒下，以成其私，不为君主着想，君主尚不觉悟，终失其国。如今庙堂之臣，直至大王左右之人，无非相国穰侯之私属，大王孤立于朝，臣窃为大王忧惧，诚恐万世之后，有秦国者非大王之子孙也。"昭王听后，频频颔首，连说："好，好！"于是，昭王下令，废太后之权，且将朝中四贵穰侯、高陵、华阳、泾阳逐出关外。昭王于是拜范雎为相，收穰侯之印，令其归返封地于陶。朝廷给予辎车，助其迁徙。穰侯移家，牛车千乘，至函谷关，守关者验其珍玩宝器，多于王室。可见其多年专权奢靡之状。

三二　秦相范雎（下）

秦王拜范雎为相，是战国时秦与六国用人制度的一种常态，当时的游侠辩士，游说各国君主，凭一张嘴定国安邦，轻取卿相，所在多有。如商鞅、苏秦、张仪之辈，皆是也。然乍富乍贵之后，快意恩仇，则是人性使然。

范雎拜相之后，对外仍称张禄，所以魏国不知，以为当年的范雎早死，早将其置之脑后。魏国听说秦国举兵欲伐韩、魏，魏国又派须贾出使秦国。范雎知须贾来秦，便穿上一件破旧的衣服，闲行至须贾住所去见他。须贾见了范雎大吃一惊，道："范、范先生，你，你还活着？"

范雎淡然道："是啊，我还活着。"

须贾道："范先生来秦，是来游说秦王吗？"

范雎道："哪里，以前得罪于魏相，死里逃生，窜逃至秦，苟存性命于乱世，何敢再来游说秦王！在秦苟且偷生而已。"

须贾问道："既如此，范先生如今在秦国做什么呢？"

范雎道："给人打杂，做个零工以糊口罢了！"

须贾见从前的老熟人如此落魄，不免心生哀怜，于是，便留范雎一同用饭，叹道："想不到范先生贫寒至此！"于是，取出一件绸袍，赠予范雎，道："这件衣服，稍可御寒，念从前旧相识的分上，你就收下吧！"

范雎道了谢，收下了绸袍。

须贾又道："秦相张君，你是否知道呢？我听说秦王十分宠幸他，秦国内外大事，皆决其手。如今我的去留皆取决于张君，秦魏之和战也凭张君一言。你小子在秦国，可曾有和秦相张君说得上话的人吗？"

范雎道："正巧我家的主人和张君相识，所以我也曾得以谒见张君。既然你有求于我，我愿代为介绍去见他。"

须贾道："唉，赶巧我的马病了，车轴也折了，没有高车驷马，我怎么去见他呢？好歹我也是魏国的使节，去见秦相，焉得没有车马呢！"

范雎道："既如此，我就为你向我家主人借一套车马吧。"

第二天，范雎赶着驷马高车，拉着须贾，来到秦国相府。府中的人望见范雎赶车，纷纷躲避，须贾好生奇怪。到了相府门前，范雎说："你在此稍等，我进去为你通报一声。"于是，径入相府而去。

须贾等于门外，良久不见范雎出来，心中着急，就小心翼翼问守门人："范雎为何至今不出来？"

守门人惑然道："哪里有什么范雎啊！"

须贾道："怎么没有，就是刚才为我赶车，拉我进来，进去通报的那位。"

守门人道："啊，那是秦相张君，哪里是什么范雎！"

须贾大惊失色，自知被范雎捉弄了。于是肉袒膝行，一跪一叩首，挨进门来，通过门人，向范雎请罪。

范雎盛张帷帐，侍臣百僚陪位以见须贾。须贾膝行而前，伏地叩首，连称死罪。道："须贾有眼无珠，想不到范君高踞于青云之上。须贾自此不敢复读天下之书，不敢非议天下之事。须贾之罪，斧钺之诛，汤镬之烹，不足为之赎。生死俱决于君，请范君裁断！"

范雎问道："你有几宗罪，知道吗？"

须贾道："擢须贾之发以数吾之罪犹不足也！"

范雎道："汝罪有三，第一，我祖宗先人的坟墓皆在魏国，岂可卖国他图？可你竟在魏齐前污蔑我心向齐国，致使魏齐下令毒打我死去活来，这是你的第一宗罪；当我昏死过去，魏齐下令将我置于厕中，你不进言阻止，任其施虐于我，此罪二也；不止如此，你喝醉了酒，与众人如厕，竟向我身上撒尿，以此辱我，汝心何忍乎？此罪三也！但我今天不杀你，只因你赠我绨袍，尚有故人之情，所以释汝回国。"

须贾叩首谢恩。

临行之际，须贾向范雎告辞。范雎举行盛大宴会，各国使节皆坐于堂上，美食美酒，樽爵齐备，唯置须贾于堂下，面前放一矮几，令两获罪之黥徒夹豆而饲之，如喂马然。范雎对须贾道："回去为我告诉魏王，速将魏齐的头送来。如不然，我将兴兵以屠魏都大梁！"须贾唯唯，不敢作声，须贾归魏后，以告魏齐。魏齐大恐，逃亡到赵国，藏匿于平原君的府上。

范雎在秦，大权在握，呼召随意，可谓志得意满。可是当年他靠谁来到秦国的呢？靠的是王稽啊，没有王稽将他偷偷携带到秦国，他哪里有今天？可如今他青云直上，王稽仍然是谒者，位居下僚，看范雎如此得意，王稽心中不平，对范雎说："世事不可逆料，范君不得不防啊！宫车一旦晏驾（宠幸他的秦王死去），恐怕你如今的府第得交出来吧？被大王宠幸的臣子尸骨填于沟壑，死无葬身之地，世事翻覆，谁又能长保富贵不衰呢！"这话固然是在敲打范雎，且勿得意忘形，忘了来时路。范雎听了，心中不快，入宫见秦王，道："不是王稽载臣入关，臣不得至秦；不是大王格外开恩，臣不得至贵为相。王稽对秦国忠诚无二，如今仍为谒者，望大王留意焉。"秦王于是召王稽，封为河东守，成为一方封疆大吏。"三岁不上计。"也就是三年不受朝廷考核。范雎又举荐当年庇护他的郑安平，秦王封他为将军。当年施恩者无不得报，曾辱慢他的人也要付出代价，所谓"一饭之恩必偿，睚眦之怨必报。"一朝权在手，便把令来行，人生之快意，何尽乎此哉！

但魏齐之仇尚未报，范雎不免怏怏不快。秦王听说魏齐藏匿于赵国平原君处，想为范雎报此仇，便修书平原君曰："寡人闻君义高天下，名在诸侯，甚为钦慕，欲与君结为布衣之友。望君入秦，寡人愿与君为十日之饮，以尽钦慕之情。"平原君惧怕秦国，同时感秦王之意，于是便入秦见秦王。秦王留饮数日，对平原君说："当年周文王得吕尚以为太公，齐桓公得管仲以为仲父，如今范雎在秦，亦寡人之仲父也。范君之仇人在君家，愿你派人去取他的头来。君如不为寡人报此仇，寡人不放你出关归国。"平原君回答说："人交结贵人，是因为身贱，交结富人，是因为家贫。魏齐，的确是我的朋友，倘若在我家，我也不会拿他的头献给你，此卖友之事，平原君誓不为也！更何况如今魏齐并没有在我家。"秦王于是修书与赵王："大王之弟平原君在秦，范君之仇敌魏齐匿于平原君处，愿大王急使人持其头来。不然，我将举兵以伐赵，且不放王之弟出关。"赵孝成王于是举兵以围平原君家以索魏齐。魏齐连夜出逃，见赵相虞卿。虞卿思来想去，认为赵王不能为魏齐而得罪秦王，于是解下相印，与魏齐一同出亡。路上，念诸侯无可投奔者，就想去魏国大梁投奔信陵君，暂避一时，再逃奔楚国去。信陵君听说魏齐与虞卿来奔，惧怕秦国，心中犹疑，顺口道："这虞卿是什么人呢？吾不知此人哪！"当时，门客侯嬴在其旁，说："是啊，了解一个人是很不容易的。这虞卿曾为一介布衣，一见赵王，赵王就赐其白璧一双，黄金百镒，再见赵王，拜为上卿，三见赵王，则受相印，封万户侯。当此之时，天下人皆争识虞卿。等到魏齐穷困来投，虞卿不重自己官高爵显，立刻解下相印，放弃万户侯的爵位而随魏齐出亡。如今穷困危急来投公子，公子说：不知其何如人也！是啊，人是难以了解的，知人也确实不容易啊！"一番话说得信陵君满面羞惭，立即备车，亲自出城到野外迎接虞卿和魏齐。可魏齐本在魏为相，初闻信陵君接纳他感到为难，遍天下无容身处，于是一怒之下，拔剑自刭。

赵王闻听后，派人割下魏齐之头，送往秦国。秦国这才放平原君归赵。

秦昭王四十三年，秦用远交近攻之策，举兵攻韩，取韩之汾陉，又于近河之地修广武城。秦国国土扩充，这真应了范雎"得寸则王之寸，得尺则王之尺。"扩充的土地尽归秦王。

后五年，秦赵相拒于长平，范雎用反间计，使赵国失去对廉颇的信任，而阵前换将，用马服子赵括代廉颇，秦破赵于长平，四十五万降卒尽被秦坑杀。秦继而围赵之邯郸。

庙堂之上，阴谋构陷，相互坑杀，乃是常态，范雎被封为应侯，权重秦国，武安君白起攻城略地，为秦其功厥伟，后苏代进言应侯范雎，认为秦一旦称王天下，以白起之功，必居三公之位，范雎即不甘居其下，亦无可奈何。于是应侯范雎沮白起之计，与韩、赵讲和，使白起功败垂成。因之范雎与白起有隙。后白起以病不出任围邯郸之责，范雎因机进言，秦王杀白起于杜邮。

白起死后，秦王任郑安平，使率两万秦兵击赵，被赵所围，窘急之下，郑安平以两万秦兵降赵。郑安平者，范雎之恩人也，被范雎所荐，拜为将军。依秦之法律，任人而所任不善者，各以其罪罪之。如今郑安平率军降赵，以法当诛三族，无所施刑于郑安平，推荐他的范雎自当其罪，于是范雎跪于破草席上向秦王请罪。秦王对范雎信重宠爱，无以复加，不仅不治范雎之罪，且下令国中：有言郑安平之罪者，以其罪罪之。不仅不依律治范雎之罪，且不许别人议论了。为安范雎之心，且赐以果品食物。过了两年，范雎所荐之人王稽又出事了。河东守王稽因私通于诸侯，坐法弃市，范雎更加不安。相位侯爵，看似风光无限，实乃坐于火山口上，时有倾覆之危，身家性命，危乎殆哉！一日，范雎见秦王独坐朝中，面色不悦，不断地叹息，范雎心中不宁，趋前问道："臣闻'主忧臣辱，主辱臣死'，大王何忧？令臣心中不宁。"秦王道："我听说楚国国势日强，恐有伐秦之举。武安君白起已死，郑安平率军降赵，国内无善战之将，故而忧虑。"范雎听了，无言以对，这两个人的死与降都与自己有关，秦王一旦降罪，自己将死无葬身之地，因此愈加心无宁日。

正当范雎惶惶不可终日之时，一个人出现了。

此人名叫蔡泽，燕国人，乃利禄钻营不逞之徒，多年奔走于诸侯间，凭三寸不烂之舌以图发迹，但终无所成。他听说一个叫唐举的人善相面，就跑去找唐举，说："我听说先生曾给李兑相面，说李兑百日之内将持赵国权柄，有这事吗？"

唐举说："有这事。"

"先生既如此灵验，请你给我看看如何？"

唐举上下打量一下蔡泽，说："先生长相奇特，有圣人之相。我听说圣人是不看相的，可能说的就是先生这等人吧！"

蔡泽知道唐举乃戏言，便说："行了，你不用看了，富贵之命我自身带着，无须先生看相。我所不知道的是我年寿如何，请先生说一说。"

唐举道："先生之寿，从今往后还有四十三年。"

蔡泽道："好，我跃马驰驱，奔走天下，怀黄金之印，结紫绶于腰，揖让于人主之前，献谋于朝堂之上，四十三年足矣！"

蔡泽去赵国，以求一逞，被驱逐，他又想去韩、魏两国，结果途中遇到打劫，锅碗瓢盆皆失于盗手。他听说秦相范雎举荐王稽、郑安平，二人皆已获罪，范雎正为此羞惭不安，于是就跑到了秦国。到秦国后，他先造了一通舆论，放出风来说："有燕人名蔡泽，乃天下雄俊宏辩之士也，有安邦定国之术，怀一统天下之策，如今入秦，秦王一见，必将斥逐范雎而夺其相印。"这话传到范雎耳中，不由大怒，道："是何人如此狂妄？五帝三王之事，百家之说，我皆明之；朝堂之上，众口之辩，我皆摧之。哪里来的狂徒，竟口吐狂言，以辱本相！"命召蔡泽。蔡泽入相府，揖拜范雎，范雎心中不快，冷冷打量蔡泽，开口道："听说你要代我为相，以辅秦国，有这话吗？"蔡泽回答："有这话。"范雎冷笑道："你何德何能？如此狂悖！"

蔡泽笑道："呵呵，我笑先生见识何其太迟也！春秋代序，四时之变，盛极而衰，天下至理，先生不功成身退，且待祸于位乎！"

范雎道："敢闻明言见教。"

蔡泽道："昔之商君、白起、吴起、大夫种君曾闻之乎？商君为秦孝公变法，平阡陌，设里正，法相及，赏告发，劝民耕战，以战论功，国内无惰民，战场多勇士，是以兵动而地广，兵休而国富，故孝公时，秦无敌于天下，此商君之功也。商君功成而遂遭车裂。白起，君之同朝臣也，率数万之师以与楚战，一战下鄢郢而烧夷陵，再战南并蜀汉，又越韩魏以攻强赵，长平一役，诛杀赵卒四十余万，遂入围邯郸，楚、赵天下之强国而秦之敌也，自此之后，楚、赵慑服而不敢窥秦者，白起之功也。白起为秦下七十余城，其功已成矣，而赐剑死于杜邮。白起之死，君所知也。吴起为楚悼王立法，削权臣之威，罢无能之辈塞私门之请，正楚国之法，禁游惰之民，奖耕战之士，南收杨、越，北并陈、蔡，使游说之士难以开其口，禁朋党之私难以遂其谋，定楚国之政而兵振天下，威服诸侯，此功莫大焉，遂遭肢解。大夫种为越王深谋远虑，使越王免会稽之危，以亡为存，卧薪尝胆，十年生聚，以报强吴，使越国称霸天下。大夫种功成而昭信于天下，勾践负而杀之。这四人皆是功成不去，以致罹祸殒身。而范蠡深知盛极而衰，功成身退之理，勾践胜吴而立即超然而退，避世而远离庙堂，长为陶朱公。今君相秦，计不下席，谋不出庙堂，坐制诸侯，决羊肠之险，塞太行之道，使六国不得和从，栈道千里，通于蜀汉，天下畏秦，王业将成，此皆君之功也！此时而不思退，欲蹈商君、白起、吴起、大夫种之辙乎？吾闻之：'以水照面，以见面容，以人为鉴，以知祸福。'又云：'成功之下，不可久处。'鉴四子倾覆之祸，知物极必反之理，君何不以此时归相印，让路贤者，退而闲居台观，此有伯夷之廉，延陵季子之让，得松柏之寿，世为应侯，岂非知世之明也？若忍不能自离，疑不能自决，必待诛戮之祸临身，岂非愚哉！《易》有言：'亢龙有悔'，此言能上而不能下，能伸而不能屈，往而不能自返者也。大祸临头，悔之何及也！"

　　一番话说得范雎面色由红转白，又由白转红，不由颔首道："是啊，我也听说过：'欲而不知足，失其所以欲；有而不知止，失其所以有'。先生幸教，雎敬而受命。"于是请蔡泽入座，待为上客。

　　范雎见蔡泽后，顿失早年风发之气，颓唐而不振。一日上朝，言于秦王曰："有山东来客名为蔡泽，明于三王之事，五霸之业，当今天下之变，足以托于秦国之政。臣阅人多矣，人所莫及，臣不如也。"秦王召蔡泽见，与之言，大悦，拜为客卿。这时，范雎提出请归相印，秦王初不允，范雎遂称有病且病笃。于是，范雎免相归老。秦王与蔡泽计，遂拜蔡泽为相。

蔡泽为相数月，朝野相攻，诬陷谗害，日以相接，知位高权重，富贵荣华并不可恃，蔡泽怕掉脑袋，于是辞去了相位。后来，他作为一名下臣，在秦十多年，曾出使于燕，使燕太子丹入质于秦。

三三　燕哙让国

在整个战国的历史上，他是唯一放弃王位的人。然而，放弃王位的结果却是给他的国家带来了动乱和战争。

燕国，是偏居北方的一个小国，多年来，封闭自守，不参与中原诸国对秦的战争。燕文公时，苏秦入燕，说动燕文公，以车马金帛予苏秦，以说赵、韩、魏、齐、楚诸国，成合纵之策，西向以拒秦，燕国至此不再安宁。为了拉拢燕国，秦惠王以其女为燕太子妇，秦与燕结亲，为的是破坏六国合纵之策。不久，燕文公死去，燕国遭逢国丧，齐国趁机伐燕，取燕国十城，虽然苏秦游说齐国，归还了燕国被夺的城邑，但所谓六国合纵拒秦之策，已名存实亡。燕文公死，太子即位，史称易王。易王是秦国的女婿，自然不会积极反秦。苏秦与易王的母亲，即燕文公夫人私通，不安于位，怕被燕国所诛，于是去了齐国。齐国厚待苏秦为客卿。不久，齐宣王死去，愍王即位，苏秦说愍王厚葬以明孝，并大建宫室楼台以破弊齐国。齐国臣子认为苏秦乃反复小人，为了争宠于齐王，派人暗杀苏秦，苏秦重伤死于齐国。燕易王在位十二年死去，他的儿子燕哙立。

燕哙虽立为燕国之王，对于王位和国事并不放在心上，他的相名叫子之，他将国事尽委于子之，自己乐得逍遥自在。

春秋乃至战国，诸侯国之王位封自周天子，所谓"裂土分封"，其王位代代世袭，统治域中之民，盘踞一方土地。据说周王朝初建时，封国数百，也有云七十一，而姬姓国五十三。荀子云："立七十一国姬姓独居五十三人，周之子孙，苟非狂惑者，莫不为天下之显诸侯。"（《荀子·君道》）七十余国在后来的兼并战争中大多覆灭，如晋献公灭虞、虢二小国，皆为姬姓小国，赵国灭中山国并入赵国等皆是。到了战国时代，众国多已被灭，唯余秦、楚、燕、韩、赵、魏、齐等十余国，而周王朝分为东周、西周，国甚小，地甚狭，民甚少，已失王朝气象和昔日的权威。中国大地上，分布着十数个中央集权的帝制国，其最高统治者原称公，后称王，皆由世袭而来。按照周公的礼制，即位者皆为上代王的嫡长子，他有保有国家和宗庙的责任，大权在握，唯我独尊，臣民听命。韩非有许多君主保位的论述，他的言论可称为最早和最完备的《君主论》，远超十五世纪意大利的马基雅维利之上。韩非很早就指出："爱臣太亲，必危其身；人臣太贵，必易主位。"（《韩非子·爱臣》）又云，"事在四方，要在中央；圣人执要，四方来效。"（《韩非子·扬权》），这都是维护君主至高权威，以防君权旁移的至论。

燕国的历史，可以追溯至周王朝初起的召公时代。召公奭和周公旦是并列的名臣，在周成王时代"自陕以西，召公主之，自陕以东，周公主之。"武王灭纣之后，召公即被封于北燕，也就是后来的燕国。可见燕国也是姬姓封国。久远的历史，已难以追溯，但是，燕易王死后，王位传于燕哙。

子之为燕国之相，专燕国之政，燕哙把国事皆交于子之。从现有资料来看，我们已经无法确知燕哙当时的心情，后人皆责备燕哙让国，乃是昏庸至极的人。但是，王位真是那么值得留恋吗？每日为处理与各诸侯国的关系乃至战争而操劳，还要亲自尽祭祀的责任，即使不与百姓相接，各地的水旱灾情也要刻刻萦心，终日面对臣子们讨厌的面孔，处理不完的内外国事，这都是为王必备的功课。燕哙厌烦这些吗？我们无法确知，但他却把这些全委托给子之。

各诸侯国中，偶有篡权夺位之事，但那是因为"孽有拟适之子（非正妻嫡子有得宠于先王而可即位者），配有拟妻之妾（其宠超越正妻而可进谗者），廷有拟相之臣，臣有拟主之宠，此四者，国之所危也。故曰：内宠并后（宠妾而犯王后），外宠贰政（信宠之臣不听王命，独行其是），枝子配适（旁枝宠妾之子有即位夺权之征），大臣拟主（臣子而行王权），乱之道也。故《周记》曰：'无尊妾而卑妻，无孽适子而尊小枝，无尊嬖臣而匹上卿，无尊大臣以拟其主也。'"（《韩非子·说疑》）这些，都是世袭君主保有权位的秘籍，燕哙所行者，乃是"臣有拟主之宠"即"大臣拟主"也。他是无意之失，还是有意为之呢？从后面的结果看，他是有意为之，他并不在意自己的王位，他想把它让给"贤者"。

从召公始封以至如今，燕国历经数代王侯，社稷犹存，宗庙不毁，燕哙真将置此于不顾而出让王位吗？

是的，他是想这样做。

苏秦死后，他的弟弟苏代亦得燕、齐两国的信重，苏代与子之相善，他想让子之成为名副其实的燕国之主，所以，不断进言，影响燕哙，让他完全彻底交出权力。苏代为齐出使于燕，燕哙问他："齐王如何？他能称霸吗？"苏代说："齐国虽强，必成不了霸主。"燕哙说："那是为何？"苏代答："齐王大权独揽，不信任他的臣子。君臣共治，上下同心，才可称霸，臣子成为牌位和摆设，没有治国之实权，焉得称霸？"燕哙听了，更加信任子之，国事无论大小，一任子之裁断。这是把燕哙当作一个受暗示，听摆布的庸主。

燕国内外国事皆决于子之，子之名义上是相，实际上已擅王位。燕国的一个臣子乘机对燕哙说："大王无妨把王位交给子之，当年尧把天下让给许由，许由不接受，尧得让贤之名而不失天下，世世被人称道，大王让国与子之，子之必不敢受，大王岂非与古代圣王尧一样，名垂千古？"燕哙听了这话，果然将王位让给了子之。

燕哙让国的真实心境我们如今已无法揣测，他是厌倦了王权而更看重心灵的自由呢，还是颠顶糊涂，贪图虚名，而失权误国呢？从历史留下的只言片语来看，似属后者。历史的疑难之处，在于同一件事情，后人会有截然相反的评价。从历来的权力主导，一切纷争皆为护权保权，唯权是重的千年历史观来看，燕哙之行，昏庸糊涂，丧权误国，而从人类的终极价值观来看，有什么比人的身心自由更加珍贵呢？是王位和不受制约的权力吗？我们看到，被缚于王位之上的，有心灵变态阴暗，沉浸于机谋权诈中的黑暗灵魂；有丧尽人性的最后一丝灵光，恣睢残暴，杀人如麻，冷酷专横的夜行兽类；也有不由自主，被人摆布，在权力的峰巅四顾茫然，生无可乐，死又不甘的迷途羔羊……无上的权力带来的不总是快乐，快乐之后你要品尝孤独、寒冷和心灵的荒凉与无助。从春秋到战国，燕哙是唯一主动交出王位的人，他不受千年以来权力意识的操控，毅然将王位交给了他的相子之，他的心境我们已经无法揣测。

韩非是权力的信徒，他不相信人间除了保卫权力和争夺权力之外，人类还有别的使命，他认为燕哙让出王位是贪图虚名而受子之的摆布："燕子哙好贤，故子之明不受国。……故子之托于贤以夺其君者也。"(《韩非子·二柄》)他认为燕哙图让贤之虚名而上了子之的当，受失位之实祸。所以，他说："当大争之世，而循揖让之轨，非圣人之治也。"(《韩非子·八说》)。

燕哙揖让王位于子之，信奉权力哲学和人本哲学的人会有不同的看法。在信奉权力哲学的国人看来，燕哙的确不可理喻。被权力哲学所异化的子之也的确是个觊觎权位的野心家。他接受了燕哙所出让的王位，意犹未尽，认为权力并没有完全转让到他的手里，他放出风来说："当年大禹想把王位交给益，但仍让他的儿子启在朝中当权。大禹死的时候，说让益继承王位，但是，启和他的党羽纠合起来进攻益，又夺回了王位。天下的人认为禹让贤传位给益，其实目的是让他的儿子启在他死后夺回王位。如今大王说传国与我，而所有大小官吏都是太子的人，是名传于我而实由太子掌权也。燕国，迟早还是大王和太子的。"燕哙听后，将俸禄三百石以上官吏的印全都收上来交给子之，子之行王事，燕哙不再听政，甘愿为臣，子之则成了名副其实的燕王。

燕国的王位变迁，使燕国上下充满了疑惧和惶惑，尤其是燕太子（名平）对于父王的让国举动十分不满，他和将军市被密谋，决定攻杀子之，夺回国权。燕国的动向，召来齐国的觊觎，齐愍王认为有机可乘，修书给燕太子，愿为其外援。齐国之动机无非是趁机从中取利。太子因此聚众以攻子之，将军市被也发兵围攻燕王宫，攻打子之。子之有备，固守，不克。燕国都城一片混乱，将军市被和民军又反过来攻打太子，在这反复的厮杀中，市被被杀，民众士兵死者无数。此时，齐国出兵以伐燕国，燕国城门不闭，士兵无守，齐军长驱直入，烧杀掳掠，直抵燕都。在动乱之中，燕王哙被杀，子之被齐军俘获，杀而被剁成肉酱。燕哙让国，终成悲剧。

北鄙之燕国又重新回归到权力世袭交接的正常轨道。

燕国立燕太子平，是为燕昭王。

三四　乐毅伐齐

春秋无义战，战国也无义战。各诸侯国如野兽般窥伺着周围，发现有受伤和疲敝的同伴，立刻扑上来撕咬掳掠，完全没有道义可言。直到他们各自耗尽了气力，奄奄待毙，被秦国剿灭。

燕国的燕哙让国之乱，招来齐国入侵，国家残破，满目疮痍。燕昭王即位后，重整河山，对齐国充满刻骨仇恨，决心要报复齐国。他卑身厚币以招贤者，以图振作，报齐而复仇。有乐毅者，自赵而赴燕。

乐毅的祖先名叫乐羊，他是魏文侯的大将，为魏国立下大功。原来，魏国欲伐中山，以乐羊统兵。乐羊的儿子时在中山，为沮乐羊之志，中山国君下令将乐羊的儿子杀死做成肉酱，派使送给乐羊。乐羊时在中军帐上，接过肉酱，一啖而尽，并下令整兵而进军中山。魏文侯闻此，叹道：为忠国而食子之肉，可谓大忠也！时有人在身边进谗道：此人连儿子的肉都敢吃，谁的肉不能吃呢！意思是乐羊乃是天下残忍之人。但魏文侯仍然信重乐羊。乐羊统兵，一举伐灭中山。关于乐羊，魏晋南北朝时的范晔曾有《乐羊子妻》一文，选入初中语文课本，说乐羊的妻子拾金不昧，留下千古名句："志士不饮盗泉之水，廉者不受嗟来之食。"以为儒家修身之本。又有其妻以织布勉励乐羊，学习闻道，当如织布，孜孜不倦，方有寸进。但南北朝时距战国之魏已远，范晔之文，在于勉励后人的道德学业，其文只可做寓言看，不可当作真实的历史。

乐羊伐灭中山，魏文侯封以灵寿。后中山复国，至赵武灵王时，彻底被赵国征服，国灭而地入赵国。乐羊子孙繁衍至乐毅，逢赵国有沙丘之乱，赵武灵王（主父）饿死宫中，乐毅就离开赵国到了魏国。乐毅为魏国使于燕，燕昭王在国乱之后，正招纳贤才以图报复齐国，对乐毅以客礼待之。乐毅见昭王诚恳，于是便留在了燕国。

当时，齐国正值强盛时，南边与楚国在重丘打了一仗，打败了楚将唐昧，西边又击败了三晋之兵，并联手三晋而击秦，又帮助赵国吞灭了中山国，攻破宋国，疆土扩大千余里，成为东方的强国。当时，秦称西帝，齐称东帝，双峰并峙，天下莫敢撄其锋。后来两国怕引来诸侯的嫉恨，又去掉了帝号，但齐国当时的确是唯一敢于抗衡秦国的强国。诸侯苦秦久矣，皆欲背秦而向齐。齐国当时是齐愍王在位，国虽强，但愍王却是一个骄横恣睢，目空天下的君主，所以，齐国外表的强大却掩饰不了国内矛盾的激化。于是，燕昭王就与众臣商议伐齐之策。乐毅说："齐国，至齐桓称霸至今，乃霸国之余业，地广人众，以区区燕国，势难独攻。若大王必伐之，必须联合赵、楚、魏三国，合力攻齐，或可奏功。"于是，燕国展开了联合诸国伐齐的外交活动。派乐毅说服赵惠文王，联赵，又派使联合楚、魏两国，又让赵国说服秦国伐齐对秦国的好处，使秦国不从中作梗。经过了紧张的外交斡旋，各诸侯国对齐愍王之骄暴横恣早就怀恨在心，很快达成了伐齐的统一战线。

乐毅还报昭王，昭王大喜，决定举倾国之兵，命乐毅为上将军，起兵伐齐。赵国在这次联合起兵中比较积极，为了表达诚意，把相国印交给乐毅，表示为了伐齐，赵国举国之兵，悉归乐毅调遣。于是，乐毅统领赵、楚、韩、魏、燕五国之兵以伐齐。先破齐军于济西，齐军主力部队尽溃，于是，赵、楚、韩、魏四国兵还国，独留燕军，由乐毅统率，向齐国腹地进军。

齐国表面地广人众，强大无比，其实外强中干，内部矛盾甚深，加上齐愍王失去民心，所以不堪一击。燕军长驱直入，直达齐都临淄。齐愍王在济西之败后，即弃城逃到了莒地，收集残军，以图自保。乐毅统领燕军，在齐横行无忌，齐国各城池皆军民自保，齐军失去了统一的指挥，偌大齐国，燕军如入无人之境。很快，乐毅指挥燕军攻入临淄，掠齐国重宝财物、国之祭器等皆运往燕都。齐国此时，君主在莒，都城陷落，已濒临亡国。燕昭王已报齐国侵燕之仇，大喜，亲往济水劳军，行赏军士，并封乐毅于昌国，称昌国君。然后，带着齐国的战利品返还燕都，留下乐毅继续扫荡齐国。

乐毅留齐五年，五年间率燕军攻下齐城七十余座，皆归燕，独有莒和即墨未下，齐国至此已名存实亡矣。

齐愍王在莒真正成了孤家寡人，但他牛死不倒架，仍然骄横无比。他感到莒地不安全，驾车逃往鲁国。他逃亡的情形史上载籍不多，唯在《史记·鲁仲连传》中透露一二。他驾车跑到鲁国，他的赶车人名叫夷维子，问鲁国人说："你们将怎样招待我们的国君？"鲁国人回答说："我们将以十太牢招待贵国君主。"太牢，古之祭品之至，一太牢猪、牛、羊三牲毕备。十太牢，隆重丰盛之至也。夷维子对鲁人的回答很不满，说："你们竟敢以祭礼来招待吾君！我告诉你们，齐国之君，乃是天子，天子巡守，诸侯避舍，你们大小官员统统从屋子里滚出来，献上管乐，然后老老实实地守在堂下，看着天子进食。天子吃罢饭，你们再各归其位，等着天子训话。"鲁人一听，大怒，从城头上把管乐器投下来，紧闭城门，不许愍王入城。齐愍王去鲁，鲁人不纳，又想到薛地去避难，车过邹，邹国的国君刚死，愍王既来，就想去为邹君吊丧。夷维子又狐假虎威，对邹人说："如今天子来吊丧，必须背对棺材，你们要把棺材安排好，设置好场地，让天子南面而吊。"邹国的遗孤和臣子们一听，非常气愤，说："如果这样，我们宁可自杀，也不想受此凌辱！"见邹人如此义愤填膺，齐愍王不敢入邹。亡国无归之主，尚以天子自居，到处碰壁，只好又回到莒地。

齐愍王的残暴和昏聩，《战国策》中多有记载：齐国国都近郊有一个叫狐咺的普通百姓，因直言批评国家，齐愍王把他斩首于檀衢，百姓因此不服；齐国宗室有叫陈举的人因直言朝政，齐愍公将其诛杀于东闾，宗族因此离心；司马穰苴乃齐国主要的为政大臣，齐愍王又把他杀掉了，大臣因此侧目。齐国百姓不服，宗族离心，大臣侧目，对君主的怨恨达于极点，这样矛盾重重，积重难返的国家，焉得不败！所以，乐毅率军来伐，齐愍王命一个叫触子的人统军迎战，齐军破败，触子乘一辆车弃军而逃。一个叫达子的将军收拾残部，重整军威，准备与燕军再战。达子向齐愍王要求军饷，但齐愍王聚敛爱财，不肯调拨军饷，结果齐军败北，一泻千里。

　　虽然楚国开始时参加了伐齐联军，但战国时各诸侯国之间的关系总是朝三暮四，反复无常的，一切战和聚散皆出于眼前利益。楚国见齐国将亡，大约觉得齐国的存在仍是对秦的牵制力量，不忍见其覆灭，于是派将军淖齿率军来救齐。齐国此时，气息奄奄，楚国来救，自是没顶之际的救命稻草，所以，齐国将相印交于淖齿，一切唯淖齿之命是听。淖齿在莒，颐指气使，凌驾于愍王之上，视愍王为亡国之君，完全不把他放在眼里。齐愍王此时尝到了阶下囚的滋味，再也摆不出天子的架子了。

　　淖齿最终厌倦了这个愚蠢讨厌的家伙，于是，他开口问道："齐国千乘、博昌之间，数百里之地，雨血沾衣，大王知道吗？"愍王回答："不知道。"淖齿又问："嬴、博两地之间，大地开裂，泉水喷涌，大王知道吗？"愍王回道："不知道。"淖齿又问："有人哭于宫门外，去了见不到人，走后又闻哭声，大王知道吗？"愍王回答说："不知道。"淖齿说："天降雨血而沾衣，是上天在告诫你；地裂泉涌是大地在告诫你；有人哭于宫门外是人在告诫你。天、地、人皆现异常，都在告诫你，可是你一无所知，你这样的亡国昏君留之何益？"于是下令将愍王杀死。据说淖齿杀死愍王后，将尸体悬于屋梁，并抽其筋。所以有淖齿抽愍王之筋之说。但这可能是附会，不值得深信。

　　乐毅在齐攻城略地，将亡齐国之时，燕昭王死，太子即位为燕惠王。

燕惠王为太子时，与乐毅有隙，即位后，受齐国反间之计，免乐毅之职，以骑劫代之，并召乐毅回国。乐毅惧诛，降赵国。伐齐大计，功败垂成，毁于一旦。齐国复国，再列诸侯，但值战国之末，气数已尽，无能为也。

三五　田单复国

　　乐毅伐齐，齐国国土沦陷，齐湣王被淖齿所杀，齐国唯有莒和即墨两邑未下，已近亡国灭祀。此时有田单出，收复失地，使齐国危而复存。

　　田单是齐国公室的子孙，但因年代久远，已属末枝。在齐湣王时代，他只是一个临淄管市场的小官，上不得台面。正赶上乐毅伐齐，燕军如疾风扫落叶，齐国大部分国土沦陷，临淄危急，田单与族人逃往安平。古时的车大都比较简易，车轴突出，在两边长出一截，车行路上，两车相遇，路又不宽，车轴相撞，极易轴折车废。田单令家族将两端车轴截去，包上"铁笼"，使车身轻便易行。不久，燕军攻安平，齐人争路而逃，车塞路，轴相撞，车坏不行，多为燕人所虏。而田单一家，因改良了车轴，得以顺利逃出。

　　田单逃到即墨，燕军包围即墨城，齐国百姓死保家园，燕军围城数年，即墨不下。燕军加紧攻城，即墨大夫出城与燕军战，大败而死，即墨城中百姓共推田单为将军，领头以拒燕军。

　　这时，燕国发生了君主更迭的变故，燕昭王死，他的儿子燕惠王即位，而燕惠王为太子时，就与乐毅有矛盾。田单知道这个消息后，就造作谣言说："如今齐国，齐湣王已死，只有莒和即墨两城未下。乐毅不敢回国，想以伐齐为名，欲连兵南面而为齐国之王，只因齐人未服，所以并不急于攻打即墨，以待时机。齐人所害怕的，是燕国换将，燕如以别人代乐毅，则即墨危矣。"燕惠王本就与乐毅有隙，并不信任他。听了这样的谣言，就下令乐毅归国，以骑劫为将代乐毅。乐毅害怕回国被诛，降赵。燕君换将的做法，激起了燕军将士的极大愤慨，所以军心涣散，军无斗志。

田单虽为即墨之将，但因从前身卑位低，无法收拢人心，于是，下令城中百姓，每当进餐时，必须祭祖于庭，即在庭院中摆上食物祭祖。即墨城中，家家在院中摆放食物，引来天空成群的鸟儿盘旋不去，城外围城的燕人见了，都感到奇怪。田单就造作谣言说："群鸟盘旋不去，是因天上有神人下来教我。"同时，他对城中人说："不久，当有神人下凡以为我师。"正巧一个士卒走过，开玩笑说："我能不能当你的老师。"说罢，返身而去。田单立刻追上去，把他拉回来，让他东向而坐，当即拜该士卒为师。那个士卒连忙说："我是说着玩儿的，并没有什么真本事。"田单阻止他说下去，令他不必作声。田单每发军令，必拜"神师"，弄得城中人凛然悚惧，不敢不遵命而行。齐人善搞怪，装神弄鬼，是有传统的，直到汉代，以神仙方术诓骗汉武帝的，多为齐人。田单此行，也是收拢人心，树立权威的手段。为了激发齐人的斗志，田单又造作谣言，说：齐人最怕的是燕人对俘虏的齐人施以劓刑，让割掉鼻子的齐人走在前边来攻打我们，即墨肯定是完蛋了！燕人听了，把凡是俘虏的齐人皆割掉鼻子，这激起了即墨城中齐人极大的恐惧和愤怒，决心死保城池，誓死不降。田单又造作流言说："我害怕燕人掘我城外墓冢，戮我先人，那实在令我寒心！"围城的燕人果然在城外挖坟掘墓，火烧墓尸，城上的齐人见了，都纷纷哭泣，怒火万丈，激起对燕人的极大仇恨，纷纷请求出战，与燕人拼命。

田单见同仇敌忾，民心可用，把城中妇女编入卒伍，杀猪宰羊，款待将士，让壮健武士皆藏匿起来，上城头守城的皆换上妇女，然后，假意要投降围城的燕军。他收集城中富户的金子，让他们将黄金交给燕将，请求说："即墨将降，只求燕军入城，不要屠杀我们的妇女儿童，保证他们的安全。"围城的燕将大喜，以为即墨旦夕可降，所以，愈加懈怠。

于是，田单令即墨城中收牛数千头，将牛身上披上赭红色的布匹，画上五彩龙纹，在牛角上绑上尖刀，然后，灌油脂，将牛尾束上芦苇。这天夜里，田单命人将即墨城墙凿开数十个豁口，然后，燃其尾纵牛而出，五千壮士紧随其后。火焰熊熊，牛尾灼热，怒而直奔燕军。燕军正在梦中，见火焰冲天，烟气腾腾，火牛从天而降，触者尽死，后随五千壮士，挥戈击杀，燕军大乱。城中老幼妇孺，皆击铜器为声，呐喊敲击，声动天地。燕军大骇，溃不成军，在混乱中，代乐毅为将的骑劫死于乱军之中。齐人乘胜追击，所过城邑皆叛燕而归齐，田单兵日多，将日广，一直追燕兵至齐之北界，数十日间，齐国所失七十余城尽皆恢复。田单收人心，激士气，用火牛阵大破燕军，一举收复齐国失地，可谓聪明，有心计，知兵者也！

且说齐愍王被淖齿所杀，太子名叫法章，隐身为仆佣，在太史皎家为其当杂役灌园。太史皎的女儿正当芳龄，见法章似非下人，于是接近他，常常给他带一些衣服和食物。怨男旷女，日久生情，二人遂成连理。后齐国失国之臣子，欲立齐王之后以复国，找到了法章，立为王，后称襄王。太史皎之女则成王后，称君王后。太史皎恨女儿不经父母而私自择婿，败坏门风，与女儿断绝关系。但君王后并不因此怨恨父亲，尽孝如常，传为佳话。

齐襄王在田单及臣子们的推戴下，入临淄听政，齐国又恢复了往日的气象。

三六　屈子沉江

屈原是家喻户晓的爱国诗人，无论是文学的楚辞离骚，还是民俗的端午节令，屈原都铭刻在中国人的记忆中。屈原的道德文章，后世论者汗牛充栋，本章略而不论，侧重在战国末期秦楚离合之关系。

屈、景、昭三姓，皆楚国王族之分支，屈原生于战国末期楚怀王时代，他是楚国王族的后裔。

楚怀王是楚威王的太子，名叫熊槐，威王死，怀王立。由于屈原血统属于王族，且本人才华甚高，明于治乱，娴于辞令，所以，开头很得楚怀王的信重，官列左徒，又为三闾大夫，即管理屈、景、昭三族之事。屈原入则与王图议国事，出则发号施令，是怀王信重之臣。

但宫廷庙堂，本就是排挤争宠之地，与屈原同列者，名为上官靳尚，亦称上官大夫，他嫉妒屈原的才华，千方百计进谗言陷害他。一次，怀王令屈原起草国之宪令，屈原草成，尚未定稿，上官大夫前来索要草稿，欲以己名上呈，想讨怀王欢心，邀宠求功。屈原不给他，上官大夫恨怒，进谗于怀王说："大王让屈原起草宪令，朝廷上下无不知晓，每当朝廷颁发宪令，屈原自矜其功，到处说：'没有我屈原，谁也做不来！'"楚怀王听了，心中怀怒，从此疏远屈原。

屈原在朝中渐被孤立，心中非常苦闷，他希望怀王能够醒悟，不被小人所蔽，公道明察，以临国事。但楚怀王愈加昏庸，听不进正确的意见，在小人的包围中，害贤误国，屈原在朝，越来越被孤立和边缘化。他担忧楚国的命运，对自身险恶的处境无以解脱，每日里看到小人们得意的嘴脸，国家在错误的道路上越滑越远，心中非常痛苦。他无以排遣心中的苦闷，便寄意辞章，写下了《离骚》《九歌》等诗歌表达自己内心的愤懑和不平，他展开丰富而美丽的想象，把南方的山水、风物、草木以及巫术中展现的情景写入诗中，使其充满了奇异、瑰丽而缤纷的色彩，在古代诗经传统之外，别开新境，创立了中国古代文化中超越于现实之上的浪漫主义流派。

就在屈原用瑰丽的辞章宣泄胸中愤懑的时刻，楚国正在经历着与秦国关系中进退失据的窘境，而被楚怀王冷落的屈原只能眼睁睁地看着楚国滑向深渊。战国后期，秦与六国成为相互对立的两个阵营，策士们奔走各国，力图说服君主，或言合纵，或说连横，以影响诸侯国的国策。合纵之策的主要代表是苏秦，即六国联合以拒秦；连横之策的代表是张仪，即拉拢各国，各个击破，破坏合纵，使秦国利益最大化。六国的合纵本就是一种松散的短暂的联合，各国都是从本国的利益出发，或背纵而向秦，投靠秦国做帮凶，或互相间撕咬缠斗，在局部战争中互相消耗，精疲力竭而被秦所乘。所以六国合纵不可靠，秦国可以从容应对，使之瓦解。

楚国是南方大国，地广千里，战车千乘，在六国中的地位举足轻重。开头，楚国为六国合纵之长，楚怀王十一年，苏秦约六国共同攻秦，楚国为主力。六国兵至函谷关，秦出兵击六国，尚未交战，六国纷纷引兵退还。六国攻秦之战，没有任何成果，秦国未损一兵一卒，可见合纵之策靠不住。第二年，六国间首先自己打了起来，齐国出兵，打败了赵、魏两国，而秦国乘机出兵伐韩，与齐国争高下。楚怀王十六年，秦国想伐齐，但齐、楚两国有合纵的盟约，秦国就想破坏齐楚关系，于是免了张仪的相，让他出使楚国，说动楚怀王，背齐而向秦。张仪对怀王说："秦王在天下诸侯中最喜欢的莫过于楚王，我张仪也非常想做楚王的一名小臣；秦王最讨厌的莫过于齐王，我张仪也对齐王十分厌恶。可是，楚国竟然和齐国结好，这使得秦王一直以来想结好楚王的心思落空，为了秦楚两国结好，秦国想割给楚国商於之地六百里，商於之地本就是楚国的疆土，秦国归还，以示诚意。这样，大王东绝于齐，西结于秦，又重得商於之地，一举而三利。"怀王听罢，大喜，乃把楚国相印交给张仪，每日置酒欢宴，喜滋滋地说："太好了！我重新拥有商於之地了！"众臣皆来向怀王祝贺，而陈轸不贺。怀王问他为什么？陈轸说："秦国所以重视大王，是因齐楚联合，如今商於之地未入而与齐绝交，楚国已孤立，秦国为何会重视孤立的楚国呢？秦国真有诚意，应该先割地于楚，然后再绝齐，但秦国不这样做，却让楚先绝齐，张仪口头上说割地，大王必将被张仪所欺，那样，大王必将怀怒于秦。西起秦患，北绝齐交，两国之兵必临楚国，所以我认为仅凭张仪一言，不值得庆贺。"怀王不以为然，派一个将军入秦，接受商於之地。

张仪返回秦国后，谎称酒醉坠车，称病不出三月，割地之事搁置。楚怀王以为秦国认为楚国绝齐没有诚意，于是派勇士去北部边境羞辱齐王，以示绝齐之诚。齐王大怒，毁掉了齐楚结盟的符节而向秦国示好，秦齐达成了结好的盟约，张仪这才出而临朝。他见到楚国派来受地的将军，问道："你怎么不接受秦国割地呢？从某地到某地，方圆六里。"楚将回答说："臣受命接受六百里割地，没听说仅有六里啊！"张仪说："哪里有什么六百里？只有六里嘛！"楚将回楚归报怀王，怀王知道被张仪所骗，大怒，欲兴兵伐秦。陈轸劝阻说："大王伐秦不可，不如再割一名都于秦，联手秦国共同伐齐，这样，楚国失于秦而得于齐，楚国尚可保全。如今大王绝齐而伐秦，是与两国为敌，齐秦之兵必加于楚，则楚国必将大伤矣！"怀王不听，发兵击秦。

楚怀王因被张仪诓骗，发动了两次对秦的战争。楚怀王十七年春天，与秦战丹阳，秦军大胜，楚国八万将士丧生疆场，将军屈匄和副将逢侯丑等七十余人尽被秦军所俘，楚军败后，秦取楚汉中之地。楚怀王大怒，再次发兵与秦战于蓝田。楚军再次失利。韩、魏两国乘楚国困辱之时，乘机袭楚，韩魏联军深入楚之邓地。楚国焦头烂额，只好退兵。

楚怀王昏招迭出，被秦所欺，两次伐秦，皆损兵折将，国力大伤。屈原此时对国事已说不上话，只能眼睁睁看着楚国日渐衰落，内心无比痛苦。

楚怀王十八年，秦又派使节来楚，要把夺去的汉中之地一半归还楚国，以结秦楚之好。楚怀王对张仪恨之入骨，说："不愿得地，愿得张仪。"张仪听说后，决定只身来楚。秦王说："楚王正恼恨于你，去楚恐遭不测。"张仪说："楚王因商於之约而恨怨于我，我不去，此事不解。有大王在，楚王未必敢加害于我。即便身死楚国，为了秦国，我也心甘情愿。"于是张仪二次来楚。张仪入楚都，怀王不见，命将张仪囚入监牢，欲杀之。

张仪在楚有个朋友，就是陷害屈原的上官靳尚。在屈原被排挤出国事的决策圈子后，靳尚正得到怀王的信任。于是张仪通过靳尚向怀王进言说："大王拘囚张仪，秦王必怒。楚国与秦关系搞僵，诸侯必将轻楚，为一人而得罪于秦，窃为大王所不取。"为了释放张仪，靳尚到处奔走，他平日得宠，有机会接近楚王最宠爱的妃子郑袖，他对郑袖说："张仪是秦王的爱臣，可是大王却想杀了他，如今关他在牢里。秦国想以上庸六县之地割让于楚，并想送美人于大王，以秦宫中能歌善舞的歌女做陪嫁。楚王看重秦国的土地，秦国来楚的美女必然得宠，那时，夫人将失宠于大王。夫人此时不妨劝大王放了张仪，以张仪见幸于秦王，或可说动秦王不送美女与楚，则夫人位尊宠固矣。"郑袖于是日夜涕泣，央求释放张仪，说："臣子各为其主，大王如果杀了张仪，秦王必怒而伐楚，妾请母子俱迁往江南，免得被秦兵凌辱。"怀王纠缠不过，果然放了张仪，并设宴予以压惊。张仪再次劝说楚王，退出合纵以和秦，并与楚缔结婚姻。楚怀王与张仪杯酒交欢，早忘了从前被诓骗之事。张仪安然离开楚都返秦，正巧屈原奉命使齐归来，急忙对怀王说："何不诛张仪？岂能放之？"怀王这才大梦初醒，忙派人去追张仪，但张仪已远去，追不上了。

此后多年，楚怀王情绪化地决策国事，忽而和齐，忽而向秦，国无定策，左右摇摆，国事日日不堪。屈原无从置言，只能吟诗作赋，排遣愁肠。楚怀王二十四年，又背齐而和秦，秦昭王初立，乃厚赂于楚，这一年，楚又前往秦国迎娶秦女，秦楚进入蜜月期。第二年，秦楚君主会于黄棘，秦国与楚上庸之地。楚怀王二十六年，齐、韩、魏三国恨楚背合纵之约而向秦，共同起兵伐楚。楚国以太子入秦为质，请求秦国出兵救援。秦国兵出，三国退兵。

楚太子在秦为质，第二年就惹出事端，秦国一大夫与楚太子发生龃龉，楚太子一怒之下，手刃秦大夫后逃归楚国。第二年，秦国乃与齐、韩、魏共伐楚，杀楚将唐昧，夺取重丘之地。怀王二十九年，秦又兴兵攻楚，楚军大败，死两万余人，楚将景缺丧命。楚怀王大恐，以太子入齐以求齐国帮助讲和。秦国不听，楚怀王三十年，秦再次伐楚，夺楚国八城。秦楚反目，只在一念之间，秦国连续三年出兵伐楚，楚国损兵折将，失地丧邦，可见战国时诸侯国之间的关系毫无信义可言，战与和，全凭实力，反复之间，也唯君主一念之差。

正当楚怀王狼狈无计之时，接秦昭王书，曰："从前寡人与大王约为弟兄，结盟于黄棘，太子为质于秦，秦楚相亲，甚为欢洽。可是楚太子陵杀寡人之重臣，不谢而逃归，寡人不胜其怒，发兵侵大王之边境。如今听说大王令太子质于齐而求和，寡人与大王疆土相接，所以有和亲之举，两国相亲久矣。如今秦楚不和，如何临诸侯而号令天下！寡人愿与大王会于武关，再结亲盟，愿大王前来。"楚怀王接书犹豫，想应约去武关，惧被秦所欺，欲不往，恐得罪秦国，于是下群臣议。大臣昭睢说："大王不要去，应发兵而自守边境。秦乃虎狼之国，有吞并诸侯之心，万不可信！"屈原也附议之，劝怀王且勿轻信而赴秦。怀王之子子兰劝怀王应约前往，说："楚何为绝秦之好也！"于是，楚怀王应约前往。秦昭王事先安排一将军以秦王之名临武关，楚怀王一到，立刻闭关，挟持怀王至秦都咸阳，令其朝拜章台，待之如藩臣，不以君王之礼。楚怀王大怒，抗议，悔不用昭睢之言，但秦廷根本不理会他，要挟他割楚国巫与黔中之地。怀王无奈，欲署盟，但秦国说：先把地入于秦国。怀王怒曰："设计诳吾而又强索吾地，太过分了！"秦国遂留置怀王。

楚国大臣们见怀王被拘于秦，计议道："大王在秦不得还国，而太子在齐为质，若齐秦合谋，楚无国矣。不如先立怀王庶子为王。"昭睢说："大王与太子俱困于诸侯，我等背王命而立庶子，不宜。"于是，赴齐以求太子。齐王对其相说："不如留太子以求楚之淮北之地。"其相曰："不可，若楚立新王，是齐抱空质而行不义于天下也。"齐王用其相计，归还太子。太子横归国，立为王，即顷襄王。楚国新立王，报秦国曰："赖社稷神灵，国有王矣！"秦昭王拘怀王而不得地，楚立新王而应秦，昭王大怒，起兵攻楚，大败楚军，斩首五万，取十五城而去。顷襄王立第二年，在秦的楚怀王逃跑了，秦国戒严，搜捕怀王。怀王走小路逃到了赵国，赵国赵武灵王（退位为主父）在代，其子惠王初立，怕得罪秦国，不敢接受楚王避难。楚怀王欲逃魏国，路上被秦兵所捉，押回秦国。怀王又急又怒，发病，于顷襄王三年死于秦国。

对楚怀王之死，太史公于《屈原传》慨而言之曰："怀王以不知忠臣之分，故内惑于郑袖，外欺于张仪，疏屈平而信上官大夫，令尹子兰，兵挫地削，亡其六郡，身客死于秦，为天下笑。"但是，新即位的顷襄王并没有比他的父亲更开明，他受公子子兰和上官靳尚的谗言，把屈原贬谪到江南。

屈原至江南烟瘴之地，披发行吟泽畔，容颜憔悴，身形枯槁，泽畔渔父见而问之："您不是三闾大夫吗？何故而到了这个地步？"屈原叹道："举世皆浊我独清，众人皆醉我独醒，故而被流放至此。"渔父道："我听说所谓的圣人，是不拘执于一道而能顺应世变，既然举世混浊，你何不顺应潮流；众人皆醉，你何不啜其余沥？为何握瑾怀瑜，坚持你的主张而被流放呢？"屈原应道："是啊，但是我听说，沐浴者必振衣弹冠，以示洁身自清，身体既已清洁，灵魂既已高扬，怎么又能投身污泥浊水之中把自己弄脏呢！我宁愿投身江流，葬身鱼腹，也决不随世俯仰，同流合污啊！"于是，作《怀沙》之辞章，抱石以投汨罗而死。

屈原之死，后世给以各种评说，但跻身庙堂，遭逢浊世，举世皆浊，而我独清，正道直行而不随世俯仰，其悲剧命运乃势所必然。所谓爱国与忠君之辩，又何须言也！屈原固爱楚国，固忠怀王，此乃时代之局限，今之人喋喋指斥，甚无谓也！楚国已亡，怀王已灭，举世滔滔，七国已远，战国时君主臣子之事已成陈迹，今之人何必以今度古而苛责古人也！屈原辞赋，想象瑰丽，用典繁复，极江南草木巫术之象，综远古帝王圣贤之绩，抒郁愤之情，吁天地之灵，国殇哀郢，怀沙颂橘，萃然成章，流芳百世，其勋绩不灭，不在事功，其在文章辞赋者乎！

三七　春申君

战国时，诸侯国中有四位王族公子，分别是齐国孟尝君田文，赵国平原君赵胜，魏国信陵君无忌，楚国春申君黄歇，他们出身尊贵，有权势，有封地，折节下士，招揽门客，对所在国的内政外交都有重大影响。

楚国的黄歇博闻善辩，楚怀王被秦诓骗，入秦被囚，死在秦国，其子顷襄王即位，黄歇为顷襄王臣子，奉命出使秦国。

秦昭王命白起攻伐韩、魏，败韩、魏两军于华阳，擒魏将芒卯，韩、魏降服秦国，于是秦昭王再令白起合韩、魏军共伐楚。白起伐楚之军未行，恰黄歇为楚使入秦，闻听秦将发兵伐楚，忙上书秦昭王，说明秦之劲敌不是楚国，乃是韩、魏，攻楚而招四国之兵而向秦，失计之甚也，莫如联楚而取天下，则燕、赵、齐、楚必服秦。秦昭王被黄歇说服，叫停了白起攻楚之军，与楚和好，暂时缓解了楚国新王即位的危机。

黄歇完成了使命，回到了楚国，不久，秦楚订盟，楚太子入秦为质。黄歇为太子傅，陪同太子来到秦国。秦国羁留太子数年，黄歇陪伴太子也留在秦国。这时，楚顷襄王病，太子不得归，楚太子和秦相范雎（应侯）关系很好，于是黄歇就对范雎说："相国您和楚太子关系很好吧？"范雎应道："是啊！"黄歇说："如今楚王病重，相国莫如归太子回楚，若太子归国立为楚王，楚国必亲秦并感相国之恩德，此长远之计也。若不归太子，太子不过是咸阳一布衣，楚国若另立王，必不亲秦，失楚国而绝万乘之和，非秦国之良策也，愿相国深思之。"范雎上奏秦王，秦昭王说："令太子傅回楚问楚王之疾，回来后再决定怎么办。"事情搁置，楚太子不得归。黄歇与太子计议道："秦国羁留太子，想求利于秦也，如今太子无利于秦，吾为此甚为忧虑。而阳文君二子留楚都，楚王一旦不预，太子不在，阳文君子必即王位，太子不得奉楚之宗庙矣！太子不如私逃出秦，与楚国使者俱出秦境，我留在这里以死当之，掩护太子。"于是楚太子更换了衣服，扮作楚使御者，与楚使一同混出关去。黄歇留在客舍，称病不出。不久，黄歇揣度太子已走远，秦国追之不及，黄歇乃上朝，对秦昭王说："楚太子已归国，行之已远，而留黄歇守舍，黄歇当死罪，请赐死！"秦昭王大怒，欲令黄歇自杀。范雎（应侯）对秦王说："黄歇乃楚国大臣，为其君尽忠尽责，乃出于本分。太子若立为楚王，必用黄歇，故不如赦免其罪令其归国，使秦楚之和，留有余地。"于是，昭王赦免了黄歇，使其归国。

黄歇回到楚国三个月，楚顷襄王死去，太子（名完）即位，此即后来的考烈王。考烈王元年，即以黄歇为相，封为春申君，赐淮北之地十二县为其封地。黄歇自此名重楚国，盛极一时，权位财富无有过之。春申君富贵尊荣，十五年后，言之楚王曰："淮北地靠近齐国，边陲事急，所封十二县，王收回立为郡县，以便国事。"于是楚王收回春申君之封地，复封于江东。于是，春申君封为吴墟（今之苏州），修造城池，以为都邑。

当是时也，齐有孟尝君，赵有平原君，魏有信陵君，楚有春申君，四位贵公子各在诸侯国中执掌重权，招贤纳士，以相倾夺，爪牙遍布，权倾一国，其言说举动，耸动诸侯。

春申君为楚相四年，秦破赵军于长平，四十余万赵军俱亡灭，为楚相第五年，秦围赵之邯郸，赵国告急于楚求救。楚国派春申君率兵往救赵国，秦兵亦去，春申君返楚。春申君为楚相第八年，北伐鲁国，置鲁君于莒，十四年而灭鲁，绝其宗祀。此时，荀子入楚，春申君以荀子为兰陵令。这时，楚国复振，重新成为诸侯中的强国。

春申君为楚相，厮养门客，极尽奢华。当时赵国平原君派人出使楚国，春申君安排他住在豪华的馆舍，赵国使节想矜夸于楚，头插玳瑁簪，其剑鞘装饰有珠玉，请出春申君之门客，想以此自炫。春申君门客三千人出，其上客皆脚踏珠履，光彩夺目，辉耀庭阶，赵国使节大惭，屏息敛气，不敢作声。春申君为大国之相，炫富炫贵，无出其右也。

春申君为楚相第十四年，秦国庄襄王立，以吕不韦为相，封为文信侯，秦取东周，秦愈强。春申君相楚二十二年，诸侯国患秦之强，攻伐无已时，于是再次合纵，合军西攻秦，以楚国为合纵长，春申君策划其事。六国兵出至函谷关，秦出兵攻之，诸侯兵皆败而退走。楚考烈王非常恼火，对春申君不再信任，自此春申君益疏远于楚王。

春申君的门客朱英观秦楚之形势，对春申君说："很多人认为楚乃强国，君为楚相，忍辱退让，使楚国益弱，我认为并非如此。先君在位，与秦结好二十年，秦不攻楚，为什么呢？秦国越过魏国关塞而攻楚，不便，假道于东西两周，背对韩魏而攻楚，不可。如今不一样了，魏国迟早将亡，将许地、鄢陵割给秦国，秦之伐楚，再无障碍，今后，秦楚两国将无宁日。"楚国见与秦相接，再无屏障，于是迁都至寿春，秦国亦徙野王郡。春申君仍为楚相，封在吴。

春申君在楚为相二十余年，执掌楚国，权势富贵，一时无两。楚考烈王无子嗣，王位继承堪忧。春申君也为此忧虑，为考烈王多进女宠，指望能产子以为王国之嗣，可终不如愿。当时，有赵人李园，有妹甚美艳，想进呈楚王，但听说楚王不生育，恐日久宠衰。时李园在春申君门下为门客，耽搁在外，日久未归，再见时，春申君问其何事耽搁，李园道："齐王派使者来，想聘我的妹妹入齐，因与齐使周旋饮酒，故迟归。"春申君遂问道："你答应齐王了吗？令妹入齐否？"李园说："尚未答应。"春申君说："可以见见令妹吗？"李园说："可以。"遂引其妹与春申君相见。春申君见而甚喜，遂收为姬妾。因李园妹貌美如花，春申君甚为宠爱，不久即怀孕。李园即与其妹谋议，其妹说于春申君曰："您与楚王之关系，即使亲兄弟也比不上，如今您为楚相已二十余年，而楚王无子嗣。楚王一旦离世，必立其兄弟为王，新王立新后，各有其所亲，君岂能长有宠乎？君相楚日久，对楚王兄弟肯定有失礼的地方，兄弟一旦立为王，恐怕君大祸临身，岂能长保权势富贵和在吴的封邑？如今我知道已怀有您的身孕，但别人不知道，我与君相伴未久，以君权位之重献妾身于楚王，楚王必宠幸我，若天幸我生有一男，则君之子则为楚国之王，楚国入于君手，何必等将来身临不测之罪乎？"春申君闻此言，觉得十分在理，于是，把李园的妹妹安顿在另外的馆舍住下，然后言于楚王，将进女。楚王召入宫中，幸之，不久，李园妹果产一子，立为太子，李园妹遂立为王后。楚王因此重用李园，参与国事。

李园在楚，有妹为王后，生子为太子，可其中内情，唯有春申君知道。他怕春申君泄露此中秘密，故阴养死士，欲杀春申君以灭口。此事国人颇有知之者。春申君为楚相二十五年，楚考烈王病，门客朱英对春申君说："世上有不能指望之福，也有难以预料之祸，如今君处无望之世，服侍无望之主，岂能没有毋望之人以辅君？"春申君问道："你说什么是无望之福呢？"朱英道："君已相楚二十余年，名义上是相国，实际上是楚王。如今楚王病，迟早必薨，而君将相少主，而代立当国，如伊尹、周公之尊，等少主年长而返政于王，君无须南面称孤而有楚国，此即未曾指望之福也。"春申君又问道："那什么是难以预料之祸呢？"朱英回答："李园不参与国事但却是您的仇人，不掌兵权但阴养死士已经很久了。楚王一旦死去，李园必将入宫夺权而杀君灭口，此难以预知之祸也！"春申君又问："何谓毋望之人？"朱英道："君置臣为郎中，楚王薨，李园必先入宫，我为君杀李园，以除后患，我乃君毋望之人也！"春申君说："足下多虑了，李园，软弱不成事之人也，我又对他很好，他怎么能做出此等事来？"朱英见春申君不用其言，恐怕祸将及身，于是就逃走了。

十七天后，楚考烈王死去，李园果然先入宫，埋伏死士于城门之内。春申君入城门，死士突起，杀春申君于城门之内，割其头抛于门外。李园下令，将春申君全家诛灭。李园妹所生子立为楚王，即楚幽王。

太史公叹道：当年他到楚国，曾见春申君宫室壮丽，当年，春申君在秦，掩护楚太子归国，何其明智！最后竟丧于李园之手，全家族灭，又何其愚也！所谓"当断不断，反受其乱"，春申君之谓也。然则宫廷深帷，乃虎狼埋伏之地，春申君久相楚国，其所遭遇，亦势所必然也。

三八　联军抗秦

赵国在长平换将，由赵括而代廉颇，四十五万大军尽被秦所灭。秦国挥师而围邯郸，赵国危亡，求救楚、魏。这是诸侯国最后一次合纵抗秦，其艰苦卓绝，功败垂成，堪称绝后。

　　赵国长平之败后，举国震悚，赵王欲割六县与秦而求和。对于赵王的求和之举，众臣议论纷纷，莫衷一是。虞卿问赵王道："秦国攻赵，力不胜而归乎，还是爱赵国，止而不攻乎？"赵王说："秦国攻赵，倾其全力，必待力竭而后止。"虞卿道："秦倾全力攻其所不能取，必力竭而归。如今大王欲割六城与秦，大王又以其力不能取而送之，岂非助秦而自攻。等到来年秦再攻赵，赵国何以自救？"赵王闻此言，有些犹疑。这时楼缓来到赵国，赵王又问计于楼缓，楼缓说："虞卿知其一，未知其二也。秦赵相攻天下皆悦，为什么呢？各国都盘算着恃强而攻弱，如今赵国应马上割地求和以慰秦心，不然，各国将趁着秦势乘赵之弊而攻赵，瓜分赵国。赵国将亡，还和秦国谈什么呢！"楼缓是割地求和派。虞卿闻楼缓之言，再来求见赵王，道："楼缓求和于秦的主张太危险了，割地于秦，示弱天下，如何能慰秦之心呢！况且我说不可割地，非不能割也，乃是不可割于秦。秦索赵之六城，而大王不妨将六城割与齐国，齐秦乃深仇之国，齐得赵之六城必听命于大王，齐赵联手抗秦，说明天下尚有可为。大王以此示天下，韩、魏两国见赵国不屈于秦，必重大王而协力合纵。如此，大王一举而结齐、魏、韩三国之心，合纵抗秦，秦无能为也。"赵王最后赞同了虞卿的意见，派虞卿东见齐王，商量合纵之策。虞卿还没有从齐国回来，秦国的使者已抵达赵国，楼缓见和秦之计不用，遂逃离赵国。

　　但联合齐、魏等国一同抗秦，谈何容易！各诸侯国面对强秦，本来就各打算盘，从来就没有尿到一个壶里去。他们除了互相攻伐，抢夺对方的土地外，如果一国被秦所破，他们就乘其疲敝围而撕咬。秦与六国之关系，如同非洲草原上的一头狮子和一群鬣狗，一只鬣狗被狮子咬伤，群狗并不相怜相救，反而趁其疲弱而环攻之。这就是战国时秦与六国之关系。所以，贾谊才说：灭六国者，非秦也，乃是自灭也。战国时，苏秦的合纵之策多不奏效，联军攻秦，至函谷关，秦一出兵拒敌，各国军队则纷纷引退，联军很少团结一心，同秦交手。所以，秦开始攻赵之时，魏国宫廷就有过一次讨论。魏国大夫多数认为，秦攻赵对魏国是好事，他们认为，如果秦打败了赵国，我们就和赵国一样，服从秦国，如果秦国不胜，在攻赵时损失了实力，我们就可以乘其弊而攻之。当时，孔子的六世孙子顺在魏国为相，他说："秦国自秦孝公以来，出兵攻国，从来没有打过败仗，如今所派遣皆是秦之良将，有何弊之承？"魏国大夫们说："秦国就是打败了赵国，我们有什么损失呢，邻国之祸，难道不是我魏国之福吗？"这些以邻为壑的魏国大夫们就是这样看着别国倒霉而暗自得意的。子顺愤激地说："秦国，乃是贪暴之国，从来没有餍足之时，如其胜赵，必将矛头指向魏，魏国将承受秦国的攻击。你们好比屋梁下筑巢的燕雀，自顾安乐，屋子失火了还在那里看热闹，不知大祸即将临头。等着看赵国的失败，和檐下燕雀看大火焚屋有什么两样！"子顺在魏国为相九月，其所言国之大计，魏王皆不用，于是叹道："言不见用，是吾言之不当也。言不当于主而居人之官，食人之禄，是尸位素餐，吾罪深矣！"于是借口有病，退位于家。有人问子顺："魏王不用您，您是不是要离开魏国啊！"子顺叹道："我想离开，可是到哪里去呢！山东诸国将并于秦，秦乃不道之国，我何为不道之民也！"于是，退在家中，闭门不出。有一位姓新垣的大夫来见子顺，说："贤者从政，必能使国家一新，淳化风俗。如今您相魏国，未闻国有不同以往的新政而退居在家，难道是所愿不从吗？为何这么快就离开了呢？"子顺道："因为国无新政，所以我自己退了。将死之病，没有良医可治。如今秦有并吞天下之心，若以道义事之，为秦所不容，如今救亡尚且不能，谈什么国之新政呢！当年伊挚在夏，吕望在殷，而夏、殷两国皆败乱而亡，并非伊、吕二公不想治理啊，势所不能也。如今山东诸国疲敝而不振，三晋割地而求安，东西二周折而入秦，燕、齐、楚屈于强秦之下，依此观之，不出二十年，天下则尽为秦矣！秦政行天下，道义岂可为乎！"子顺的预见是正确的。

但是危亡之际的赵国依然要做垂死挣扎，国都邯郸被围，面临国破家亡的命运，赵国派出平原君赵胜前往楚国求援，欲和楚合纵破秦。平原君欲带二十人组成他的使团前往楚国，从门客中选出十九人，不足二十之数，毛遂自荐，要求前往。到楚国后，楚王对于援赵抗秦犹豫不决，日出之时就讨论，到了中午，楚王仍不答应与赵合纵。毛遂按剑历阶而上，大声申斥楚王，阐明利害，说明合纵不但是救赵，也是为楚，楚王为之屈，遂答应合纵。毛遂当庭主持歃血之盟，楚国派出春申君率军救赵。

再说魏国，邯郸被围，唇亡齿寒，本应倾力相救，但魏王首鼠两端，他本来已派出将军晋鄙统领十万大军赴邯郸，但此时秦王来信威胁说：如果魏国敢于救赵，邯郸破后，将移兵而攻魏。魏王害怕，下令晋鄙，大兵先驻扎在邺地待命，名为救赵，实挟两端。魏王又派一位叫新垣衍的将军偷偷潜入邯郸，通过平原君想说服赵王，想和赵共同奉秦王为帝，甘做臣子，换取秦王退兵。齐人鲁仲连适在邯郸，听说新垣衍负有说降的使命，就去见他，说："秦国抛弃礼义，是以人头计功之国，如果任由这样禽兽之国称帝而临天下，我鲁仲连宁可蹈东海而死，誓不为秦民。魏国出此下策，是未见秦国称帝之害也，如果秦称帝，我将使秦王烹杀魏王，把魏王做成肉酱。"新垣衍面露愠色，气哼哼地问道："先生何出此言？你怎么能使秦王烹杀魏王，并把他做成肉酱呢？"鲁仲连道："你别急，听我慢慢道来。当初九侯、鄂侯和周文王三人俱为殷纣王之三公，九侯把自己的女儿献给纣王，纣王嫌其丑，下令把九侯做成肉酱，鄂侯为此与纣王争辩，结果鄂侯被做成了烤肉。文王听了，喟然而叹，纣王又把文王拘囚在羑里，想把他囚死。这是古史上的事情。如今之秦国，乃万乘之国也，但是魏国也是万乘之国，同为万乘之国，且皆称王天下，为何见秦一战而胜，就奉之为帝，甘处被烹杀之地也？假如秦国一旦称帝，以天子之尊号令天下，则诸侯臣子皆随其意处置之，诸侯后宫妃嫔也将安排其姬妾，魏王处魏宫中，安得燕然高卧乎？你为魏臣，又安得处其位乎？"新垣衍起而拜之，道："吾今天方知先生真乃天下之士也！所言极是，令我心服！从此我再不敢言帝秦之事！"

就在魏国首鼠两端，按兵不动之时，赵国邯郸形势日益严峻，秦兵围之日久，人心浮动，邯郸旦夕将破。赵国平原君的夫人是魏国信陵君的姐姐，见魏国救兵迟迟不到，平原君去函信陵君曰："当初与君缔结婚姻，以为君之高义，患难之时能来相助，如今邯郸将破，而魏国援军不至，即使公子看轻我不以为意，难道不怜惜你的姐姐吗？"信陵君接信，心如刀绞，集合门下客，组成一支小小的敢死队，想开赴邯郸与秦兵对决。后听从门客侯嬴的建议，让魏王宠姬窃得兵符，带猛士朱亥，赶到邺地晋鄙营中，杀晋鄙而夺得军队指挥权，组成精锐的援军，开赴邯郸前线。正巧楚国春申君率军亦至，在信陵君的指挥下，大破秦军，解邯郸之围。秦将王龁解围撤军，秦将郑安平被赵军所困，率三万人降赵。

信陵君因窃符救赵，怕魏国降罪，留在赵国。数年后，魏国形势日趋恶化，秦军欲攻魏国都城大梁，魏王计无所出，希望信陵君回魏商议抗秦之策，信陵君怕回国获罪，终不肯归。人有劝信陵君者，曰："公子所以被诸侯所重，是因有魏国。如今魏国被秦所困而公子无动于衷，一旦秦破大梁，夷平先王之宗庙，公子失国，有何面目立于天下乎？"信陵君闻言，立即启程回魏。魏王执手而泣，命信陵君为上将军，掌魏国兵权。诸侯见信陵君为将，信心复振，纷纷派兵援魏。信陵君率五国之师败秦将蒙骜于河外，乘胜追击，直达函谷关。秦兵被压缩至关内，六国稍得喘息。但这种形势转瞬即逝，不久，魏王听信谗言，解除了信陵君的兵权。信陵君退居，不问军国事，颓唐放纵，耽于酒色，四年后，死于魏。

信陵君窃符救赵及其后的联军抗秦，是六国最后的辉煌。后在秦国的分化瓦解，各个击破的策略之下，六国不复有联合抗秦之举，在秦国秋风扫落叶的凌厉攻势中，各自覆灭。

三九　燕王伐赵

战国后期，六国将亡，然而除了自保之外，仍然相互攻伐。秦国对其虎视眈眈，却将死而不自知。燕国最后一王燕王喜仍然发兵进攻赵国。

燕国至昭王死，惠王即位，罢乐毅兵权，以骑劫代之，乐毅畏惧而降赵，田单一举复国，燕国伐齐大业毁于一旦，国家已在走下坡路。惠王在位七年死，武成王即位，十四年死，燕孝王即位，三年后死去，王位传至燕国最后一王燕王喜手中。燕国以乐毅伐齐之功，几乎灭齐而有之，真正威震海内，雄踞东方，但其败落，也不过二十几年光景。当年诸侯国兴亡取决于当权者的内外政策，若王者决策毫无根据，随心所欲，兴之所起，即兴兵而睹国命，视治国如儿戏，其给国家造成的损失是无法挽回的。燕王喜起兵攻赵即是一例。

燕王喜即位四年，想结好赵国，他派大臣栗腹前往赵国，献给赵王五百金，说是给赵王买酒喝。两国之交，这也算一种友好的表示吧。然而栗腹归来，却对燕王说："赵国的青壮男子皆死于长平，如今能从军的男丁尚未长成，赵国可伐。"本来燕赵诸国皆处于秦国的攻击之下，自保尚不暇，何由互相撕咬呢？但燕王听了这话之后，却激起战争的兴趣，想乘赵国之危而进攻赵国。攻赵，为的是什么呢？抢夺土地吗？昭王时，派乐毅伐齐，齐国唯即墨、莒地未下，余尽沦亡，燕国几乎据齐而有之，但昭王死，惠王听信谗言，罢乐毅而用骑劫，旬日间，田单横扫燕军，齐国复振，所得齐地尽失之。失于齐而夺于赵，似乎于理不通，燕赵之间，史上并无恩怨，和平相处，互通有无，如今却兴兵而攻之，于情于理，似乎都说不过去。唯一的解释是，赵国经长平之战，国家没有从战败中恢复，燕国想乘人之危，咬上一口。秦国如狮，六国如鬣狗，鬣狗之间，谁要是受了伤，疲惫不堪，必招来别的鬣狗的进攻与撕咬，燕国之于赵国正是如此。

燕王进攻赵国，没有理由，也没什么可见的战略利益，就是乘它受伤没有恢复想咬它一口，最好能撕下一块肉来。燕王主意已定，召乐毅的儿子昌国君乐闲问赵国可伐否？乐闲说："赵国虽有长平之败，但处于四战之地，其民皆剽悍善战，不可伐。"燕王傲然曰："我以五倍之兵伐之，五对一，难道打不过它！"乐闲仍说："不可。"其实乐闲所判断的根据，并非双方的实力，而是出兵攻赵的理由。你要进攻赵国，为什么？总要有个理由吧！但燕王却是毫无理由，就是拿国家想玩一把，五对一，我就不信打不过它！燕王主意已定，朝中臣子都是看燕王的脸色行事，见燕王执意要打，自然随声附和，战争胜负，国家利益管他娘！于是燕王举国内之兵，征发战车二千乘，分两路进攻赵国。栗腹率军攻鄗，卿秦率军攻代。乐闲见燕王不可谏，只好闭嘴。还有一个反对派叫将渠，他说："派人送赵王五百金让他买酒喝，本为结赵之好，如今听使者回来说赵可伐，就变了主意，想攻打人家，本为结好，却成仇敌，反复如此，是为不祥，出师攻赵必将无功。"燕王根本不听，却统率一支军队，要跟着亲征，过一把战争瘾。反对者将渠也算个忠臣，燕王已登车，他拉住燕王的绶带不松手，燕王回身用脚踢他。将渠哭道："大王，我不是为了自己，我是为了燕国的社稷和大王您哪！赵国不可伐，兵出必败，大王万万不可亲征啊！"燕王主意已定，根本听不进反对的话，踢翻了将渠，出兵伐赵。

赵国见燕国出兵来伐，派大将廉颇出战迎敌。赵国的确是四战之地，兵虽败于长平，四十五万将士尽被白起屠灭，但所余军队，依然骁勇。在廉颇的迎头痛击下，栗腹伐赵之军在鄗地被打得溃不成军，而攻代的卿秦和乐乘也一败涂地。栗腹、乐乘皆被赵军所虏，乐乘投降了赵国。昌国君乐闲见燕王昏聩，计无所用，遂弃燕奔赵。廉颇率赵军直向北追击五百余里，赵军遂围燕都。燕王吓傻了，没想到伐赵结果如此。于是赶紧向赵国求降。赵国回答说：燕国满朝臣子尽庸劣之辈，皆是燕王的应声虫，必得反对伐赵的将渠求降，方可应允。于是，燕国拜将渠为相，由他出面向赵国割地求和，赵军这才撤兵。

燕王伐赵，损兵折将，自取其辱。在秦国凌厉的攻势下，诸国皆苟延残喘，朝夕将亡，而偏安北地的燕国不知死之将至，还在四面出击，招惹是非。伐赵失败的同时，燕王又派一将军攻齐国之聊城，攻下聊城后，燕将（失其名）入据聊城，引来齐国田单率兵围之。将在外，虽攻城略地，有功于国，可是朝中的小人却不断地进谗言，诬陷攻击不遗余力，这是各朝各代的通例。偏这燕王又是个情绪化的糊涂蛋，国事决策全凭一时兴起，听信谗言后，下诏切责入据聊城的燕将。燕将在聊城，失去了归燕的退路，独守聊城，计无所出。田单顿兵于聊城之下，聊城久攻不克，齐国的鲁仲连献计，用箭射入城中一信，劝降燕将道："为将军计，目下将军不归燕则归齐，今将军独守孤城，齐兵攻城日急而燕救不至，将军欲何为乎？"燕将见书，犹豫不能自决，泣三日，欲归燕，有隙于燕，退路已绝；欲降齐，杀齐卒甚多，怕齐人不容。叹道："虽为燕取城，但已山穷水尽，没有生路。与其被燕王所杀，被齐人所剐，不如自决耳！"遂横剑自尽。聊城大乱，田单挥军而攻下聊城。燕王喜昏乱之极，至末世，已谣诼蜂起，君臣相疑，国无善策，用兵随意，无怪其国灭为虏也。

各诸侯国将近末世，无不是昏君当位，昏招迭出，君疑臣下，臣不安位，最后以劣代优，自断生路。魏王罢信陵君兵权，赵王废黜廉颇皆是也。廉颇乃赵国一代名将，统兵多年，赵国赖廉颇而安。等到赵孝成王薨，悼襄王即位，罢廉颇而使乐乘代之。乐乘是乐毅的同宗，燕王伐赵时，被赵所虏，遂降赵，赵国封其为武襄君。廉颇名重诸侯，如今被褫夺兵权，怒而攻乐乘，乐乘败走。廉颇见赵不容，遂出奔魏国。在魏日久，魏王不用，廉颇闲居于魏。后来，赵国屡被秦所败，国危思良将，赵王这才想起廉颇，觉得废之失计，想重新召廉颇回国。廉颇困居于魏，也欲重新返赵报效赵国。于是赵王派使前往魏国视廉颇尚可用否。廉颇有个仇敌叫郭开，他贿赂赵国使者，让他说廉颇的坏话，以阻赵王重新起用廉颇。赵国使者到魏，见廉颇"一饭斗米，肉十斤，被甲上马，以示可用。"回报赵王，说："廉颇将军虽老，饭量不减，可是与臣坐片刻，竟一饭三遗矢。"（拉了三次屎。）赵王听了，觉得廉颇确实老了，于是不再召其回国。楚人听到廉颇困居于魏，就偷偷把他接到了楚国。但廉颇为楚将则无功。廉颇怏怏道："我还是想统领赵国的兵啊！"但赵国不用，在楚无功，廉颇渐老，无能为也。终以老病之身死于楚国的寿春。

一代名将就此落幕。

四〇　秦国灭周

周武王灭殷后，建立周王朝，自武王至最后一代帝王周赧王被秦所灭，共计三十七王，八百六十七年。周王朝的覆灭，标志着中国封建制的终结，开启了嗣后两千余年大一统皇权专制模式。

周王朝建立后的八百余年间，中经两次政权危机和两次庶子篡权的动乱，日渐衰落。至战国时，分为东西周，据地日狭，权威日损，沦落为大国夹缝间苟延残喘的蕞尔小国，最后为秦所灭。

两次政权危机如下。

一次发生在第十代君主周厉王时代。厉王名为胡，上代君主夷王之太子，即位后暴虐好利，聚敛成性，任用奸佞荣夷公为卿士，搜刮民财，奢侈无度。因其残暴侈傲，民多不堪，街谈巷议，以议王政。召公谏道："民不堪命矣。"（老百姓受不了啦！）厉王怒，用卫国之巫以监谤者，凡议论王政者，卫巫告之则杀。用特务监督言论，不许人民议论国事，周厉王开其端。造成国内人皆钳口，道路以目（路上行人皆以目示意，不敢开口说话）。周厉王为此十分得意，他对召公说："我能让老百姓统统闭嘴，不敢说话！"召公回答，留下千古名言："防民之口，甚于防川，川壅而溃，伤人必多，民亦如之。是故为水者决之使导，为民者宣之使言。……民之有口也，犹土之有山川也，财用于是乎出，衣食于是乎生，口之宣言也，善败于是乎兴。行善而备败，所以产财用衣食者也。夫民虑之于心而宣之于口，成而行之。若壅其口，其兴能几何？"此言成为允许百姓议政，言论自由的最早论述。厉王不听，百姓无语，王朝上下死气沉沉，国内一片肃杀之气。三年后，百姓造反，聚众而攻厉王。厉王逃奔于彘（后改为山西省永安镇）。王朝无君主，周、召二公共同行政，史称"共和"。十四年后，周厉王死于彘，其太子静即位，是为宣王。

第二次王朝的政权危机发生在周宣王的儿子周幽王时代。宣王在位四十六年崩，太子即位，是为幽王。幽王即位第二年，西周发生了大地震，泾渭洛三川之地皆为震中，水竭山崩，破坏巨大。当时即有臣子断言，此周王朝将亡之象。周幽王宠爱妃子褒姒，为博褒姒一笑，烽火戏诸侯，失信于天下。幽王立褒姒所生子伯服为太子，废王后申后及原太子，激怒了申后之父申侯，申侯联络缯国及西部犬戎同时起兵，进攻幽王，幽王命举烽火征诸侯来救，无有至者。缯及犬戎兵杀幽王于骊山下。幽王原太子宜臼立，即周平王。

周平王即位后，为防犬戎来攻，离开镐京，迁都至洛邑（今河南省洛阳市）。从陕西东迁至河南，是为东周。周平王时代，王朝已衰落，诸侯国日渐强大，齐、楚、秦、晋俱为大国，天下之权转移到诸侯霸主手中，诸侯国各行其是，天子仅仅具有象征意义了。

周王朝的厉王、幽王之乱，固由君主失德而起，后来的两次庶子入据大统，也险些造成王朝的倾覆。自周公制礼，王位向来由嫡长子继承，所以庶子篡位，也造成王朝的动乱。

周庄王时，当时在朝中执政的周公黑肩想杀掉在位的庄王，立庄王之弟王子克（名子仪），阴谋败露，庄王杀掉周公黑肩，王子克逃到了燕国。庶子篡权失败。庄王崩，僖王即位，僖王崩，惠王即位。惠王在位时，庄王（惠王祖父）当年有一名姓姚的宠姬生了一个儿子名为颓，颓被庄、僖两代帝王所宠，所以极为强横霸道，他强占大臣们的园林以为打猎的范围，激起大臣们的不满。于是大臣相约为乱，谋召燕、卫两国的军队攻打惠王。惠王逃到外地，居住在郑国的栎地。离京逃亡的惠王已经失去了王位，于是王子颓自立为王，在京城为所欲为，召歌女舞姬，日夜寻欢作乐，僭越非礼，遍及六代之乐舞。王子颓的行为激起了诸侯们的愤怒。四年，郑国和虢国两国君主共同起兵，讨伐王子颓并将其杀死，重新扶立惠王返国。

惠王在位二十五年，崩，由其子襄王即位。襄王的母亲早年死去，他的后母即惠王后，惠后生子名叔带，有宠于惠王。襄王对父王宠爱的叔带十分畏惧。叔带当然不是安分的主儿，他想联络戎、狄等民族部落起兵攻襄王。襄王得知这个阴谋后，想杀掉叔带，叔带就逃奔到齐国去了。当时春秋五霸之首霸齐桓公命大臣管仲和隰朋率兵分别平定了周地和晋地的戎狄之兵，解救了周襄王的危机。周襄王后来和郑国的关系恶化，他想借助于戎狄的力量来讨伐郑国，大臣劝谏不听，借戎狄兵以伐郑。为了感激戎狄出力相助，不听臣子劝谏，竟娶狄女为后。不久，他又废黜了狄后，这引起了狄人的愤怒，于是发兵侵周。本来惠后就想立王子叔带为王，如今狄兵临周，她就想借助狄兵的力量废襄王而立叔带，于是引狄兵入周。周襄王逃奔到郑国，郑国安排他住在氾地。襄王出奔，自失王位，于是，叔带立为王，并且以襄王废黜的狄后为后，两人同居于温地，以周天子自命。周襄王失位客居于郑，向晋国告急，正巧晋文公重耳返国，欲辅天子而立威，遂发兵诛叔带而重立襄王。

王子颓和王子带的篡位，皆使天子外逃，得到暂时的成功，但都在诸侯国的干预下失败殒命。当其时也，诸侯表面上还在拥戴周天子，所以有勤王诛乱之举，但是，王朝的地位已今非昔比，各诸侯国忤犯天子之事时有发生，周王朝已失去了天下共主的地位。

周王朝权力的象征，是为九鼎，它是传国之宝，也象征着周天子天下共主的地位。据说这九鼎历史悠久，是从大禹的夏王朝传下来的："昔夏禹贡金九牧，铸鼎象物，桀有昏德，鼎迁于商，商纣暴虐，鼎迁于周。成王定鼎于郏鄏，宝之，以为三代共器。"（《资治通鉴》页83）这里告诉我们，所谓九鼎，是从夏朝传下来，历经夏商两代而传至周，它是国之重器，权力的象征。其次，九鼎并非九尊鼎，九鼎之说，是从"贡金九牧"而来，即九个地方行政区划（九州之牧）共同集金而铸成此鼎。

在周王朝存续期间，其后世君主渐失权威，象征着权力的九鼎屡被诸侯所觊觎。周定王期间，楚庄王兴兵伐陆浑之戎（今河南省洛阳西南的一个外族部落），兵至洛阳，在周都郊外举行阅兵仪式，周定王派大臣王孙满去犒劳楚师，楚庄王就问王孙满九鼎的大小轻重，所谓"问鼎"之典自此出。"问鼎"意即对周王朝权力的觊觎，当时周王朝尚有一定的权威，诸侯国再强大，名义上仍属于周的臣子，所以王孙满义正词严地回答，天子之权威"在德不在鼎。"楚王见王孙满避讳谈鼎，就说："你也不必闪烁其词，九鼎又有什么了不起呢？依楚国之强，损坏兵器的残余完全可以铸成九鼎。"王孙满回道："大王你难道忘了九鼎的来历吗？当年夏王朝正兴盛之时，远方来朝，贡金九牧，铸鼎象物，图鬼神百物之形于鼎上，使天下百姓敬神而远祸。夏桀失德，鼎迁于殷，鼎共殷商六百年之祀，殷纣暴虐，鼎迁于周。周德泽被天下，九鼎虽小，不可迁也；假若周朝失德，即使再大再重的鼎，也必将迁移。当年周成王定鼎于郏鄏（周王城），占卜说，周有天下七百年，历三十世，这是上天的成命。如今周王朝虽德衰弱小，但天命未改。所以，鼎之轻重，不可问也！"楚庄王无言以对，退兵回国。

诸侯国围绕着九鼎还有很多故事，说明在诸侯强大，周王朝衰落的战国时代，王朝权力岌岌可危的窘境。据《战国策》记载，秦国兴师临周以求九鼎，周天子甚为忧虑，大臣颜率出使齐国，向齐国求救，答应将九鼎送给齐国。齐王大喜，派田忌率兵五万以救周，秦兵退去。按照事先的约定，九鼎将迁于齐国，周天子又很忧虑。颜率又出使齐国，对齐王说：天子将献鼎于齐，不知大王何以迁鼎？齐王说："我想从梁国借路而迁鼎。"颜率说："不可，梁国君臣觊觎此鼎已久矣，鼎若入梁，必不得出。"齐王说："那么就借道于楚吧！"颜率说："楚国在庄王时就曾问鼎于周郊，对九鼎日思夜想，一直想据为己有，九鼎入楚，安得出也！"齐王说："那你说怎么办呢？"颜率说："我也正为大王忧虑啊！周之君臣也准备好把鼎迁入齐国，但九鼎可不是醋瓶酱罐子，手提着就可入齐。当年，周伐商纣，得九鼎，迁移一鼎，需九万人，九九八十一万人，人数众多，器械备俱，耗时费日，方得迁入王城。如今大王想迁鼎于齐，即便有这么多人，又从哪条路走呢？所以我为大王忧虑啊！"齐王说："你说来说去，看来是不想迁鼎于齐啊！"颜率说："岂敢！天子不忘昔日之约，已准备好将鼎迁齐，大王若定好迁鼎路线，周之君臣时刻待命。"后来，齐王觉得迁鼎实在困难，也就不了了之。《战国策》是秦以后的作品，其所记未免完全真实，如这里把"九鼎"说成九尊鼎，且夸大其词，一鼎需九万人挽之方可移动，迁九鼎需九九八十一万人，显然不符合历史，齐王也不会相信。但这个故事还是说明诸侯国对九鼎的觊觎乃是对周王朝权力的向往。周王朝建立之初，分封诸侯，天子具有天下共主的地位，诸侯国皆为臣子，共同拱卫王朝，乃是周王朝初建时的政治形态。到了王朝衰落，诸侯坐大，各国皆有取而代之的野心，所以有问鼎迁鼎之想。而据（《史记·甘茂传》），秦武王与力士孟说举鼎以为戏，绝膑而亡，乃是入周而举九鼎，力不任，绝膑而死于周。战国后期，秦国强大，周王朝之重宝九鼎乃成秦武王举重游戏之物，其神圣地位已不在。

周王朝至战国年间，内乱频仍，王朝内部诸子因争立互相攻伐，至周考王时，封其弟于河南王城，称西周桓公，经威公，至惠公，长子称西周公，复封少子于河南巩地，袭父号称东周惠公。于是，周王朝分为东西二周。西周居河南王城，东周居成周，即故洛阳。周室衰微，战国时仅有七邑，所谓七邑者，小者不及县大，乃汉代之河南、洛阳、穀城、平阴、偃师、巩、缑氏，其地皆在今之河南省一隅。此时，周王朝地狭民少，在诸侯国环伺之下苟延残喘，不仅早失天下共主的权威，且如树上熟透的果子，迟早必落入诸侯之手。如此迫蹙将亡之国，东西二周且互相攻伐，韩国出兵欲救西周，东周派人说韩王曰："西周从前是天子之国，名器重宝甚多，大王不如不攻东周，按兵不出，这样既可以结东周之德，西周的重宝亦可归韩。"两周互为敌国，互相出卖，只为苟延图存。周王朝最后一王谥为赧王，依存于西周。当时，楚国与齐韩两国联合伐秦，楚有图周之意。周赧王派人去说服楚王，说西周弹丸之地，"裂其地不足以肥国，得其众不足以劲兵"，不值得吞掉它。而且攻周，有弑君之名，掠得周的九鼎等重器，有贪黩之祸，九鼎一旦入楚，诸侯必将加兵于楚，实于楚不利也。楚王此时尚有所忌，于是打消了吞周的念头。战国后期，强大起来的秦国忙于和六国交战，暂时顾不上在各国夹缝中苟且偷生的周王朝。周赧王时而讨好秦国，时而和六国暗通关节，为的是偷生于乱世。周赧王五十九年（前256年），秦国派兵东进，攻下韩国的阳城、负黍，又伐赵，取赵国二十余县，斩首并俘虏赵兵九万余人，周受秦之威胁，赧王大恐，背叛秦国，与诸侯约纵，出兵伊阙而西下攻秦，欲使秦国不得通阳城。秦王怒，派兵攻西周，如巨石压卵，周旦夕将亡。周赧王急忙只身入秦，向秦王顿首谢罪，并尽献西周之邑三十六（邑者，民之聚落也），人口三万以降秦。秦受其献，是岁，周赧王卒，周之余民遂向东逃亡。周之九鼎宝器尽归于秦，周遂亡灭。

周亡秦兴，中国自此结束了封建制，进入了大一统的君权专制社会。

四一 吕不韦

精于商业算计而投资政治，搞定帝王一人而搞定整个王国，吕不韦和他的政治同盟嫪毐利用人性的弱点，纵横秦国宫廷的故事可谓空前绝后……

吕不韦原是战国后期的一个商人，贱买贵卖，以此获利。由于经商多年，家财饶富，行走于上层社会。当年他在赵国，结识了在赵国为人质的秦国宫廷之子异人。

秦昭王在位四十年时，他的太子未来得及上位就死去了，秦昭王四十二年以次子安国君为太子。安国君有子二十余人，异人从年龄上说，既不在前，也不靠后，混同于二十余人中名不显而事不彰，资质平平。太子安国君内宠颇多，爱姬名为华阳夫人，但膝下无子。异人的母亲为夏姬，不为安国君宠爱，母不宠则子不贵，异人在二十余人中很难脱颖而出，他本是与王位无缘的。

可是在这时，他碰上了吕不韦。

由于秦国连年攻赵，在赵国为质的异人并不受赵国的礼待，居处和出行车辆都很破弊，但他也只能忍受。吕不韦知道异人的身份，觉得"奇货可居"。异人是秦太子安国君之子，有高贵的王家血统，虽然和诸子相比，没有什么特别的优势可以脱颖而出，但事在人为。秦王已老迈，安国君迟早即位，如果能使异人成为安国君的太子，将来的秦国必属异人，当异人为秦王时，为其疏通上位的吕不韦岂非最大的功臣吗？所以他认为异人"奇货可居"，他要抓住这个机会，像投资别的货物一样，把金钱投资到异人的身上。

《战国策》记载吕不韦的盘算时，记载了吕不韦和其父的一段对话：他问父亲：种田之利几何？其父回答："十倍之利。"贩运珠宝之利几何？其父回答："百倍之利。"那么，投资未来的国王，使其正位为君，其利几何？其父说："利无穷也！"如果不是出于吕不韦之口，这大约是后人的编造和附会，父子商量此事，外人因何得知呢？但实实在在，吕不韦是要把本钱下在异人的身上。

他对异人说："你在赵国为质，生活窘迫，不能孝敬长者和结交宾客，远离秦国宫廷，将来诸子争为太子，怕是与你无缘！我虽不富有，但愿出千金助子西游回秦，孝敬你父安国君和华阳夫人，争取立你为嗣。"异人谢道："若能得遂君意，我为秦王，当分国与君共之！"

于是，取五百金与异人，让其结交宾客，另挟五百金，亲往咸阳，购些奇珍异宝，求见华阳夫人的姐姐，让她把礼物转交华阳夫人，并说："异人贤良智慧，结交了很多宾客，虽在赵国，无日不思其父安国君和华阳夫人，想念秦国的亲人，常常流泪。"华阳夫人接受了礼物，又听到这话，自然十分高兴和感动，华阳夫人就提出要见见异人。因华阳夫人是楚国人，吕不韦就让异人穿上楚国的衣裳，打扮成楚人的模样去见她。华阳夫人见异人身穿楚衣，又礼节备至，应答得体，不禁十分高兴，当即赐名异人为"子楚"，视如亲子，嘘寒问暖，备极关心。这次会见十分成功，吕不韦又见华阳夫人的姐姐，由她出面，说定华阳夫人，道："我听说以色事人者，色衰则爱弛。如今你在太子面前得宠，太子爱你，可你却膝下无子，不如趁早在诸子中选一贤孝者以为子嗣，将来为秦王，你也可终身有靠。不在繁华时树本，色衰爱弛后，再开口立子，谁又会听呢！如今听说子楚贤良，夫人爱之。但其处诸子中，其母又不得宠，此时立为嫡子，岂非将来之依靠乎！"华阳夫人见子楚后已有此意，自是点头称是。于是，乘太子安国君心情大好时进言道："听说在赵为质的子楚贤而多才，往来宾客皆称扬之，他对你也时时思念。"安国君颔首道："是啊，那也难得啊！"华阳夫人即流泪悲泣道："妾幸得君之怜爱，不幸无子。愿得子楚立以为嫡子，以托妾身。"安国君道："也好，诸子无过其贤者，那就立子楚吧！"于是，与华阳夫人刻玉符，定子楚为嫡子，昭布天下。并厚赏在赵的子楚，让吕不韦为傅以关照子楚。

这里所依据的是《史记》中的记载，《战国策》中出面做华阳夫人工作的是她的弟弟（在秦封阳泉君），这里稍有所异。但姐妹之间也更容易沟通，姐姐出面说话更能说到心里去，所以取《史记》所记。总之，吕不韦的投资计谋进行得十分顺利，子楚立为太子嫡嗣，那就是秦之储君，收获的日子不远了。

可吕不韦还有更深的算计，他娶了邯郸贵族人家一位美色超群能歌善舞的女子为姬妾，与之同居后，女子有了身孕，于是召子楚来饮酒。女子风姿绰约，于席间若隐若现，眉目传情，使子楚心旌摇动，不能自已，于是持酒而起，欲与女子为寿。吕不韦于席间假意发怒，子楚大窘，但吕不韦旋即变换脸色道："公子既爱之，不韦不敢自专，如不弃，可为公子妇。"子楚立即下拜，兴冲冲携得美女归去。女子隐瞒自己已有身孕，于子楚相聚一年，即生子，名政，也即是后来的秦王嬴政，中国第一个皇帝秦始皇。当年无法做亲子鉴定，如按今天的基因鉴定法，秦始皇当为吕不韦之子。历史常常在黑暗中运行，其细微的关节无法深究，秦始皇身世之谜不影响后来的历史走向，所以此事亦可按下不讲。

正当吕不韦按照既定目标用金钱美女把秦国的未来牢牢抓在手里的时候，秦赵关系日益恶化。秦昭王五十年，秦围邯郸，邯郸告急，赵国欲拿秦国人质开刀，想杀掉子楚。子楚性命危殆，忙找吕不韦商议脱身之计。吕不韦当然不能看着自己精心筹划的投资计谋付之东流，于是，拿出六百斤黄金贿赂看守子楚的官吏，趁着黑夜，两人匆匆逃出邯郸，跑到了围城的秦军营中，得脱赵人之手。赵人见子楚逃脱，大怒，要杀子楚的夫人和孩子。子楚夫人原本为吕不韦姬，乃赵国豪富人家女，无论财和势在赵国都是顶尖的。于是，赖娘家藏匿，母子竟得平安。

秦昭王五十六年薨，太子安国君即位，华阳夫人为王后，子楚为太子。这时，赵国也把子楚夫人和其生子政送归秦国。至此，吕不韦多年谋划已见成果，子楚正位太子，夫人孩子皆归秦廷。

太子安国君即秦王位，仅三日，薨。据《史记》，其父秦昭王十九岁立，在位五十六年，寿七十五岁。安国君是昭王次子，太子死，即位太子，五十三岁立为王，《资治通鉴》记为："王即位，三日薨。"于是，太子子楚即位。子楚为秦王时三十二岁，正是年富力强的时候。他即位后，尊华阳夫人为华阳太后，尊生母夏姬为夏太后。子楚死后谥为庄襄王，庄襄王元年，以吕不韦为丞相，封为文信侯，食河南洛阳十万户。高官封侯，位极人臣，握秦国之国政，吕不韦多年谋划终得正果。

庄襄王（子楚）在位仅三年，薨，年仅三十五岁。其子政即位，也即秦王嬴政，后来的秦始皇。嬴政即位时，年十三，尚属少年，国事决于吕不韦。吕不韦号为相国，被年少的秦王政称为仲父。此时的吕不韦家中奴仆万人，食客三千，广招贤士辩才，于是令食客著书策论，集为《吕氏春秋》，"备天地万物古今之事"，书成，布之咸阳市门，悬千金于上，天下诸侯游士宾客有能增损一字者赏千金。《吕氏春秋》亦称《吕览》，虽为宾客集体所作，但还是反映了吕不韦的一些思想观念。总之，吕不韦在高位时，权倾天下，专政秦国，灭东周而捭阖燕赵间，推进了秦灭六国的历史进程。事功之外，还集人著书以传后世。

如今秦之太后，嬴政之母，子楚之夫人，不韦之爱姬，赵国富家女，年轻时貌美而善歌舞，但好淫纵欲，虽贵为太后，但淫欲不止。如今不韦既为相国，出入秦宫，遂旧情复炽，二人私通。秦王嬴政年少，不过问母亲与相国的私事，故二人纵情欢欲多年。但宫闱私情虽密，奈何门禁森严，人多嘴杂，且秦王年渐长，吕不韦与王后幽会，多有隐忧。且自己年岁渐长，床笫之事，日渐淡薄，已难招架女人情炽如火，但太后犹自索欲不休。吕不韦恐事泄招罪，又想从太后无尽无休的淫欲中解脱，便物色了一个名叫嫪毐的壮男。当时深宫中淫乐之事盛行，"时纵倡乐，使嫪毐以其阴关桐轮而行，令太后闻之，以啗太后。"在群交群淫的深宫密会上，嫪毐表演以巨大的阴茎插在桐木轮中驱动之，并将嫪毐的事风闻给太后，使太后淫心大动而向往之。太后闻，果欲独占而私用之。于是，吕不韦将嫪毐私呈给太后。但深宫之中，如此壮男，焉得私入太后帷中？于是，吕不韦就和太后密议，重贿主持腐刑的官吏，谎称嫪毐已受腐刑，拔掉他的胡须，扮作阉人宦者而入宫。太后与嫪毐私通，大乐，绝爱之，结果弄得太后怀了孕。为了掩人耳目，太后谎称占卜要避时，即幽闭某地以避某时辰，于是带着嫪毐迁居到雍地的大郑宫，在那里生下孩子。就这样，嫪毐与太后生下两个私生子，他随侍太后左右，寸步不离，两人过着深宫以内的淫乱生活。男根壮硕成就了嫪毐，他由此得势，太后赏赐丰厚，深宫内外之事皆决于嫪毐。嫪毐家童数千人，争作嫪毐门客舍人者尚有千余人。嫪毐被封为长信侯，宫室车马衣服苑囿驰猎皆恣所欲，以山阳为嫪毐的食邑，以河西太原郡为嫪毐的封国。因男根壮硕而发迹大贵者，大约不独嫪毐一人，但嫪毐也确是古今史上之奇人。金钱、美女、性，是历史的润滑剂，历史因之而多姿多彩。历史即人事，此亦人事之一端耳！

嫪毐以宦人之身专权宫廷，侍寝太后，其事终难长久，秦王政九年（年二十二岁），嫪毐事发，有人揭发嫪毐并非宦竖，出入宫闱，只为与太后私乱。与太后生子二人，皆匿藏宫中，并且计议说：当今秦王一旦薨逝，即以其为嗣。秦王政已成人，对母亲的事或许早有所闻，隐忍不发而已。现在有臣子直陈宫廷，于是下吏究治。嫪毐大恐，要做死前一搏，矫秦王玉玺发兵，欲攻祈年宫为乱。秦王下诏，发兵攻嫪毐，与嫪毐激战咸阳，斩首数百。嫪毐兵败溃逃，被官兵捕获。这年秋天，秦王下令，夷嫪毐三族（父族、母族、妻族）。其主要党羽，皆车裂灭族。嫪毐之舍人门客，轻罪者徙往蜀地，获罪迁蜀者达四千余家，可见嫪毐生前势力之众。

太后当然亦是罪首，但因是秦王政的生母，不好用刑惩治，秦王政下令，迁其至萯阳宫，并杀掉与嫪毐所生二子。据说两个孩子尚年幼，是装在口袋里杀掉的。

杀了嫪毐，迁宫太后，捕杀二子，秦王政犹怒火不息，下令道："敢以太后事谏者，戮而杀之，断其四肢，积于阙下。"为此而死者二十七人。齐人入秦为客卿者名茅焦，请谒见秦王，秦王命人对他说："你没看见积尸阙下者？难道还要找死吗？"茅焦说："臣闻天有二十八星宿，今死者才二十七人，我想凑足二十八个，我不是怕死的人。"跟着他在一起的人纷纷卷起铺盖逃跑了。秦王大怒道："好一个不识趣的人，故意来忤犯我。这次不杀他，预备个大锅，将其烹了！还要他的尸体积于阙下吗？"秦王盛怒按剑坐于堂上，直气得口流涎沫。使者召茅焦，茅焦缓步登堂，徐行至前，拜见秦王后，站起来从容道："臣闻有生者不讳死，有国者不讳亡。讳死者不可以得生，讳亡者不可以得存。生死存亡，圣主所欲急闻也？陛下欲闻之乎？"秦王问："什么意思？你要干什么？"茅焦厉声道："陛下有狂悖之行，难道不知道吗？车裂假父（指嫪毐），囊捕二弟（杀太后之二子），迁母于雍（迁太后于雍地萯阳宫），残戮谏士，桀、纣之行不至于此也！如今天下闻大王之残暴，人心瓦解，无有向秦者，臣窃为陛下危之！我说完了！"于是，脱下外衣，等待施刑。秦王下殿，执其手曰："请先生把衣服穿上，我愿意接受您的教诲。"于是，封茅焦为秦国的上卿，以其置生死于度外，敢于犯颜直谏也。茅焦冒死谏秦王，《史记》不载，见于《资治通鉴》，如果其事为真，固然为秦王政加分，说明他当年是能够虚心纳谏的人。但后来成为始皇，则一意孤行，残忍暴虐，完全是两副面孔了。不可制约的至高权力会使人变成魔鬼，这是千真万确的！

秦王政听茅焦之谏，亲自驾车，空出左边的位置，往雍地迎太后，归于咸阳，复为母子如初。儒家著史，多重人伦亲情，讲礼重道，春秋时郑庄公的母亲纵容小儿子共叔段作乱，庄公平乱后，发誓说，不到黄泉，不与母亲相见，后来听臣子之言，挖了个地道，掘地及泉，和母亲相见，复为母子如初。和秦王政相同，都是母亲有大错在先，经过反复，儿子重新和母亲和好。

秦王政九年，平嫪毐之乱，事连文信侯吕不韦。是吕不韦和嫪毐串通作弊，以宦者之身将之进于太后的，且其恣行不法，皆与吕不韦有干系。嫪毐死后，秦王政念其辅佐先王有大功，不忍加诛。第二年，秦王政决心罢免吕不韦，将其逐出京城，往河南就国。吕不韦虽罢相，但因往日培植的势力雄厚，门客舍人众多，其在河南，诸侯宾客使者相望于道，前往河南请谒。秦王政惧日久生乱，于是，赐书吕不韦，其言曰："君何功于秦，封君河南，食十万户？何亲于秦，号为仲父？其与家属徙处蜀！"秦王嬴政虽是吕不韦的嫡裔，但他不会承认这一点，他是庄襄王（子楚）之子，为了秦国的江山社稷，必须和吕不韦做彻底的切割，所以，与秦无功无亲的吕不韦也就到了末路。吕不韦深知，迁他往蜀地，虽为流放，但也是除掉他的借口。他深感前路已尽，早年的谋划经营，已经得到了回报，权高位重，富贵荣华，也得到了。从前向往宫廷，以为那里风光旖旎，行威作福；但进去之后，方知处处陷阱，祸福生死，只在帝王一念间。来人间一回，闹腾得也可以了，繁华风流地，宫廷生死场，皆已经历，且莫等帝王的刀架到脖子上，千刀万剐，连个囫囵尸首也没有，干脆自我了断。

于是吕不韦饮鸩而死。

四二　荆轲刺秦

公元前 227 年荆轲入咸阳行刺秦王嬴政事件，是六国将亡之际一次绝望的反抗。千百年来，荆轲以血性男儿的形象被历史所铭记，其功业虽败，英名永存。

战国期间，读书行侠之仗剑男儿行于各国，并不为一国所囿。那时，各诸侯国人才互通，来往随意，无关卡护照之限，秦与各国，其主政之相，率兵之将，多为客卿。所以有孔子游历各国，孟子自邹入梁，荀卿由赵入楚，老子出关而西，墨子游历齐郑，稷下诸国人才荟萃，纵横之士游说四方的景象。荆轲其人亦复如是，他的祖上乃是齐人，后迁到卫国，在卫时，人称其为庆卿，他在卫国，曾游说于卫之末代君主卫元君，未见用，当时秦国已渐次征服东方各国，伐魏后设东郡，将卫元君迁到了东郡属地野王，卫已亡矣。于是荆轲不愿为秦民，跑到了燕国，人称荆卿。

荆轲其人，并非好勇斗狠之徒，他读书击剑，守拙谦退，在遇辱之时，知道退让保身，不与人争一时之长。一次，他路过榆次，与击剑大师盖聂论剑术，二人言语相左，盖聂怒目而视，荆轲引退。盖聂说："向来与我论剑者，其说不合我意，我则怒目相向，人则退避。想这荆轲，也不会在此耽留。我之怒目，人皆怀惧，荆轲受此，必行矣！"人们到客舍去见荆轲，果然已驾车离去。还有一次，荆轲在邯郸，与一个叫鲁勾践的人争路，鲁勾践怒斥荆轲，欲与打斗，荆轲退让逃去。这两件事，似乎见荆轲胆怯畏事，算不上大丈夫，但其实他是不愿与人在小事上竞争，宁可退让，决不逞匹夫之勇。

荆轲来到燕国后，与一名叫高渐离者交往。高渐离属于底层人，他以屠狗为业，混迹于市井之中。但他善于击筑。筑，是古代的一种乐器，如琴，有弦，以竹击之，则其声激越成曲。荆轲好酒，日与高渐离饮酒于燕市，酒酣，渐离击筑，荆轲和而歌之，继而相对而泣，旁若无人。饮酒酣醉，击筑高歌，忽歌忽泣，所歌者何？当然没有记载。但想来尽是人生苦短，亡国离思，江湖行走，无枝可依之叹。荆轲其人，看似燕市酒徒，但其实是个读书人，他性格深沉，其所游走交结，尽是贤豪长者，他在燕国，除了朋友高渐离外，燕国处士田光等人也是他的至交，他们都对他评价很高，认为荆轲绝非寻常庸人。

就在荆轲混迹于燕市，日与高渐离等人饮酒击筑，酒酣高歌之时，燕太子丹从秦国逃归燕国。从前诸侯国之太子，为诸侯国间外交盟会之需要，常作为履约之人质，住在盟国。一旦对方违约，则可拿储君即太子是问。所以，战国期间，太子为质乃是常态。燕太子丹先是为质于赵，而秦王嬴政当时生于赵国，及长，与太子丹是小时的玩伴，两人关系很好，算作少年朋友。可是嬴政立为秦王后，燕太子丹为质于秦，则嬴政对太子丹完全以囚虏待之，两人从前的友谊荡然无存。太子丹逃归回燕，就想寻找报复秦国的机会。但燕国是个小国，偏处北方，对于日益强大的秦国完全无能为力。这时候，秦国吞并六国的进程加快，齐、楚、三晋丧师失地，对六国的蚕食每日都在加速，秦国的势力已近燕境，燕国君臣甚为恐慌，大祸临头，却又无可奈何。太子丹日夜忧虑，对他的老师鞠武说："秦势愈强，燕国危在旦夕，灭国之祸日近，当如何是好呢！"鞠武叹了口气，道："秦国之疆土如今已遍天下，韩、魏、赵三晋旦夕将灭，秦如今北有甘泉、谷口之固，南有泾渭之沃土，擅巴地、汉水之饶，右有陇、蜀之山险，左有函谷、殽山之关隘，其民多而众，其兵坚而厉，虎狼之国，一旦加兵关东，则长城之南，易水之北，尽为其所有也！太子为何因为秦王之凌辱而心存仇怨呢？"太子丹曰："不报秦而怨仇不解，此日夜萦于心也，我却不知道该怎么办！"鞠武说："天下精兵，六国之力，皆非秦之对手，区区燕国，何能为也？唯有请人图之。"鞠武固没说行刺于秦的话，但"请人图之"，已暗示了唯有此途可报秦怨或可得一时之安也。

不久，秦将樊于期获罪秦国，父母妻子尽为所戮，樊于期只身逃来燕国，因与太子丹有旧，太子丹收留之。鞠武曰："不可，以秦王之暴而积怒于燕，燕将招祸矣，秦王若闻樊将军在燕，必将报燕，愿太子疾遣樊将军于匈奴以杜秦王之口，然后西约三晋，南连齐楚，北请救于匈奴单于，然后可与秦周旋。"太子丹道："太傅之计，虽为万全，但旷日弥久，缓不济急，秦如虎狼，祸将立至，旦夕之间，天下立见变换。况樊将军穷困来投，归身于我，我岂能迫于强秦而弃旧日哀怜之交，将其驱之匈奴？若如此，丹何面目生于人世也！请太傅更虑他计。"鞠武叹道："唉，太子行危而欲安，造祸而求福，以一人之故交，遗国家之大患也！以樊将军一人之安危，得罪强秦，岂非自取其祸乎！燕国有一处士，名为田光，可召来与之计议，或可有转危为安之策。"太子丹道："既如此，太傅将田光先生请来吧！"

太子丹见田光，卑身请曰："燕秦不两立，先生可有弱秦之计？"田光曰："臣壮之时，隐于市井，与国事无涉，今老矣，岂能预国事乎！今太子见问，臣无能为也，但臣有友名荆轲者，读书击剑，豪气干云，或可为太子所用！"太子丹曰："愿因先生结交荆轲。"太子丹送田光出宫，低声嘱咐道："今与君所言，国之大事也，望勿泄于人！"田光一怔，点头应允而去。田光于是往见荆轲，道："太子召我，曰，燕秦不两立，欲谋弱秦之计，我把你推荐给了太子，荆卿进宫，见太子可也。"荆轲允诺。田光曰："太子告辞时说：国之大事，望勿泄于人，此有疑于光也，夫谋事而使人见疑，岂侠者乎！"田光此言，是欲自杀以激荆轲，最后说："愿荆卿急入宫见太子，你可对太子说：田光已死，勿担心其泄密也！"荆轲入宫，田光遂自刎而死。

荆轲见太子，言田光已死。太子再拜而跪，膝行流涕，良久而后言曰："丹所以诫田先生勿言者，是想成大事之谋也，如今田先生以死以明不言，岂丹之意乎！"荆轲坐定，太子丹避席顿首曰："田先生荐卿来，是苍天不弃燕国而怜其孤也！如今秦国贪戾，施暴六国，不尽四海之地以王天下其愿不足也。如今秦已虏韩王，韩灭而地入于秦，秦国又举兵南伐楚，北临赵，秦将王翦统领数十万秦兵临漳、邺，而李信又统兵出太原、云中。赵国不敌秦国，必将破国而入秦，赵国称臣，则秦祸至燕。燕乃小弱之国，数困于兵，今举全国之众不足以敌秦。况诸国惧秦，已难成合纵之势。燕之破亡，且夕将至矣！以丹之私下揣量，若得一天下勇士出使秦国，引诱秦王以重利，秦王贪，必偿所愿矣。若能劫持秦王，使之尽返诸侯之地，如曹沫劫齐桓公，则是最好的结局。若不能，则杀秦王于廷，秦国大将在外而内有弑君之乱，君臣相疑，计无所出，趁此时诸侯再得合纵，破秦必矣！此乃丹之所愿，而不知委任何人，唯愿荆卿留意此事。"太子丹的意思也很明确，就是想让荆轲挟剑入秦，以成其谋。荆轲沉思良久，回道："此乃国之大事也，臣愚钝卑下，恐怕难当此任！"其实荆轲开头是推托的，他不想冒此险而搭上性命。况且荆轲乃别国流落之人，燕之兴亡，与之何干！但是太子丹不断地磕头固请，一定要荆轲不必推让，荆轲无奈，只好答应了。

荆轲怀剑使秦，是太子丹固请的结果，等到他一松口，就再也难以反悔了。荆轲的犹疑，从人性的角度来看，是可以理解的，毕竟性命相关。答应这桩使命，就等于交出了生命。太子丹立刻任命荆轲为上卿，置一豪华的宫舍养了起来，太子丹每天都来看他，供给他美食异物，美女车马，一切遂其所愿。荆轲骤贵，花天酒地，日以消磨，但他知道，迟早将命丧秦廷，颈上的脑袋已交了出去，想反悔也不可能了！

日久，荆轲并无上路的意思。此时，秦国加快了进攻六国的步伐，秦将王翦攻破赵国，赵王被秦所虏，赵国国土尽入秦，秦兵已至燕国南界，燕国面临灭国之祸，太子丹恐惧无计，于是催促荆轲道："秦兵早晚将渡易水，形势危急，虽然想长久期待足下，但势不可得！不知足下之意如何。"荆轲道："太子之言，我已明白了，我正想和太子说，如今空手入秦，秦王如何相信我呢？如今樊将军在燕，秦王赏千金欲购其头，并封邑万家，若得樊将军之头和燕国之地图呈现秦王，秦王方可信臣，并愿意见我。那样我才能接近秦王以图之。"太子丹迟疑良久，说："樊将军穷困来投奔我，我怎么能以己之私而害其性命呢？请你再想想别的办法吧！"荆轲知太子有不忍之心，乃私见樊于期，道："秦国对将军您可是下了狠心，不仅将您的宗族妻子尽皆屠杀，如今竟出赏千金欲购将军之首，并封邑万家。赏格不可谓不高，不知将军有什么打算呢！"樊于期仰天叹息，痛哭流涕道："于期每念及此，真是痛不欲生！只是不知该如何办啊！"荆轲道："如今荆轲有一言可以解燕国之患，报将军之仇，不知可言否？"樊于期道："请讲。"荆轲道："愿借将军之头以献秦王，秦王必愿见我，那时，我左手把其袖，右手贯其胸，利刃见逼，一决生死，则将军之仇可报，燕国之忧可除，不知将军有意否？"樊于期解衣扼腕，道："这是我日思夜想，切齿腐心之恨啊！如今方得将军提醒！"于是抽剑自刎于荆轲之前。太子听说后，急驰而至，抚尸痛哭，道："将军有难来投，何期如此也！痛哉！痛哉！"但人死不能复生，只能将樊于期之头用匣子装了，以为荆轲晋见之物。

于是，太子又为购求锋利的匕首，以为刺秦之利器。得一匕首，乃赵人徐夫人匕首，以百金购入，用毒药淬炼之，用以试人，刚见血，无不立死。于是，以其授荆轲。当时，燕国还有一亡命之徒，名叫秦舞阳，十三岁即杀人于路，人皆不敢平视之。派荆轲入秦，想以此人为副，关键时候可以做帮手。可是秦舞阳住的地方离燕都较远，尚未赶到。良久，荆轲未行，太子见荆轲没动静，以为其临行改悔，于是再来催促，道："日头要落山了，荆卿还没启程，我先遣秦舞阳如何？"荆轲怒，申斥太子道："哪里还要太子催促！提一匕首入不测之强秦，往而不返，命丧秦廷，难道我不知道吗？我之所以淹留者，是待秦舞阳同行。太子既认为我迟延，我现在就上路！"恰舞阳赶到，于是整装而行。

太子及宾客知荆轲所负入秦之使命者，皆白衣白冠而送之。至易水，饯别罢，将上路，高渐离击筑，荆轲如往日和而高歌，众人皆为之垂泪涕泣，荆轲趋前而歌之曰："风萧萧兮易水寒，壮士一去兮不复还！"闻其歌，壮其声，送行之人无不瞋目慷慨，发愤垂泪，荆轲即驱车上路而去。

荆轲至秦，先以千金贿赂秦王宠臣中庶子蒙嘉代为疏通。蒙嘉言于秦王曰："燕王恐惧大王之威，不敢举兵以抗秦师，愿举国为秦之内臣，和诸侯一样，燕国为秦之郡县，而得奉先王之宗庙。因恐惧不敢上陈于王，斩樊于期之头并献燕国地图，函封而命使拜送于廷，请大王决断。"秦王嬴政听后大喜，于是穿朝服，设九宾之礼，在咸阳宫接见燕国使者。荆轲捧盛着樊于期之头的木匣，秦舞阳高举盛燕国地图的木匣以次而进。到了台阶前，秦舞阳害怕，变色而震恐，群臣感到奇怪，荆轲回头笑秦舞阳，趋前道："北方蛮夷草莽之人，未曾见过天子，所以恐惧发抖，愿大王理解并让使节趋前上呈。"秦王道："先呈燕国地图。"于是，荆轲取图呈上。秦王打开地图，图穷而匕首见。说时迟，那时快，荆轲一个箭步蹿上前去，左手扯住秦王的袖子，右手抓起匕首刺向秦王。秦王大惊，后退一步，匕首未及身，袖子却扯断了。秦王欲拔剑自卫，但剑长，在鞘中，惶急中，拔不出。秦王绕玉柱疾走，荆轲持匕首而追之。群臣惊愕，事出突然，皆失其度。按照秦朝的法律，侍臣于殿上不得持尺寸之兵器，执兵器的殿前侍卫皆陈于殿下，没有诏命不得上殿。事出突然，来不及召侍卫，于是荆轲乃于殿上追杀秦王。秦王拔剑不出，无以击荆轲，于是和荆轲徒手相搏。当时，御医夏无且手提药囊在侧，于是，抢起药囊击荆轲。秦王还在环柱疾走，躲避荆轲，不知怎么办。左右人喊道："大王负剑。"一句话提醒秦王，秦王佩剑负于背，遂拔剑而出，击荆轲，刺中荆轲左腿。荆轲抛出手中匕首，未中秦王，却插入殿上铜柱中。秦王挥剑击荆轲，荆轲身中八创，知事已败，倚柱而笑，大骂曰："事所以不成者，乃欲生劫秦王，立契约以报太子也！今既已败，死而无悔！"于是左右侍卫上前而杀荆轲。

荆轲刺秦而败，然而其"言必信，行必果"，知去而不返，命丧秦廷，依然勇往直前，不负其诺，这种置生死于度外的大丈夫气概千百年后仍为人所景仰。

四三　虎狼之国

秦国原是西部边陲的一个小小的诸侯国，和中原各国并不会盟，它和戎狄杂处，文化落后，文明程度较低，它的一系列制度设计和做法，体现了野蛮、落后和人性的凶残，因此一直被称为虎狼之国。

中国历史上骇人听闻的酷刑和违背人性的制度设计，如果不计殷商时代，大多与秦国有关。周王朝灭殷之后，实行分封制，周公制礼，文明程度较之殷商时代有了很大的进步。但起于西部边陲的秦国，由于和中原诸国相距遥远，与文明落后的少数民族杂处，它的一系列制度设计和做法，体现了野蛮和落后的本质。

据《史记》记载，秦文公二十年，即公元前746年，秦国就制定了诛三族之法。所谓"三族"，即父族、母族和妻族，一人犯法，三族中男女老幼皆被诛灭。法之严酷，毫无人道。顺延到后来，至于诛九族，称为"祸灭九族"。汉武帝时代，常行此法，如汉将李陵降匈奴后，汉武帝就诛灭了他的母亲和妻儿。至明成祖朱棣，灭建文帝而登基，因方孝孺不肯为之写即位诏书，竟诛方孝孺十族。到了清代，严酷的文字狱，又不知有多少无辜的男女老幼被枭首处死！帝王灭绝人性，残暴嗜杀实在令人发指。

殷商时代，从遗址发掘中，我们看到大量以人殉葬的事例。那是个混沌未开的蒙昧时代，人相信灵魂不死，巫术和占卜主宰着人们的精神世界，所以殉葬成为殷商王朝的制度和习俗。但自周武王灭殷商后，没见过历代周天子有过以人殉葬的记载。其以人殉者首见于秦国的历史中，秦武公二十年，即公元前 678 年，"武公卒，葬雍平阳，初以人从死，从死者六十六人。"（《史记·秦本纪》）把殷商王朝为王者殉葬的制度重新建立起来，是从秦国开始的。《史记》言"初"，可见自殷商覆灭以来，人殉的做法已经被废止很久了。至秦武公死，此制度在秦国复活，且一次为人殉者竟达六十六人。形成制度后，这个做法在秦国一直延续下去，有多少被埋进王者坟墓中的活人呢？后人已无法计算。至秦穆公三十九年，即公元前 621 年，"穆公卒，葬雍，从死者百七十七人。"这次殉葬者达到一百七十七人，可见殉葬规模之大。"秦之良臣子舆氏三人，名曰奄息、仲行、鍼虎，亦在从死之中。秦人哀之，为作歌《黄鸟》之诗。"子舆氏亦称子车氏，他是秦国的大夫，他有三个儿子，此次皆成殉葬者。秦国人对此深感哀伤，作《黄鸟》之歌，表达对他们的惋惜和同情。《黄鸟》收入《诗经·秦风》中，其中流露的悲恐、痛惜之情可见人们对殉葬制度的痛恨："临其穴，惴惴其栗，彼苍者天，歼我良人！"来到墓穴边，人们无不战栗惊恐，呼唤苍天，为什么要使我们的壮士这样去死呢！秦国恢复殉葬制度，就是恢复野蛮和黑暗。这样的制度设计，一直在秦国延续了几百年，很多无辜的人成了历代秦王死后的殉葬品。直到秦献公元年，才被暂时废止。到了秦始皇死后下葬，又恢复殉葬，"后宫无子者，皆令从死。葬既已下，或言工匠为机藏，皆知之，藏重即泄。大事尽，闭之墓中。"（《资治通鉴》）后宫没有孩子的宫女，皆成殉葬品，究竟随秦始皇活活埋葬了多少宫女，除了宫女之外，是否还有其他贴近的宫中侍从呢？史无明文，但想来数量不会少。此外，为了防止泄密，还把众多参与修建秦始皇墓的工匠们封闭在墓中，也成了殉葬品。

秦国的诛三族和殉葬制度体现了它的野蛮和落后。为什么这样的国家成为最后的征服者，统一六国，建立起一个大一统的专制王朝呢？它僻处西垂，与戎狄杂处，最后由于商鞅变法强大起来，其变法的核心是剥夺百

姓的自由，使每一个人成为王国的杀人机器，由此而所向披靡。这样的
"虎狼之国"，关东六国自然不是它的对手。商鞅变法发生在秦孝公时期，
所制定有关统治百姓的法律，多有残民害民之法。如"令民为什伍（五家
为保，十保相连，或为十保，五十家，或为五保，二十五家），而相牧司
连坐（一家有罪而九家连举发，若不纠举，则十家连坐。）"十家为一单
元，一家有罪，其余九家必须举报，若不举报，则九家连坐，属共犯。所
以，十家都有互相监督告发的责任。举报告发，谓之"告奸"："不告奸者
腰斩，告奸者与斩敌者同赏，匿奸者与降敌同罚。"知奸而不举报给官府，
要被腰斩，战场上杀一敌人（以人头论赏）则得爵一级，告奸一人和战场
杀一人相同，也得爵一级，战场降敌，"诛其身，抄没其家"，如匿奸不
报，和降敌者一样，也要杀头和抄没家产。"民有二男以上不分异者，倍
其赋。"有两个子弟以上的人家，必须分居，便于官府征赋和征役，如发
现没有分居，一个人将交两个人的税赋。"有军功者，各以率（读律）受
上爵。"什么是"率"？就是所杀的人头数。"宗室非有军功论，不得为属
籍。"即使你出身王家公室，如果没有敌方人头上缴，也要除籍，取消你
的特权。

　　人是利己的，趋利避害，乃是人的本性。秦人由此变得凶残寡恩，刻
薄嗜杀，像怪物一样彼此打量，像虎狼一样拼命撕咬，秦师由此成为虎狼
之师，秦国由此成为虎狼之国，所向披靡，无所阻挡。

　　以下是秦国与关东六国战争中的部分战绩。

　　前 317 年，秦败韩师于修鱼，斩首八万级，虏其将寿、申差于浊泽。

　　前 312 年，春，秦师及楚战于丹阳，楚师大败，斩甲士八万，虏屈匄
及列侯、执珪七十余人，遂取汉中郡。

　　前 307 年，秦使甘茂攻韩之宜阳，斩首六万，遂拔宜阳。

　　前 300 年，秦华阳君伐楚，大破楚师，斩首三万，杀其将景缺，取楚
襄城。

　　前 298 年，楚怀王被秦囚押，楚太子自齐归，楚人立之，告于秦。秦

王怒，发兵出武关击楚，斩首五万，取十六城。

前 293 年，秦白起代向寿将兵，败魏师、韩师于伊阙，斩首二十四万级，虏公孙喜，拔五城。

前 293 年至前 281 年，秦国攻伐赵、韩、魏三晋之国。但见攻城略地，没记斩首杀人之数。其后各年秦国对外战争皆如是。有杀人之数者，略记如下。

前 280 年，秦白起败赵军，斩首二万，取代光狼城。

前 275 年，秦相国穰侯伐魏，韩救魏，穰侯大破之，斩首四万。

前 274 年，秦穰侯伐魏，拔四城，斩首四万。

前 273 年，秦败魏军于华阳之下，走芒卯，虏三将，斩首十三万。武安君（白起）又与赵将贾偃战，沉其卒二万人于河。

前 264 年，秦武安君伐韩，拔九城，斩首五万。

前 260 年，秦破赵于长平，前后斩首虏四十五万人。

前 256 年，秦将军摎（音鸠）伐韩，取阳城、负黍，斩首四万，伐赵，取二十余县，斩首虏九万。

自秦始皇即位，加大了征服六国的步伐，对外战争频繁，尽管六国都亡于始皇，但很少记战争中斩首之数。

秦始皇二年，即前 245 年，攻卷，斩首三万。

秦始皇十三年，秦将桓齮伐赵，败赵将扈辄于平阳，斩首十万，杀扈辄。

以上资料皆取自《资治通鉴》。

六国皆亡于秦王政之手，国之易手，垂死挣扎，交替往还，百战不止，其战争之酷烈，无须多言。三国时何晏谈及白起长平一战坑杀赵国四十五万降卒一事，曰："天下见降秦之将头颅似山，归秦之众骸积成丘。"投诚归顺，放下武器也要杀死，秦国野蛮滥杀，荼毒生灵之凶残足见一斑。

酷法之下无良民，恶法之下无善辈。诛三族、连坐和告奸之法，使秦人各个凶神恶煞，除了自身之外，没有人不是潜在的敌人和对手，他们冷酷自私，疑虑重重，行走在鬼影幢幢的世界。而以人头记功论爵，则使他们变成无情的杀人机器，据史上记载，秦人攻城略地，秦兵所诛杀者不完全是对方的士兵，老幼妇孺皆是他们杀戮的对象。人人肩上有一颗人头，而人头就是论功行赏的资本，割一颗人头得一份赏，所以秦兵所过，民无噍类，人芽不留！辩士张仪有一句话，称秦兵骁勇"左挈人头，右挟生虏。"这样的形象完全是杀人狂魔下世，六国之兵焉能挡乎！

秦兵如此，秦民如何？"商君相秦，用法严酷，尝临渭论囚，渭水尽赤。"（《资治通鉴》页60），一次论囚，处决犯人，就把一条河水杀红了，该杀了多少人呢！商鞅虽死，但商鞅之法在秦一直延续下来。公元前259年，辩士苏代说秦相范雎曰："上党之民皆反为赵，天下不乐为秦民之日久矣！"上党是韩国的土地，公元前262年，秦武安君白起伐韩，断了上党之路，上党旦夕将下，但上党百姓宁死不愿为秦民，于是，上党守将冯亭率兵民降赵。宁死不为暴秦之民，是上党兵民的共同心愿，所以宁可降赵而不降秦。等到秦灭西周，西周君顿首降伏，秦掳周之九鼎，西周的百姓成了难民，纷纷向东流亡，不愿留下来做秦国之民。

历史并不完全是向善的。在这种漫长的历史中，我们只看到改姓易代，王朝更迭，没看到历史熹微的曙光。直到1910年的辛亥革命，推翻了最后一个王朝，历史的轮毂才开始启动。

文明是一种向善的愿望和力量，但愿它能指引我们。

四四 六国覆亡（上）

中国的历史，秦灭六国为一大变。自此，结束了周王朝八百余年的封建制，进入了大一统中央集权的帝王专制。六国之灭，固然是力不敌秦的结果，然而他们之间的互相征伐也大大削弱了各自的实力，再加上内政紊乱，自断股肱，所以，覆灭也是必然趋势。

韩国在战国七雄中，国土面积最小，其地大约在今山西东南和河南省中部一带，北临魏、赵，东有齐，南有楚，西有秦，临四战之地而国土迫蹙，完全没有发展的空间。它本为三晋之一，灭智伯荀瑶分晋而有之，自公元前403年周威烈王命韩、魏、赵为诸侯，至公元前230年被秦所灭，历时173年。

韩国国小而四境有强敌窥伺，所以立国以来，多取守势。开国之初的几次战争都是为拓展生存空间，如韩哀侯时灭郑而徙都新郑。至韩昭侯时，用申不害为相，"修术行道，国内以治，诸侯不来侵伐。"但这样安宁的日子并不长，申不害死后，韩国就被秦国不断地侵伐，而裹挟到诸侯的战争中来。韩宣惠王十六年（公元前317年），秦国败韩于修鱼，斩首八万级，两位韩将都做了秦国的俘虏。这件事对韩国震动极大，韩王恐惧、焦虑，计无所出，其相公仲主张用张仪连横之策，割给秦国一座名都，求和于秦，联秦伐楚。韩王让公仲赶紧去秦国求和。还没有上路，楚国知道秦韩将联手伐楚，也紧张起来，于是用陈轸之计，假意救韩，国内战车满道路，甲士整装待发，声言救韩。楚王又致信韩王，说，楚国虽小，要全力救韩，国内军队全部征发，准备开拔，誓与韩国共死生，希望韩国能坚持一下。韩王见信，又听到楚国战车满路，士卒待发，以为楚国真的会来救，马上制止了韩相公仲秦国求和之行。公仲急道："这怎么行，如今伐我们的是秦国，而虚张声势说来救我们的是楚国，楚和韩又并非兄弟之国，怎么能轻信楚国而绝秦呢？况且大王已答应秦国割地议和，如今不去，秦国岂非认为韩国乃存心欺骗吗？欺强秦而信楚之假话，大王将会后悔的。"韩王不听，执意绝秦而信楚，秦国大怒，发重兵而攻韩，楚国无一卒救韩。宣惠王十九年（公元前 314 年），秦国大破韩军于岸门。韩只好和秦国求和，这次损失更重，除割地外，还把太子送到秦国为人质。

自此后，韩国被胁迫参加秦国的对外战争，宣惠王二十一年（公元前 312 年），韩国和秦共同攻楚，败楚将屈匄，斩首八万于丹阳。等到太子仓即位为襄王，韩与秦时敌时友，两国关系全由利益决定。襄王四年，秦国甘茂就来攻打韩国的宜阳。第二年，破宜阳而斩首六万。因秦楚争霸，需要时，就联韩去攻楚；不需要时，就发兵侵韩，掠地杀人。

到了战国末期，秦对韩的攻伐日益激烈和频繁。韩国几不能支，不断地失地和损兵折将，最后只好臣服于秦。秦昭王五十一年，西周与诸侯约从，要联合攻秦，秦使将军摎攻西周。西周君走来自归，顿首谢罪，尽献其邑三十六城，（人）口三万。秦王受献，归其君于周。秦昭王五十二年，周朝亡国之民不愿为秦民，抛家舍业，向东流亡，秦国即收周之九鼎，秦已亡周。周王朝既已覆灭，标志着宗主国已不存在。周在韩国疆土包围之中，周既亡，韩国也是熟透的瓜，旦夕不保了。秦昭王五十六年（公元前 251 年）死去的时候，诸侯国已经完全被秦所慑服，韩王竟然穿着吊孝的衣服像给父母送葬一样去吊祭秦王，诸侯各国都派其将相参加吊唁。前二年，韩王即入秦朝拜秦王，而魏国则委地听令，完全如同秦国的臣子了。

到了韩国桓惠王时代，韩国已朝不保夕，桓惠王二十二年，秦昭王卒。尽管韩王丧服吊祭，如儿臣奴仆，秦国并没停止灭韩的步伐。桓惠王"二十四年，秦拔我城皋，荥阳。二十六年，秦悉拔我上党。二十九年，秦拔我十三城。"（《史记·韩世家》）韩国此时，国土大半被秦吞没，已徒有其名了。桓惠王在位三十四年死去，传位其子安。韩王安是韩国最后一王，他即位第五年，即秦王嬴政十四年，发兵攻韩，欲灭之。韩王安派韩非入秦，表示"纳地效玺，请为藩臣"，秦王留韩非，韩非被李斯所陷，死于狱中。至韩王安九年即秦王嬴政十七年，秦"内史胜灭韩，虏韩王安，以其地置颍川郡。"（《资治通鉴》页 223。）

韩国疆土迫蹙，虎狼窥伺，其亡必矣。然苏秦说韩："地方九百余里，带甲数十万，天下之强弓劲弩皆从韩出。"强调韩国是冷兵器制造大国，其弓弩"皆射六百步之外。韩卒超足而射，百发不暇止。"又说，韩卒挟剑戟"皆陆断牛马，水截鹄雁。""以韩卒之勇，被坚甲，蹠劲弩，带利剑，一人当百，不足言也。"这话也不完全是忽悠，韩国固有其所长。但六国离心，甚至互相攻伐，韩国孤立无援，在秦国武力攻击下，日渐瓦解，最后覆亡，实乃必然。

战国初期，魏文侯重用李悝（克）、吴起、乐羊、西门豹等贤臣良将，迅速崛起，雄霸中原，使魏国成为实力最强的新兴大国。在魏国的军事打击下，秦国失去了河西的五百多里土地，被压缩至关中西部与陇西、商於等地。文侯之后，魏国经历了两次大的危机，国力迅速下降，至惠王以后，江河日下，渐渐走向了衰亡。

两次大的危机：

一次发生在公元前 371 年，"魏武侯薨，不立太子，子罃和公中缓争立，国内乱。"（《资治通鉴》页 37）两子争立太子，造成了魏国的动乱，至公元前 369 年，引来韩、赵两国对魏的进攻。两国与魏战于浊泽，魏有内乱，兵不愿战，结果魏军大败，于是，韩、赵两国遂围魏都安邑。赵国提出魏破的善后之策："杀子罃，而立公中缓，割魏地而兵退，对韩、赵两国皆有利。"但是韩国不同意："不可，杀魏君，人必曰暴，割地而退，人必谓贪。不如两分之，魏分为两，不强于宋、卫，则我终无魏之患矣。"韩国认为，杀魏君䓨并割魏地，诸侯会认为韩、赵暴贪，不如将魏国一分为二，魏国分而弱，对韩、赵不会构成威胁。两国意见不统一，韩国夜里自撤兵而去，余下赵国，亦无战意，也撤了兵。魏国得以保全。所以太史公认为："惠王之所以身不死，国不分者，二家谋不和也。若从一家之谋，则魏必分矣。"（《史记·魏世家》）

二次危机发生于魏惠王（名䓨）期间，魏惠王十七年（公元前353年），伐赵，围赵之邯郸。第二年，齐国由田忌为将，孙膑为军师，发兵救赵。用孙膑之谋，大兵舍赵国邯郸而直奔魏都，即"围魏救赵"。魏兵闻齐军袭其都，忙撤兵迎战，在桂陵一带，为齐军所败。至魏惠王三十年，魏使庞涓攻韩，韩求救于齐，齐使田忌、田婴为将，孙膑为军师，出师救韩，用疑兵之计，示弱于魏，引魏兵入埋伏圈，在山高林密的马陵击败魏军。魏军主帅庞涓死，魏太子申被虏。魏惠王三十一年商鞅言于秦孝公曰："秦之与魏，譬若人有腹心之疾，非魏并秦，秦即并魏。何者？魏居岭阨之西，都安邑，与秦界河，而独擅山东之利，利则西侵秦，病则东收地。今以君之贤圣，国赖以盛，而魏往年大破于齐，诸侯叛之，可因此时伐魏。魏不支秦，必东徙，然后秦据河、山之固，东向以制诸侯，此帝王之业也。"秦国此时仍把魏作为战略对手，认为是秦的心腹大患。魏连败于齐、韩、赵，马陵战后，实力大挫，此时伐魏，迫其东移，则秦国据河山之险，东制诸国，乃万世帝王之业。于是，秦孝公令商鞅统军而伐魏。魏使公子卬为将，起兵迎战。两军相距，尚未交战，商鞅当年在魏，与公子卬相识，于是用诡谋遗公子卬书曰："吾始与公子欢，今俱为两国将，不忍相攻，可与公子面相见盟，乐饮而罢兵，以安秦、魏之民。"公子卬信以为真，只身往秦营与之会饮，而商鞅伏甲士，袭虏公子卬。于是发兵进攻魏营。魏军失主帅，大乱，秦军大胜。上一年马陵之战，庞涓死，太子虏，此次与秦对阵，中商鞅诡计，公子卬为秦所虏，魏军大败，魏国国力连遭重挫，于是，献河西之地于秦而求和，因安邑近秦，徙都大梁。国都东徙，给秦国腾出了战略空间，秦国的预谋完全实现，魏国自此不振。

此后，魏国在对秦的策略上左右摇摆，在连横与合纵间进退失据，而失于秦者甚多。魏襄王五年，"秦败我龙贾军四万五千于雕阴，围我焦、曲沃，予秦河西之地。六年，与秦会应，秦取我汾阴、皮氏、焦，魏伐楚，败之陉山。七年，魏尽入上郡于秦。秦降我蒲阳。八年，秦归我焦、曲沃。十二年，秦败我襄陵，十三年……秦取我曲沃、平周。"（《史记·魏世家》）总之，魏国在秦的连续打击下，真是江河日下，日渐衰敝，已无还手之利。自魏襄王以下，魏国只能苟延残喘，自附于秦。魏安僖王时，齐、楚相约而攻魏，魏使唐雎求救于秦，秦发兵救魏，魏复定。安僖王因秦救之故，欲亲秦而伐韩，以求被韩夺去的故地，魏失秦之地不知数倍于韩也，且不敢吭一声，如今欲完全倒向秦国，所以信陵君无忌劝谏道："秦与戎狄同俗，有虎狼之心，贪戾好利无信，不识礼义德行。苟有利焉，不顾亲戚兄弟，若禽兽耳，此天下之所识也。"分析魏之处境，直陈利弊，要安僖王"存韩安魏而利天下"不要被秦所惑。

安僖王二十年（前258年），秦围赵邯郸，赵告急于魏，魏使晋鄙统兵十万以救赵。秦王声言，有敢于救赵者，破赵后必移兵攻之。魏王恐，令晋鄙驻军于邺，名救赵，实观望不前。信陵君无忌的姐姐为赵平原君夫人，平原君急书频发，责魏救不至。信陵君窃符救赵，夺晋鄙军，破邯郸围。后信陵君惧魏王责怪，耽留于赵。数年后，秦攻魏不已，请求信陵君归魏。十年后（前248年）信陵君归魏。此时，秦将蒙骜率师伐魏，取高都、汲，魏师数败。魏王使信陵君为上将军，信陵君求援于诸侯，诸侯皆遣兵救魏。信陵君率五国之师败蒙骜于河外，蒙骜遁走。信陵君率师追之函谷关而还。这是六国抗秦最后的辉煌，此后不复再有。

秦王忧惧，用反间计，说魏王曰：信陵君在外十年矣，如今复为将，诸侯皆归其统属，天下只知信陵君哪里还知有大王呢！魏王疑惑，也不断地试探信陵君，日闻对信陵君的馋毁，于是下令褫夺了信陵君的兵权。信陵君自此谢病不朝，以酒色自娱，四年后死去。此后，魏国无自解之道，日趋灭亡。安僖王死，子景悯王立。"景悯王元年，秦拔我二十城，以为秦东郡。二年，秦拔我朝歌。三年，秦拔我汲，五年，秦拔我垣、蒲阳、衍。十五年，景悯王卒，子王假立。"（《史记·魏世家》）

魏王假是魏国的最后一王，大半国土已沦亡于秦，只能龟缩于大梁都城苟延残喘了。公元前225年，即秦王政二十二年，秦命"王贲伐魏，引河沟以灌大梁，三月，城坏，魏王假降，杀之，遂灭魏。"（《资治通鉴》页230）

太史公游历大梁故墟而慨叹曰："吾适故大梁之墟，墟中人曰：'秦之破梁，引河沟而灌大梁，三月城坏，王请降，遂灭魏。'说者皆曰魏以不用信陵君故，国削弱至于亡，余以为不然。天方令秦平海内，其业未成，魏虽得阿衡之佐，曷益乎？"太史公的意思是六国之亡乃天之大势，秦平海内，固为天意。但六国之亡，非一日一人一事之亡也，相互攻伐，以邻为壑，弊政日积，积重难返，覆亡乃是必然趋势。

四五　六国覆亡（中）

我们常说六国覆亡是历史大势，但所谓历史大势，并非先存有什么价值判断，乃是积渐而成。历史并非总是向善的，以秦国之野蛮落后，对六国的征服，是武力争夺和战争的结果。

赵国是有故事的。本书已有多个章节讲述了赵国的故事，在此不予赘述。

赵国的衰落起于赵孝成王时期的长平之战。秦攻韩之上党，上党与韩国路绝，上党守将冯亭率上党军民降赵，孝成王受上党，秦转而攻赵。廉颇率赵国大军驻长平拒秦，避秦之锋，坚守不战。孝成王受秦反间之计，不断下诏切责廉颇。最后撤换廉颇，以纸上谈兵的赵括为将。秦军诱其出战，断其粮道，将赵军一分为二，赵军首尾不能相顾，断粮四十余日，被秦军全部俘获。四十五万士卒尽被秦所坑杀。青壮大半死于长平，赵国国力大衰，其祸在于赵王用人不当，接着秦攻围赵国都城邯郸，邯郸旦夕将破，赖魏国信陵君窃符救赵，诸侯出兵，解邯郸之围，赵国得以幸存。但此时的赵国气息奄奄，日薄西山，非复往日气象。孝成王在位二十一年死，子悼襄王立。悼襄王即位后，即免去廉颇，使乐乘代之。廉颇怒而攻乐乘，后流亡出国，郁郁不得志，死在楚国。廉颇在时，赵虽衰落，尚能率兵抵挡秦、燕等国的进攻，至廉颇罢，赵国愈加不振。廉颇之后，赵国有将军李牧，原为边将，御匈奴，后因善用兵，赵国以为大将，多次率兵却敌。悼襄王在位九年死去，其子赵王迁（谥幽缪王）即位。这年，秦国来攻赵国的武城，赵使将军扈辄率军往救，军败，扈辄死之。赵王迁三年，秦兵来攻赵，赵使李牧率师却敌，与秦军战肥下，大败秦军。赵国稍振，封李牧为武安君（与秦国白起封号同）。第二年，秦军又来攻赵国的番吾，李牧复与秦军战，击退秦军。赵王迁五年，赵国经历了强烈的地震，这次地震破坏极大，赵国人心浮动，第二年，赶上大饥荒，有民谣曰："赵为号，秦为笑。以为不信，视地之生毛。"天象示警，饿殍遍地，赵国已临败亡的边缘。偏这赵王迁，是个昏庸之主，他信重一个叫郭开的佞臣，郭开暗中通秦，不断接受秦国的重金贿赂，然后进谗于赵王，弱赵而助秦。廉颇在魏时，赵王有心重新起用廉颇，派使者前往考察廉颇是否可用，郭开贿赂使者，使者回报，说廉颇"一饭三遗矢"，结果廉颇废而不用。赵王迁七年，秦军又来攻赵，赵将李牧、司马尚率军击溃秦军。此时郭开进谗，说李牧谋反，赵王迁竟派人秘密逮杀李牧，并罢免了司马尚，以赵葱、颜聚为将。赵王迁八年，秦王政十九年（公元前228年）秦将王翦击赵，大破赵军，杀主将赵葱，颜聚逃亡，遂克邯郸，虏赵王迁，赵国灭亡。

赵王迁为虏亡赵，太史公听到一个人说：赵王迁的母亲本是倡家女，悼襄王嬖爱，生迁，因而废太子嘉而立迁，迁昏庸，信郭开而诛赵将李牧，致使亡国灭祀。太史公认为其言"岂不谬哉！"历代亡国，总要由一个女人来背锅，夏之亡，由女人妹喜，商之亡，由女人妲己，周之迁，由女人褒姒……赵国之亡，找不到女人，找来找去，找到了赵王迁的母亲身上，说她是倡女，因而生了个浑蛋儿子。这真是"岂不谬哉！"秦日强，六国日衰，赵国之亡乃时势使然。

赵国亡后，秦王政亲至邯郸。其父子楚当年在赵为质，其母为邯郸贵家女，先为吕不韦姬，后献子楚。当年凡与其母家有仇隙者皆族灭之。邯郸破后，其母（与吕不韦通奸，与嫪毐淫乱之太后）即死去了。

楚国是南方大国，其祖上一直以蛮夷自居，经历代开疆拓土，征服吞并江汉间周王朝所封各小国和土著部落，渐成地方千里的强大国家，以至于秦楚争霸，对中原各国形成了极大的威慑。在对付秦国的扩张上，楚国几度成为合纵的盟主，但最后终被秦国所灭。

楚国的衰亡是从楚怀王开始的。此时秦国对关东六国的征服渐趋激烈，楚怀王在对秦的关系上进退失据，终于造成身死秦国，国势衰颓的结局。

怀王名熊槐，楚威王的儿子，他即位为楚王时，楚国国力尚强，即位六年，即派柱国昭阳率兵攻魏，破魏兵于襄陵，得魏之八邑，又移兵而攻齐。齐王惧，派陈轸入昭阳军中，讲了一个画蛇添足的故事，认为昭阳已为国之令尹，如今破魏杀将，已为楚国立了大功，但若移兵攻齐，即使胜了，官不能加，若失败，则身死爵夺，所以破魏之后再攻齐，乃是画蛇添足。昭阳认为有理，于是撤兵回国。可见，怀王初年，楚国军力强盛，对中原各国具有极大的威慑力量。

此时，秦国威慑关东六国，诸侯间都感受到来自秦国的凛凛寒意，而策士们奔走于各国间，对秦关系上出现了合纵和连横两种截然相反的策略。所谓合纵，即六国联合以抗秦，以苏秦为代表；所谓连横，即秦分别交结各国，破坏六国联盟，然后逐个击破之，连横乃秦国吞并六国之国策，以张仪为代表。怀王初年，张仪初相秦惠王，合纵和连横成为各诸侯国纵横捭阖，相互攻伐的两种选择。但是，每一国之和与战，敌与友的选择皆出自本国利益之考量，并没有长远的总体的目标。所以，刚刚结盟，又旋即交战，朝三暮四，忽敌忽友，乃是常态。张仪为秦相，与楚、齐、魏刚刚盟会，至楚怀王十一年，楚国即与六国合纵共同攻打秦国，因楚国军力强盛，为六国之纵长。六国军至函谷关，秦兵迎战，出兵击六国军，尚未交手，六国军皆纷纷撤退。可见，虽谓约纵，各怀异志，都以保存自己的实力为主，谁也不想当抗秦的先锋。六国合纵之策难行已可见矣。

　　楚怀王十二年（公元前 317 年）"秦败韩师于修鱼，斩首八万级，虏其将寿、申差于浊泽。"（《资治通鉴》页 81）此时，秦国欲举兵伐齐，可是，齐、楚有合纵之盟，秦国就想破坏齐楚之盟，于是派张仪入楚，诓骗楚怀王说：如果楚能闭关绝齐，秦愿献商於之地六百里，并把秦女嫁给怀王为"箕帚之妾"，秦楚两国长为兄弟之国。楚怀王非常高兴，当时答应了张仪。绝齐而交秦，得地又得妇，众臣皆来祝贺。独有陈轸不贺反吊。怀王不高兴，责问陈轸：寡人不兴师而得六百里商於之地，你不祝贺，反来吊丧，是什么意思？陈轸回答：我认为楚国得不到六百里商於之地，而齐秦两国会合兵伐楚，那时楚国就危险了！怀王问道：有什么根据说这话？陈轸说："秦国所以重视楚国，是因为齐楚联合，今闭关绝齐则楚孤，秦怎会重视孤国之楚而给予六百里商於之地呢？张仪回到秦国，必负王。大王北绝齐交，西生患于秦，两国之兵必俱至。为大王计，不如明里与齐绝，但暗里相合，使人与张仪入秦，秦真割地与楚，再与齐绝交不迟。"怀王说："我希望你不必多说了，你看着寡人得地就是了！"于是，将楚国相印予张仪，并厚赏之。一面绝交于齐，一面派一将军随张仪入秦索地。

　　张仪回到秦国，借口坠车，摔坏了腿脚，三月不上朝。怀王说：难道张仪认为楚国绝齐之意不诚吗？于是派人北骂于齐。齐王大怒，于是绝楚而事秦。齐、楚、秦三国之关系反复，足见合纵之策的脆弱，所谓联合抗秦，势难成功。张仪听说齐、秦联合，于是上朝，见楚使节，问道："你怎么不受秦国赠予之地呢？从某至某，广袤六里。"楚使者大惊讶，说："我听说您答应的是六百里，没听说六里啊！"回楚向怀王报告，楚怀王这才知道为张仪所骗。大怒，兴师伐秦。陈轸劝道："大王与其伐秦，不如赂秦，再与秦一名都，与秦合力而攻齐，此谓失之于秦而取之于齐也。如今大王绝交于齐而责欺于秦，是楚合齐秦之交而来天下之兵也，楚国必将大伤。"

　　楚怀王不听，使屈匄率师伐秦。公元前 312 年，秦师与楚战于丹阳，楚师大败，斩甲士八万，虏屈匄及列侯、执珪大臣七十余人。秦遂取汉中郡。楚王倾举国之兵再次袭秦，与秦战于蓝田。楚师大败，韩、魏两国闻楚之困，落井下石，发兵南攻楚，至邓。楚兵闻之，引兵而还。再割两城与秦请和。

先被秦所骗，后两败于秦，损兵折将，割地求和，国力大伤，楚怀王失策于秦，楚国自此衰落，再无复兴之望。

可是秦国并不罢手，还想继续捉弄楚怀王，秦惠王使人告楚怀王，请以武关之外的国土换楚国的黔中地，怀王对张仪恨之入骨，说："不想换地，愿得张仪而献黔中地"。张仪听了，说："好，我到楚国去，看他其奈我何！"秦王说："楚王正恨你欺他，你去了，他岂能饶过你！"张仪说："没关系，以秦国之强，他不敢把我怎么样。再说，我和他的宠臣靳尚关系甚好，而靳尚能和楚王宠姬郑袖说上话，有他们的回护，楚王不能把我怎么样！"于是，张仪复入楚。楚王见张仪，恨不得扒了他的皮，立刻下令将他关入牢中，准备杀他以泄恨。于是张仪通过靳尚，对楚王宠姬郑袖说："听说大王要杀张仪，秦国甚爱张仪，将以上庸六县和美女赎回张仪。大王重地尊秦，秦女入楚，大王必重秦女，而夫人的地位可就危险了！"郑袖听了，在楚王面前日夜哭泣，说："臣子都是各为其主的，张仪是秦国之相，当然要为秦国打算。如果大王杀了张仪，秦国必然动怒，倾举国之兵以攻楚，妾请母子俱迁江南。勿为秦兵所凌辱也！"楚王无奈，只好放了张仪，且厚礼待之。张仪复说楚王曰："六国合纵攻秦，无异于驱群羊以攻猛虎，如今楚国不事秦，秦劫持韩国，驱使魏国来攻楚国，楚国可就危险了。秦西有巴、蜀，治战船，厚积粮秣，沿岷江而下，一日行五百余里，不出十日，将临楚西境之扦关，扦关惊则楚之全境皆守城示警，黔中、巫郡非大王所有矣！秦国重兵出武关，则楚北地路绝。秦国攻楚，危难在三月之内，而楚等待诸侯来救少则也需半年之期。忘秦国之祸，而一心等待弱国之救，我所以为大王感到忧虑啊！如果大王能听我的建议，使秦楚为兄弟之国，互不攻伐，此乃国之长策也。"楚王听了，连连称是，于是许与秦和好。张仪说动了楚王背合纵而亲秦，于是离楚去游说别的国家。一番游说，六国合纵之策废，众诸侯国分崩离析，纷纷争亲秦国。张仪离楚，恰逢屈原出使齐国归来，听说放了张仪，忙对楚王说："张仪诓骗楚国，大王安能放了张仪！"楚王这才有些醒悟，忙派人去追，可张仪已经离楚境远去了。

此后数年，楚国在合纵和连横上反复无常。公元前306年，楚王与齐、韩合纵。公元前304年，楚王又与秦王盟于黄棘。公元前303年，齐、韩、魏以楚负其从亲，合兵伐楚。楚王使太子横为质于秦请救，秦客卿通将兵救楚，三国引兵去。（以上皆见《资治通鉴》页105—107）

秦强楚弱，楚虽然被秦所诓骗、戏弄，吊打，却无可奈何。秦视楚如视跟班小喽啰，高兴时拍拍肩膀，不高兴时踢上一脚，有兴头时再捉弄一下。前有求秦国出兵相救事，所以楚太子入秦为质。楚太子横在秦因与秦国一大夫发生争执，在私斗中杀死了秦大夫，怕获罪于秦，逃回了楚国。因此，公元前299年，秦国又发兵伐楚，掠去楚国八城。秦昭王予楚怀王书曰："始寡人与王约为兄弟，盟于黄棘。太子入质，至欢也。太子陵杀寡人之重臣，不谢而亡去。寡人诚不胜怒，使兵侵君王之边。今闻君王乃令太子质于齐以求平。寡人与楚接境，婚姻相亲，而今秦楚不欢，则无以令诸侯。寡人愿与君王会武关，面相约，结盟而去，寡人之愿也。"怀王接秦王书，心中疑虑。去武关会秦王，怕被秦所欺，不去，又恐秦怒。有大臣说："秦乃虎狼之国，不可信，应发兵守境备秦，切勿上当。"但怀王之子子兰劝楚王前往，于是楚怀王入秦。秦王使一将军诈为王，伏兵武关。楚王至则闭关劫之。胁迫怀王，与之西入咸阳，朝拜章华台，就像对待藩臣一样。并且要挟楚怀王，要他割楚国巫郡和黔中郡予秦。楚怀王无奈，欲与秦盟。秦国说，必须先割地再结盟。楚怀王怒道："秦欺我又强逼我割地，太过分了！"所以宁死不从。秦国就把楚怀王拘留在秦国。

楚国大臣们商量，楚怀王被拘困在秦，逼迫割地，于是请求齐国放归太子，立为楚王，是为楚襄王。

秦未得楚地，又闻楚立新王，大怒，出兵武关以伐楚，大破楚军，斩首五万，取十五城而去。楚怀王连被秦所欺诳，最后失去王位，被囚于秦，他试图逃离秦国，秦国发兵遮楚道，断了他回国之路，于是他逃到赵国。赵国惠王初立，不敢收留他。他又逃往魏国，在路上，被秦兵捉住，又把他带回秦国。在秦国，他又急又怒，发病而亡。

怀王之愚，在于情绪化决策国事，听不进正确意见，一意孤行。不撞南墙不回头，撞了南墙也不回头，直到把自己撞死为止。屈原也是怀王的臣子，但怀王信奸佞靳尚、宠姬郑袖、公子子兰之流，疏远并流放屈原，致使屈原见国事无望，楚国衰亡，愤而投江。

楚怀王后，楚国江河日下，再难复起。继之的楚顷襄王同样在亲秦和反秦之间左右摇摆。顷襄王"十九年（公元前279年），秦伐楚，楚军败，割上庸、汉北地予秦。二十年，秦将白起拔我西陵。二十一年，秦将白起遂拔我郢，烧先王墓夷陵，楚襄王兵散，遂不复战，东北保于陈城。二十二年，秦复拔我巫、黔中郡。"（《史记·楚世家》）在秦国的连续打击下，楚国已无还手之力。

楚顷襄王三十六年，卒。太子从秦亡归，嗣位，是为考烈王。考烈王时，楚益弱。春申君黄歇辅佐考烈王，楚国曾救赵国邯郸之围。其间秦国昭王、庄襄王接连死去，秦王嬴政即位。考烈王二十二年（公元前241年），曾与诸侯共伐秦，不利而去。楚国惧秦，把都城迁到了寿春。

楚考烈王二十五年卒，子楚幽王即位。幽王在位十年，死时由同母弟即位，是为哀王。哀王立二月余，其庶兄负刍一伙党羽攻杀哀王，立负刍为王。负刍在位四年，秦将王翦破楚军于蕲，杀楚将项燕。

公元前223年，即秦王嬴政二十四年，秦将王翦、蒙武攻破寿春，虏楚王负刍，以其地置楚郡，楚国覆灭。

四六　六国覆亡（下）

六国覆亡后，司马光谈及合纵连横之策曰："纵横之说虽反复百端，然大要合纵者，六国之利也。……向使六国能以信义相亲，则秦虽强暴，安得而亡之哉！"

荆轲行刺秦王失败，激起了秦王嬴政对燕国的仇恨，继上年兴兵灭楚后，只余边远的辽东之地未平，于是，在秦王嬴政第二十五年，令王贲率兵伐燕。此时，韩、魏、赵、楚皆覆亡，仅余齐国，兵疲将困，国无斗志，齐王燕安一隅，苟延残喘，慑服待降。燕王喜是燕国最后一王，他在位的时间比较长，即位之初，就不自量力倾兵伐赵，结果大败亏输，赵国兵围燕都，燕国只好卑屈求和，国力大伤。燕王喜在位的第十二年，因赵国屡次被秦所困，乘赵国之弊，又兴起一次攻赵的战争。他听信将军剧辛的话，说赵国将军庞煖好对付，于是令剧辛统军攻赵，赵使庞煖应战，结果燕国损失二万大军，剧辛丧命。两次伐赵，燕国损兵折将，国力空虚，韩、魏、赵又相继灭亡，燕国孤立于瑟瑟的寒风中，朝不保夕。

燕太子丹使荆轲刺秦失败后。燕王喜二十九年（前226年），秦王嬴政使王翦攻燕，十月，燕国蓟都陷落。燕王喜和太子丹率残部逃窜至辽东，秦兵由李信统领，急追之。

赵武灵王时灭中山国，代已归赵。他在生前，曾立与惠后吴娃所生子何为太子，即位为惠文王，封长子章为安阳君，统治代地。赵武灵王有将赵国分为二，立章为代王的想法，没来得及实行，长子章在其师田不礼扶持下作乱，赵国平息内乱，杀章与田不礼，在这场内乱中，赵武灵王也被饿死沙丘宫。后经数代，至赵悼襄王卒后，立子赵王迁。赵国在秦的打击下将亡，赵国残余由赵王迁的异母兄公子嘉率领至代，自立代王以抗秦。代王嘉遗书给燕王喜曰：自太子丹遣荆轲刺秦王失败，秦王恨太子丹入骨，如今秦兵威逼，旦夕将亡，大王何不杀太子丹以献其首，或可稍得喘息。燕王喜接书，痛彻心扉。燕国在他的统治下，两次伐赵，皆败落。燕赵两国，皆面临亡国之虞，燕何以伐赵？理由是什么？怕是他自己也说不清。总之，在关东六国次第覆亡，秦兵东下之际，燕赵两国的战争，在彼此的厮杀中消耗了实力，各自精疲力竭，羸弱不堪，不要说厮杀打仗，连喘息都很困难了。所以秦兵势如破竹，几乎没有遇到抵抗，就亡赵逼燕。如今秦兵已破燕都，将扫荡辽东，以灭燕国之残余。当年，太子丹当秦兵临易水时，养死士荆轲以刺秦，事虽不成，也是为燕国图存。如今败退辽东，如不杀太子丹，秦兵不解；杀太子丹，又于心何忍乎！国破家亡，命在旦夕，不忍也得忍，为一时苟安，只好命使节杀太子丹以复命。

太子丹此时匿藏辽东衍水芦苇丛中，有一小股随侍的兵马，知秦兵将至，惴惴不安。燕王喜使节到，宣读诏令，即杀太子丹。太子丹没有反抗，安然授首。使节割了他的首级向燕王复命。燕王喜不忍见其首，命将其飞马献于秦王。

秦王嬴政闻太子丹已死，没有看他的首级，命令王贲率大军继续进攻辽东。秦兵东下，几无抵抗，燕国残余，几如惊弓之鸟，顷刻瓦解。燕王喜被俘，燕国覆灭。

燕国亡后，王贲又乘胜攻代，代王嘉也兵散被俘。至此，东部边远之地尽皆廓清。

秦国最后所灭是齐国。这里的齐国，非姜姓之齐，乃田氏之齐也。

　　周武王灭殷商建立周朝，齐国首封为太公吕尚，姜姓。这个东方大国在姜太公及其后裔手上延续了十几代，其间发生了很多波澜壮阔的历史事件，除了宫廷权斗和诸侯国间的征伐外，齐桓称霸，"九合诸侯，一匡天下"是其最辉煌的高光时刻。但是，它的衰落也颇具戏剧性。在齐桓公时代，从陈国逃来一个宫廷权力斗争中的失败者，他的名字叫陈完，是陈厉公的儿子。他失去了在陈国继位的资格，且有性命之虞，于是跑来齐国。齐桓公原来想让他做齐国的上卿，在陈完的推辞下，任命他为齐国的"工正"，就是管理宫廷百工的官员。陈完在齐国安身后，改原来以国为姓的陈为田，从此，田氏就在齐国宫廷扎下根来。延续十代之后，田氏已位列齐国上卿之位，而姜姓的齐国公室日渐衰微，田氏已把持和垄断了齐国的大权。田氏为了笼络人心，向民间借贷，大斗出，小斗进，齐国百姓都心向田氏。到了田乞时，已可擅立国君而擅齐政，到了田常时，在一场宫廷内斗的叛乱中，杀死了齐简公和其相阚止。田常立简公之弟为齐平公，为齐相擅齐国之政。田常卒，其子田盘（谥襄子），为齐宣公之相。田氏数代为齐大夫，至此已连续三代为齐相，实际上已把持和垄断了齐国的权力。至襄子田盘，齐国实际上已为田氏所有。后又经田白（庄子）到田和（太公）一代，齐国政权已经完全易手田氏。田和把姜氏齐国的最后一代君主齐康公迁至一海岛上，自己以齐国君主之尊而临天下。公元前379年，"齐康公薨，无子，田氏遂并齐而有之。"（《资治通鉴》页32）这时，周王朝虽衰落，但名义上仍是天下共主，"太公（田和）与魏文侯会浊泽，求为诸侯。魏文侯乃使使言周天子及诸侯，请立齐相田和为诸侯，周天子许之。康公之十九年，田和立为诸侯，列于周室，纪元年。"（《史记·田敬仲完世家》）从此，齐国换了主人，终止了姜氏之齐而开启了田氏之齐。此时，中国的历史已进入了战国时代。

　　田氏之齐在战国时代，守原齐国之土地疆域，有近海富饶之资源，有当年齐桓称霸之威力，有英勇善战之军队，除南方之楚外，是唯一能与秦国抗衡的东方大国。自齐威王至齐宣王，两代君主，励精图治，修武重文，国力强盛，用孙膑之计，围魏救赵，破魏国之兵；后十三年，齐魏再交兵，齐军示之以弱，诱魏军入埋伏圈中，马陵一战，杀庞涓，虏魏太子申。两次漂亮的战役，打出了齐国的威风。宣王时代，极重文士，有稷下学宫，集思想言论界的精英，往来辩难，著书立论，成一时之盛，开启了战国百家争鸣的局面，使思想文化日趋繁荣。宣王卒，愍王立。愍王时，齐国继威、宣两王之余威，恃强大之国力，尚可横行中原，威加诸侯。愍王三十八年，兴兵灭宋。彼时宋康王，野心勃勃，酷虐残暴，信占卜之言，认为宋虽小国，必霸天下，于是起兵灭滕，伐薛，且东侵齐国，夺齐五城，南败楚国，取地三百里，西败魏军，与齐、魏为敌国。穷兵黩武之宋国，乃愈自信其霸，故射天笞地，斩社稷而焚灭之，以示威于鬼神，人皆谓之"桀宋"，言其如夏桀之残暴也。宋康王作长夜之饮于室中，室中人呼万岁，则堂上之人应之，堂下之人又应之，门外之人又应之，以至于国中，无敢不呼万岁者。宋康王之狂妄嚣张，激起了诸侯国的愤怒，于是，齐愍王起兵伐宋。宋国百姓对康王恨之入骨，齐兵来，皆四散而去，城池不守。齐军长驱直入，宋康王逃奔魏国，死于温地，宋至此而灭。齐国灭宋，固是强大国力的展示，愍王恃其威，南割楚之淮北，西侵三晋，欲以并周室，为天子。泗上诸侯邹鲁之君皆称臣，诸侯恐惧。至此，齐国已达强盛之巅。满招损，狂取败，物极必反。齐愍王和宋康王犯了同样的错误，即野心膨胀，张狂自大，到处树敌，这引起了诸侯的恐惧和嫌恶，从巅峰滑落至谷底，从恣睢自雄到命丧黄泉只在转瞬之间。命运绝不会长久地眷顾一个目空天下的狂徒，齐愍王四十年，燕、秦、楚与赵、魏、韩三晋合谋，各出精兵以伐齐，大败齐军于济西。齐军崩解，愍王奔窜，燕将乐毅遂率军攻克齐都临淄，尽取齐之祭器珍宝。齐愍王由原来的不可一世转眼成为亡命之徒。但他仍然端着大国君主的臭架子，傲然不逊。他逃到卫国，卫君为其腾出一座宫殿，让他居住，给他提供了各种合于其身份的用品，并且在他面前称臣。可是齐愍王居之不恭，无礼指斥，激起了卫人的愤怒，把他赶了出去。他跑到邹国和鲁国，依然驴死不倒架，傲慢无礼，邹、鲁之君不收留他。最后，他逃到了莒。齐国将亡之际，楚国出兵救齐，统兵的将领叫淖齿，淖齿为齐相，辅佐齐愍王。最后，淖齿终于不能容忍齐愍王的颠顸、愚蠢和傲慢，下令把齐愍王杀掉了。

齐愍王死后，太子法章变名姓，隐于莒太史敫的家中为佣奴，为太史家灌园。太史女见法章相貌言语皆非粗人，从家中窃衣食而暗中资助之，久而与之私通。后淖齿去齐，齐国无君，齐人欲索愍王之子而立之。法章惧诛，不敢言，久之，乃自承其为愍王之子。齐人立之，是为齐襄王。

齐襄王在齐五年，立莒太史女为王后，人称君王后。两人生了个儿子叫田建。五年后，田单以即墨攻破燕军，复国后，迎襄王入临淄，齐国稍振。

齐襄王十九年（公元前 245 年）卒，传位其子建。齐王建是齐国最后的亡国之君。其人昏庸短视，自顾享乐，完全不思天下大势和迫在眉睫的危险。国将亡，必出妖孽，齐王建即齐国将亡之妖孽。秦攻赵，赵国乏粮，求救于齐，齐王建不听大臣劝谏，死活不给，致使赵败于秦，邯郸被围。他的母亲君王后对齐国的国策有很大的影响："初，齐君王后贤，事秦谨，与诸侯信，齐亦东边海上。秦日夜攻三晋，燕、楚五国各自救，以故齐王建立四十余年不受兵。"（《资治通鉴》页 233—234）不受兵的原因是不得罪秦国，偏安自守。齐王建十六年，他的母亲君王后去世，临死前，对齐王建说："群臣中可用者某人。"齐王建马上吩咐用笔墨记下母亲的临终遗言，但君王后病困，道："老妇已忘记了。"就这样，君王后去世，对国事及朝中可用之人没有交代。君王后死后，齐王建信重一个叫后胜的人，以他为相，决策国事。但后胜已被秦收买，他和他的党羽们不断接受秦国的金银珠宝，力劝齐王建不要和秦国作对，不备战，不援诸侯，秦分别击五国，齐王建坐视不救，任其覆灭，他不知道，五国覆灭，齐何以独存？这种苟安图存的国策，使齐国孤悬一隅，五国尽灭，万木萧索，一片孤叶，何以挨过寒冬？

很多大臣对齐王的绥靖政策深感不满，一次齐王建欲入秦朝秦王，一大臣质问道："国家立王，是为了社稷，还是为王个人呢？"齐王建回答说："当然是为了社稷。"大臣正色道："既然为社稷立王，大王何以去社稷而入秦？"齐王只好掉转车头又返了回来。但他终还是去了秦国，齐王建"二十八年，王入朝秦，秦王政置酒咸阳。"（《史记·田敬仲完世家》）也有大臣见齐国不声援诸侯，不备战，更不抗秦，眼见得一步步走向覆灭，焦虑万分，向齐王建进言道："齐地方数千里，带甲数百万，三晋大夫不降秦，而流落在齐国阿、甄之间者有上百人，若大王依靠他们收拾三晋亡国之残部，可得百万之众，带领他们收复三晋故地，则临晋之关可以入矣；楚国大夫不肯降秦者，大约有上百人聚于齐都城南，大王依靠他们收楚之旧部，亦可得百万之师，带领他们收复楚国，大军可从武关入秦。若这样，齐国之威可立，秦国非不可灭也。"但齐王建乃苟安图存之主，根本不可能有这样的魄力和胆略。几年间，韩、魏、赵、楚、燕相继覆灭，现在轮到最后的待宰的猪——齐国了。

秦王嬴政二十六年，齐王建四十四年（前221年），秦将王贲自燕南攻齐，齐王建听后胜计，不战。秦使人诱齐王，约封以五百里之地。齐王建舍万乘之国，甘作五百里封地的小臣，遂举国降秦。齐王为虏，秦将齐王迁至共地，置其于松柏之间，不供蔬水饭食，数日后，饿死于共。后来，齐国人怨恨齐王建不早与诸侯合纵抗秦，听信奸佞以亡其国，作歌曰："松耶，柏耶，住建共者客耶？"（那里是松树还是柏树呢？齐王建住在那里，他是高贵的客人还是饿死的囚徒呢！）

秦王嬴政灭六国，王翦、王贲父子为将，功劳最多。除韩为秦内史胜所灭外，余皆为王翦王贲父子之功。

秦王政十九年（前228年），"王翦击赵军，大破之，杀赵葱，颜聚亡，遂克邯郸，虏赵王迁。"此为灭赵。

秦王嬴政二十一年（前226年），"冬，王翦拔蓟（燕都），燕王及太子率其精兵东保辽东，李信急追之。"此为克燕。

同年，"王贲伐楚，取十余城。"此为败楚。

同年，"王贲伐魏，引河沟以灌大梁。三月，城坏。魏王假降，杀之，遂灭魏。"此为灭魏。

秦王嬴政二十四年（前223年），"王翦、蒙武虏楚王负刍，以其地置楚郡。"此为灭楚。

秦王嬴政二十五年（前222年），"大兴兵，使王贲攻辽东，虏燕王喜。"此为灭燕。

同年，"王贲攻代，虏代王嘉。"此为灭代。

同年，"王翦悉定荆江南地，降百越之君，置会稽郡。"此为平定江南。

秦王嬴政二十六年（前221年），"王贲自燕南攻齐，猝入临淄，民莫敢格者。……齐王遂降。"此为灭齐。

楚国亦灭于王翦之手，伐楚之前，嬴政曾问将军李信："我想取荆（秦言楚，为避庄襄王子楚之讳，皆称荆），依你看，得需要多少兵马呢?"李信年轻气盛，答道："不过用二十万足矣。"嬴政又去问王翦，王翦说："欲灭楚，非六十万大军不可。"嬴政说："看来，王将军是老了，为何如此胆怯呢!"于是，命令李信、蒙恬率领二十万大军伐楚。王翦以养病为名回了老家。

李信与蒙恬兵分两路，李信攻平舆，蒙恬攻寝地，大破楚军。李信复率兵攻鄢郢，亦破之。于是李信率兵西行，欲与蒙恬相会于城父。楚军尾随而至，三日三夜急行军，不休息，追上李信军，发动攻击，大败李信。楚军入秦军两壁，杀秦军七都尉，李信逃奔回秦。

李信二十万大军败于楚，使嬴政十分恼火。他亲至王翦老家频阳，对王翦说："寡人不用将军谋，用李信统军，使秦军受辱，此寡人之错也。今将军虽病，独忍弃寡人乎!"王翦辞道："老大患病，不能为将。"嬴政道："我已决定将军统兵，将军勿复多言。"王翦说："必用我为将伐楚，非六十万大军不可。"嬴政道："好，一切听将军的。"于是，王翦统领六十万大军再出兵伐楚。秦王嬴政送至灞上，王翦请求，若灭楚后，予子孙良田美宅之赏赐。嬴政笑道："将军上路吧，难道你还怕家贫吗？"王翦说："为人王将，有天大功劳，不得封侯，故先请求大王赏赐干臣，以请田宅为子孙之业。"嬴政大笑。王翦军行至函谷关，连续五次派使告秦王，仍然请赏田宅家业。有人说："将军请赏亦太甚也。"王翦说："不然。大王粗豪但疑人甚重，今倾举国之兵而专委于我，我不多请田宅为子孙业以自保，使大王坐而疑我也。"王翦之请封赏与后来萧何强买民田之事相同，都是为了解除主上疑心的自保之计。

王翦至楚，坚壁不战，待楚师而东，乃追之，令壮士痛击楚军，楚师败走，王翦乘胜追杀，略定楚之城邑。第二年，虏楚王负刍，灭楚。

公元前221年，秦王嬴政灭六国而平天下，其中王氏和蒙氏功最大。至秦二世时，蒙氏被诛灭，王翦、王贲父子俱死。诸侯蜂起，天下扰攘反秦，秦使王翦之孙王离击赵，围赵王及张耳钜鹿城中。有人说，王离，祖孙为秦将，攻新起之赵，必覆之。有人认为不然，三世为将，因其杀伐太多，天之报应必至。至王离已三世为将，报应不爽，其败无疑。不久，项羽救赵，痛击秦军，王离被虏，王离军遂降诸侯。

四七　天下一统

李白诗云："秦皇扫六合，虎视何雄哉！"道出秦王嬴政一统天下后君临四海之豪气。而杜牧在《阿房宫赋》中仅用一句总结了六国覆灭的原因："呜呼，灭六国者，六国也，非秦也。"六国之亡，内朽外腐，瓜熟蒂落，实所必然。六国覆亡，暗合了历史的走向，开启了中央集权的大一统时代。

汉代贾谊《过秦论》言及秦统一六国时云：关东诸侯"尝以十倍之地，百万之众，叩关而攻秦。秦人开关而延敌，九国之师，遁逃而不敢进。秦无亡矢遗镞之费，而天下诸侯已困矣。于是，从散约解，争割地以赂秦。秦有余力而制其弊，追亡逐北，伏尸百万，流血漂橹，因利乘便，宰割天下，分裂河山。强国请服，弱国入朝。施及孝文王、庄襄王，享国之日浅，国家无事。及至始皇，奋六世之余烈，振长策而御宇内，吞二周而亡诸侯，履至尊而制六合，执敲扑以鞭笞天下，威震四海。"要言秦灭六国统一天下之过程。

嬴政灭六国后，所行何事？

一、立帝号。秦王初并天下，秦王嬴政召大臣，述灭六国之过程，继而言曰："寡人以眇眇之身，兴兵诛暴乱，赖宗庙之灵，六王咸服其辜，天下大定。今名号不更，无以称成功，传后世，其议帝号。"原来，周王朝始封诸侯，以公、侯、伯、子、男五等爵位授地，后各宗主国诸侯皆称公，至战国时始称王（楚等戎狄之国不从华夏，称王较早）。公元前289年，秦昭王自号西帝，遣使齐愍王称东帝。齐愍王称帝两日后去帝号，秦亦去之。至此，除周天子（亦称天王）称王外，各封国皆称王矣。秦王嬴政觉得四海一，天下定，王号不足以名其尊，昭其功，于是要改号。丞相王绾，御史大夫冯劫，廷尉李斯众大臣商议后，言曰："昔者五帝地方千里，其外侯服夷服，诸侯或朝或否，天子不能制。今陛下兴义兵，诛残贼，平定天下，海内为郡县，法令由一统，自上古以来未尝有，五帝所不及。臣等谨与博士议曰，古有天皇，有地皇，有泰皇，泰皇最贵。臣等昧死上尊号，王为'泰皇'，命为'制'，令为'诏'，天子自称曰'朕'。"秦王曰："去'泰'著'皇'采上古帝位号，号曰'皇帝'，他如议。"于是，追尊他的父亲庄襄王为太上皇，又下诏曰："朕闻太古有号毋谥，中古有号，死而以行为谥，如此，则子议父，臣议君也，甚无谓，朕弗取焉。自今以来，除谥法。朕为始皇帝，后世以计数，二世三世至于千万世，传之无穷。"自此，天下一统，有皇帝之号，始皇之称，家天下千万世传之无穷之说。奠定了此后帝制的传承。

二、废封建，立郡县，确立了中央集权的制度。不久，丞相王绾上言，故燕、齐、荆（楚）等地偏远，不置王无以镇之，请始皇封子弟为王。廷尉李斯言曰："周文武所封子弟同姓甚众，然后属疏远，相攻击如仇雠，诸侯更相诛伐，周天子弗能禁止。今海内赖陛下神灵一统，皆为郡县，诸子功臣以公赋税重赏赐之，甚足易制。天下无异意，则安宁之术也，置诸侯不便。"始皇赞同李斯的意见："廷尉议是。"于是，华夏大地再无封建诸侯，设郡县，立官吏以统属中央，即皇帝一人，确立了中央集权制的帝制制度。秦分天下为三十六郡，每郡设守、尉、监等地方官治理，向皇帝负责。老百姓更名为"黔首"，黔为黧黑色，黑头奴之谓也。把天下兵器集中至咸阳，销毁后铸成钟虡，并铸成十二具铜人，每具铜人重千石，立于宫廷中。统一度量衡，车同轨，书同文。徙天下富户十二万户于咸阳，在渭南设章华台，上林苑等皇帝游乐之处。泾渭之间，楼阁重叠，殿门相接，复道相连，所破诸侯，掳掠美人钟鼓皆充入之。普天之下，财富子女，皆奉于一人而已。

三、焚书坑儒，统一国家意识形态。秦始皇置酒咸阳宫，宫廷豢养的文人们都争相向始皇进谀辞，为之上寿。其中有一个叫周青臣的人，谀颂始皇曰："从前秦地不过千里，赖陛下神灵明圣，平定海内，放逐蛮夷，日月所照，莫不宾服。以诸侯为郡县，人人自安乐，无战争之患，传之万世，自上古不及陛下威德。"这是歌颂秦始皇平定天下之功和郡县制。他的话，秦始皇听了十分受用，很高兴。对于郡县制，儒生博士们自有不同的意见，其中不乏信古而反对者。其中博士淳于越就十分反感周青臣的谄谀之辞。他起而反驳说："臣闻殷周之王千余岁，封子弟功臣，自为枝辅。今陛下有海内，而子弟为匹夫，一旦有齐之田常，晋国六卿那样的臣子，窃国为乱，陛下靠何人相救？事不师古而能长久者非所闻也。如今周青臣面谀陛下从而加重陛下的过错，不是忠臣，请陛下明察。"对于始皇废封建立郡县有了不同的声音，秦始皇下令将他们的意见交众臣议论。这时李斯已为丞相，他说："五帝不相复，三代不相袭，各以治，非其相反，时变异也。今陛下创大业，建万世之功，固非愚儒所知。况淳于越所说三代之事，何足效法！彼时天下并争，百家并起，立论交辩，各执所言，各国厚召游学之士。如今天下已定，法令出自宫廷，百姓为了养家，则努力耕田做工，士除了学习国家的法令，还能做什么？可是，如今的儒生游士不学习当今的法令却去研究古代的学问，道古以乱今，虚言以乱实，以诽谤当今之法，惑乱黔首之心。如今臣敢冒死进言，过去天下散乱，不能统一，所以诸侯并作，皆因士之各执私学，淆乱人心所致。如今皇帝并有天下，别黑白而定一尊。若任凭私学泛滥，非议国政，黔首闻国家令下，士则以私学论之，入则心非，出则巷议，率群下以造谤言，如果任其泛滥，则皇帝权威降乎上，众议纷乱成乎下，如此，天下何言治？所以皇帝应力禁之。臣请从前各国史官所记，非秦记皆烧之。非博士官职务所关，天下敢有藏诗、书、百家语者，皆上缴官府，令地方官焚烧之。有敢偶语诗书者弃市，以古非今者灭族。官吏隐藏而不纠举者与藏书议论者同罪。焚书令下，三十日不烧者，受黥刑，罚为苦役奴隶。不在焚烧之列者，唯卜筮种树之书。如果欲学法令者，以吏为师。"秦始皇下令："可。"这就是秦朝毁灭文化的焚书令。始皇焚书以愚黔首，灭绝思想和文化，可谓酷烈之极。有敢言诗书者杀头，以古非今者则灭族，除卜筮种树之书皆焚之，除秦记外，诸国史书皆付之一炬。焚书同时，开展了对士的残酷迫害，诸生（儒生及士）在咸阳者，考察其言论思想，如果有与当朝思想不合处，妖言以惑黔首者，皆杀之。于是使御史官考量众生，众生皆互相传告，不为之备，集中起来，共计四百六十余人，皆坑之咸阳，这就是后世的坑儒事件。坑者，活埋也，把四百六十余儒生和士以官员案问之名，集中起来，一并活埋，秦始皇对文化及思想的仇视，其残忍嗜杀之本性令人发指。

四、大兴土木，役使黔首，修陵墓、修长城、修阿房宫。秦始皇三十五年（公元前212年），"始皇以为咸阳人多，先王之宫廷小，乃营作朝宫渭南上林苑中，先作前殿阿房，东西五百步，南北五十丈，上可以坐万人，下可以建五丈旗，周驰为阁道，自殿下直抵南山，表南山之巅以为阙，为复道，自阿房渡渭，属之咸阳，以象天极阁道，绝汉抵营室也。"（《史记》及《资治通鉴》页245—246）以上，简述阿房宫初期规模，始皇死，工程未完，秦二世接着修。徒费人力，旷日持久，阿房未成，秦已灭矣。除阿房宫外，尚有骊山的陵墓工程，两项巨大的工程，调动人力七十万人，"分作阿房宫或作骊山。"这七十万人，都是宫刑和徒刑者，此亦见秦法之严苛，获罪者之多。他们都成了帝国的奴隶，供始皇无偿役使。阿房宫和陵寝工程"发北山石椁，写（卸）蜀、荆地材"，普天之下，莫非王土，调遣征发，不遗余力。阿房宫预计"关中计宫三百，关外四百余。"这样广大绵延的帝王宫阙，尽显秦帝王囊括天下，包举四海之志，"于是立石东海上胊界中，以为秦东门。"为了这两大工程，将三万家黔首迁至骊邑，将五万家黔首迁到云阳，十年内，他们不服兵役，只是夜以继日地筑阿房，修陵寝，是国家无偿的囚徒。除此之外，命将军蒙恬率三十万大军驻扎帝国北部边界，以备匈奴，"蒙恬斥逐匈奴，收河南地为四十四县。筑长城，因地形，用制险塞；起临洮至辽东，延袤万余里。于是渡河，据阳山，逶迤而北。"此外，尚有"使蒙恬除直道，道九原，抵云阳，堑山堙谷，千八百里，数年不就。"为筑长城，役使黔首无数，暴师于外十余年，死亡枕藉，故有"孟姜女哭长城"之民间传说。

五、巡行天下，刻石纪功，彰显帝王无上权威。秦始皇二十六年（公元前221年）灭六国最后一国齐国而初并天下。第二年，即"巡陇西、北地，至鸡头山，过回中焉。"至始皇二十八年（公元前219年），"始皇东行郡、县，上邹峄山，立石颂功业。"至泰山下，议封禅，"而遂除车道，上自泰山阳至巅，立石颂德；从阴道下，禅于梁父。"封禅泰山后，又"东游海上，行礼祠名山、大川及八神。始皇南登琅琊，大乐之，留三月，作琅琊台，立石颂德，明得意。"在东海琅琊淹留数月后，"始皇还，过彭城，斋戒祷祠，欲出周鼎泗水。"相传周鼎没于泗水中，始皇欲得周鼎，使千人没水求之，弗得。于是，乃西南渡淮水，之衡山，南郡，浮江至湘山祠，逢大风，几不能渡。始皇问"湘君何神?"人告曰："是尧的女儿，舜的妻子娥皇、女英葬此。"始皇大怒，令刑徒三千人尽伐湘山之树，赭其山，遂自南郡由武关归。封禅泰山，东游海上，刻石纪功，求鼎泗水，伐湘山之树，取道武关而归，始皇之游，尽帝王恣肆之威。

六、迷信方士，寻仙求药，妄图长生不死。秦始皇君临天下，握有无上之权力，言出法随，无欲不遂，恣意肆行于人间。他想长生不死，永远高踞于权力之巅，钟鸣鼎食，臣仆环绕，宫殿宏丽，美人簇拥，千万人生死祸福，只在他一念之间，普天下悲喜忧乐，端看他心情如何！这是何等美妙的人生！历千载万祀，他永活人间，俯视着脚下的芸芸众生。可是死亡却如影随形，随着年华老去，随时可至！不，既然帝王无欲不遂，他为何不可以长生？他不仅是决人生死之帝王，而且是始皇，开天辟地第一个皇帝，他要长生不死！关于访仙求药，人得长生之说，当年在燕、齐等国有方士传其说，"初，燕人宋无忌，羡门子高之徒称有仙道，形解销化之术，燕、齐迂怪之士皆争传习之。自齐威王、宣王、燕昭王皆信其言，使人入海求蓬莱、方丈、瀛洲，云此三神山在渤海中，去人不远。患且至，则风引船去。尝有至者，诸仙人及不死之药皆在焉。"（《资治通鉴》页240—241）始皇对此亦深信不疑，故一心寻仙觅药，务求长生。始皇三十二年，使燕人卢生求仙，并将求仙的愿望刻于碣石门上，并将城郭毁坏，堤防拆除，使与大海相通，使海上仙人畅行无阻。始皇周围聚集一些寻仙访药的术士，始皇马上命令韩终、侯公、石生等术士求仙人不死之药，燕人卢生等入海，归来后，呈上图书，说见到了仙人，赐书曰："亡秦者胡也。"始皇认为胡乃是边地的匈奴，立刻命蒙恬率三十万大军镇守北地，以防匈奴。其实，"胡"并非指匈奴，而是二世胡亥。不死之药久不至，始皇有些焦虑。卢生等术士怕治罪，又编造谎言说，我等求仙人不死之药久不至者，是因为皇帝居停之地没有保密，仙人就是真人，入水不湿，入火不热，腾云驾雾，来去无踪，皇帝居停之地不可令人知，仙药自然可至。始皇听了，说，我对真人无比向往，我把自己称作真人，不称朕。于是下令，咸阳附近二百里内宫观，二百七十复道甬道相连，帷帐钟鼓美人充之，各处守宫衙署不移动。始皇所到处，绝对保密，有言其处者，罪死。一次，始皇住在梁山宫，从山上望见丞相车仗骑从甚众，前呼后拥，声势浩大，心中不快。旁边的太监或有传话给丞相的，丞相立刻减少了车骑仪仗。始皇大怒，认为有人泄露了他的行踪和心思，马上审问左右侍从，但无人肯承认，于是下令，周围卫士太监皆杀之。从此，始皇行踪神秘，无人知其处，凡议决国事，皆在咸阳宫。后仙人、不死之药久不验，术士卢生、侯生怕获罪，商议后相与逃去。方士齐人术士徐市（福）等争上书言海上仙人事，始皇命造楼船，于是遣徐市发童男女数千人入海求仙访药。耗费以巨万计，终不得药。始皇大怒，下令坑杀咸阳四百六十个儒生以泄其恨。秦始皇访仙求药，企望长生的妄念使之信重方士，耗费无数的人力物力和国家财富，终无所得。帝王一念，多少生灵涂炭，多少生离死别，多少财富灰飞烟灭，多少臣仆日夜奔忙……真是欲壑难填帝王心，至高权力带给人的只有荒唐和罪恶。

秦始皇改变了周王朝的封建制度，建立了大一统的中央集权的专制帝国，他把权力之巅上帝王的暴虐、荒淫、恣睢、任性展示得淋漓尽致，成为华夏历史上著名的暴君。

四八　始皇之死

秦始皇之死，昭示后人一个规律：专制帝国中，专横恣肆、权力独享的帝王一旦死去，将是帝国最危险的时刻，围绕着王位继承权的斗争相当酷烈，权臣们的阴谋和内斗将决定帝国的兴衰和走向。

秦始皇的残酷统治激起了他治下的百姓们的仇恨和反抗，任何视百姓如草芥，杀人如草不闻声的暴君在临死之前都将收获人们对他的诅咒。而各种异象和天谴的传闻也在各处流传，其中隐含着人们对暴君速死的期待。始皇二十九年（公元前218年），"始皇东游，至阳武博浪沙中，张良令力士操铁锥狙击始皇，误中副车。始皇惊，求，弗得；令天下大索十日。"（《资治通鉴》页242）这次没有成功的暗杀，令始皇心惊肉跳，大索天下十日，没有抓到杀手，使他日日生活在恐惧之中。始皇三十六年（公元前211年），天上有陨石落于东郡，有人在石上刻了一行字："始皇死而地分。"始皇闻其事，心甚恶之，令御史审查勘问，无结果。于是下令杀掉居住在陨石周围的百姓，并将陨石焚毁。始皇为此闷闷不乐，令博士为他作一首《仙真人诗》。始皇自称"真人"，这首诗专门为他而写，他巡游各地，令乐人为其谱曲歌咏，以颂帝德，消晦气。又有传闻，这年秋天，有使臣夜过华阴道，有人手持玉璧，拦住使臣，道："今年祖龙死。"使臣欲问其故，持璧者倏忽不见，置其璧而去。祖龙者，始皇也。种种异象和传闻，都昭示着人们的期盼：盼望着暴君速死。

始皇三十七年（前 210 年）十月，癸丑，始皇出游。这次出游，左丞相李斯跟从，右丞相冯去疾守咸阳宫。始皇有子二十余人，少子胡亥最爱，请从，上许之。十一月，行至云梦，望祀虞舜于九嶷山，浮江而下，观藉河，渡海渚，过丹阳，至钱塘，临浙江。钱塘潮水甚汹涌，乃西行百二十里，从江狭处过江，上会稽山，祭祀大禹，望于南海，立石刻文以颂秦德。回程时，过吴，从江乘渡，并至海上，北至琅琊、芝罘。徐市求药不得，称海上大鱼拦路，到不了仙人处。始皇在芝罘见海中巨鱼，命用连弩射杀之。至平原津，始皇病。

始皇恶言死，所以群臣莫敢言死。但是，不敢言死，也挡不住死神的脚步，始皇的病越来越重，终至昏不识人。临死前，命玺书公子扶苏，曰："与丧会咸阳而葬。"公子扶苏此刻在蒙恬军中为监军，玺书命公子扶苏回咸阳主持葬礼，其实是授权于扶苏。书已封好，在中车府令赵高处，还未曾交付使者。七月丙寅，秦始皇崩于沙丘宫中的平台上。他生于赵国，母亲原为赵国富豪之女，先为吕不韦姬，后献给其父子楚（后为庄襄王）。审视他父母的离奇经历和往昔权谋的迷雾，其血统可疑。其名嬴政，十三岁即位为秦王，二十六年（前 221 年）灭六国而平定天下，是年三十九岁，号皇帝，自为始皇。从十三岁即秦王位，总计在位三十七年，寿五十而亡。

秦始皇死后，丞相李斯认为皇上死在外面，怕引起诸公子争权斗争和天下的变乱，因此，秘不发丧。始皇棺材载于辒凉车中，由始皇生前最为信重的宦官为参乘，到了进食时，照样传食奉膳，以免引起猜疑。百官奏事请示如故，由宦官坐在辒凉车中布帷后面可其奏事。所谓辒凉车，当时是帝王出行时的一种车仗，有窗户，闭之则温，开之则凉。置尸其中，可防其迅速腐臭，有遮蔽，又可保密。至汉代，发展成为专拉死去帝王的丧车。当时，由于采取了保密的措施，只有胡亥、赵高、李斯及两三个贴身宦官知道始皇已死。

始皇既死，秘不示人，接近权力中心的人就根据自己未来的政治利益酝酿阴谋。秦始皇生前握有不受制约的最高权力，一言九鼎，整个国家奉之一人，恣其所为，一旦死去，权力即告终止。一具腐尸，再也不会对人间事发言，但他死前最后的意志则可以被活人随意篡改，以决定其身后的历史走向。始皇生前最信重的臣子中有蒙氏兄弟，因其在平定六国中有功，所以蒙恬任外将，统三十万大军驻守在外，以备匈奴，长子扶苏为监军，与蒙恬同在军中。其弟蒙毅也颇得始皇宠信，在宫廷中谋议国事，其地位至高，将相莫敢与之争。赵高，据说是赵国远枝之属，其父有罪受宫刑，其母与人野合，生子皆赵姓。后其母受刑戮而死，故世世卑贱。赵高生而有生理残疾，史书云其"隐宫"，意为阳物不举，俗为阴阳人，其阴狠歹毒乃其天性也。始皇闻其强力，通于狱法，提拔他为中车府令，管理皇帝出行的车马等事物。官虽不大，但在始皇左右，预闻机密，始皇令他教导少子胡亥决狱之法，因此胡亥对他很亲近和信任。本次始皇出游，胡亥就在身边，始皇从生病到死亡，赵高、胡亥皆知其事，因此二人谋议，篡改始皇生前遗诏，立胡亥为太子，以继大统，夺取帝国最高权力。

二人谋议已定，所忌者，赵高的政敌蒙氏兄弟。当年，赵高有罪，始皇命蒙毅治其罪，高罪当死。可是始皇反倒赦免了赵高，官复原职。赵高不死，衔恨蒙毅，必欲除之而后快。如今蒙恬统三十万大军在外，其势足以谋反。所以，赵高胡亥行其谋也颇忐忑。还有一个障碍，就是身边的李斯，李斯是当朝丞相，李斯不同意，也难成事，所以必须拉他入伙。于是赵高见李斯，道："皇上给长子扶苏的诏命和国家的符玺都在胡亥处，定太子，如今全在你我一言，你认为事当如何？"李斯道："这不是亡国之言吗？此事人臣岂可议之？"李斯对赵高的话很惊讶，当即予以反驳。赵高从容问道："君侯的才能、谋略、对国家的功劳，无怨无悔操劳国事，长子扶苏之宠信，这五样你和蒙恬相比如何？"李斯承认："吾不及蒙恬。"赵高说："既然如此，一旦长子扶苏即位，必以蒙恬为丞相，君侯你不得不交出相印，回归乡里。此事不言自明。想一想你的后果吧！况且胡亥慈仁笃厚，可以为嗣而继大统，请君侯考虑一下吧！"丞相李斯为个人的权位，感到赵高之言未尝无理，当即同意了赵高之谋，于是二人计议，诈称受始皇遗诏，立胡亥为太子，又以书赐扶苏，历数其在军中不能辟地立功，使士卒暴尸荒野，又多次上书，诽谤朝政，日夜怨望皇上，不使其还朝为太子。而将军蒙恬不加规劝教正，与之同谋。皆赐死。将蒙恬军权交与裨将王离。

蒙恬蒙毅兄弟，从其祖父蒙骜起，就在秦国为将，伐韩、破赵、攻魏，屡立大功。后其父蒙武为秦裨将，统兵攻楚，大破之，杀楚将项燕。始皇二十六年，因蒙氏世代为秦将，蒙恬又率军攻齐，破之，因此官拜内史。始皇甚尊崇蒙氏，而亲近蒙毅，位至上卿。赵高既嫉蒙氏，先诈以始皇书，赐死扶苏、蒙恬。使者持书至边地，扶苏发书而泣，入内舍，欲自杀。蒙恬道："陛下居外，未立太子，使臣统三十万兵马守边，而公子为监军，此乃天下之重任也。如今一使者来，即自杀，安知其非诈！应再请示，视其真伪如何，如确为先帝之命，再自杀未迟。"使者在旁，不断地催促，扶苏对蒙恬说："父赐子死，尚复何请！"于是，果断自杀了却了性命。扶苏不问情由，见书不疑，断然自杀，是当时伦理所致，所谓"君命臣死，臣不得不死；父教子亡，子不得不亡。"秦始皇对扶苏，既为君，又为父，诏命所至，扶苏不得不死，尽管他有满腹的疑问和冤屈，也容不得他迟疑和辩白，因此，赵高、李斯、胡亥等才得以行其奸。

扶苏死，蒙恬不肯自杀，于是，将蒙恬逮捕，囚系于阳周。为防蒙恬旧部生变，李斯命舍人为护军，以监诸将。

使者还报，胡亥知扶苏已死，放下心来。胡亥有心释放蒙恬，适逢始皇远游，命蒙毅为之祭祷山川，归来后，赵高进言曰："先帝生前谋立太子（胡亥）久矣，而蒙毅数阻拦，上谏以为不可，不如诛之。"胡亥听了赵高的话，命先将蒙毅拘囚在代地。

当时，车仗尚在外，赵高、李斯、胡亥等已完成了始皇身后政权交接的大事，颠覆了始皇生前的安排，杀长子扶苏而立少子胡亥。始皇的车仗从井陉抵达九原，正值暑天，秦始皇的遗体已经发臭，于是，乃下诏令跟从的官员拉一车鲍鱼以淆乱其味。车仗从直道直抵咸阳，为始皇发丧，始内外皆知。太子胡亥即位，是为二世皇帝。

这年九月，葬始皇于骊山。骊山始皇陵墓，曾役使七十万人与阿房宫同修，活人的宫殿，死人的陵寝，耗费的民力及民脂民膏不计其数。始皇葬，"下锢三泉，奇器珍怪，徙藏满之。令匠作机弩，有穿近者辄射之。以水银为百川、江河、大海，机相灌输。上具天文，下具地理。后宫无子者，皆令从死。葬既已下，或言工匠为机藏，皆知之，藏重即泄。大事尽，闭之墓中。"（《资治通鉴》页251—252）秦始皇死后仍在杀人，杀了多少？无以计数。后宫无子者，为殉葬者；又将修墓匠人全部活埋进墓穴里。我们可以想见濒死者的恐惧、绝望乃至徒然的挣扎。虽然这是他死后秦二世所为，但从他生前的行止来看，绝对也是他的意志。真是杀人如草不闻声！秦始皇父子之残暴，实在令人发指！

埋葬了秦始皇，秦二世坐稳了帝位，想杀掉蒙恬、蒙毅兄弟，二世同母兄子婴谏曰："臣闻故赵王迁杀其良臣李牧而用颜聚，燕王喜阴用荆轲之谋而背秦之约，齐王建杀其故世忠臣而用后胜之议，此三君者，皆各以诛杀良臣而灭国并殃及自身。如今蒙氏兄弟，乃秦国大臣谋士也。而主上一旦诛杀之，是诛戮忠良而用无节行无廉耻之人也！内使群臣不信而外使战士寒心，臣窃以为不可！"胡亥不听，命御史曲宫乘传至代，见蒙毅，传二世之意，赐死蒙毅，请其自图。蒙毅为自己辩解，使者知胡亥意，不听，杀死蒙毅。又遣使者至阳周，对蒙恬说："你的罪多了，你的弟弟蒙毅有大罪，已死，法及于你，请自图之！"蒙恬言及蒙氏三世于秦，功劳卓著，而自己统兵三十万，身虽囚系，足以为乱。知其必死而守义者，不敢辱先人之教，以不忘先主也。其守忠君之教，忠于暴君秦始皇及其后世胡亥，叹道："我何罪于天，无过而死乎？"使者环立，促其速死。良久，蒙恬道："蒙恬之罪固当死矣！起临洮直达辽东，长城万余里，恬成其功，其中不能无绝地脉者！此乃蒙恬之罪也！"乃吞药自杀。

　　司马迁从民本主义的立场指斥蒙恬助纣为虐，役使百姓修筑万里长城，其兄弟遇诛并不冤枉。他说："吾适北边，自直道归，行观蒙恬所为秦筑长城亭障，堑山堙谷，通直道，固轻百姓力矣。夫秦之初灭诸侯，天下之心未定，痍伤者未瘳，而恬为名将，不以此时强谏，振百姓之急，养老存孤，务修众庶之和，而阿意兴功，此其兄弟遇诛，不亦宜乎？何乃罪地脉哉？"（《史记·蒙恬列传》）

　　蒙恬之忠君，所忠者，独夫也，其死不足悯！至若万里长城，役使天下生灵，使多少百姓生离死别，生灵涂炭，暴骨于荒野寒川！所谓获罪于天，天者，百姓也！其罪，罪于民也！与地脉何干？然而，秦始皇君臣心中从无"民"的概念，是黎民百姓托起了他们的皇权社稷。然而，在他们心中，民如草芥，只是他们随意役使的奴隶。民的苦乐生死，不在他们的眼里，不在他们的心中，从秦始皇直到后来的大部分皇帝者无不如此。

　　始皇死，其脉不绝也。

四九　李斯

李斯被众多国人所记得，是因他的《谏逐客书》，曾被选入中国古典文学读本《古文观止》中。其文议论风生，说理透彻，改变了秦王逐客之策。但李斯之功业，非仅止文章，他的主要功业在于政治，他的政治活动贯穿秦始皇及秦末的整个过程，其功其罪，何止一端！

李斯是河南上蔡人，上蔡属楚，是为楚人。当年贫贱，曾在乡郡中为小吏。他见吏舍厕中老鼠以人的粪便为食，而入公仓，见公仓老鼠吃着粮食，有廊庑遮蔽风雨。两种老鼠的境遇使他顿生感慨，他认为人鼠无别，其生存质量全看处在何等境遇中。其观鼠立志，很能说明他的人生观：人，不必讲什么道义是非，也不必看你用什么手段，只要你入公仓而食粟，赚得荣华富贵，足矣。此后，他的人生一直以这种人生观垫底，直至生命的尽头。

李斯的发达之路和战国后期苏秦、张仪、范雎等游说策士求取功名的路是一样的：他先是和荀卿学习帝王之术，所谓帝王术，就是帝王治理天下的手段，谓之"术"和"势"。学成之后，遍观天下，认为楚王无为，六国皆弱，不足以建功立业，于是告别他的老师，欲西入秦，他说："人想发达，一旦得到时机，就要牢牢地抓住它。如今天下扰攘，秦独强，欲霸天下，正是策士施展抱负之时。人生在世，辱莫大于卑贱，悲莫甚于穷困。处穷困卑贱之地而不知努力，非斯之志也。"李斯入秦后，正赶上庄襄王死去，秦王嬴政即位。他先是在秦相吕不韦的门下做门客，因其出众的才华和谋略，深得吕不韦的赏识，提拔他为郎。因此，他有了接近秦王的机会。

李斯游说秦王曰："当年秦穆公为霸，何以不吞并六国？时机不到也！彼时诸侯尚众，周德未衰，故五霸迭兴，更尊周室。秦自孝公以来，周室卑微，诸侯相兼，关东分为六国，秦之乘胜而临诸侯，如今已经六世于兹矣。以秦之强，大王之贤，灭六国易如风扫落叶耳！使天下一统，以成帝业，此万世难逢之机也。此时懈怠而不急行，等到诸侯复强，相聚约纵，勠力向秦，虽有黄帝尧舜之贤，亦不能为也！所谓机不可失，失不再来，大王速断！"此言深得秦王之心，遂拜李斯为长史，听其灭六国之计。李斯灭六国之计就是两条：贿和剑，最后临之以兵。贿者，阴遣谋士带金玉珍宝以游说诸侯，臣子王侯可近至尊者，以金玉贿赂之，厚以结交，以影响诸侯国君的决策，动摇其反秦的决心。若尽忠国事，拒收贿赂者，则遣杀手取其性命，此谓剑。贿赂暗杀，可离散诸侯国君臣之计，最后，秦王再使良将率兵临其国，则不堪一击，战而即溃，其国易灭也。李斯灭六国之策，秦王行之，收效甚大。如齐王建，听信被秦收买的齐相后胜之言，不修战备，不援邻国，最后举万乘之国不战而降。李斯的贿买、暗杀，最后大兵压境的计策，大大推进了秦统一六国的进程。

当时，韩国惧秦攻伐不已，派一个名叫郑国的水利专家入秦，指导秦国修一条灌溉水渠，其渠首起雍州云阳县西南二十五里，自中山西邸壶口为渠，傍北山，东注洛，长三百余里以溉田。此工程浩大，所靡费人力物力甚多。韩国的本意是使秦国专注于修渠，抽不出人力去征伐韩国。但秦国不久识破了韩国的用心，觉得诸侯有客西入秦者，皆为本国而害秦，乃是诸侯的间谍。于是有秦臣建议秦王下逐客令，把凡是诸侯国游说之士，无论居何职，皆逐出秦国。李斯也在被逐之列，于是李斯有《谏逐客书》上秦王。

　　李斯的《谏逐客书》文采斐然，说理透辟，可见李斯不仅有治国之谋略，其文章华彩也可冠绝一时。

　　他先述史上历代秦王如穆公、孝公，惠王、昭王不拘一格用人才，以外卿富国强兵的历史，云"由此观之，客何负于秦哉！向使四君却客而不内，疏士而不用，是使国无富利之实而秦无强大之名也。"开篇即指出逐客之令是错误和荒谬的。

　　由人才而至其他，李斯云："今陛下致昆山之玉，有隋、和之宝，垂明月之珠，服太阿之剑，乘织离之马，建翠凤之旗，树灵鼍之鼓。此数宝者，秦不生一焉，而陛下悦之，何也？必秦国之所生然后可，则是夜光之璧不饰朝廷，犀象之器不为玩好，郑、卫之女不充后宫，而骏良駃騠不实外厩，江南金锡不为用，西蜀丹青不为采。所以饰后宫充下陈娱心意悦耳目者，必出于秦然后可，则是宛珠之簪，傅玑之珥，阿缟之衣，锦绣之饰，不进于前，而随俗雅化，佳冶窈窕赵女不立于侧也。夫击瓮叩缶弹筝搏髀，而歌乎呜呜快耳者，真秦之声也；郑、卫、桑间、昭、虞、武、象者，异国之乐也，今弃击瓮叩缶而就郑卫，退弹筝而取昭虞，若是者何也？快意当前，适观而已矣。今取人则不然。不问可否，不论曲直，非秦者去，为客者逐。然则是所重者在乎色乐珠玉，而所轻者在乎人民也。此非所以跨海内制诸侯之术也。"

　　此不仅见李斯之辩才无碍，更可见帝王宫廷搜罗四海之奢靡。李斯进而言曰："臣闻地广者粟多，国大者人众，兵强则士勇。是以泰山不让土壤，故能成其大，河海不择细流，故能就其深；王者不却众庶，故能明其德。是以地无四方，民无异国，四时充美，鬼神降福，此五帝、三王之所以无敌也。"最后，他断言曰："夫物不产于秦，可宝者多；士不产于秦，而愿忠者众。今逐客以实敌国，损民而益仇，内自虚而外树怨于诸侯，求国无危，不可得也。"

　　李斯的《谏逐客书》阻秦王逐客，既为秦国着想，同时也是在保护自己的利益。他在秦刚刚站稳了脚跟，得到了秦王的信任，通天的梯子已经竖起来，他不想失去现在和未来的一切。

秦王见李斯上书，撤销了逐客令，李斯在秦国继续施展他的才能。他的政治抱负应该说一一得到了实现。他的主要贡献如下。

1. 前已述及，提出灭六国之策，帮助秦始皇统一天下。

2. 撤封建，立郡县，开启了大一统的中央集权专制帝国模式。灭六国后秦相王绾上言："燕、齐、荆（楚）地远，不置王，无以镇之，请在诸子中择王以立。"王绾等人还在依循旧制，想搞封建那一套。秦王下群臣议，当时李斯是廷尉，是中央司法最高官职，进入了秦帝国的权力中心。他说："周文武所封子弟同姓甚众，然后属疏远，相攻击如仇雠，周天子弗能禁止。今海内赖陛下神灵一统，皆为郡县，诸子功臣以公赋税重赏赐之，甚足易制。天下无异意，则安宁之术也。置诸侯不便。"秦始皇立刻同意了他的主张："天下共苦战斗不休，以有侯王。赖宗庙，天下初定，又复立国，是树兵也；而求其宁息，岂不难哉！廷尉议是。"秦始皇认为天下扰攘的战争状态，是分封造成的，因此，同意李斯的主张，废封建而立郡县。秦改制后，"分天下为三十六郡，郡置守、尉、监。"等地方官。（《资治通鉴》页 137）从此，封建制度终结，中央集权的专制皇权帝国诞生，实现了韩非所主张的"事在四方，要在中央，圣人执要，四方来效。"（《韩非子·扬权》）的政治理想。中国历史开启了新的一页。

3. 提出焚书策，并在秦厉行此法。秦始皇三十四年（公元前 213 年），李斯已为秦相，上书曰："异时诸侯并争，厚招游学。今天下已定，法令出一，百姓当家则力农，士则学习法令。今诸生不师今而学古，以非当世，惑乱黔首，相与非法教人；闻令下，则各以其学议之，入则心非，出则巷议，夸主以为名，异趣以为高，率群下以造谤。如此弗禁，则主势降乎上，党与成乎下。禁之便！臣请史官非秦记皆烧之，非博士官所职，天下有藏诗、书、百家语者，皆诣守、尉杂烧之。有敢偶语诗、书弃市；以古非今者族；吏见知不举，与同罪。令下三十日，不烧，黥为城旦。所不去者，医药、卜筮、种树之书。若有欲学法令者，以吏为师。"制曰：

"可"。(《资治通鉴》页 244）为了专制皇权的需要，统一国家意识形态，消灭知识和知识分子，这一焚书令之严酷，令人发指。李斯的焚书策，带动了秦始皇灭绝人性的"坑儒"，咸阳四百六十个儒生一次被活埋。秦王朝的"焚书坑儒"终结了战国时期"百家争鸣"的局面，国家只有吏和法令，没有思想、文化、艺术和知识分子，从此天下无声。这一国策被后来的专制独裁者所效法，出现了因言获罪的"文字狱"。禁锢知识，消灭知识分子，造成数千年万马齐喑的局面，极大地扼杀了思想和创造精神，使华夏中国处于数千年漫漫长夜中。秦王朝的"焚书坑儒"是一宗旷古大罪，贻害中国数千年，它的出现是维护大一统专制皇权的需要，极大地阻滞了社会的进步和文明的发展。

4. 统一度量衡，车同轨，书同文。这也出于李斯的制度设计。为了大一统专制政治的需要，从前六国各自为政，各有法度和风习，如今必须统一。古文字从甲骨到金文，行之千年，所用在占卜和祭祀，极少用于官方文书和人们间的交流和记述。历春秋战国至秦，文字用途渐广，春秋时各国史书谓之《春秋》，诸侯盟会之盟书，各国间的外交文书乃至诸子授徒、著作表达的思想，皆使文字的统一成为历史趋势。秦统一文字，"书同文"，据说用的是李斯所书的"小篆"。果如是，则李斯对中国文化具有开拓性的贡献。但文字的统一是一个渐化演进的过程，非一人之功可成。从金文、大篆直到小篆，乃是社会文化日积月累的结果，秦时的小篆书写在知识分子中已成风气，李斯居相位，也用小篆，故令下而风行宇内。

李斯是大一统中央集权专制制度的设计者和实践者，他是皇权帝国的丞相，秦始皇最得力的助手。可以说，秦始皇的皇权专制制度是他和李斯共同完成的。所谓秦制，没有李斯的设计和实践，不可能如此完备和严密。

李斯是个极端的利己主义者，他的人生目标是做人上人，是做"公仓之鼠"而非"茅厕之鼠"。当他成为公仓最大的硕鼠后，他的野心和贪欲达到了极致。任何有可能影响他生存地位的人，他都会毫不留情地将其杀死。因此，他的性格变得残忍刻毒。他在秦国刚刚站稳脚跟，得以亲近秦王，辉煌的上升之路在他眼前铺展，这时候，和他同在荀卿门下学习的韩非来到了秦国。韩非出身于韩国王族之家，此时，韩国在秦的打击下摇摇欲坠，韩王派韩非入秦向秦国输诚，表示愿意臣服。韩非出身高贵，有才气，有抱负，对于荀卿的理论有更深刻更独到的见解，著成韩非子一书，深刻阐述他的治国见解和法家主张，秦王嬴政读后甚为折服，叹曰："嗟乎，寡人得见此人与之游，死不恨矣！"《韩非子》是皇权专制的百科全书，嬴政一见而倾心，视之为知音。韩非入秦，嬴政甚悦，尚未来得及重用，李斯感到了威胁。虽与韩非是同门之徒，但他觉得秦国宫廷中，有李无韩，有韩无李，李韩不并立，必须除掉韩非，他的上升之路才会走得顺畅。于是，李斯进言秦王，曰："韩非，韩之诸公子也。如今大王欲并诸侯，韩非必定为韩而不为秦，此人之常情也。如今大王留而不用，久而归韩，必为秦国之患。不如以法诛之，以除后患。"秦王嬴政以为李斯的话也是对的，就将韩非关入牢中，下吏治其罪。李斯派人给韩非送去了毒药，欲使其自杀。韩非想见嬴政辩解，但不得见。韩非绝望，于狱中自杀。后来嬴政醒悟，决定释放韩非，派人去狱中释放他，此时韩非已死于李斯之手。

李斯毒杀韩非，已见其刻毒之性。至于利害关头，趋利避害，为一己之利，放弃原则，与邪恶势力沆瀣一气，共同作恶，也是此等人的必然选择。始皇三十七年（公元前210年）十月，秦始皇死于沙丘，独李斯、赵高、胡亥及少数贴身宦官知其事，赵高与胡亥同谋，欲诈以始皇命诛扶苏而立胡亥为太子。赵高谋与李斯，李斯开头尚坚持原则，斥赵高曰："安得亡国之言！此非人臣所当议也！"后来赵高问他："你自度和蒙恬相比，才能、谋虑、功劳、无怨于国，和与长子扶苏之关系，你能否比过蒙恬呢？"李斯承认不如蒙恬。赵高说："倘若长子扶苏即位，必用蒙恬为丞相，你李斯归相印回老家，事情是明摆着的。如何决定，你自己看着办。"这句话点到了李斯的死穴上。李斯一生所求者乃是荣华富贵，做位高权重的"公仓之鼠"，如今坚持原则，必将失去这一切，李斯岂能心甘。想来想去，他决定和赵高共同作弊，以始皇假遗诏，发书边庭，害死长子扶苏，使胡亥上位。沙丘之谋，李斯之转向，是他权衡利弊，放弃良知和原则，甘心作恶的结果。此种人格，其险恶反复，甚于常人。

李斯为秦相时，得始皇重用，富贵之极。他的长子李由拜为三川郡守，统兵一方，儿子们全都娶公主为妻，女儿全嫁给秦国公子。李由公务返京，李斯置酒于家，招待百官，百官尊者皆举酒为李斯上寿，门前车骑上千，其隆盛之势，一时无两。李斯此时，既顾盼自雄，又心有重忧。他知道盛极而衰，物极必反的道理，想起老师荀卿之言，喟然而叹，道："嗟乎，吾闻之荀卿曰：'物禁大盛'。我李斯乃上蔡布衣，闾巷之黔首，寻常百姓也，皇上拔擢我居群臣之首，可谓富贵已极！物极则衰，吾不知将来何处是尽头啊！"

李斯人生的尽头很快就到了。秦二世胡亥在位，严刑酷法，残毒百姓，役使民夫，永无暇日，引起民怨沸腾，各地反秦势力风起云涌，臣子们指责李斯居丞相之位，何以使天下盗贼蜂起？李斯害怕，阿二世之意，上书胡亥，劝谏胡亥既有天下，就该尽"督责"之实，所谓"督责"，就是皇帝更加独裁，恣睢，为所欲为，逞欲使气，达到快乐之极境："夫贤主者，必且能全道而行督责之术者也。督责之，则臣不敢不竭能以徇其主矣。……是故主独制于天下而无所制也。能穷乐之极矣，贤明之主也，可不察焉！故申子曰：'有天下而不恣睢，命之以天下为桎梏'者，无他焉，不能督责，而顾以其身劳于天下之民，谓尧、禹然，故谓之桎梏也。"像古代的尧和大禹一样，以身劳于天下之民，有天下就等于身戴桎梏，只有恣睢（为所欲为）、督责（独裁）才是贤明之主，才能达到"穷乐之极"的境地。他要秦二世"明申韩之术，修商君之法""故督责之术设，则所欲无不得矣，群臣百姓救过不给，何变之敢图？"独裁专制，为所欲为，老百姓连命都顾不过来，还敢作乱造反吗？李斯的上二世书，是给暴君立论的文章。秦二世见李斯书，独裁愈重，用苛税残民者为明吏，杀人多者为忠臣，秦朝陷入更加黑暗苦难的深渊。

赵高对李斯说："如今关东一带盗贼蜂起，而主上发徭役修阿房宫，搜求狗马无用之物，我想上谏，但位卑身贱，这正是君侯之责啊！"李斯说："是啊，我很久就想向皇帝进言，可如今皇上不坐朝，居深宫之中，见不到他啊！"赵高说："你如真想上谏，我找机会帮你传个话。"于是，等到胡亥宴乐之时，美女侍立，左拥右抱，欢爱不已时，赵高告诉李斯，如今陛下正闲而无事，君侯可以奏事。李斯求见，胡亥心中不快，不见。如此者三，胡亥怒道："丞相怎么回事！我闲时他不来，我正快乐宴饮时，他来扫我的兴，真讨厌！"赵高立刻接话道："是啊，丞相是有些过分！沙丘之谋，丞相参与其中，如今陛下坐了天下，丞相并无贵尊之赏，他可是想让陛下裂地而封王啊！陛下如不问臣，臣不敢言，丞相长子李由为三川守，楚国盗贼陈胜等人都出于丞相邻近的县，所以楚盗横行，叛军过三川，李由不肯击。我听说他们还有文书相往来，因未得其实据，所以臣不敢言。况且丞相居外，权重于陛下。"胡亥闻赵高言，默然颔首，使人查办李由通敌事。

李斯知道李由被查，知是赵高构陷，于是，李、赵矛盾公开化。当时秦二世躲在甘泉宫里，日夜以角抵俳优为乐，李斯不得见，于是上书，直言宋国子罕，齐国田常惑主夺国的教训，言赵高有"邪佚之志，危反之行。"与子罕、田常一样，危国害君，"陛下不图，臣恐其为变也。"秦二世览书，嗔恨道："你这是什么意思呢？赵高，是从前的宦官，然而他从不因为世道安宁而胡作非为，也不因事有危险而改变心志，洁身自好，行善修德，自始至终，以忠诚得进，以信义守位，朕认为他是贤臣，而你却怀疑他。朕自小失去先帝，无知无识，不懂治国驭民，而你又老了，朕不信任赵君，能信任谁呢？赵君下知人情，上能辅佐我，你不要怀疑他。"李斯听了二世之言，知道在他与赵高之间，胡亥已选择了赵高，此关身家性命，只有拼死一搏。于是，他坚持说："不然，赵高乃卑贱之人，不懂治国之理。贪欲无厌，求利不止，其心邪僻，其志难测，信用此人，社稷危殆!"但胡亥迷信赵高,根本听不进李斯的话。他怕李斯用丞相之权,擅杀赵高,于是把李斯的话告诉了赵高。赵高听了,一脸无辜的样子,说:"丞相所忌恨者就是我赵高了,赵高一死,丞相就会行田常之谋,弑主夺国。"胡亥听了赵高之言,愈加觉得李斯可恨。

当时,关东乱成一团,各路反秦武装攻城略地,风起云涌,秦二世暴虐使民,恣睢享乐。右丞相冯去疾、左丞相李斯,将军冯劫联名上奏,曰:"关东群盗并起,秦发兵诛击,所杀亡甚众,然犹不止。盗多,皆以戍、漕、转、作事苦,赋税大也。请且止阿房宫作者,减省四边戍、转。"秦二世之苛政,秦国百姓已不堪其暴,除征发大量徭役筑阿房宫外,国内征兵、漕运粮草、转输军事物资,日夜不休,百姓十室九空,官逼民反,秦廷发重兵剿灭而反秦武装仍如燎原烈火,故三大员请求秦二世停止阿房宫工程,减轻百姓的负担和苛税,以纾民怨。秦二世览书大怒,说:"我为帝王,就是要肆意极欲,使群臣百姓不敢为非,以统御四海。如果像远古帝王一样,把自己弄得和百姓一样穷苦劳累,这样的帝王谁还肯做!况且先帝灭六国,并天下,攘四夷以安边境,作宫室以彰得意,益见秦统四海之威德!自朕即位,两年间,群盗并起,你们不能为朕平乱杀贼,又欲罢先帝之所为,上不忠于先帝,下不报效朕躬,何以在位?"于是下令,将三名大员下狱治罪。右丞相冯去疾、将军冯劫皆自杀,独李斯系狱。二世治李斯与其子李由谋反罪,下令收捕宗族老少并及丞相宾客,由赵高办理其专案。赵高治李斯,严刑拷打,"榜掠千余",李斯受不了皮肉之苦,于是认罪诬服。

李斯犹不肯死,他还抱有一线希望,他于秦有大功,且并无谋反之心,希望秦二世能醒悟,赦免和释放他。于是上书胡亥,自述其助秦灭六国平天下之功,为秦立制度、布政法之勋,希望秦二世开恩赦免。书上,经赵高手,赵高曰:"一个死囚,还有什么资格给皇上上书。"将李斯上书扔到了一边。

赵高使手下门客假扮朝廷御史、侍中、谒者等轮番审讯李斯,李斯一旦为自己辩解，就施以酷刑。后二世使人查验李斯之罪，李斯以为还是从前那伙人，再不敢翻案，于是，认罪伏法。奏上，二世喜滋滋对赵高说："若非赵君，朕几乎被李斯所卖。"派使逮李由，李由已被反秦武装所杀。遂定李斯腰斩咸阳市。李斯出狱，与其中子俱绑缚法场行刑。李斯对其中子说："我想和你复牵黄犬，俱出上蔡东门逐狡兔，岂可得乎！"此时，他想起了家乡的往日生活。那时虽是布衣百姓，尚可父子牵黄犬，出东门，猎大野，逐狡兔，现在想重过旧时日子，又怎么可能呢！这句话使父子相对而泣。李斯之叹，传之千古，上蔡东门之悲，令后人低回感叹无已！

李斯父子被腰斩，三族尽夷。

五〇　千秋梦断

自秦始皇公元前 221 年统一中国，至秦二世公元前 207 年秦帝国灭亡，秦王朝存续仅十五年。秦始皇建立家天下，自命始皇，"后世以计数，二世三世至于万世，传之无穷。"但天道往还，千秋梦断，任何一个王朝都逃不开历史的周期律，这是皇权专制制度的命数。没有永远的家天下，也没有千古不易的皇位。

秦始皇巡游途中，暴死沙丘。赵高、李斯与胡亥秘不发丧，行沙丘之谋，诈以始皇命，诛长公子扶苏，辅立胡亥上位，此为秦二世。

二世是始皇少子，始皇有子十八人，胡亥为第十八，因得始皇溺爱，所以始皇出游，胡亥随行。是年胡亥二十一岁。即位后，胡亥说："先帝巡行天下，为的是镇服四方，立威树德，我不巡行，即是示弱于天下，如何统御群臣，镇服百姓？"于是，东行郡县，李斯随行，至碣石，东海，南至会稽，在始皇刻石处，立碑刻石，以颂秦功。巡行完毕，回到咸阳，二世对赵高说："人生在世，忽如白驹过隙，我既当帝王，欲悉耳目之所好，穷心志之所乐，以终吾年寿，可乎？"人一旦握有不可制约的权力，出于人之本性，首先就要随心所欲，尽情享乐，使欲望得到最大的满足。二世把帝王对天下苍生的责任和义务抛到一边，首先想到的是"悉耳目之所好，穷心志之所乐。"这是帝王的特权，他要享乐至死。赵高回答说：

"这正是贤君所能行，而那些昏君所禁止的事啊！"他把贤君和昏君的标准颠倒了。接着，他说："沙丘之谋，群臣和诸公子皆不服。先帝的旧臣累世名贵，有功于国；诸公子皆陛下之兄，对于陛下即位，心怀疑虑，怏怏不乐。他们随时都有作乱的可能，我终日战战兢兢，深恐有变，陛下何以高枕无忧乎？"二世问："当如何处之？"赵高把手向下一劈，道："为固帝位，陛下只有严刑苛法，诛权臣及宗室，然后收举遗民，置陛下之所亲。如此，方可害除而奸谋息，安乐而尽逞所欲，无忧无虑，燕然享乐。"二世点头称是，开始了他的残酷镇压。

秦二世的屠戮首先从他的家族开始。他首先杀死了他十二个哥哥，认为他们是他帝位的最大威胁。然后，把秦始皇所生的十名公主集中至杜县，磔裂肢体，财物尽皆没收归公。秦二世残杀同胞兄弟姐妹，其心肠之残毒。手段之酷烈，真是无出其右者。夺帝位、固帝位皆以阴谋屠戮为手段。它把人变成世上最凶残的野兽，不，野兽尚不如此！帝位是累累白骨垫起来的，除了万千百姓的白骨外，首先垫下的是帝王同胞兄弟的白骨。

公子将闾同母兄弟三人囚于内宫，其他人皆处死，唯三人最后议罪服刑。秦二世命人宣示将闾之罪，曰："公子不臣，罪当死，使吏依法从事。"将闾辩解说："阙廷之礼，吾未尝敢不从宾赞也；廊庙之位，吾未尝敢失节也；受命应对，吾未尝敢失辞也。何为不臣，愿闻罪而死！"将闾说作为二世的臣子，虽然为二世之兄，在任何场合都没有违背臣子的礼节，哪里有不臣之事？请指出自己不臣的证据，也让自己死个明白。但秦二世只因你是他的哥哥，哥哥就是"不臣"，所以要杀你，没有道理可讲。使者说："臣不得与谋，奉旨从事。"这事你跟我说不着，我奉旨从事，就是要你的命！将闾乃仰天大呼："天啊！天啊！天啊！"最后呼喊："我无罪啊！"兄弟三人相对流涕，最后皆拔剑自杀。屠杀兄弟，宗室震恐，无不悚然而惧！公子高想逃跑，又恐收其三族而诛之，只好上书求死，道："先帝（始皇）无恙时，臣入门赐食，出则乘舆，御府之衣，臣得赐之；中厩之宝马，臣得赐之。臣当从死而不能，为人子不孝，为人臣不忠。不孝不忠者，无名而立于世。臣请从死，愿葬骊山之足。唯上幸哀怜之。"
他想起父亲活着时，他得到的种种宠爱，如今将死，愿葬在骊山脚下，为
父亲殉葬。秦二世得书，很高兴，持书对赵高说："你看这事急不急？"赵
高说："现在他怕死都来不及，还谈什么先帝之爱！"秦二世准奏，拨钱十
万，将被杀的公子高葬于骊山之下，算作对他的格外开恩。

兄弟相杀历来被认为是人类的第一宗罪。《圣经》记载，亚当的儿子
该隐杀死了他的弟弟亚伯，这给他们的父亲亚当带来了极大的心灵痛苦，
一首远古的诗中写道："该隐不公正地杀死了亚伯，多么遗憾！这一漂亮
的面孔哪里去了？当亚伯被关闭在坟墓中，我为什么不会泪如泉涌？生命
对于我来说只是长期的痛苦，这一生命是我不能摆脱的负担！"（《黄金草
原》页32，中国藏学出版社）由于人类的这一罪行，"从此时此刻起，野
兽开始害怕人类并避之，因为是人类提供了第一个犯罪和行凶的例证。"
（同上，页31）兄弟相杀，源于财产和权位的争夺，在中国古老的历史中，
这一悲剧更多的是源于对帝位的争夺。自打秦始皇开创了第一代皇位，传
至二世，就开启了兄弟相杀的恶行，这一恶行源于对至高无上世袭皇权的
觊觎。历朝历代，这种恶行太多太多，以至于中国的皇权历史中，我们经
常会嗅到骨肉相残的血腥气味。汉武帝的巫蛊之祸、曹氏兄弟的萁豆相
煎、李世民的玄武门之变、雍正皇帝对众兄弟的圈禁和屠戮……几乎每一
页皇权的历史都连接着人类的第一桩罪行。

秦二世对内如此凶残，对普通黔首当然更不会开恩怜悯。紧接着，开
展的就是对官员和普通百姓的严酷统治，刑法苛深，凡是视为异己者、有
罪者，偶语诗书者、挟书于路者、贻误徭役税赋者……皆株连三族而杀
之。轻罪重罚，无罪株连，严密监控，触令即死；人人惴恐，家家战栗，
天下愁怨，俯首葡匐，造成了从上到下人人噤声，道路以目的恐怖气氛。
"二世悦。于是行督责益严，税民深者为明吏……杀人众者为忠臣。"（《史
记·李斯列传》）把秦帝国搞成了人间地狱。

紧接着，秦二世重新开启了阿房宫的工程。阿房宫是秦始皇时开始兴

建的，当时征发徭役七十余万人，修建阿房宫和骊山陵寝两大工程。如今，始皇已葬于骊山墓中，阿房宫工程浩大，未成，二世复修之。再次征发天下徭役，百姓辍农作，弃家人，远徙万里，来咸阳，做苦工。除此之外，秦二世又调五万军队驻屯咸阳，保卫他的安全。这五万人的粮草给养，皆从下边的郡县征调，不许食用咸阳周遭五百里内粮草，这样，输送漕运之苦又转嫁到百姓身上。咸阳周遭，从远方转运粮草的车辆苦役日夜不息，酷吏的皮鞭和咒骂声呼啸不绝。

这年七月，陈胜于大泽乡起义，竖起了反抗秦暴政的义旗。自此，反秦武装如星火燎原，关东各地，风起云涌，各路武装攻城略地，秦王朝郡县地方官纷纷倒戈，投入反秦的洪流。然而，秦二世仍然自闭于咸阳城中，隔绝外界消息，每日里宴乐歌舞，昏天黑地，过着帝王极欲恣睢的日子。

皇权帝国的朝廷乃是阴谋盛行，相杀相斫的杀场，长期浸淫其间者即便不死，也弄得身心俱疲，异化成魔。不久，右丞相冯去疾，左丞相李斯，将军冯劫联名上书，请求秦二世罢阿房宫之役，减轻百姓转输漕运之苦，以纾民力。此时秦二世在赵高的拨弄下，已不坐朝议事，居深宫禁闼中与狗马妇女恣行玩乐，览书大怒，下令将三大臣入狱治罪。冯去疾与冯劫认为将相不辱，愤而自杀。李斯入狱，在赵高的迫害下，酷刑严讯，认罪伏法，被腰斩于咸阳市。赵高为相，专秦权，秦宫廷人人自危，噤口不言。赵高欲为乱，恐群臣不服，进鹿于二世，称之为马。秦二世见鹿，言曰："丞相误也，此乃鹿也。"赵高坚称是马。二世恍惚，不敢以亲眼所见为真，问群臣，群臣皆口称是马。有数人言其为鹿者，赵高记下，事后以法惩治之。自此，群臣更无敢忤赵高之意者。这就是发生于历史上的"指鹿为马"的故事。它说明宫廷政治的本质，没有真相和是非，颠倒黑白乃是常态，只有权力才是事物的最终裁决者。

秦始皇和二世父子相比，秦始皇主要是暴，而秦二世既暴且昏，所以，二世之亡灭指日可待。

反秦武装迅速壮大，秦二世派去"剿匪"的章邯派人回咸阳汇报军情，赵高不见，在外将领无论功过，皆罗列罪名而诛之。章邯闻讯，知事不可为，自己性命且不保，何以救秦乎！遂投降项羽。秦王朝岌岌可危，秦二世终于听到了风暴的呼啸声，遂命使责问赵高，在丞相之位，何以使匪徒日盛，国家危殆？赵高知罪将及己，遂与其弟郎中令赵成，其婿咸阳令阎乐谋之，曰："皇上不听劝谏，如今诸侯将入关，朝廷危急，欲归祸于我。覆巢之下，岂有完卵，我一死，诸位权位性命不保，且累及三族尽灭。为今之计，先下手为强，我欲废二世而置子婴，子婴仁义，可以服众。"子婴，秦二世的侄子。于是，使郎中令赵成为内应，诈为有大贼入禁内，令阎乐发兵追贼。先把阎乐的母亲送至赵高家，然后带领千余兵卒至二世所居的望夷宫，至殿门，先将卫队长捆缚，责曰："贼入禁门，为何不止？"卫队长曰："宫禁森严，哪里有贼？"阎乐不听其辩解，令斩之。阎乐遂率兵攻入禁门，命发箭攒射，见人即杀。二世周遭的宦官卫士们见状猝不及防，大惊失色，或逃命，或与之格斗，反抗格斗者，尽杀之，伏尸数十。郎中令赵成和阎乐俱入禁内，命射二世坐帐，二世见有贼犯，命左右来救，无以应者。旁有一贴身宦者，与二世入内室。二世道："你何不早告我，如今事情到了这个地步，如何是好？"宦者曰："我不敢说，所以才能活到今天，我如早说，脑袋早没了！"阎乐等入内，见二世，斥道："足下无道，诛杀功臣百姓，天下已叛，足下自为之！"二世面无人色，问道："可以见丞相吗？"阎乐断然道："不可！"此时，二世尚希图活命，道："我愿得一郡为王。"曰："不可！"二世复曰："愿退帝位，为万户侯。"阎乐曰："不可。"二世再哀求道："愿与妻子为黔首，等同于诸公子！"阎乐冷笑道："你不必再说了，我奉丞相令，受命诛足下，足下死期已至，毋复多言！"下令兵卒近前击之。二世自尽而死。

赵高佩二世印，出见众臣，众臣皆惊惧。赵高曰："二世无道，已诛之。关东尽叛，秦失帝位，今使子婴即位，退帝位而复称王！"于是，命子婴斋戒，准备登基，授玉玺。子婴与其二子谋曰："赵高杀主而祸秦，罪不容诛。我居斋宫不出，彼必来请，来则伏兵而杀之，为国除害。"至日，子婴不出，赵高果自来请，道："此关社稷，君何不参加授玺大典？"话音落，伏兵出，刀剑齐下，赵高登时毙命！子婴命收赵高三族，尽诛之。赵高自始皇死，谋杀公子扶苏，扶持二世即位，杀李斯，专秦政，蔽主弄权，指鹿为马，握昏君于掌中，肆极欲于宇内，终至断送了秦帝国，使之二世而亡。

子婴为秦王四十六日，沛公刘邦率兵入关，子婴系颈以组，白马素车，奉天子玺符以降。刘邦封府库，还军灞上。居月余，项羽兵至，杀子婴及秦诸公子，焚阿房，掠宫室子女，分其财宝，秦遂覆亡。

秦灭六国，统一天下，是顺应历史潮流，得民望之举。如贾谊所言："秦并海内，兼诸侯，南面称帝，以养四海，天下之士斐然向风，若是者何也？曰：近古之无王者久矣。周室卑微，五霸既殁，令不行于天下，是以诸侯力政，强侵弱，众暴寡，兵戈不休，士民罢敝。今秦南面而王天下，是上有天子也。既元元之民冀得安其性命，莫不虚心而仰上。当此之时，守威定功，安危之本在于此矣。"经历了战国多年的战乱，秦统一后，百姓希望过安宁的日子。但是，皇权是至高无上且毫无制约的极权，"秦王怀贪鄙之心，行自奋之智，不信功臣，不亲士民，废王道，立私权，禁文书而酷刑法，先诈力而后仁义，以暴虐为天下始。"始皇暴虐，开亡国之端，至二世，"而重之以无道，坏宗庙与民，更始作阿房宫，繁刑严诛，吏治刻深，赏罚不当，赋敛无度，天下多事，吏弗能纪，百姓困穷而主弗收恤。然后奸伪并起，而上下相遁，蒙罪者众，刑戮相望于道，而天下苦之。"所以贾谊最后的结论是："秦以区区之地致万乘之权，招八州而朝同列，百有余年，然后以六合为家，殽、函为宫；一夫作难而七庙隳，身死人手，为天下笑者，何也？仁义不施而攻守之势异也。"

古人对于亡秦的历史教训的总结也仅于此矣！只有到了近现代，我们才能思考它的制度因素。东亚地区早早开启并发展为世界上最大的农耕文明区，其生产方式与皇权帝国是相匹配的，在历史的开端，就没有土壤产生古希腊城邦制度的民主萌芽。秦王朝开始的皇权帝国在中国一直延续两千余年，人民在这个制度下处于穷苦和愚昧的深渊而无可解脱，所以期待改朝换代，期待明君，期待好的皇帝。但是，人民只能更加绝望，在无边的苦海中沉沦更深。无论是诸侯的宗主国还是皇权的大一统，权力世袭，等级分明，而"权力在本质上就是邪恶的。"（布克哈特：《世界历史沉思录》，北京大学出版社，2007，页31）秦始皇和秦二世父子两人，握有不可制约的最高皇权，把天下山川土地，四海之民视为家族的私产，要传之千世万代而无穷，其不腐败，不作恶，岂可能乎？古人寄望于统治者行仁义，仁义行而天下治，这种祈求成为皇权粉饰自己的胭脂和迷醉人民的毒药。

秦帝国虽然千秋梦断，但它开创的大一统皇权制度却传续下来。历代都行秦制，中国只有在走出皇权专制的千年迷梦后，才迎来了现代的民主制度。

结　语

先秦这个历史名词，特指春秋和战国时代。春秋时代从公元前的 722 年至公元前五世纪，约历 240 年之久，之后，进入战国时代，从公元前五世纪（具体年份是公元前 478 年）至公元前 221 年，秦王朝灭六国而统一，约历 267 年，春秋和战国历时 500 年之久，这是一个大的历史时段。中国有文字的历史古籍甚多，司马迁的《史记》自春秋向前延伸，记述了夏商周三代的历史，并借助于传说和神话，追述了远古五帝的事迹。本书除叙述先秦历史外，也用少部分篇幅涉及上古三代以及考古发掘所展现的远古的历史。历史茫昧而邈远，先民们的生存及文明的创造令我们心生敬意。

春秋和战国的历史说穿了就是相斫相杀的历史，我们无法否认它的黑暗和血腥。所谓相斫相杀，一是各诸侯国之间的战争；二是宫廷中父子、兄弟间的夺权斗争。《春秋》记载的是鲁国鲁隐公元年至鲁哀公十四年（后人续至十六年）的鲁国十二公的事迹旁及他国历史事件。隐公元年，即有郑国兄弟争国刀兵相见的"郑伯克段于鄢"；隐公四年，即有卫国州吁弑君事件；隐公十一年，鲁隐公被他的同父兄弟允（借公子翚之手）所杀，允即位为鲁桓公。历史就是在这样刀光剑影的血腥杀戮中走来。至于人所言之的"春秋无义战"（战国亦无义战），诸侯国之间的战争更是史不绝书。应该说，春秋和战国的历史主要记载的就是宫廷和战场上的厮杀。这是诸侯国之间王侯和贵族的历史，任何对历史美好的想象都无法掩饰它的血腥。

历史在血腥中艰难地前进，人类文明的脚步和创造的生机也在蓬勃地萌发。春秋时代，由殷商甲骨文传下的文字由周王朝对诸侯国颁行的青铜器铭文传遍四方，到了战国时代，各国几乎普遍使用汉字，以文书行政统治域中。战国时已进入铁器时代，铁器的普及和使用大大促进了生产力的发展，土地在扩大，可以供更多的人生息和发展，手工业的精细和繁荣促进了王室和贵族的享乐生活。生产力的发展和文字的普及开启了中国的轴心时代，思想之花灿然盛放，中国原点的思想大师纷纷涌现，形成了前所未有的百家争鸣的时代。儒家之孔、孟；道家之老、庄；墨家之墨翟，法家之韩非……纷纷登场，他们的原创思想照亮了中国数千年的思想原野，他们是首先点亮的爝火，爝火不息，世代传续，成就了中国灿烂的文化。

回首千年历史，血沃中华大地，灿烂的文明之花也就在这里开放了。本书所展示的是中华文明的源头历史，虽不完整，但却昭昭可见。嗣后，王朝建立，皇权延续，历史周期率不断上演，君与臣，忠与奸，外族入侵，民族融合，宫廷缠斗，内忧外患……大戏轮番上演，以至于今。自清末始，中国人睁开眼睛看世界，跳出中国藩篱之外，站在世界看中国，始有全新的视角与思想。

国人读史，警醒后需更加努力。

2023 年 2 月 13 日于威海